Tod und Amore

Andrea Süssenbacher, geboren 1988 in Klagenfurt am Wörthersee, lebte und arbeitete eine Zeit lang im Friaul, ehe sie zum Germanistikstudium nach Österreich zurückkehrte. Aktuell ist sie im Verwaltungsbereich der Alpen-Adria-Universität Klagenfurt tätig.

ANDREA SÜSSENBACHER

Tod und Amore

KRIMINALROMAN

emons:

Bibliografische Information der Deutschen Nationalbibliothek
Die Deutsche Nationalbibliothek verzeichnet diese Publikation in der Deutschen Nationalbibliografie; detaillierte bibliografische Daten sind im Internet über http://dnb.d-nb.de abrufbar.

MIX
Papier aus verantwortungsvollen Quellen
FSC® C083411
FSC www.fsc.org

Umschlagmotiv: mauritius images/Klaus Neuner
Umschlaggestaltung: Tobias Doetsch
Gestaltung Innenteil: César Satz & Grafik GmbH, Köln
Lektorat: Marit Obsen
Druck und Bindung: CPI – Clausen & Bosse, Leck
Printed in Germany 2017
ISBN 978-3-7408-0081-9
Originalausgabe

Dieser Roman wurde vermittelt durch die Literatur- und Textagentur Wortunion, BlueCat Publishing GbR, Berlin.

Für Anna Gasparin

Prolog

Kläglich wimmert das dunkle Holz der alten Tür. Doch selbst die volle Wucht, mit der die knapp fünfzig Kilogramm auf das Türblatt treffen, kann nichts ausrichten. Keinen Millimeter will es sich in der Verankerung bewegen. Kaum sichtbar sind die Kerben, die die Fingernägel einer zarten Hand verzweifelt in das Holz gegraben haben. Der dunkelrote Nagellack ist abgesplittert und nicht mehr befähigt, das eingetrocknete Blut unter den Nägeln noch länger zu verbergen. Ziellos die Suche der Hand, hektisch die Bewegungen, das Zittern einem Beben nah.

Sie lässt von dem unüberwindbaren Hindernis ab, tastet sich weiter. Dann endlich. Ein Luftzug durch das Holz, ein Brett, das sich bewegt. Mit ganzer Kraft schafft sie es durch den schmalen Spalt.

Die kalte Nachtluft baut sich wie eine Wand vor ihr auf und schlägt ihr hart ins Gesicht. Keuchend hechtet sie ins Freie, unkoordiniert und wackelig einen Schritt vor den nächsten setzend. Die Angst, die Kälte, der Schmerz lassen ihren ganzen Körper erbeben. Ihr Herz pocht so heftig, als wolle es mit dem nächsten Schlag ihren Brustkorb sprengen. Sie will schreien, doch nicht der kleinste Laut kommt über ihre Lippen. Tränen laufen über ihr Gesicht an ihrem Hals hinab, wo sie sich zu einem zarten hellroten Rinnsal vereinigen. Ihr verschleierter Blick wandert durch die Dunkelheit. Die Verfolger sind ihr dicht auf den Fersen. Ist denn niemand hier? Kann denn niemand helfen? Tief ist der Abdruck, den ihre Sandale in der aufgeweichten Erde hinterlässt, als sie über den weiten Rasen hechtet.

Sie darf dem Drang nicht nachgeben. Sie darf auf keinen Fall stehen bleiben. Mit jeder verlorenen Sekunde würden sie ein Stück näher kommen. Sie hetzt über Sträucher und Blumenbeete hinweg. Ihr von Tränen und Schweiß nasses Gesicht glänzt aschfahl im schwachen Licht des Mondes. Sie hat keine Ahnung, wo sie ist, keine Ahnung, in welche Richtung sie läuft. Sie will einfach nur weg. Dumpfe Schritte auf dem nassen Boden. Unaufhaltsam näher rückend. Fieberhaft versucht sie, das Verlangen zu unterdrücken, sich umzudrehen. Blut läuft ihr in die Augen. Sie strauchelt. Alle Bemühungen, den Sturz abzufangen, scheitern, und sie geht zu Boden. Ihr Knie stößt hart gegen einen der betonierten Begrenzungssteine, und ein unerträglicher Schmerz explodiert in ihrem Körper. Sofort schießen neue Tränen in ihre Augen. Sie beißt die Zähne zusammen. Ihre Kehle ist wie zugeschnürt, krampfhaft ringt sie nach Luft. Mit all ihrer Kraft drückt sie sich vom Boden weg, steht auf. Die rasiermesserscharfen Dornen der Rosenbüsche, in die sie gefallen ist, schneiden tief in ihre Arme und ihr Gesicht; sie hinterlassen blutige Kratzer, doch sie bemerkt es kaum. Der stechende Schmerz in ihrem Bein lässt sie laut aufstöhnen. Sie muss ihn ignorieren, die Schritte hinter ihr sind schon ganz nah. Sie klingen drohend. Entschlossen. Verbissen läuft sie weiter.

Das verletzte Bein will sie qualvoll in die Knie zwingen, doch sie gibt nicht auf, stolpert vorwärts. Weg von dem, was sich mit tödlicher Gewissheit auf sie zubewegt.

Sie bekommt jetzt kaum noch Luft. Ihr gesamter Körper lodert in einer einzigen großen Flamme aus Pein. Jede Bewegung gleicht einer unbarmherzigen Folter. Sie wird von einem heftigen Schluchzen geschüttelt. So kann es nicht enden. So darf es nicht enden. Wie konnte das alles nur passieren? Sie will doch einfach nur nach Hause.

Sie stolpert auf die asphaltierte Straße. Aus den Augenwinkeln nimmt sie schemenhaft wahr, dass sich ein Licht auf sie zubewegt. Sie wird brutal von den Füßen gerissen und schlägt hart am Boden auf. Ein Sog aus Dunkelheit greift mit seinen unsichtbaren Klauen nach ihr und zieht sie mit sich, hinab in die Finsternis.

EINS

Rumms! Der lose Fensterladen knallte gegen die Scheibe, dass das Glas leise vibrierte. Alexandra ließ ein wütendes Grunzen in das Kopfkissen entweichen, in das sie Gesicht und Ohren presste. Die weichen Daunenfedern vermochten den Lärm nicht ansatzweise abzudämpfen, die einzige Konsequenz war ein schweres, beinahe krampfähnliches Gefühl, das sich in ihren Armen auszubreiten begann, als sie den Druck auf ihre Ohren noch erhöhte. Rumms! Abermals traf ein Windstoß den alten hölzernen Balken und ließ ihn zurück an die Hausmauer krachen. Grummelnd riss Alexandra sich das Kissen vom Kopf und kniff die Augen zusammen. Halbdunkle Schemen ließen erahnen, dass die Dämmerung gerade angebrochen war. Sie schlug die Decke zur Seite und schlurfte zum Fenster. Ihr Atem schwebte als ein kaum sichtbares Wölkchen in das morgendliche Zwielicht hinaus, als sie sich nach draußen beugte, um den Balken zu verankern. Der Wind sauste durch die Dachgiebel und begrüßte sie mit einem leisen Heulen. Abgesehen davon herrschte Stille. Selbst der früheste Vogel befand sich noch im Reich der wohlverdienten Erholung, den Kopf sicher unter sein Federkleid gebettet.

Sie fröstelte. Langsam, aber sicher wurde ihr die Kälte zuwider. Wo war die Wärme, die von den hiesigen Meteorologen tagtäglich prophezeit wurde? Wo der traumhafte Frühsommer, für den die Gegend so bekannt war? Viel fester, als es nötig gewesen wäre, knallte sie das Fenster zu. Sie bückte sich nach dem geöffneten Koffer, der vor dem leeren Kleiderschrank lag, und zog den erstbesten Pullover, dessen Ärmel an einer Seite heraushingen, hervor. Es war Tage her, dass sie das Häuschen bezogen hatte, dennoch hatte sie es noch nicht einmal geschafft, richtig auszupacken. Missmutig verzog sie die Lippen, streifte sich das dicke Wollteil über und stakste die Treppe hinab.

Ihr Blick fiel auf die offene Feuerstelle im Wohn-Esszimmer. Das Feuer des vergangenen Abends war bis auf das letzte Scheit abgebrannt, die Asche war kalt. In der klammen Luft lag das Aroma von Salami und Ruß. Sie zog den Kragen höher. Der Kamin machte einen großen Teil des Charmes der Casetta aus, kein Vergleich zu dem kahlen Zwei-Zimmer-Apartment am anderen Ende des Örtchens, in dem sie gleich nach ihrer Ankunft Quartier bezogen hatte. Die Steinmauer harmonierte perfekt mit dem schmiedeeisernen Kamingitter, davor der kunstvoll geschnitzte Schaukelstuhl, geschmückt mit einer flauschigen Decke aus Lammfell. Auf dem Papier klang das kuschelig und warm, richtig romantisch. Doch warm wurde es hier wohl nie. Sie schaufelte einen gehäuften Löffel Kaffee in die Caffettiera und platzierte sie auf dem Gasherd. Wahrscheinlich könnte sie eine ausgewachsene Buche auf einmal ins Feuer werfen und würde trotzdem drei Meter entfernt jämmerlich erfrieren. Die unbarmherzige Umarmung der Bora, die das Dorf seit Wochen umfing, machte das Leben hier beinahe unerträglich.

Der hölzerne Sessel knarzte leise, als sie sich auf die Sitzfläche sinken ließ. Der Esstisch schien sich unter seiner Last durchzubiegen. Er war zum Bersten voll mit Büchern, Zeitungsartikeln, Fotos und unliniertem Papier, das bis an den Rand vollgekritzelt war. Irgendwo in den Untiefen dieses Berges verriet das unüberhörbare Sauggeräusch eines Lüfters die Anwesenheit eines Laptops. Laut surrend bettelte er darum, befreit oder einfach nur heruntergefahren zu werden. Sie ignorierte das Flehen. Zielsicher griff sie ins Chaos und förderte eine angebrochene Packung Zigaretten zutage. Ihre zahllosen Versuche, den blauen Dunst ein für alle Mal aus ihrem Leben zu verbannen, waren allesamt gescheitert. Sie würde aufhören. Bald. Sobald sich ihr Leben einigermaßen beruhigt hatte und sie die Kraft dafür aufbringen konnte.

Die Caffettiera begann ungeduldig zu blubbern und zu dampfen. Einen Seufzer von sich gebend erhob sie sich und warf die Zigarettenschachtel zurück auf den Tisch. Sie löschte die Flamme und griff nach der Kaffeekanne. Da sauste ein pfeifendes Geräusch durch ihr Trommelfell, und der Geruch von verbranntem Plastik stieg in ihre Nase. Sie stieß einen spitzen Schrei aus und hechtete zum Spülbecken, doch die brühend heiße braune Flüssigkeit ergoss sich bereits über Boden, Wände und Mobiliar. Verdutzt hob sie die rechte Hand, die immer noch den Plastikhenkel der Caffettiera umklammert hielt. Die Kanne selbst hatte sich verabschiedet.

Sie hatte es gewusst. Sie hatte gewusst, dass es einer dieser Tage werden würde, an denen es besser gewesen wäre, das Bett erst gar nicht zu verlassen.

Ihr Blick wechselte unentschlossen zwischen dem Berg voller Arbeit, der ungeduldig auf sie wartete, und der Überflutung auf dem Boden hin und her. Sie pfefferte den Rest des Plastikhenkels mitten in das Chaos, riss den Schlüsselbund vom dafür vorgesehenen Haken neben der Eingangstür und stapfte grimmig nach draußen.

Der Motor des kleinen Fiat heulte auf Anhieb auf. Lauter als normal, doch er lief, und das war weit mehr, als sie erwartet hatte. Sie schob sich einen der extrascharfen Kaugummis in den Mund, die sie im Handschuhfach aufbewahrte, und bändigte ihr ungekämmtes Haar in einem Pferdeschwanz. Ein Blick in den Rückspiegel lenkte ihr Augenmerk auf die dunklen Schatten unter ihren Augen. Mittlerweile ließen sie sich nicht einmal mehr mit Make-up verdecken, und sie versuchte es auch gar nicht. Mit jedem Tag, der verstrich, verwendete sie ein bisschen weniger Zeit darauf, vor dem Spiegel zu stehen. Die roten Lippen waren ebenso Vergangenheit wie die lackierten Nägel und die hochhackigen Schuhe. Wofür auch? Es war den Aufwand nicht wert. Kritisch zupfte sie an den vermeintlichen Krähenfüßen. Ihre sonst so jugendliche Haut war nun eine Mischung aus aschfahlem Teint und tiefen Augenringen. Die Sache mit dem Schlaf würde sie früher oder später in den Wahnsinn treiben. Wohl eher früher. In ihrem momentanen Zustand war die kaputte Kaffeemaschine gleichbedeutend mit einer Katastrophe.

Sie folgte der schmalen Allee, die sich durch das idyllische Örtchen wand. Sie passierte prächtige Weinberge und von unzähligen Sträuchern und Bäumen gesäumte Gassen, ehe sie auf die Hauptstraße abbog. Hier stach jedem, der auch nur über minimale Sehkraft verfügte, schon von Weitem ein überdimensionaler Betonklotz ins Auge, der als hässlicher Einschnitt in der schönen Landschaft aus dem Boden ragte. Im »Ipermarkt«, wie die Italiener den gigantischen Supermarkt nannten, konnte man nach Herzenslust und ohne Einschränkungen seinem Konsumdrang frönen. Es gab dort alles zu kaufen. Wirklich alles. Man konnte den Komplex in der Früh betreten und bei Geschäftsschluss wieder verlassen, ohne ein einziges Regal zweimal gesehen zu haben. Und selbst wenn alle zehntausend Seelen, die die Gegend im Umkreis ihr Zuhause nannten, auf einmal das Einkaufszentrum stürmten, sähe die Verkaufsfläche wahrscheinlich immer noch beinahe verwaist aus.

Alexandra stellte den Wagen auf dem weitläufigen Parkplatz ab und betrat das Gebäude. Hastig schnappte sie sich den erstbesten Verkäufer, dessen knallrotes Gilet in ihrem Blickfeld auftauchte, und ließ sich zu dem Gang mit den Küchengeräten führen. In weiser Voraussicht wählte sie eine Variante aus Keramik und war Minuten später schon wieder auf dem Weg nach draußen.

Den nervtötenden Geräuschen, die der Wagen während der Rückfahrt von sich gab, schenkte sie Aufmerksamkeit in Form eines sofortigen Aufdrehens des Autoradios. Die Lautstärke am Anschlag, folgte sie der Landstraße. Mit einem Mal drängte sich ein blaues Blitzen in ihr Sichtfeld. Sie kniff die Augen zusammen und sah in den Rückspiegel. In rasantem Tempo näherte sich ein blaues Warnlicht, und noch ehe sie das Auto an den Straßenrand lenken konnte, heulte eine Sirene auf, und das erste Polizeiauto rauschte an ihr vorbei. Wie gebannt sah sie in den Rückspiegel. Dem ersten Dienstwagen folgte eine ganze Autokolonne. Sie traute ihren Augen kaum. War der Präsident der Vereinigten Staaten in der Gegend? Schon sauste der zweite Wagen an ihr vorbei.

Jäh durchfuhr ein Ruck den alten Fiat, der so abrupt und heftig kam, dass sie nach vorn in den Gurt gepresst wurde, der sich schmerzhaft in ihre Brust drückte. Sie richtete den Blick zurück auf die Straße vor sich, wo ein wütend aussehender Italiener aus seinem alten Peugeot hüpfte und wild gestikulierend das Heck seines Fahrzeugs begutachtete. Erschrocken machte er einen Satz zur Seite, als vier weitere Polizeiautos mit Blaulicht an ihm vorbeirasten, ohne die Geschwindigkeit einen Deut zu verringern, geschweige denn von ihm Notiz zu nehmen.

Alexandra schluckte. Mit zittrigen Fingern löste sie den Gurt aus seiner Halterung und stieg aus dem Wagen, die Knie weich wie Zuckerwatte. Ehe sie überhaupt nur den Mund aufmachen konnte, wurde sie mit einem unverständlichen Wortschwall biblischen Ausmaßes überschüttet. Die Größe des Friulaners – er überragte sie, obwohl sie selbst nicht ausgesprochen klein war, um gut zwei Handbreit – und das zornige Flackern in seinen Augen ließen sie augenblicklich einen Schritt zurückweichen. Er schäumte vor Wut.

»Mi … dispiace«, stammelte sie hilflos und hob abwehrend die Hände. Mist, verdammter, fluchte sie in Gedanken. Ihre Italienischkenntnisse ließen sich einem durchaus passablen Niveau zuordnen, doch in wichtigen Momenten schien sich das sorgsam aufgebaute Vokabular stets wieder dem Nullpunkt anzunähern. »Io sono …«

Sie überlegte angestrengt. Ein Wort für »untröstlich«. Sie starrte in den Himmel. »Ich bin traurig«, hätte sie gerade noch zustande gebracht. Colpito, fiel es ihr siedend heiß ein.

»Sono veramente colpita«, entgegnete sie, »sono stata deconcentrata, c'erano tantissime pantere.«

Doch er ignorierte die mühsam hervorgebrachte Entschuldigung, die vielen Polizeiautos hätten sie abgelenkt, und zeterte munter weiter.

Die friulanische Sprache hatte nach Alexandras Auffassung durchaus etwas Faszinierendes an sich, doch meist war es für sie nicht viel mehr als unverständliches Gebrabbel, etwas, das einer Mischung aus Slowenisch und Spanisch glich. Sie beherrschte weder das eine noch das andere.

»Würden Sie bitte Italienisch mit mir sprechen? Ich kann Sie nicht verstehen«, erwiderte sie, doch schon prasselte der nächste Wortschwall auf sie ein. Sie kniff die Augen zusammen und starrte wie gebannt auf die Lippen des Mannes. Es war faszinierend, wie schnell sie sich zu bewegen vermochten. Kleine Speicheltropfen sammelten sich in seinen Mundwinkeln.

Endlich verstummte er und starrte sie erwartungsvoll an. Dieser Geifer an seinem Mund, er wollte sie förmlich in den Wahnsinn treiben. Ein fast unbändiger Drang, sich ein Taschentuch zu schnappen und ihn ihm einfach wegzuwischen, kribbelte in ihren Fingerspitzen. Es war beinahe so wie an jenem Tag vor einem Jahr, als sie von diesen schauderhaften Zahnschmerzen geplagt worden war. Man hatte ihr einen Weisheitszahn gezogen. Ihr Vater hatte sie von der Zahnarztpraxis abgeholt, und auf dem Weg nach Hause war ihr dank der Betäubung unentwegt Speichel aus den Mundwinkeln geflossen, ohne dass sie es bemerkte. Er hatte gelacht, sich im nächsten Moment mit schlechtem Gewissen entschuldigt, nur um sogleich wieder ein breites Grinsen aufzusetzen.

Ihr Vater würde ihr die Hölle heißmachen, wenn er von dem Unfall erfuhr. »Gut, dass du immer noch diese alte Klapperkiste fährst«, behauptete er gern. »Jedes neue Auto wäre arm dran bei dir.« Es hatte gute Seiten, dass er ihr Versicherungsmakler war, doch diese gehörte eindeutig nicht dazu. Sie musste schmunzeln. Ihr Fahrstil war noch nie sein Fall gewesen, was wohl auch der Grund dafür war, dass er jeder Gelegenheit, bei seiner Tochter mitzufahren, gekonnt aus dem Weg ging.

»Eh! Eh!«, machte der Italiener und klatschte die Hände vor ihrem Gesicht zusammen. »Che cosa sta succedendo? Sei pazza?«

Ob sie verrückt sei, fragte er. Sie schüttelte den Kopf. Weniger um seine Frage zu beantworten, als um ihre Gedanken loszuwerden. Sie warf einen fachmännisch wirkenden Blick auf die Stelle, an der die Wagen zusammengekracht waren, und nickte heftig. Sie hatte nicht den Hauch einer Ahnung, wie schlimm der Schaden war. Das Heck des Peugeot war sehr in Mitleidenschaft gezogen worden, es war zerbeult, und an einer Seite war das Rücklicht zerbrochen.

»Mi vuole chiamare la polizia?«, fragte sie und wandte sich in seine Richtung. Das machte man doch in so einem Fall, man rief die Polizei.

»Polizia! Polizia? Ma che cosa vuoi con la polizia!«, sang er wild gestikulierend. Mit einem Klopfen auf eine imaginäre Uhr an seinem Handgelenk fügte er hinzu: »Sono in fretta, Signora! Niente polizia! Niente assicurazione! Mi paghi subito! Qua! Adesso! Vuoi mettermi nei guai?«

Die letzten Worte klangen drohend. Nein, sie wollte definitiv keine Probleme mit ihm.

»Wie viel?«, erkundigte sie sich zaghaft und machte eine Geste mit Daumen und Zeigefinger, von der sie sich sicher war, dass sie auch über die deutschsprachigen Grenzen hinaus Gültigkeit hatte.

Laut schnaubend wandte er sich von ihr ab und trat auf sein Auto zu. Als wären ein paar zusätzliche Kratzer im Lack des alten Peugeot das Schlimmste auf der Welt, jammerte er vor sich hin. Dann drehte er sich wieder Alexandra zu und deutete anklagend auf das zerbrochene Rücklicht. Sie hob sogleich beschwichtigend die Hände und langte umständlich über den Fahrersitz hinweg auf die Beifahrerseite ihres Wagens. Das abgenutzte Scheckbuch lag ganz unten in ihrer vollgestopften Tasche. Ein Glück, dass sie das chaotische Überlebens-Kit, das sie Handtasche nannte, nur alle paar Monate von unnötigem Kram befreite. Noch umständlicher wühlte sie nach einem Kugelschreiber und trug schließlich mit zitternden Händen eine Zahl ein.

Er kniff grimmig die Augen zusammen und schien einen Moment zu überlegen. Dann schnappte er sich mit einer schnellen Handbewegung den dargebotenen Scheck. Ehe sie noch etwas sagen konnte, drehte er sich um und sprang in seinen Wagen. Er knallte die Tür zu, dass sie beinahe aus den Angeln fiel, und brauste davon.

Seufzend sah Alexandra sich auf der nun menschenleeren Straße um. Sie fluchte, als sie ihren eigenen Schaden begutachtete. Der kleine Fiat sah bemitleidenswert aus. Die verbeulte Stoßstange klebte nur noch an einer Stelle an der Karosserie, der Rest hing lose herunter. Sie rüttelte daran, bekam aber nur ein beleidigtes Knirschen zur Antwort. Das scharfkantige Metall schnitt ihr in die Handfläche, die sofort zu bluten begann.

»Scheiße«, murmelte sie. Womit hatte sie das verdient? Womit hatte sie das Universum diesmal verärgert? Tränen der Wut stiegen in ihr hoch. Mit voller Wucht trat sie gegen die Metallkonstruktion, bis diese unter lautem Gepolter zu Boden krachte. Sie packte sie und beförderte sie mit Schwung in den Straßengraben.

Der Wagen grummelte energisch, als sie den Schlüssel im Zündschloss drehte, doch er sprang an. Sie trat fest auf das Gaspedal. In einem Land, in dem Sperrlinien als Vorschlag betrachtet wurden und Blinker inexistent waren, konnte man wahrscheinlich sogar ohne Fahrertür unterwegs sein, ohne die Aufmerksamkeit eines Polizisten zu erregen.

Unter der Beobachtung zweier tuschelnder Passanten parkte sie das Häufchen Metall, das ihr Fortbewegungsmittel von nun an war, am Straßenrand vor ihrem derzeitigen Zuhause und stapfte über den mit Kieselsteinen ausgestreuten Hof. Energisch warf sie die neue Kaffeemaschine samt Verpackung auf den Küchentresen und hielt ihre Hand unter fließendes kaltes Wasser, bis die Blutung fast gestoppt war. War das womöglich ein Zeichen? Etwas, das sie daran erinnern sollte, wieso sie eigentlich hier war?

Sie setzte sich an den Esstisch, steckte sich eine Zigarette an und griff nach dem erstbesten Blatt Papier. Es war alles weit im Voraus geplant gewesen. Die aufwendige und langwierige Recherche hatte sie in ihrer Heimat hinter sich gebracht und sich an den Ort zurückgezogen, von dem sie schon lange geträumt hatte, um ihren nächsten Roman zu schreiben. Doch bis jetzt hatte sie sich partout nicht dazu aufraffen können, auch nur ein einziges Kapitel zu verfassen. Sie überflog die Notiz, warf sie achtlos zurück auf den Haufen und schnappte sich die nächste. Buchstaben, Worte, die sich in ihrem Kopf nicht zu ganzen Sätzen zusammenfügen ließen. Bilder, die vor ihren Augen verschwammen. Erschöpft rieb sie sich die müden Lider. Sie stand auf, riss die Kaffeemaschine aus der Verpackung, setzte eine randvolle Kanne auf und zog den Laptop unter den Bergen ihrer Arbeit hervor. Die Luft füllte sich langsam mit dem sanften Aroma frischen Kaffees, während sie begann, Ordnung in das Chaos zu bringen.

***

Die Sonne hatte den Zenit schon wieder überschritten. Mit jedem Zentimeter, den ihre Strahlen schräger auf die Erde fielen, drängten sie sich weiter durch die holzgerahmten Gläser in das Innere der Casetta. Geblendet lehnte Alexandra sich zurück und legte ihre Brille ab. Sie schloss für ein paar Sekunden die Augen und öffnete sie wieder. »Seite 24 von 24«, lautete die Angabe am unteren Rand des Textverarbeitungsprogramms. Sie verzog das Gesicht und warf einen Blick nach draußen. In Relation zu den Stunden, die sie sich nicht von ihrem Arbeitsplatz wegbewegt hatte, fiel das Ergebnis dürftig aus. Immer wieder musste sie sich zwingen, fokussiert zu bleiben. Zeitweise fühlte sie sich wie ein Schulkind, das von seinen Eltern in sein Zimmer verbannt worden war, um zu lernen, und das sich von jedem herumfliegenden Fussel ablenken ließ, weil ausnahmslos alles interessanter war als Mitose oder die Geschichte der Steinzeit.

Ihre Glieder schmerzten. Sie streckte die Arme aus und gähnte herzhaft. Dabei spürte sie, wie ihre Hand etwas Kaltes, Hartes streifte. Das Wasserglas gab ein leises »Klack« von sich, als es beinahe in Zeitlupe auf den Laptop kippte.

»Nein!« Hastig riss sie das Notebook vom Tisch. Das Wasser lief über die einzelnen Buchstaben der Tastatur. »Neinneinnein!«

Hektisch hämmerte sie auf das Touchpad ein, schaffte es irgendwie, das Speichern-Feld zu erwischen, und riss den Akku aus dem Gerät. Ein kurzes Stoßgebet vor sich hin murmelnd platzierte sie den Computer kopfüber auf einem Handtuch auf dem Fensterbrett. Ein unangenehmer Kloß bahnte sich in ihrem Hals einen Weg nach oben. Tränen stiegen ihr in die Augen. Sie versuchte, das beengende Gefühl hinunterzuschlucken, doch es wollte nicht klappen. Ohne dass sie sich dagegen wehren konnte, liefen die Tränen ihre Wangen hinab und mit salzigem Geschmack in ihre Mundwinkel.

Was war das nun wieder für ein Zeichen? Sollte es ihr zeigen, dass ihr Leben unglücklich verlaufen würde, ganz egal, in welchem Winkel der Erde sie sich befand? Wie sehr hatte sie gehofft, es würde endlich alles besser werden. In Wahrheit war es aber nur schlimmer geworden. Der Abstand zu ihrem Zuhause hatte nichts geändert, abgesehen davon, dass sich zu ihrer Frustration nun auch noch das schmerzliche Gefühl der Einsamkeit gesellt hatte. Sie ließ sich an der Wand entlang nach unten gleiten und blieb auf dem Boden hocken, die Knie ans Kinn gezogen und mit den Armen fest umschlungen.

Sie wusste nicht, wie lange sie so dagesessen hatte, während ihr bittere Tränen über das Gesicht liefen. Irgendwann schniefte sie laut und trocknete sich an ihrem Pullover ab. Umständlich fummelte sie ihr Handy aus der Hosentasche. Nach dreimaligem Tippen auf das Display erklang das Freizeichen.

»Hallihallo!«, grüßte eine fröhliche Stimme am anderen Ende der Leitung. »Schön, dass du dich auch mal meldest. Ich dachte schon, du wärst verschollen.«

»Hallo«, hauchte sie beinahe tonlos.

»Hallo«, hauchte Hannes in demselben Ich-liege-gerade-im-Sterben-Tonfall zurück. Sie konnte sein Grinsen beinahe hören. Igitt, hörte sie sich etwa wirklich so weinerlich an?

»Das ist nicht komisch«, entgegnete sie mit erstickter Stimme.

»Was ist los? Ist etwas passiert? Geht es dir gut?«

»Nein. Ja. Es ist …« Sie schloss für einen Moment die Augen und atmete tief durch. Es fühlte sich so gut an, einfach nur seine Stimme zu hören. »Es reiht sich einfach ein beschissener Tag an den nächsten. Alles, was ich anfasse, geht schief. Mein Auto ist hinüber, ich bin mit meiner Arbeit nicht ein Stück weitergekommen, ich blute, mein Laptop ist nass geworden, ich kann nicht schlafen … und …«, sie schluchzte, »überall ist Kaffee.«

Stille am anderen Ende der Leitung.

»Und es tut mir so leid, dass ich mich nicht eher gemeldet habe«, jammerte sie weiter, »ich wollte dich so oft anrufen. Aber ich dachte … ich dachte, je weniger Ablenkung ich habe, desto besser. Verstehst du?«

Stille.

Hannes räusperte sich. »Kaffee also, hm?«, wiederholte er dann und hatte hörbar Mühe, sich das Lachen zu verkneifen.

Sie nickte. Sofort kam sie sich dumm vor.

»Hast du gerade genickt?«, fragte er prompt. »Hör zu, das ist doch alles halb so wild. Das Auto kann man reparieren, und ich bin mir sicher, auch der Laptop wird es überleben. Und wenn du sagst, du blutest … meinst du, du hast deine …«

»Nein, was glaubst du denn! Ich habe mich an der dämlichen Stoßstange geschnitten, weil ich sie nicht abbekommen habe, und dieser durchgedrehte Italiener wollte einfach nicht langsamer sprechen, ich …«

Sie hielt inne, als sie merkte, wie lächerlich sie sich anhörte. Ihr wurde auf einmal bewusst, wie sehr sie Hannes vermisste.

»Willst du mich besuchen kommen?«, fragte sie zaghaft.

»Nichts lieber als das, du Heulsuse«, sagte er lachend. »Und jetzt hör auf, dich selbst zu bemitleiden. Du bist doch sonst nicht so.«

»Danke vielmals. Ich vergesse immer, wie sensibel du doch bist.«

»Jetzt hör aber auf. Also, ich bin morgen noch ziemlich eingespannt, aber danach komme ich, so schnell ich kann, versprochen. Brauchst du irgendwas?«

»Schwarzbrot«, flüsterte sie.

»Schwarzbrot? Im Ernst?«

»Ja, bitte. Wenn ich noch ein Panino essen muss, kommt mir das Weißmehl zu den Ohren raus.«

»Gut. Schwarzbrot also«, bestätigte er. »Und lass dir in der Zwischenzeit einen Rat von einem weisen Mann geben: Bring dich auf andere Gedanken. So wie ich dich kenne, hast du dich mal wieder zu Hause verbarrikadiert. Das hilft doch nicht. Geh an die frische Luft, mach einen Waldspaziergang oder einen Stadtbummel. Irgendwas.«

Sie nickte wieder. Es war egal. Er wusste ohnehin immer, wann sie es tat.

Nachdem sie aufgelegt hatte, hockte sie noch lange da und starrte auf die großen quadratischen Bodenfliesen. Widerwillig gestand sie sich ein, dass Hannes recht hatte. Gut fünfzehn Jahre oder vielleicht sogar noch etwas länger war es her, dass sie sich im Fahrschulkurs kennengelernt hatten. Er, der, ehe er mit seinen Füßen überhaupt das Gaspedal erreichen konnte, mit seinem großen Bruder schon heimlich das Autofahren geübt hatte, und sie, die im Cockpit eines Wagens so überfordert war, dass sie den Blinker mit dem Scheibenwischer verwechselte. Unnötig zu erwähnen, dass ihr erstes Zusammentreffen unter keinem guten Stern gestanden hatte. Die blonden Locken wirr vom Kopf abstehend, ein breites Grinsen aufgesetzt, hatte er ihre kläglichen Einparkversuche kommentiert. Sie konnte ihn damals nicht ausstehen, und am liebsten hätte sie ihn überfahren. Nur wusste sie eben nicht, wie.

Gott sei Dank nicht, dachte sie und musste lächeln. Sie würde die sonderbare Freundschaft, die sich nach ein paar Wochen zwischen ihnen entwickelt hatte, nicht eine Sekunde missen wollen. Hannes hatte in seinem Leben mindestens genauso viele schlechte Entscheidungen getroffen wie sie, und vielleicht war das mit ein Grund dafür, dass sie sich so gut verstanden. Denn egal, was passiert war, ganz egal, worum es ging, sie standen einander zur Seite. Es war egal, wie lange sie sich nicht sahen oder sprachen. Tage, Wochen, manchmal sogar Monate. Auch wenn sie zwischenzeitlich schon auf entgegengesetzten Seiten der Erde gelebt hatten, zwischen ihnen veränderte sich nichts. Es war, als würde die Zeit für sie einfach angehalten, und sie konnten stets dort anknüpfen, wo sie aufgehört hatten.

Entschlossen raffte sie sich auf und marschierte erhobenen Hauptes ins Bad, wo sie sogleich das heiße Wasser in der Dusche aufdrehte.

Sie verließ die Casetta durch die schmale Seitentür neben der Küche, die direkt in den angrenzenden Garten führte. Dieses kleine Stückchen Erde entschädigte Alexandra für jede durchfrorene Nacht, jeden Morgen, an dem das Warmwasser mal wieder fehlte, und jedes laute Knarren der Dachgiebel. Es war der Grund, wieso sie sich schon lange vor ihrem Einzug in das winzige Häuschen verliebt hatte. Sie konnte es noch immer kaum glauben, dass sie es nun ihr Zuhause nennen durfte. Palmen und Kakteen säumten die niedrige Steinmauer, die das Grundstück vom angrenzenden Weinberg trennte, was dem Garten ein ganz besonderes Flair verlieh. Sie hatte hier stets das Gefühl, sich in Süditalien zu befinden; sie konnte sogar beinahe das Meer riechen. Wahrscheinlich roch sie es dank dem langen Arm der Bora sogar wirklich. Die Casetta lag am Rand des malerischen Städtchens Cormòns mitten in den Weinbergen des Collio. Ein Ort, der es wie kein anderer von Anfang an geschafft hatte, sie in seinen Bann zu ziehen, verträumt und friedlich.

Friedlich, das war es. Sie fühlte sich hier wie in einer kleinen Oase des Friedens, denn Stress und Hektik waren in dieser Stadt Fremdworte. Die Gassen waren gesäumt von derzeit in voller rosaroter Blüte stehenden Kirschbäumen; der gepflasterte Hauptplatz, der wie so ziemlich jeder Hauptplatz in Friaul den stolzen Namen La Piazza della Libertà trug, war das Herzstück, zu dem sie führten. Cafés mit einladenden Gastgärten zwischen winzigen Geschäften und einer alten Buchhandlung säumten ihn. Darüber thronte die Statue von Maximilian I., dem Habsburgerkaiser. Sie war eine von vielen Erinnerungen daran, dass Cormòns jahrhundertelang ein Teil Österreichs gewesen war.

Alexandra beschloss, die paar hundert Meter zu Fuß ins Zentrum zu gehen. Nichts lag ihr ferner, als heute noch mal in ihr Auto zu steigen.

Es herrschte reges Treiben rund um die Piazza della Libertà, wo sich bereits viele Einheimische zum traditionellen Aperitivo vor dem Abendessen eingefunden hatten.

»Ah, buona sera, Signora! Guten Abend!«, rief eine bekannte Stimme. Sie drehte den Kopf. Luigi stand in der Eingangstür zu seiner Pizzeria »Alla Pergola« und bedeutete ihr übertrieben gestikulierend, zu ihm zu kommen. Er hatte das lange dunkle Haar mit viel zu viel Gel nach hinten gekämmt. Würde er noch ein weiteres Kilo zunehmen, wäre er buchstäblich breiter als hoch, stellte sie fest. Sie stakste auf die andere Straßenseite, wo sie von ihm überschwänglich begrüßt wurde. Schon hatte er eine seiner Kellnerinnen angewiesen, ein Glas Wein einzuschenken, und es ihr im nächsten Moment bereits in die Hand gedrückt.

»Un bicchiere di vino buonissimo per una ragazza bellissima«, säuselte er und setzte sein strahlendstes Lächeln auf. »Che peccato che è sempre sola«, fügte er, mehr an sich selbst gewandt, hinzu: Wie schade, dass Sie immer allein sind.

Seine Schmeicheleien waren etwas, womit sie sich schwergetan, an das sie sich aber schlussendlich doch gewöhnt hatte. So zuckte sie nur grinsend mit den Schultern.

»L'amore non mi ha trovato ancora«, antwortete sie. Die Liebe hat mich noch nicht gefunden.

»Be'«, entgegnete er theatralisch und hob die Hände in Richtung Himmel, um anzudeuten, Gott solle sich anstrengen. Aufmunternd klopfte er ihr auf die Schulter.

Sie prostete Luigi mit dem Weinglas zu, nippte daran und stellte es auf der Theke ab. Die beiden älteren Männer, die neben ihr am Tresen lehnten, unterbrachen ihre lautstarke Diskussion, um Luigi zu bitten, ihnen noch ein Bier zu servieren. Sie nickte höflich, als sich einer der beiden zu ihr umdrehte, und griff wieder nach ihrem Glas. Der Tocai hinterließ einen angenehm herben Nachgeschmack auf ihrer Zunge.

Sekunden später stellte Luigi zwei rotweinglasähnliche Gefäße vor den Männern ab, randvoll mit Bier gefüllt, und beugte sich, so weit es seine Leibesfülle zuließ, über die Theke. Seine Augen funkelten aufgeregt. »Habt ihr es schon gehört?«, begann er auf Italienisch und sah erwartungsvoll von einem Thekengast zum anderen.

Alexandra runzelte fragend die Stirn, und auch die beiden Männer schauten unwissend.

Luigi warf einen Blick nach links und einen nach rechts, als wollte er sich versichern, dass sie niemand beobachtete. Dann senkte er seine Stimme zu einem Flüstern. »Bei uns läuft ein Mörder frei herum«, war alles, was er sagte, ehe er sich in eine übertrieben lange Kunstpause flüchtete und seine Zuhörer verheißungsvoll musterte. Offensichtlich genoss er diesen Moment.

Alexandra war sich nicht sicher, ob sie seine Worte richtig verstanden hatte, und schüttelte nur verständnislos den Kopf.

»Ach, jetzt hör aber auf«, blaffte der jüngere der beiden Männer neben ihr, der auf den Namen Pepe hörte, »das ist doch nur ein albernes Gerücht.«

»Es ist wahr!«, gab Luigi zurück und nickte heftig. »Giuseppe hat mir erzählt … Ihr kennt doch Giuseppe?« Er blickte erneut in die Runde. Niemand reagierte.

Der Ältere, dessen Namen Alexandra nicht kannte, deutete ein Schulterzucken an und signalisierte ihm, die Augen genervt verdrehend, er solle bitte endlich zum Punkt kommen.

»Also, Giuseppe hat mir erzählt, dass man heute eine Leiche im Natisone gefunden hat. Eine Frau. War ziemlich übel zugerichtet.«

»Das heißt aber noch lange nicht, dass sie jemand um die Ecke gebracht hat«, widersprach Pepe. »Unfälle passieren.«

»Das war sicher kein Unfall«, rief Luigi und senkte seine Stimme sofort wieder zu einem fast schon unheimlichen Flüstern. »Sie wurde gejagt und gefoltert. Und dann brutal ermordet.«

»Ist das wieder eines von deinen Schauermärchen?« Der ältere Mann lachte sarkastisch auf, ehe er einen großen Schluck von seinem slowenischen Bier nahm. Doch Luigis Miene blieb ernst.

»Blödsinn! Sehe ich aus, als würde ich Witze machen? Die Polizei von halb Norditalien ist hierher unterwegs. Man vermutet wohl einen Serienmörder oder so.« Er deutete durch die offene Eingangstür nach draußen, wo in diesem Moment zwei Polizeiautos im Schritttempo die enge Straße querten.

Alexandra schluckte und musste an die Polizeikolonne denken, die am Morgen auf der Via Trieste an ihr vorbeigedonnert war. Der Natisone war nicht weit entfernt. Ein Schauer rieselte ihr über den Rücken, als sich in ihrer Vorstellung ein Bild formte. Es war das Bild eines aufgedunsenen Körpers, der an einem Felsen im halbseichten Wasser des Flusses hängen geblieben war und dessen Extremitäten im Rhythmus der Wellen sanft auf und ab schaukelten. Im Hintergrund zwitscherte leise ein Vögelchen. Energisch schüttelte sie sich, um die Szene aus ihrem Bewusstsein zu verbannen.

»Wie ist sie denn gestorben?«, erkundigte sie sich vorsichtig.

»Wird wohl ersoffen sein«, grunzte Pepe, »wahrscheinlich war sie spazieren, ist in ihren hohen Schuhen gestolpert und irgendwo mit dem Kopf angestoßen, ehe sie abgesoffen ist.« Er schlug mit der flachen Hand auf die Theke. »Fall abgeschlossen.«

Sie warf ihm einen angeekelten Blick zu, den er aber nicht wahrzunehmen schien. Er posaunte munter weiter abfällige Theorien durch den Raum, auf die sein Kumpel mit amüsiertem Glucksen reagierte. Luigi wandte sich ab.

»Noch eines?«, fragte er Alexandra und deutete auf ihr Weinglas, das sie übereilt in einem Zug leerte. Sie winkte ab und sah zu, dass sie das Weite suchte, ehe das Gesprächsniveau völlig ins Bodenlose fiel.

Gedankenverloren schlenderte sie durch die überschaubare Fußgängerzone. Was der Frau wohl widerfahren war? Freilich konnte man davon ausgehen, dass die Hälfte von Luigis Schilderungen nicht der Wahrheit entsprach. Er war bekannt dafür, gern ein wenig zu übertreiben. Und wenn er es von Giuseppe hatte, der es sicherlich wiederum von jemand anderem hatte, war wahrscheinlich noch viel weniger an der Geschichte dran, als man ihm zugestehen mochte. Doch das unangenehme Gefühl, das sich in ihrer Magengrube ausgebreitet hatte, wollte partout nicht mehr verschwinden. Ging tatsächlich ein Serientäter um, der Frauen ermordete? Musste sie sich Sorgen machen?

»Blödsinn«, rief sie sich selbst zur Vernunft, während sie auf die Dorfbäckerei Bonelli zusteuerte. Das dazugehörige Café war bis auf den letzten Platz besetzt, doch die Bäckerei selbst war leer. Ein Klingeln ertönte, und der Geruch von frisch gebackenem Brot strömte ihr entgegen.

»… trotzdem nicht weit genug. Sie hat angeblich ganz in der Nähe gewohnt. Es hätte also genauso gut eine von uns erwischen können.«

Die Verkäuferin, eine pummelige Dame, das langsam ergrauende Haar platinblond gefärbt, war gänzlich in ihr Telefongespräch vertieft.

»Francesco war mit der Angel draußen bei San Nicolò … Ja, seit er in Rente ist, hat er das Fliegenfischen wieder für sich entdeckt. Jedenfalls wollte er gerade eine Forelle einholen, als sich das Wasser plötzlich blutrot färbte … Wenn ich es dir doch sage! Er ist noch immer völlig verstört.«

Alexandra verzog unwillig das Gesicht. Da sollte noch einmal jemand sagen, dass Italiener nicht zu Übertreibungen neigen. Sie räusperte sich, und die Bäckerin fuhr erschrocken herum. Sogleich würgte sie die Person am anderen Ende der Leitung ab und entschuldigte sich beinahe schon übertrieben höflich für ihre Unaufmerksamkeit.

»Sie haben es doch sicher auch schon gehört, oder?«, fragte sie zögernd und blickte Alexandra aus kleinen dunklen Augen erwartungsvoll an. Ihre Wangen glühten, so sehr brannte sie darauf, den neuesten Klatsch und Tratsch zu verbreiten. Doch Alexandra nickte schnell.

»Luigi hat es erwähnt, ja.«

»Grausam, so etwas.« Sie schüttelte nachdrücklich den Kopf, sodass sich eine der blonden Locken aus der Klammer löste und ihr in die Stirn fiel. »In einer Großstadt kann man das ja noch erwarten, aber hier? Hier bei uns?« Mit einer raschen Handbewegung schob sie die Strähne wieder zurück in die ursprüngliche Position. »Was hätten Sie denn gern?«, fragte sie dann und griff nach einer bereitliegenden Brotzange.

Eine Tüte mit Strucchi in der Hand, verließ Alexandra die Bäckerei. Die kleinen ravioliartigen Mürbeteigecken, gefüllt mit einer Mischung aus Nüssen, Rosinen und Grappa, verströmten einen herrlichen Duft, der ihr das Wasser im Mund zusammenlaufen ließ. Auch wenn die Nachricht von der toten Frau wie eine Sturmbö durch das knapp siebentausend Seelen zählende Dorf gefegt war und einen Hauch Unbehaglichkeit zurückgelassen hatte, war ihre schlechte Laune fast völlig verflogen. Es lag sogar ein breites Lächeln in ihrem Gesicht, als sie über den gepflasterten Gehsteig zurück zur Casetta wanderte. Zwei ihr entgegenkommende Polizeibeamte musterten sie kritisch, als sie sich grinsend eines der Strucchi in den Mund schob.

ZWEI

Umständlich fummelte Commissario Medeot die Brille aus der Brusttasche seines eisencyanblauen Hemdes, setzte sie auf und beugte sich über den Seziertisch. Die Operationsleuchte, die über ihm hing, strahlte so hell, dass er blinzeln musste.

Es waren ein paar Monate vergangen, seit er sein fünfundzwanzigjähriges Jubiläum bei der Görzer Quästur der italienischen Staatspolizei begangen hatte, dabei kam es ihm vor wie gestern. Das gesamte Präsidium hatte dem Commissario ruolo ordinario eine Feier ausgerichtet, an die er sich sehr gern zurückerinnerte. Rasend schnell war seither die Zeit an ihm vorbeigebraust. Abgerissene Kalenderblätter, die sich auch mit Mühe nicht mehr zurückheften lassen wollten. Blätter, die stattdessen mit einem Hauch von Wehmut im Mülleimer landeten.

Seine lange und erfolgreiche Karriere hatte ihm viele schöne Erinnerungen beschert. Die Geburt eines Babys auf dem Rücksitz seines Streifenwagens, die Zusammenführung einer willkürlich getrennten Familie. Und einige unschöne Erfahrungen, an denen er stets, auch heute noch, zu wachsen versuchte. Doch so viel er auch gesehen und erlebt hatte, außergewöhnliche Fälle waren in der Provinz Görz eine erlesene Rarität. Umso mehr hatte ihn der Anruf überrascht, den er am Vorabend erhalten und für den er bereitwillig seinen Familienurlaub in San Benedetto del Tronto unterbrochen und sich umgehend in der pathologischen Abteilung des Ospedale di Gorizia eingefunden hatte. Je größer seine Euphorie geworden war, desto mehr war die Begeisterung seiner Ehegattin über den Umstand, dass er sie mit den beiden halbwüchsigen Streithähnen allein zurücklassen wollte, geschrumpft.

Er hatte ihr einen flüchtigen Kuss auf die Stirn gedrückt und sich mit seiner Lieblingsrechtfertigung verabschiedet: »Cui ch'al lavore in 'zoventût al gjolt in vecjae«, nur wer in jungen Jahren arbeitet, kann seinen Lebensabend auch genießen. Die einzige

Reaktion seiner Frau war ein genervtes Verdrehen der Augen gewesen.

»Bearzot, bringen Sie mich auf den neuesten Stand«, wies er den jungen Inspektor an, der am anderen Ende des sterilen Raumes an den Lippen des Rechtsmediziners hing und sich eifrig Notizen machte.

»Sí, certo, Commissario«, erwiderte er und eilte herbei. Die Nervosität stand ihm ins Gesicht geschrieben; Medeot musste sich ein Schmunzeln verkneifen, wollte er den eifrigen jungen Polizisten nicht noch mehr verunsichern.

Zwar war die Erinnerung nicht mehr genauso glasklar wie einst, dennoch konnte er sich lebhaft an einige frühe Fälle seiner Dienstzeit erinnern, als alles noch so unglaublich aufregend gewesen war. Als Anfänger hatte man stets das Gefühl, dass man die Welt mit jedem noch so kleinen Kriminellen, den man seiner gerechten Strafe zuführte, ein Stück weit besser und sicherer machte.

Es würde noch eine Weile dauern, bis auch Bearzot sich der Tatsache bewusst wurde, dass die einzelne Verhaftung nicht mehr war als der viel zitierte Tropfen auf den heißen Stein. Es mochte anfangs schwierig erscheinen, doch wenn man sich dieses Faktums erst besann, konnte man am Ende auch akzeptieren, dass man nie ein herausragender Weltveränderer werden würde.

Bearzot blätterte durch seine Notizen.

»Das Opfer wurde heute gegen vierzehn Uhr im Uferbereich des Natisone gefunden, etwas südlich von San Giovanni. Eine Gruppe von Anglern hat bemerkt, dass sich zwischen einigen Felsen etwas verfangen hatte, und hat sie rausgeholt. Da der Wasserstand in diesem Gebiet relativ niedrig ist, können wir davon ausgehen, dass sie ein paar hundert Meter nördlich der Fundstelle in den Fluss geworfen wurde. Zwei Teams durchkämmen im Moment die Gegend.«

»Was wissen wir über das Opfer?«

Der Rechtsmediziner Di Maria ergriff das Wort. »Die Tote ist zwischen dreißig und fünfunddreißig Jahre alt, eins zweiundsechzig groß, um die fünfundfünfzig Kilo.«

Medeot blickte ihn erwartungsvoll an, doch Di Maria zuckte nur mit den Schultern.

»Das ist so gut wie alles, was wir bisher über sie wissen.«

»Magnifico. Darauf wäre ich von allein nie gekommen.«

»Es wurden keine Papiere bei ihr gefunden«, erklärte Bearzot. »Selbst wenn sie welche dabeihatte, wird es schwierig, sie zu finden. Sie könnten mittlerweile im Golf von Triest angekommen sein. Auch ihre Fingerabdrücke sind nicht im System.«

»Ich versuche, sie anhand ihrer Zähne zu identifizieren. Hoffen wir mal, dass sie aus der Gegend ist, sonst wird es schwierig.«

»Gut.« Medeot wandte sich an Bearzot. »Haben Sie schon die Vermisstenmeldungen geprüft?«

»Es gab keine Übereinstimmungen. Die Kollegen von der Mordkommission in Padua wurden verständigt, sie dürften bald hier eintreffen.«

Medeot schnaubte verächtlich. Er machte keinen Hehl daraus, dass er nicht einen Funken Sympathie für die sogenannten »Kollegen« aufbrachte. Dass sie zu Kapitalverbrechen hinzugezogen wurden, war einer der größten Nachteile, wenn man in einer kleinen Provinz wie Görz tätig war. Die vor Arroganz nur so überschäumenden Spezialisten aus Padua wollten ihm jedes Mal mit stolzgeschwellter Brust erklären, wie er seine Arbeit zu erledigen hatte. Er wusste sehr genau, wie sie ihn hinter seinem Rücken nannten: poltrone vigliacco. Einen Faulpelz. Einen Feigling. Wegen eines einzigen Fehlers, den er vor Jahren begangen hatte. Dabei war er die letzte Person auf Erden, auf die diese Bezeichnung zutraf.

Anfangs mochte ihn das Gerede noch gekränkt haben, doch heute ging es ihm am sprichwörtlichen Hinterteil vorbei, was sie oder irgendjemand anderes von ihm hielten. Allen Klischees und Vorwürfen zum Trotz war ihm die Aufklärung eines Falles stets das Wichtigste. Er wollte nicht noch einmal den Ausdruck in den Augen einer Ehefrau sehen, die realisierte, dass sie nicht nur ihren Mann verloren hatte, sondern noch dazu niemals erfahren würde, wer dafür verantwortlich oder warum es überhaupt geschehen war. Wie konnte so jemand jemals damit abschließen? Gleichsam war ihm jeder Gesetzeshüter, der sich von Geld, Ansehen oder den politischen Ambitionen eines Verdächtigen beeinflussen ließ, ein Dorn im Auge. Zum Glück hatte er mit Bearzot jemanden in seinem Team, der – dessen war er sich mittlerweile sicher – ähnliche Ansichten vertrat. Doch wenn Padua mitmischte, hatte er oft gar keine Wahl. Bisher hatte er es immer geschafft, wenn auch zähneknirschend, sich mit den Patavini zu arrangieren. Dasselbe galt für Di Maria. Di Maria war der wohl einzige Rechtsmediziner im Umkreis von gut fünfzig Kilometern und vermutlich der verschrobenste von ganz Norditalien. Mit ihm zu arbeiten war jedes Mal eine Herausforderung, auf die Medeot liebend gern verzichtet hätte. Lang hatte er versucht, einen anderen Verantwortlichen zu finden. Aussichtslos. Die Mediziner in Triest und Udine hatten sogleich abgewinkt. Sie steckten selbst bis zum Hals in Arbeit. Er hatte beim Pathologen des Krankenhauses für seine Fälle geworben. Vergeblich. Man hatte ihm von oberster Stelle einen Riegel vorgeschoben.

»Wann sind Sie denn mit der Obduktion fertig?«, erkundigte er sich bei Di Maria.

»Ich bin schon längst fertig. Die Forensik lässt nur wie gewohnt auf sich warten«, erwiderte dieser und griff nach einem Klemmbrett, das auf einem Metalltisch an der Wand lag. Medeots Blick folgte seiner Bewegung und blieb an einem Teller mit einem angebissenen Tramezzino und einer geöffneten Dose Red Bull hängen, die direkt danebenstanden. Angewidert verzog er das Gesicht. Di Maria gab sich alle Mühe, jedem noch so ausgelutschten Klischee eines Leichenbeschauers bis ins kleinste Detail zu entsprechen. Jedes Mal wenn sich die Lifttüren im Untergeschoss des Krankenhauses öffneten, musste der Commissario die Übelkeit hinunterschlucken, die sich augenblicklich in ihm ausbreitete, wenn er den penetranten Geruch von Tod und Formalin wahrnahm. Und Di Maria gönnte sich hier unten sogar Imbisse.

»Sehr hygienisch«, bemerkte er.

»In der Tat.« Di Maria nickte. »Ihnen ist vielleicht nicht klar, wie stark unsere Desinfektionsmittel sind. Das ist vermutlich der sauberste Ort von hier bis nach Bergamo.«

Medeot ignorierte seine Worte und deutete auf die Frauenleiche.

»Bis der Bericht aus der Forensik kommt, kann ich Ihnen schon einmal so viel sagen: Der Todeszeitpunkt liegt in der gestrigen Nacht. Den Veränderungen der Haut an der Handinnenfläche nach dürfte sie etwa vier bis sechs Stunden im Wasser gelegen haben. Da Totenflecke weitgehend fehlen, würde ich sagen, sie wurde ziemlich bald nach ihrem Tod im Natisone entsorgt.«

»Wie bald?«

»Maximal zwanzig Minuten. Vorsichtig geschätzt, ist sie vermutlich zwischen zwei und halb fünf Uhr morgens gestorben, jedoch nicht ohne zuvor eine Vielzahl von Misshandlungen erdulden zu müssen. Die Liste ihrer Verletzungen ist so lang, dass ich gar nicht weiß, wo ich anfangen soll. Wie Sie sehen, hat sie zahlreiche Hämatome, Abschürfungen und einige Quetschwunden. Hinzu kommen Weichteilquetschungen, Rippenbrüche, eine Meniskusläsion und ein Biegungsbruch am Unterschenkel. Wer auch immer ihr das angetan hat, ist nicht gerade zimperlich mit ihr umgesprungen.«

Medeot musterte die leblose Gestalt, die vor ihm lag. Die Entspannung ihrer Gesichtszüge gaukelte einem vor, sie würde sich lediglich in einem langen, erholsamen Schlaf befinden. Wie Schneewittchen in ihrem gläsernen Sarg. Vielleicht stimmte das ja auch. All die Qualen und die Schmerzen hatten ein Ende gefunden, als die Erlösung des Todes über sie gekommen war. An der Geschichte, die ihr Körper erzählte, war jedoch absolut nichts Friedliches.

»Kennen wir die Todesursache?«, wollte er wissen.

»Nun ja«, erwiderte Di Maria und biss von seinem Tramezzino ab, »sie ist definitiv nicht ertrunken.«

»Nicht?«

»In ihren Atemwegen befindet sich kein Schaum, und es gibt auch sonst keine Hinweise, die auf Ertrinken hindeuten. Ihre Organe weisen Zeichen eines vitalen Blutverlustes auf, weshalb ich davon ausgehe, dass sie sich einen Großteil der Verletzungen vor dem Sturz in den Fluss zugezogen hat. Als sie schließlich ins

Wasser geworfen wurde, war sie bereits tot. Die Abschürfungen an ihren Handgelenken lassen darauf schließen, dass sie zuvor über einen längeren Zeitraum gefesselt war, ein paar Tage möglicherweise.«

»Sie wurde also wahrscheinlich irgendwo gefangen gehalten. Vielleicht entführt.«

»Ja und nein. Die Verletzungen sind sehr widersprüchlich. Aus der Meniskusverletzung und den Schürfwunden an den Knien kann ich schließen, dass sie wohl mehrfach gestürzt ist. Der Beinbruch beispielsweise könnte auf einen Autounfall hindeuten. Die Stelle, an der der Knochen gebrochen ist, würde zur Kühlergrillhöhe eines Kleinwagens passen. Auch die übrigen Hämatome hat sie sich höchstwahrscheinlich prämortal zugezogen, sie können also ebenfalls nicht durch den Fall in das Flussbett entstanden sein.«

»Und wodurch ist sie schlussendlich gestorben?«

»Durch einen Schlag auf den Hinterkopf. Sehen Sie hier.« Er reichte Medeot ein Foto, auf dem ein winziges oranges Etwas abgebildet war.

Medeot schob die Brille von der Nasenspitze zurück nach oben und kniff die Augen zusammen.

»Was ist das? Ein Kiesel?«

»Nicht ganz. Der Gegenstand, mit dem sie erschlagen wurde, hat freundlicherweise einen Splitter hinterlassen«, gab Di Maria zurück und legte seinen Snack beiseite. »Ich würde mal annehmen, dass unser Opfer einen Fluchtversuch unternommen hat.« Theatralisch riss er die Hände in die Luft und begann, auf etwas lächerliche, aber nichtsdestotrotz unheimliche Weise, den Tathergang nachzuspielen.

»Einige ihrer Verletzungen sind wie gesagt schon älter, man hat sie also von Anfang an nicht besonders nett behandelt. Ihren teilweise abgerissenen Fingernägeln nach zu urteilen, hat sie verzweifelt probiert, sich aus irgendetwas zu befreien. Vielleicht war sie in einem Schrank eingesperrt oder in einem Sarg.«

»Einem Sarg?«

»Ja, ein Sarg, eine Holzkiste, was weiß ich. Das rauszufinden ist schließlich Ihr Gebiet, nicht meines. Jedenfalls konnte sie sich wohl befreien, aber das hat ihr am Ende nichts genützt.« Das Red Bull in der Hand, holte er zu einem Hieb aus. »Er schlug einmal kräftig zu und gewann.«

»Er?«

Di Maria ließ den Arm sinken. »Nachdem das Opfer keine Kratzspuren im Gesicht hat und ihr das Haar nicht büschelweise vom Kopf gerissen wurde, gehe ich davon aus, dass wir es mit einem männlichen Täter zu tun haben.« Er hielt inne, als wartete er auf Medeots Reaktion. »Sie wissen schon, una rissa delle gattine«, ergänzte er und grinste.

Kätzchenrauferei.

Medeot blieb ernst. Erneut stieg Abscheu für Di Maria in ihm hoch. Er konnte die Begeisterung, mit der dieser die Tat schilderte, nicht nachvollziehen.

»Und der Splitter?«, fragte er kommentarlos, kniff aber grimmig die Augen zusammen.

»Glas oder Kunststoff, würde ich meinen. Er könnte ebenso gut von einer Vase stammen wie von einem Brems- oder Blinklicht. Aufgrund der Vielzahl von Verletzungen kann ich das nicht mit hundertprozentiger Sicherheit sagen.« Di Maria zuckte mit den Schultern, sichtlich enttäuscht darüber, dass sein Witz so kommentarlos untergegangen war. »Aber wir wissen bestimmt bald mehr.«

Medeot blickte in das tote Gesicht der jungen Frau. Vom Alter her hätte sie beinahe seine Tochter sein können. Es war grausam, dass sie auf so brutale Art und Weise aus dem Leben gerissen worden war. Er mochte sich nicht ausmalen, welche Ängste sie durchlitten haben musste, bevor sie starb.

Das lächelnde Antlitz seiner Frau schob sich in seine Gedanken. Wie es ihr wohl ging, allein mit Elias und Gabriella, den zwei wohl am schlimmsten pubertierenden Teenagern Italiens, auf dem Campingplatz am äußersten Zipfel der Marken? Ob sie wohl noch schlecht auf ihn zu sprechen war? Er musste sie unbedingt anrufen.

»Bearzot«, er wandte sich um und winkte den Polizisten zu

sich, der sich im Hintergrund still Notizen gemacht hatte, »gib den Teams vor Ort Bescheid. Sie sollen nach Spuren von orangem Plastik oder Glas suchen. Vielleicht haben wir ja Glück.«

Nickend zog Bearzot von dannen.

»Ach ja«, sagte Di Maria und griff nach seinem Sandwich, »die Testergebnisse kommen morgen. Kriegen Sie dann.«

Er biss kraftvoll ab.

***

Das Briefing war bereits im Gange, als Commissario Medeot am nächsten Morgen das Revier betrat.

Briefing, dachte er übellaunig. Noch nie hatte er die anscheinend zwanghafte Notwendigkeit der Anglisierung seiner wunderschönen Muttersprache nachvollziehen können.

»Papa, du wirst halt einfach alt«, hatte sein Ältester vor einiger Zeit gesagt. »Das ist heutzutage nun mal so.«

Was sollte das bedeuten? Dass er altmodisch war? Er hatte immerhin auch eines dieser Wischhandys, bei denen es keine Tasten mehr gab. Und er las den »Piccolo« über das Internet. Niemand konnte ihm vorwerfen, er ginge nicht mit der Zeit. Sein Bestreben war es einzig und allein, sich gegen die zunehmende Verschandelung der italienischen Sprache auszusprechen.

»Francesco Petrarca würde sich in seinem Grab umdrehen, wüsste er um die Zustände, die in seinem Heimatland herrschen.«

Der Junge hatte nur verständnislos den Kopf geschüttelt, woraufhin Medeot es aufgegeben hatte, ihm irgendetwas erklären zu wollen. Es hätte ohnehin nichts gebracht.

Er schritt die marmornen Stufen hinauf in die Halle und betrat den Konferenzraum.

»Commissario, gut, dass Sie da sind«, rief eine tiefe Stimme, und eine breite Hand wurde ihm entgegengestreckt. Daran hing der Primo Dirigente, den korpulenten Körper in einen etwas zu engen Anzug gequetscht und die Zähne gebleckt. Er war Medeots direkter Vorgesetzter, auch wenn dieser ihn – und über den Umstand war der Commissario nicht unglücklich – nur sehr selten zu Gesicht bekam.

Medeot ergriff seine Hand und drückte sie.

»Wir haben gerade begonnen. Bitte nehmen Sie Platz.« Er deutete auf den letzten freien Stuhl, der offenbar extra für Medeot frei gehalten worden war. »Ich gebe Ihnen dann sofort das Wort.«

Er stolzierte zurück an die Querseite des Raumes, wo er sich direkt zwischen Beamer und Leinwand platzierte, sodass das gleißende Licht sein dickliches Gesicht auf unangenehme Art erhellte. Halb von seinem Schatten verdeckt projizierte das Gerät ein Foto nach dem anderen auf den weißen Untergrund. Die gesamte Dienststelle der Kriminalpolizei schien anwesend zu sein, um den Ausführungen des Dirigente zu folgen. Ganz vorn erkannte Medeot Battesimo, Ermittler aus Padua, der gestern Abend zusammen mit zwei weiteren Polizisten eingetroffen war.

»Das Opfer konnte mit Hilfe zahnärztlicher Unterlagen identifiziert werden als Elena Fritz-Gardini«, begann der Dirigente mit lauter Stimme, »zweiunddreißig Jahre alt, Dissertantin an der Universität von Triest. Sie wurde allem Anschein nach entführt und einige Tage gefangen gehalten, ehe man sie ermordete und von einer Brücke in den Natisone warf.« Er hielt kurz inne und deutete auf die erste Reihe. »Unterstützung bekommen wir von der Squadra Investigativa aus Padua. Benno Battesimo wird die gemeinsame Ermittlungsgruppe leiten, die von unserer Seite durch den geschätzten Commissario Medeot und sein Team vertreten wird.«

Medeot versuchte, sich seinen Unwillen nicht anmerken zu lassen.

»Ich bin mir sicher«, fügte der Dirigente mit Nachdruck hinzu, »dass Sie für eine reibungslose Zusammenarbeit sorgen werden, nicht wahr, Medeot?«

»Natürlich«, brummte er leise.

»Dottor Battesimo, wenn Sie nun bitte noch ein paar Worte zum aktuellen Stand der Ermittlungen sagen würden.«

Battesimo erhob sich, dankte dem Dirigente höflich und

wandte sich an die Zuhörer. »Bislang konnten wir weder den genauen Zeitpunkt von Elena Fritz-Gardinis Verschwinden beziehungsweise ihrer mutmaßlichen Entführung feststellen, noch wissen wir, wo sie sich aufgehalten hat. Als ersten Schritt gilt es daher, mögliche Zeugen aufzutreiben. Dazu werden wir uns unter anderem in der Nähe ihrer Wohnadresse umhören.«

»Wir haben gestern Abend außerdem begonnen, die Gegend um die Stelle, an der sie unseren Berechnungen zufolge ins Wasser geworfen wurde, großräumig abzusuchen, da wir den Ort, an dem man sie versteckt hielt, in der Nähe vermuten«, fügte Medeot hinzu und stand ebenfalls auf. »Ebenso könnte es Unfallspuren geben, die mit der Tat in Zusammenhang stehen. Die Suche wurde im Morgengrauen fortgesetzt.«

»Verzeihen Sie«, eine uniformierte Polizistin trat an sie heran, »die Familie ist jetzt hier.«

»Perfektes Timing«, erwiderte Battesimo. »Meine beiden Kollegen werden Sie alle gleich über das weitere Vorgehen informieren. Es gibt viel zu tun. Medeot, kommst du?«

Lustlos schob sich Medeot durch die Reihen der Polizisten, nickte dem einen oder anderen kurz zu und trat hinaus in die Halle.

Battesimo schlug seinen winzigen Notizblock auf. »Die Eltern und der Bruder«, erklärte er. »Der Vater war vorhin in der Pathologie und hat die Identität bestätigt. Außerdem haben wir noch eine Freundin und den Doktorvater des Opfers gebeten zu kommen. Ich denke, die beiden kannst du dann allein übernehmen, während ich mir in der Zwischenzeit mal ansehe, was eure Leute am Fluss unten so treiben.«

Das war mehr als unnötig. Die Teams, die die Gegend um den Fundort absuchten, wussten, was sie taten, und brauchten mit Sicherheit keinen Babysitter. Doch Medeot widersprach nicht.

An der gegenüberliegenden Wand befand sich der sogenannte »Wartebereich«, eine Übertreibung erster Art, denn er bestand nur aus einer Holzbank, einem Gummibaum und einem Wasserspender. Dort standen der Vater des Opfers und ein junger Mann, der ihm wie aus dem Gesicht geschnitten war. Beide waren leger gekleidet und trotz ihres mediterranen Hauttones außerordentlich blass. Die Mutter, das blonde Haar streng nach hinten gekämmt und zu einem Chignon hochgesteckt, hockte gebückt auf der harten Bank. Sie versuchte, Haltung zu bewahren, doch Medeot konnte ihr ansehen, dass sie mehr als nur ein paar bittere Tränen vergossen hatte.

Er spürte, wie sich ein altbekanntes Gefühl der Bedrückung in seiner Magengrube ausbreitete. Er hatte immer gedacht, es würde eines Tages leichter werden. Doch das stimmte nicht. Selbst nach dem hundertsten Paar trauriger Augen fiel es ihm noch schwer, diese Art Gespräch zu führen. Und ganz sicher besaß er weit mehr Feingefühl als alle Patavini zusammen. Er atmete tief ein und trat an Battesimos Seite zu ihnen.

»Signor Davide Gardini?« Mit einer auffordernden Handbewegung bat Battesimo die drei in Medeots Büro, von dem er anscheinend dachte, er hätte es mit der Leitung des Falles als kleines Extra dazubekommen.

Die Mutter, Anita Fritz-Gardini, war nicht vernehmungsfähig. Sie kam über ein leises Weinen nicht hinaus. Der Vater begann mit leiser Stimme zu erzählen, während seine Frau wie in Trance auf den Laminatboden starrte.

Es sei bereits ein paar Tage her, dass man zuletzt von Elena gehört habe, gab er zu Protokoll. Ihr Handy sei stets ausgeschaltet gewesen, und auch zu Hause habe sie sich in dieser Zeit nicht blicken lassen.

»Wissen Sie, Commissario«, meinte er, »niemand von uns hat sich am Anfang Sorgen gemacht. Sie sollen nicht glauben, dass sie uns nicht das Wichtigste ist –«, er stockte und warf einen Seitenblick auf seine Frau, die sofort wieder laut schluchzte. Sanft legte er seine Hand auf ihre Schulter, doch sie schien es gar nicht zu bemerken. »War«, fuhr er fort, »dass sie uns nicht das Wichtigste war. Aber dieses Verhalten war nicht ungewöhnlich. Sie war des Öfteren tagelang nicht erreichbar. Sie studierte Kunstgeschichte und Italianistik an der Universität von Triest, und war gerade dabei, ihre Doktorarbeit zu schreiben. Sie war so ein intelligentes Mädchen. An manchen Tagen war sie so vertieft in ihre Arbeit, dass sie nichts und niemanden um sich herum wahrnahm.« Er lächelte. »Darum habe ich sie immer beneidet. Ich hätte das nicht gekonnt.« Dann wurde er wieder ernst. »Wir haben uns also zuerst gar nichts dabei gedacht, dass sie sich nicht gemeldet hat. Allerdings … Etwas war diesmal anders. Wir … meine Frau …«

Signora Fritz-Gardini starrte weiterhin auf den Boden und knetete das durchweichte Papiertaschentuch, das sie fest in ihren Händen hielt.

»Sie hat es gespürt. Sie hat gespürt, dass etwas nicht stimmte. Und ich habe nichts unternommen. Ich hätte zu Elena nach Hause fahren sollen. Ich hätte irgendetwas tun müssen. Vielleicht wäre sie dann noch am Leben.«

»Papa, hör auf damit«, mischte sich Elenas Bruder Andrea ein. »So etwas darfst du nicht denken! Es ist nicht deine Schuld. Niemand ist schuld, außer dem Arschloch, das sie getötet hat. Es bringt sie nicht zurück, wenn du dir Vorwürfe machst.«

»Ich muss Ihrem Sohn recht geben, Signor Gardini«, pflichtete Medeot dem jungen Mann bei. »Sie dürfen sich nicht mit Selbstvorwürfen quälen. Was Sie auch jetzt noch für Ihre Tochter tun können, ist, uns zu helfen, den Verantwortlichen zu finden, damit wir ihn seiner gerechten Strafe zuführen können.«

»Natürlich«, erwiderte Gardini sofort. Er wirkte wieder etwas gefasster, und auch Andrea nickte.

»Was können wir tun?«

»Erzählen Sie uns von ihr«, erwiderte Battesimo an Medeots Stelle. »Gab es irgendjemanden in ihrem Leben, der ihr schaden wollte?«

»Sie meinen, ob sie Feinde hatte?«, versicherte sich Gardini.

»Na ja, nicht unbedingt erklärte Feinde, aber Personen, die eventuell ein Problem mit ihr hatten. Jemand aus ihrem Umfeld, von der Universität, ein Ex-Freund vielleicht?«

»Nein. Nein, da gab es niemanden. Elena war ein lieber Mensch. Sie war ruhig und immer sehr nett und höflich. Alle mochten sie. Ich kann mir nicht vorstellen, wer ihr das angetan haben könnte.«

»Außerdem hätte sie mir erzählt, wenn irgendetwas vorgefallen wäre. Das tat sie immer«, fügte Andrea hinzu.

»Gab es irgendetwas, das ungewöhnlich war? Hatte sie vielleicht Probleme mit Drogen oder finanzielle Schwierigkeiten?«

»Nicht dass wir wüssten.« Gardini wandte sich an seine Frau, doch die schüttelte den Kopf. »Sie hatte ein Stipendium, das zum Leben reichte. Hätte sie Geldprobleme gehabt, hätte sie uns jederzeit um Hilfe bitten können, das wusste sie. Und mit Drogen hat Elena noch nie etwas am Hut gehabt, da bin ich mir sicher.«

»Hatte sie einen Freund?«

»Nein, ich denke nicht. Dafür hatte sie kaum Zeit.«

Battesimo nickte. »Gut«, sagte er und überflog noch einmal seine Notizen, »ich denke, das wäre vorerst alles.«

Er sprach der Familie sein aufrichtiges Beileid aus und geleitete sie nach draußen. Kaum waren sie gegangen, war auch Battesimo verschwunden, wohl um Medeots Leuten bei ihrer Arbeit über die Schulter zu sehen. Am Gang wartete bereits eine von Elenas Kommilitoninnen auf Medeot, Federica. Sie war eine der wenigen Freundinnen, die Elena an der Uni gehabt hatte, deren Beziehung zu Elena über das rein Universitäre hinausging.

Federicas Aussage war im Grunde eine Wiederholung der Worte, die er soeben gehört hatte. Sie betonte, wie lieb und freundlich Elena gewesen war, eine Person, die keiner Fliege etwas zuleide tun konnte. Auf die Frage nach ihrem Freundeskreis erzählte sie, dass Elenas Freunde und Studienkollegen sie seit Monaten kaum noch zu Gesicht bekommen hätten. Ihr Privatleben sei in dieser Zeit beinahe gänzlich auf der Strecke geblieben.

Nachdem Federica gegangen war, legte Commissario Medeot seine Brille ab und lugte verstohlen durch die von halb offenen Rollläden bedeckte Glasscheibe hinaus in die Halle. Vom Dirigente war nichts zu sehen. Überhaupt schien Ruhe im Präsidium eingekehrt zu sein. Jeder ging inzwischen wieder seinen Aufgaben nach. Er griff nach seiner leeren Kaffeetasse und machte sich rasch auf, sich einen neuen einzugießen. Dieser Tag würde noch lang werden, da brauchte er mehr Koffein. In der Kaffeeküche sah er auf die große Wanduhr über der Sitzgruppe. Er hatte noch gut fünf Minuten, ehe er die nächste Aussage aufnehmen musste.

»Commissario«, sagte eine piepsige Stimme hinter ihm, »dieser Mann sagt, Sie erwarten ihn?«

Er drehte sich um. Neben der uniformierten Polizistin, die ihn angesprochen hatte, stand ein Mann von ungefähr Mitte vierzig. Sein schulterlanges dunkelblondes Haar hatte er im Nacken zu einem Pferdeschwanz zusammengebunden; das nur grenzwertig zur Jeans passende Hemd hing ihm lässig über den Hosenbund. Er hat etwas von einem zerstreuten Professor, stellte Medeot fest, als er ihn von oben bis unten musterte.

»Sie müssen Elenas Doktorvater sein«, sagte er dann auch und schritt mit ausgestrecktem Arm auf ihn zu.

»Cristoforo di Côloret«, gab der Mann bestätigend zurück und ergriff Medeots Hand, »sehr erfreut.«

Medeot dankte der Polizistin und führte den Mann in sein Büro.

»Es ist einfach unfassbar«, klagte Côloret. »Wie kann man nur so grausam sein? Elena war einer der gütigsten Menschen, die ich kenne! So ein liebes Mädchen.«

»Standen Sie beide sich nahe?«

»Ja, ich … ich meine, natürlich. Ich begleitete sie seit Jahren bei ihrer Arbeit. Da lernt man sich ziemlich gut kennen. Sie war eine der intelligentesten Studentinnen, die ich jemals betreut habe. So talentiert. Aus ihr wäre noch etwas Großes geworden, das kann ich Ihnen sagen.«

Sein betrübter Blick wanderte durch den Raum und aus dem Fenster, wo er etwas zu fixieren schien, das nicht da war. Medeot glaubte zu erkennen, dass er Tränen in den Augen hatte.

»Wann haben Sie Elena zuletzt gesehen?«

»Das muss letzte Woche gewesen sein. Sie lief mir an der Universität über den Weg.«

»Hat sie sich anders verhalten als sonst?«

»Was meinen Sie?«

»War sie unruhig, ängstlich, oder ist Ihnen an ihr irgendetwas Ungewöhnliches aufgefallen?«

Côloret überlegte einen Moment. »Nein«, entgegnete er dann und wandte den Blick vom Fenster ab, »sie war wie immer. Wenn ich gewusst hätte, dass ich sie nie wiedersehen würde, dann …« Seine Stimme brach.

»Professor, woran hat Elena eigentlich gearbeitet?«

»Meinen Sie, dass das etwas mit ihrem Tod zu tun hat?«

»Wir ermitteln in alle Richtungen.«

»Sie schrieb über die Liebe, Commissario.« Côloret lächelte. »Sie war eine hoffnungslose Romantikerin. Ich erinnere mich noch, wie ihre Augen vor Begeisterung strahlten, als sie mir von dem Thema erzählte, das sie sich ausgesucht hatte.«

Medeot musste sich bemühen, eine zynische Bemerkung zu unterdrücken. Jeder Mensch sollte sich dem Bereich des Lebens widmen, der ihn glücklich machte, das war seine persönliche Meinung. Doch wie man jemandem, der romantisches Gefasel über Liebe zu Papier brachte, gleich einen Doktortitel verleihen konnte, war ihm schleierhaft.

»Liebe also«, erwiderte er nur und kritzelte ein paar Worte in seinen Notizblock.

»Ja, sie untersuchte die Entwicklung der Liebe in der italienischen Literatur, angefangen im 18. Jahrhundert bis in die moderne Zeit, und deren Einfluss auf die Gesellschaft. Kurz gesagt. Wobei es natürlich sehr schwierig ist, ihr Werk in einem Satz zusammenzufassen. In Wahrheit war das ja nur der Ausgangspunkt. Inzwischen hatte ihre Arbeit einen Umfang und eine Tiefe erreicht, die selbst ich nur schwer in Worte fassen kann. Elenas Dissertation wäre mit Sicherheit ein unglaublich wichtiger Beitrag zur Literaturhistorik geworden. Sie hätte eine neue Sichtweise auf so viele Dinge eröffnet.«

Es klopfte an der Tür. Bearzot drückte sie auf, ohne auf eine Antwort zu warten, und schob seinen Kopf durch den Spalt.

»Entschuldigen Sie, Commissario. Wir haben …« Er hielt inne, als er Côloret bemerkte. Mit einer Akte in der Hand trat er an Medeots Schreibtisch und beugte sich vor. »Wir haben jemanden, der im dringenden Tatverdacht steht, Elena Fritz-Gardini ermordet zu haben«, raunte er ihm kaum hörbar ins Ohr.

Blitzschnell riss Medeot ihm die Akte aus der Hand. »Was? Verhaften! Herbringen! Sofort!«

»Eine Streife ist schon auf dem Weg.«

»Professor«, Medeot stand auf, »ich danke Ihnen für Ihre Mithilfe. Wenn Sie bitte noch kurz draußen warten würden? Es kommt gleich jemand, um Ihre Aussage zu Protokoll zu nehmen.«

Côloret zögerte kurz, ehe er sich ebenfalls erhob und Medeot die Hand reichte. »Ich sehe schon, Sie sind wohl kein Freund romantischer Literatur.«

»Ich bin nur Realist«, gab Medeot zurück und geleitete ihn nach draußen.

Er schloss die Tür hinter Côloret, ließ sich in den Bürosessel hinter seinem Schreibtisch fallen und bedeutete Bearzot, gegenüber Platz zu nehmen. Seine Fingerspitzen kribbelten. Jetzt wurde es spannend. Er ertappte sich bei dem Gedanken, dass er sich auf das bevorstehende Verhör freute. »Nun erzählen Sie schon.«

»Eines unserer Teams ist fündig geworden. Etwa einen halben Kilometer flussaufwärts an der Regionalstraße 29 haben sie einen Teil der Karosserie eines Wagens gefunden. Sie haben sich zunächst nichts dabei gedacht, doch unweit davon gab es auf der Hauptstraße Spuren eines Unfalls, diverse weiße und orange Plastiksplitter und auch Blut.«

»Unser Opfer hatte also tatsächlich einen Autounfall?«

»Sieht ganz so aus. Die Kollegen haben daraufhin auch das Fundstück aus dem Graben geborgen. Es konnten Spuren von Blut daran gesichert werden. Ist alles schon im Labor.«

»Wie haben Sie den Besitzer des Autos ausfindig gemacht?«

»Als Sie und Battesimo das Briefing verlassen hatten, schickten uns die Patavini als Erstes zu Elena Fritz-Gardinis Haus. Und jetzt raten Sie mal, was wir dort vor dem Gartentor fanden.«

»Doch nicht etwa den Unfallwagen?«

»Genau den, Commissario. Es hat sich schnell herausgestellt, dass der Teil der Karosserie von diesem Auto stammen musste.« Er schlug die Mappe auf und gab Medeot ein Foto des Wagens.

»Den Wagen habt ihr einkassiert?«

»Natürlich.«

»Wo ist Battesimo jetzt?«

»Er ist an der Universität, um sich das Büro von Elena Fritz-Gardini anzusehen.«

»Das Büro?«

»Ja, die Teilnehmer ihres Dissertantenprogramms haben dort alle einen Arbeitsplatz. Sie müssen aber nicht auf ihn warten. Er meinte, Sie können die Vernehmung übernehmen.«

Fair war Battesimo, das musste Medeot ihm lassen. »Haben Sie die restliche Akte dabei?«

»Den Autopsiebericht habe ich für Sie. Und alles, was wir an Informationen über die Tatverdächtige haben.«

Medeot überflog Di Marias Autopsiebericht. Man konnte über den Rechtsmediziner sagen, was man wollte. Er machte seine Arbeit schnell und gründlich, was man von den Leuten im Labor nicht behaupten konnte. Die Spalte mit den Testergebnissen war leer, Di Maria hatte lediglich ein kaum leserliches handschriftliches »folgt« danebengekritzelt. Medeot brummte verärgert. Keine DNA-Ergebnisse. Kein Beweis, dass das Blut mit dem von Elena Fritz-Gardini übereinstimmte. Manchmal glaubte er, man wollte ihm seine Arbeit absichtlich schwer machen. Die Indizien sprachen für sich. Und dennoch blieb ihm wieder einmal nichts anderes übrig, als zu improvisieren.

Er war gerade auf der letzten Seite angekommen, als sich in der Halle etwas tat. Zwei uniformierte Polizisten führten eine Frau in Handschellen herein und setzten sie auf der harten Bank im spartanischen Wartebereich ab. Der Professor, der dort noch immer saß, rückte ein Stück zur Seite, nickte ihr jedoch freundlich zu. Die Frau trug eine verwaschene Jeans und ein einfaches T-Shirt; ihre langen dunklen Haare hatte sie zu einem schlampigen Knoten zusammengebunden. Sie war attraktiv, wenngleich auf eine unaufdringliche und natürliche Weise. Ihr rechtes Bein zuckte kaum merklich, und ihr Blick irrte nervös im Raum umher.

Medeot machte sich zunächst noch einige Notizen, auf die er in der Vernehmung der Frau bei Bedarf zurückgreifen konnte. Dann sah er wieder zu Bearzot. »Lassen Sie Alexandra …«, er sah noch einmal in die Akte, »Alexandra mit dem unaussprechlichen Nachnamen bitte in Vernehmungsraum B bringen. Und überprüfen Sie, ob sie Zugang zu irgendeinem Ort hat, an dem unser Opfer möglicherweise gefangen gehalten wurde. Es muss ein Versteck sein, in dem Elena Fritz-Gardini sich nicht hatte bemerkbar machen können. Ein Lagerraum, eine Hütte oder etwas Ähnliches.«

DREI

Die Handschellen drückten sich unangenehm in ihre Handgelenke. Ihre Handflächen waren schwitzig und heiß. Übertrieben laut hatten die beiden Polizisten an ihre Tür gehämmert und wie wild mit einem bedruckten Blatt Papier vor ihrem Gesicht herumgewedelt. Es hätte weiß Gott was draufstehen können, sie hatte kein einziges Wort lesen können. Haftbefehl, hatten ihr die wortkargen Beamten erklärt, und noch ehe sie überhaupt dazu ansetzen konnte, etwas zu erwidern, hatte man sie angewiesen, die Hände auf den Rücken zu legen, ihr Handschellen angelegt und sie in den bereitstehenden Streifenwagen verfrachtet. Handschellen! Sie war so perplex gewesen, dass sie alles bereitwillig über sich ergehen ließ. Das Flüstern der Nachbarn hinter den Zäunen hallte noch immer in ihren Ohren wider, heimliche Blicke hinter den Vorhängen. Wut wollte in ihr aufsteigen. Was gab den Polizisten das Recht, so mit ihr umzugehen? Doch ihre Nervosität und das Gefühl aufkeimender Angst waren stärker. So schwieg sie.

»Na, Sie hat man wohl eher unfreiwillig hierherzitiert?« Der Mann, der neben ihr auf der harten Bank saß, auf die man sie unsanft bugsiert hatte, lächelte freundlich. »Was haben Sie angestellt?«

»Wenn ich das wüsste«, entgegnete sie leise.

»Ach, dann machen Sie sich mal keine Sorgen. Wenn Sie nichts Unrechtes getan haben, haben Sie auch nichts zu befürchten.« Er nickte ihr aufmunternd zu. »Ich bin übrigens Cristoforo.« Er streckte ihr die Hand entgegen.

»Alexandra«, gab sie knapp zurück und hob entschuldigend die Schultern. »Ich würde Ihnen liebend gern die Hand schütteln, aber Sie sehen ja, ich bin im Moment etwas eingeschränkt.«

Ihr sarkastischer Unterton war nicht zu überhören. Beinahe peinlich berührt zog Cristoforo seine Hand wieder zurück. Sie konnte sich ein Lächeln nicht verkneifen.

Ein uniformierter Polizist kam die Treppe herauf. »Verzeihen Sie, dass Sie warten müssen, Herr Professor«, sagte er zu Cristoforo und hob entschuldigend die Hände, »bei uns geht es gerade drunter und drüber. Ich bin in vier Minuten bei Ihnen, versprochen.«

»Schon gut«, entgegnete ihr Sitznachbar und lehnte sich entspannt zurück.

»Ach, Professor also, ja?«, fragte Alexandra.

»Das stimmt.«

»Ein richtiger?« Sie hob skeptisch die Augenbrauen. »Ich meine, dafür sind Sie doch fast ein wenig zu jung, oder?«

»Sie schmeicheln mir. Aber ja, man könnte sagen, ich habe mein Karriereziel schon recht früh erreicht«, gab er sichtlich stolz zurück.

»Mann, Mann«, murmelte sie und schüttelte übertrieben betrübt den Kopf, »wo soll das noch hinführen, wenn sogar schon die Akademiker kriminell werden?«

»Was? Nein, ich bin doch nicht … Sie glauben doch nicht …«, stammelte er und lief prompt rot an.

Alexandra grinste breit.

»Sie sind doch diejenige in Handschellen«, maulte er. »Fragen Sie mal lieber, wo es noch hinführen soll, wenn sogar schon die hübschen Frauen kriminell werden.«

Lächelnd beugte sie sich zu ihm hinüber. »Die hübschesten Frauen haben es faustdick hinter den Ohren, glauben Sie mir.«

Dass dieses Gespräch ihr einen Großteil ihrer Nervosität nahm, verwunderte sie selbst. Noch vor fünf Minuten hätte sie nicht gedacht, dass sie in so einer Situation, mit Handschellen an den Armen, in der Lage wäre, Scherze zu machen. »Worin haben Sie sich denn habilitiert, wenn ich fragen darf?«

»Was denken Sie?«

»Was ich denke?« Sie musterte ihn von Kopf bis Fuß. Er schien nicht viel Wert auf die Auswahl seiner Kleidung zu legen. Andererseits, was er privat trug, ließ nicht zwangsläufig Rückschlüsse auf seinen Beruf zu.

»Ich tippe auf …«, sie zögerte, »entweder Psychologie oder theoretische Physik.«

»Wie kommen Sie denn bloß auf so etwas?«, entgegnete er entrüstet.

»Liege ich denn weit daneben?«, fragte sie arglos.

»Kann man so sagen. Es ist italienische Philologie.«

»Tatsächlich? Das klingt interessant.«

»Schon gut. Sie müssen nicht so tun, als ob Sie das interessiert. Sie wären weiß Gott nicht die Erste, die mir was vormacht«, gab er zurück.

»Nein, ich meine das ernst«, erwiderte sie ehrlich, »was genau macht denn ein Philologe? Heißt das, Sie beschäftigen sich mit italienischer Literatur?«

»Genau, mit Literatur und Sprachwissenschaft. Beides sehr vielseitige Gebiete.«

»Oh ja, das kann ich mir vorstellen. Ich muss sagen, ich finde das sehr faszinierend, vor allem die Entstehung und Entwicklung einer Sprache oder auch einzelner Wörter. Wissen Sie, ich wollte selbst immer Sprachwissenschaftlerin werden. Aber im Leben kommt es oft anders, als man denkt.«

Er sah sie überrascht an. »Es ist immer schön, jemanden zu treffen, der das versteht.«

»An welcher Uni lehren Sie denn?«

»Triest.«

»Vielleicht komme ich ja mal in eine Ihrer Vorlesungen.«

»Sagen Sie das nicht, wenn Sie es nicht auch so meinen«, witzelte er.

»Natürlich nicht«, gab sie gespielt entrüstet zurück, »ich kann Ihnen nur leider nicht versprechen, dass man mich hier so bald wieder gehen lässt. Sonst sehen wir uns halt in zehn bis fünfzehn Jahren. Das aber verspreche ich Ihnen.«

»Sie machen Witze, oder?«

Sie zwinkerte ihm zu.

»Na gut«, meinte er, »sollten Sie es in den nächsten zehn bis fünfzehn Jahren einrichten können, wissen Sie, wo Sie mich finden.« Er zog eine Visitenkarte aus der Brusttasche seines Hemdes und wollte sie ihr in die Hand drücken, als ihm wohl im letzten Moment wieder einfiel, dass sie nach wie vor Handschellen trug.

Er zögerte einen Moment, dann schob er die Karte einfach in die Tasche ihrer Jeans.

Wortlos trat ein Polizist auf sie zu, packte sie am Arm und zog sie mit sich.

»Hat mich gefreut!«, rief er ihr noch hinterher, dann waren sie und der Polizist außer Sichtweite.

Alexandras vorübergehend gute Laune war schlagartig wieder verflogen, als sie auf einen der zwei Stühle in dem kargen fensterlosen Raum bugsiert worden war, in dem sich nur noch ein einfacher Tisch und ein großer Einwegspiegel befanden. Der Beamte ging ohne jeden Kommentar wieder hinaus. Hatte man sich hier kollektiv dazu verschworen, mit ihr nicht ein einziges Wort zu wechseln?

Ein anderer Polizist betrat den Raum. Anstelle einer Uniform trug er ein blaues Hemd zu einer schwarzen Hose; sein dunkles Haar war an den Schläfen ergraut. Sie schätzte ihn auf etwa fünfzig. Allein die Art, wie er den Raum betrat, flößte ihr Respekt ein. Wortlos ließ er sich auf den freien Stuhl fallen, der ihrem gegenüberstand, legte einen dünnen hellbraunen Ordner zwischen ihnen auf den Tisch und rückte seinen Stuhl zurecht. Er schlug die Mappe auf. Dann blickte er hoch. In seinen Augen war nicht der Hauch einer Regung zu erkennen.

»Warum bin ich hier?«, flüsterte sie kaum hörbar.

Kommentarlos stellte er das Tonbandgerät an und nannte das heutige Datum. »Ich bin Lorenzo Medeot, leitender Kommissar der kriminalpolizeilichen Dienststelle der Questura von Gorizia. Sie sind … Alessandra … 'uttensdatder«, las er aus der Akte vor.

»Es heißt Hüttenstätter.«

»Wenn Sie das sagen«, gab er grimmig zurück und malte etwas an den Rand der Seite, das sie sehr an Lautschrift erinnerte. »Vierunddreißig Jahre alt, österreichische Staatsbürgerin, wohnhaft ebendort. Schulabschluss 1999, Jurastudium abgebrochen. Nach unzähligen Übergangsjobs waren Sie einige Zeit im Marketing eines großen Möbelhauses tätig.« Er blickte kurz auf und sah sie fragend an.

Sie nickte nur. Was sollte das alles?

Unbeirrt fuhr er fort. »Mittlerweile erfolgreiche Schriftstellerin. ›Die Tiefe der Einsamkeit‹, ›Die Seelenlosen‹, ›Zuckersüß und tödlich‹, ›Caravaggios Vermächtnis‹. Alles Bestseller, wenn ich nicht irre. Da lebt es sich sicher sehr angenehm, nicht wahr?«

Verwirrt blickte sie ihn an. »Was soll das? Worauf wollen Sie hinaus?«

Er antwortete nicht.

»Warum bin ich hier, verdammt noch mal?«

»Es scheint ganz gut zu laufen für Sie. Und ich kann das natürlich verstehen. Wenn man den ganzen Tag eigentlich nichts zu tun hat, kann einem schon etwas langweilig werden, nicht wahr? Also dachten Sie sich, ein Tapetenwechsel wäre ganz nett, und haben sich in Cormòns einquartiert. Zwar hat die Welt – vor allem die deutschsprachige – ständig etwas an uns Italienern auszusetzen, aber auf unser Essen, unseren Wein und die schönen Gegenden will man dann halt doch nicht verzichten.«

Die Bissigkeit in seiner Stimme steigerte ihre Nervosität noch mehr. Sie traute sich kaum, etwas zu erwidern.

»Nein«, widersprach sie dennoch, »ich bin hergekommen, um in Ruhe arbeiten zu können. Tatsächlich ist das, was ich tue, nämlich harte Arbeit. Und ich habe überhaupt nichts auszusetzen, an niemandem. Sonst wäre ich nicht hier.«

»Wo waren Sie in der Nacht von vorgestern auf gestern zwischen zwei und halb fünf Uhr morgens?«

»Was? Da war ich zu Hause. Ich habe bis spät in die Nacht geschrieben und bin dann zu Bett gegangen. Wieso? Warum fragen Sie mich das?«

»Sie waren allein, nehme ich an?«

»Ja, war ich.«

»Natürlich«, knurrte er verächtlich. »Sie fahren einen blauen Fiat Punto, Baujahr 2003?«

»Ja, das stimmt.«

»Ihnen ist schon klar, dass an Ihrem Wagen die Stoßstange fehlt?«

»Ich … hatte einen Unfall.«

»Sie hatten einen Unfall. Wie kommt es, dass dazu bei keiner Versicherung Meldung gemacht wurde?«

»Ich … also …« War es verboten, so etwas zu klären, ohne eine Versicherung hinzuzuziehen?

Mit abgehackten Worten versuchte sie, ihm zu erklären, was an jenem Morgen vorgefallen war, doch er blickte sie nur weiterhin mit versteinerter Miene an. Allenfalls schien es, als hätte sich ein Hauch Siegessicherheit in seinen Ausdruck geschlichen.

»Hören Sie, wenn es darum geht, dass ich den ramponierten Wagen auf einer öffentlichen Fläche abgestellt habe … Ich versichere Ihnen, ich wollte ihn so schnell wie möglich in eine Werkstatt bringen.«

Gemächlich blätterte er durch die Akte und zog ein DIN-A4-großes Farbfoto hervor, das er betont langsam vor ihr ablegte. »Kennen Sie diese Frau?«

Alexandras Herz machte einen Sprung. Sofort stieg Übelkeit in ihr hoch. Das Bild zeigte eine tote Frau. Die Haut war weiß, und sie sah auf ekelerregende Weise aufgeschwemmt aus.

»Kennen Sie diese Frau?«, wiederholte der Commissario mit Nachdruck.

Sie konnte nur den Kopf schütteln, brachte kein Wort heraus. Starr haftete ihr Blick auf dem Bild. Sie wollte sich abwenden, doch sie konnte es nicht. Es war hypnotisierend, als würde es sie in einen unheimlichen Bann ziehen.

Medeot erhob sich von seinem Sessel und begann, betont langsam auf und ab zu schlendern. Er hielt die Arme dabei hinter dem Rücken verschränkt. »Elena Fritz-Gardini. Halb-Österreicherin. Eine aufstrebende junge Frau, die kurz davor war, ihren Doktortitel zu bekommen. Die einer glänzenden Zukunft entgegensah. Die sich, genau wie Sie, nach Cormòns zurückgezogen hatte, um in Ruhe arbeiten zu können. Und die auf grausame Art und Weise ermordet wurde.«

»Ich … ich habe diese Frau noch nie in meinem Leben gesehen. Ich schwöre Ihnen, ich weiß nicht –«

Mit zwei schnellen Schritten war er zurück und ließ seine Faust auf den Tisch sausen, dass Alexandra vor Schreck zusammenzuckte.

»Verkaufen Sie mich nicht für dumm«, zischte er. »Sie leben

unter derselben Adresse wie das Opfer, und jetzt wollen Sie mir weismachen, Sie kennen sie nicht?«

»Nein, so glauben Sie mir doch! Vielleicht ist sie die Vormieterin der Casetta. Ich bin erst vor einer Woche dort eingezogen, ich habe ja noch nicht mal fertig ausgepackt!«

»Eine Woche. Was zu dem Zeitpunkt passt, an dem Ihre angebliche Vormieterin zuletzt gesehen wurde. Sie ist dort nämlich nie ausgezogen. Erklären Sie mir das doch bitte einmal.« Seine Augen funkelten wütend.

»Was soll das heißen, sie ist nie ausgezogen?« Alexandra verstand nun gar nichts mehr. Krampfhaft versuchte sie, über das laute Herzklopfen hinweg einen klaren Gedanken zu fassen, sich das Gespräch mit der schrulligen Vermieterin wieder ins Gedächtnis zu rufen.

Alexandra hatte von Anfang an in das Häuschen einziehen wollen, sie hatte sogar vorgeschlagen, ein Viertel mehr Miete zu bezahlen als verlangt, doch alles Flehen war vergebens gewesen. Auf unbestimmte Zeit vermietet, hatte ihr die alte Dame erklärt. Also hatte sie sich in dem winzigen Zwei-Zimmer-Apartment neben dem Bahnhof einquartiert, das nicht einmal einen Balkon hatte und in dem der Putz von den Wänden bröckelte.

»Die Vermieterin hat mich letzte Woche angerufen und gefragt, ob ich die Casetta noch haben wollte. Ich hatte mich bereits dafür interessiert, als ich hier ankam. Sie erzählte mir, ihre Mieterin habe unerwartet gekündigt und sei ausgezogen. Ich schwöre Ihnen, das ist die Wahrheit. Sie hat mir noch vorgejammert, wie enttäuscht sie war, dass sie sich nicht einmal persönlich verabschiedet hat. Das ist alles, was ich weiß. Ich kenne diese Frau nicht, glauben Sie mir! Fragen Sie doch die Vermieterin!«

Tränen stiegen in ihre Augen, und sie suchte den Blick des Kommissars. Er würde verstehen, dass sie nichts mit dem zu tun hatte, was der Frau widerfahren war. Doch in seinen Augen fand sie nicht eine Spur von Verständnis. Er schien einen Moment zu überlegen, dann blickte er in die Akte und verzog abschätzig den Mund.

»Wie kann es dann sein, dass ihre DNA an Ihrer Stoßstange

gefunden wurde?«, konterte er beinahe widerwillig. »Einer Stoßstange, die Sie in einem Waldstück abgeladen haben! Nur ein paar hundert Meter von der Stelle entfernt, an der die Leiche entsorgt wurde.« Er sog lautstark Luft durch die Nase ein und klopfte mit den Fingerknöcheln auf das Papier. »Sie kommen aus dieser Sache nicht mehr heraus. Wir haben Beweise.«

»Was? Ich …« War sie im falschen Film? Was passierte hier? Sie klappte den Mund auf, nur um ihn sofort wieder zu schließen. Sie hatte keine Ahnung, was sie sagen, keine Ahnung, was sie denken sollte. In ihrem Kopf drehte sich alles.

Der Commissario ließ sich wieder auf den Stuhl fallen und zückte seinen Kugelschreiber. »Mit einem Geständnis kommt Ihnen die Staatsanwaltschaft vielleicht ein wenig entgegen. Das ist jetzt Ihre einzige Chance.«

Er schob ihr den Stift zusammen mit einem leeren Blatt Papier hin, lehnte sich zurück und verschränkte die Arme vor der Brust. Die Siegesgewissheit in seinem Gesicht war nicht mehr zu übersehen.

Alexandra wusste nicht, wie lange sie unbewegt dasaß und auf die weiße Seite starrte. Es hätten genauso gut Minuten wie Stunden sein können. Sie versuchte zu begreifen, was gerade geschah, doch in ihrem Kopf herrschte gähnende Leere. Nur die Worte des Commissarios hallten darin wider.

»Ich habe nichts getan«, flüsterte sie.

»Sie machen einen großen Fehler«, gab er zurück, stand auf und klopfte an die Tür. Sofort öffnete sie sich und gab den Blick auf den uniformierten Polizisten frei, der sie hergebracht hatte. »Bringen Sie sie in eine Zelle.«

Panik stieg in ihr hoch. Es war ein Gefühl, dessen sie nicht Herr werden konnte. Der Schweiß brach ihr aus. Ihr Herz pochte ohrenbetäubend laut, und sie atmete unkontrolliert.

»Ich will meinen Anwalt sprechen«, rief sie Medeot noch zu, ehe sie abgeführt wurde.

***

Sie lag auf dem Rücken, die Beine ausgestreckt, die Arme über dem Bauch verschränkt. Reglos und still. Die Augen weit offen, leer zur Decke starrend. Nicht das kleinste Zucken durchfuhr ihre Lider.

… achtundfünfzig, neunundfünfzig, sechzig.

Durch den schmalen Riss in der Betondecke drang Wasser. Nicht viel, doch gerade genug, um sich am unteren Ende der Öffnung zu sammeln und im Fünf-Sekunden-Takt tropfenweise auf den kahlen Boden zu fallen. Sie wusste nicht, wie oft sie bereits wieder von vorn angefangen hatte zu zählen. Es konnte gut ein Dutzend Mal gewesen sein. Wie lange lag sie schon hier? Jegliches Zeitgefühl war ihr entglitten.

Eins, zwei, drei. Erneut begann sie von vorn.

Ihre Beine fühlten sich taub an.

Aus den Augenwinkeln sah sie einen Schatten an den Gitterstäben vorbeihuschen. Kurz darauf folgte ein zweiter. Sechs Tropfen später brüllte jemand etwas, das sich wie »Lichter aus« anhörte. Dann herrschte Dunkelheit.

Es machte keinen Unterschied. Eigentlich war es ihr sogar lieber, ihre trostlose Umgebung nicht mehr sehen, die Realität nicht erkennen zu müssen. Und so vollkommen die Schwärze im ersten Moment auch zu sein schien, so schnell gewöhnten sich ihre Augen daran. Viel zu schnell. Am Gang flackerten in einigen Abständen sanftes Licht ausstrahlende Leuchtröhren auf, die die Sicherheit der Finsternis sogleich wieder von ihr nahmen.

Sie schloss gequält die Augen. Der Geräuschpegel war beinahe unerträglich. Überall Stimmen, so viele, dass sie zu einer raunenden Woge wurden, aus der sie nicht ein einziges Wort heraushören konnte. Das Geräusch von Metall auf Metall, die Schritte schwerer Schuhe auf dem Gitterboden, in der Ferne Hundegebell. In der Zelle neben ihr begann jemand zu singen. In beeindruckender Mezzosopran-Stimmlage ertönte ein wunderschönes Ave-Maria. Wer das wohl sein mochte? Eine Opernsängerin, die auf die schiefe Bahn geraten war? Oder eine Kriminelle, an der eine Sopranistin verloren gegangen war? Sie wusste nicht, wieso, doch in der Dunkelheit, die ihr ihre Lider vorgaukelten, hatte die Melodie eine sonderbar beruhigende Wirkung auf sie; sie versetzte sie in eine Art Trance, in der ihr zwar bewusst war, wo sie sich befand und was sie hinter sich hatte, doch es machte ihr keine Angst mehr. Vielmehr betrachtete sie das Geschehen, als wäre sie lediglich eine Außenstehende.

Nachdem der Commissario sie hatte abführen lassen, war sie hierhergebracht worden. Der Wärter hatte sie in die Zelle geschubst und ihr missmutig zu verstehen gegeben, wieso man sie nicht in der U-Haft-Zelle des Kommissariats untergebracht hatte. »Überfüllt«, hatte er genuschelt, oder zumindest glaubte sie, dass er das gesagt hatte. Später hatte er sie wieder abgeholt, und sie hatte ein kurzes Telefonat mit ihrem Anwalt führen dürfen, was sie zumindest ein wenig beruhigt hatte. Es hatte nicht lange gedauert, da begann sich die Haftanstalt zu füllen. Vom Hofgang, von Sport- oder Freizeitgruppen, vom Umschluss, sie kamen von allen Seiten, und Alexandra stand da wie ein junges Reh im Scheinwerferlicht, darauf wartend, dass der Kühlergrill des Wagens sie an den Kniescheiben erfassen und durch die Luft schleudern würde. Es wurde Zeit für das Abendessen. Am liebsten hätte sie sich unter der schmalen Pritsche in eine Ecke gekauert und darauf gewartet, endlich aus diesem Alptraum aufgeweckt zu werden. Doch ihre Gebete waren nicht erhört worden.

Folgsam war sie in die große Halle gestapft, in der sich ein großer Tisch an den nächsten reihte. Sie hatte irritiert um sich geblickt. So manche Betriebskantine sah um ein Vielfaches abgenutzter und unfreundlicher aus. Sie hatte mit gesenktem Kopf am äußersten Rand einer der Tischreihen Platz genommen, aus Angst, die Aufmerksamkeit einer der anderen Insassinnen auf sich zu ziehen. Alexandra hatte genug Filme gesehen, um sich lebhaft vorstellen zu können, was man hier drin mit ihr machen würde. Minutenlang hatte sie auf ihr Tablett gestarrt und mit dem Plastiklöffel in dem Brei herumgestochert, der wohl Polenta sein sollte, geschmacklich aber genauso gut aus Pappkarton hätte bestehen können. Niemand nahm Notiz von ihr. Da hatte sie sich mit zitternden Fingern eine Ladung Pappbrei nach der nächsten in den Mund geschoben, bis ihr beinahe übel geworden war. Irgendwann durfte sie zurück in ihre Zelle. Sie hatte sich rücklings auf die Pritsche fallen lassen. Seitdem lag sie hier.

Zwischen den Momenten, in denen es ihr gelang, ihre Festplatte herunterzufahren und einfach nur ins Leere zu starren, kreisten ihre Gedanken. Sie zermarterte sich das Hirn, suchte nach irgendetwas, einer Kleinigkeit, die sie übersehen hatte. Einer Aussage, einer Begebenheit, irgendetwas, das erklären konnte, wieso sie hier gelandet war. Wie kam die DNA dieser Frau an ihre Stoßstange? Und wer war sie überhaupt? Der Name Elena war Alexandra fremd, löste keinerlei Erinnerung in ihr aus. Widerwillig rief sie sich das Bild der Leiche ins Bewusstsein und versuchte sich vorzustellen, wie sie ausgesehen hatte, als sie noch lebte. Nichts. Sie hatte die Frau noch nie zuvor gesehen.

Ihre Gedanken drehten sich immer schneller und entwickelten einen Sog, dem sie sich nicht entziehen konnte. Angst und Verzweiflung breiteten sich in ihr aus. Es dauerte lange, sie konnte nicht sagen, wie lange, bis sich eine seit Stunden ersehnte bleierne Müdigkeit wie eine warme Decke über sie legte. Die Geräusche um sie herum wurden leiser, und sie sank in einen traumlosen Schlaf. Endlich.

***

Ein lautes Summen drang in ihren Gehörgang und rief ihr Bewusstsein aus seiner wohlverdienten Ruhe. Direkt darauf ein Rattern, das klang, als würde ein Gitter zur Seite geschoben. Sie schrak hoch und riss die Augen auf.

Der Eingang zu ihrer Zelle war offen, dahinter stand ein uniformierter Wärter. Es war nicht derselbe wie am Tag zuvor, sie hatte ihn noch nie gesehen. Eine zweite Gestalt tauchte hinter ihm auf, das dunkelblonde Haar perfekt gekämmt, der dunkle Anzug ohne die kleinste Falte. Sie war stets aufs Neue verwundert, wie dieser Mann schon in aller Herrgottsfrühe so herausgeputzt sein konnte. Heute wirkte er allerdings nicht ganz so gefasst wie sonst.

Sein Gesicht war in ein kräftiges Rot getaucht; er sah beinahe aus wie ein Streichholz. Hartmut Calligaris schäumte vor Wut.

»Los, wir gehen«, grunzte er in ihre Richtung und fuchtelte wie wild mit dem Arm in der Luft herum, der nicht seine lederne Aktentasche umklammerte.

Perplex stand Alexandra auf und stakste zögernd auf ihn zu, den uniformierten Wärter, dessen Hand leicht, aber dennoch bestimmt auf dem Schlagstock am Gürtel ruhte, nicht aus den Augen lassend. Ungeduldig packte Calligaris sie am Arm und schleppte sie schon beinahe grob aus der Zelle und über den Gitterboden, vorbei an einigen Wärtern, die nur dastanden und sie musterten. Vorbei auch an einem Polizisten in Zivil, dessen Hemd ein wenig zu eng saß und dessen dunkles Haar an den Schläfen ergraut war. Commissario Medeot. Er warf ihr einen grimmigen Blick zu, schob mit einer übertriebenen Handbewegung seine Krawatte einen halben Millimeter zur Seite, verlor jedoch kein Wort.

Calligaris hingegen war nicht so ruhig. Er ließ Alexandra los, die sich sogleich den schmerzenden Oberarm rieb, trat auf Medeot zu, zog ein bedrucktes Blatt Papier aus seiner Aktentasche und hielt es ihm vor die Nase.

»Elena Fritz-Gardinis Kündigung, schwarz auf weiß, mit Datum. Von ihrer Vermieterin. Vielleicht sollten Sie in Zukunft in Erwägung ziehen, *alle* Zeugen zu befragen und nicht nur die, die Ihnen gerade passend erscheinen.«

Drohend hob er den Zeigefinger. »Das wird ein böses Nachspiel für Sie haben, Commissario«, knurrte er, und sein Gesicht wurde noch eine Nuance röter, »darauf können Sie Gift nehmen!«

Er griff wieder nach ihrem Arm, doch diesmal war sie schneller und entkam seinem Griff. Ein zorniges Schnauben ausstoßend bedeutete er ihr, ihm zu folgen, und stürmte wutentbrannt davon. Immer noch völlig perplex stolperte sie hinter ihm her.

Sie hatten sich ihre persönlichen Sachen aushändigen lassen und waren draußen am Gefängnistor angekommen, als sie endlich ihre Sprache wiederfand.

»Ich … ich habe nichts getan. Hartmut, du musst mir glauben, ich habe nichts getan!«

Er seufzte und bugsierte sie – nun schon etwas sanfter – in den nagelneuen BMW, der direkt vor dem Eingangstor parkte. Kaum dass sie die Beine eingezogen hatte, schlug er die Beifahrertür zu, stieß lautstark Luft durch seinen Mund aus, strich sich das vermeintlich zu Berge stehende Haar zurecht und umrundete den Wagen. Nachdem er sich auf den Fahrersitz fallen gelassen hatte, wandte er sich in ihre Richtung.

»Ale«, begann er, »wie lange kennen wir uns jetzt?«

»Ich … ich weiß nicht. Zehn, fünfzehn Jahre?«

»Es sind dreizehn. Nächsten Monat ist es dreizehn Jahre her, dass deine Schwester und ich geheiratet haben.«

»Schön. Und siebzehn Monate ist es her, dass ihr euch habt scheiden lassen.«

Er ignorierte ihre Bemerkung.

»Ich habe immer gewusst, dass dieser Tag einmal kommen wird. Seit dreizehn Jahren.«

»Was, dass ihr euch scheiden lasst?«

»Nein, dass du Mist baust.«

»Was willst du damit sagen?«

Er lenkte den Wagen auf die Straße. »Gar nichts.«

Sie bedachte ihn mit einem bitterbösen Blick. Ganz genau wusste sie, worauf er hinauswollte. Sie hatte den »gierigen Schleimbeutel«, wie ihr Vater den Ex-Schwiegersohn schon lange vor der Scheidung zu nennen pflegte, von Anfang an durchschaut und nie verstanden, was ihre Schwester an ihm fand und wie sie es so lange mit ihm aushalten konnte. Sein Geld konnte es nicht gewesen sein, das hatte sie nie interessiert, und abgesehen davon verdiente sie selbst mehr als genug. Die Restaurantkette, die Jana betrieb, lief mehr als gut, und für das kommende Jahr war schon die nächste Filiale angekündigt, »Baby Nummer fünf«, wie sie es scherzhaft nannte. Obwohl Alexandra mittlerweile glaubte, dass das womöglich eine unbeabsichtigte Metapher für eine tief empfundene Leere in ihrem Leben war. Sinnbild dessen, was ihr bisher verwehrt geblieben war. Der eigenen Aussage nach hatte sich ihre Schwester bewusst gegen Kinder entschieden, doch ganz so sicher, dass das auch wirklich stimmte, war sich Alexandra schon längst nicht mehr.

»Ich meine nur«, entgegnete Hartmut leichthin. »Ich weiß es spätestens seit dem Tag, an dem du der neuen Freundin deines Ex mit der Bierflasche fast den Kiefer gebrochen hättest.«

Sie verschränkte verärgert die Arme vor der Brust. »Wie du sagst. *Fast.* Außerdem ist das bald eineinhalb Jahrzehnte her. Und es hat hiermit rein gar nichts zu tun.«

»Ach komm, du weißt, dass ich der letzte Mensch bin, der jemanden verurteilt. Ich bitte dich. Ich habe schon Leute aus Anklagen rausgeboxt, bei denen jeder andere –«

»Worauf willst du hinaus?«, unterbrach sie ihn zornig. »Ich habe nichts getan. Du denkst doch nicht wirklich, dass ich jemanden umbringen würde?«

»Ale, Schatz. Ich habe gelesen, was du so schreibst. Da sind einige Dinge dabei, von denen ich niemals geglaubt hätte, dass sie einem Hirn wie deinem entspringen könnten. Ich will doch nicht … ich will damit gar nichts sagen.« Beschwichtigend hob er eine Hand vom Lenkrad. Die goldene Rolex funkelte im Sonnenlicht. »Ich will dir nur verständlich machen, dass ich, wenn ich dich da rausholen soll, die ganze Geschichte kennen muss. Nur so kann ich auf alles vorbereitet sein.«

Die Wut war im Begriff, aus ihrem Bauch ihre Kehle hinaufzukriechen. Sie ballte die unter den Armen versteckten Hände zu Fäusten und versuchte, sich auf ihre Atmung zu konzentrieren. »Ich. Bin. Unschuldig«, presste sie so ruhig wie möglich hervor, »bis gestern wusste ich nicht einmal, wer diese Frau überhaupt war. Und dass du mir jetzt auch noch in den Rücken fällst, kann ich einfach nicht glauben.«

Er warf ihr einen raschen Seitenblick zu und lenkte das Auto dann auf den schmalen Kiesstreifen am Straßenrand, an dessen nördlichem Ende sich das zierliche Gartentor zur Casetta befand. Er lehnte sich in seinem Sitz zurück und sah sie an. Den Motor ließ er laufen.

»Hör zu, Ale. Ich will nur sagen, ganz egal, was du getan

hast … oder auch *nicht* getan hast«, fügte er sofort hinzu, als sie zu einem Widerspruch ansetzen wollte, »ich bin auf deiner Seite. Auch wenn du es von mir aus nicht warst, kann es zu einer Anklage kommen. Darauf musst du gefasst sein.«

Auch wenn du es von mir aus nicht warst. Sie musste sich bemühen, eine Beschimpfung zu unterdrücken. *Natürlich* war sie es nicht.

Er fuhr unbeirrt fort: »Das Wichtigste ist jetzt, dass du dich erst einmal ruhig verhältst. Du darfst die Provinz nicht verlassen. Am besten wäre es, du bleibst einfach hier in Cormòns. Schreib, iss, trink, schlaf. Rede mit den Nachbarn. Nur bloß nicht darüber. Ich bereite mich ein wenig vor und melde mich dann morgen. Es sieht nicht so schwarz aus, wie du vielleicht denkst. Allein aus der Tatsache, dass sie dich auf einen bloßen Verdacht hin direkt zu den Schwerverbrechern gesteckt haben, lässt sich sicher etwas machen. Medeot hat nach dem, was mir bisher an Informationen vorliegt, absolut nichts in der Hand. Und wir werden dafür sorgen, dass das auch so bleibt. Blut an einer Stoßstange, die nicht einmal mehr an deinem Auto hängt. Diese Spur hätte weiß Gott wie dahin gelangen können. Damit kommt er nicht durch, dieser Schweinehund.«

Er strich sich mit der Hand durchs Haar und blickte aus dem Fenster. Stumm starrte er auf die Weinberge. Alexandra war sich nicht sicher, ob er überhaupt noch wusste, dass sie da war. Sie räusperte sich. Er drehte sich in ihre Richtung und ergriff ihre Hand.

»Wie … wie geht es deiner Schwester denn so?«, erkundigte er sich.

Sie zog ihre Hand weg und entgegnete: »Super. Habt ihr etwa keinen Kontakt mehr?«

»Doch, sicher. Nur steckt sie im Moment bis zum Hals in der Planung von Baby Nummer fünf. Sie ist … schwer zu erreichen, lass es mich so sagen.«

Alexandra nickte. Es war ihr immer ein Rätsel gewesen, wie ihre Schwester die Scheidung so lässig hatte wegstecken können. Sicher, die beiden hatten sich einvernehmlich getrennt und abgemacht, in Kontakt zu bleiben. Doch Alexandra hatte fest mit einer Art nachträglicher Explosion gerechnet. Die allerdings ausgeblieben war. Man hatte Hab und Gut aufgeteilt, sich die Hände geschüttelt und war vom einen Tag auf den nächsten quasi dick befreundet. Bis jetzt, wie es schien. Vielleicht war die Tatsache, dass Jana sich nun nicht mehr bei ihrem Ex meldete, ein Zeichen, dass sie ihn endgültig in den Wind schießen wollte. Alexandra hätte beileibe keine Einwände. Zugegeben, es war ein wenig egoistisch und heuchlerisch von ihr, ihn als Anwalt zu behalten, aber andererseits sprach doch nichts dagegen. Ihr Anwalt musste schließlich nicht ihr Freund sein, um gute Arbeit zu leisten.

Mit ein bisschen Glück war also gar nicht Baby Nummer fünf der Grund, sondern etwas völlig anderes. Alexandra hatte auch schon eine Vermutung, was – oder besser wer – dahintersteckte. Wäre es klug, das jetzt zu erwähnen? Was würde er wohl tun? Sie als Klientin fallen lassen und aus Rache zurück ins Gefängnis schicken? Nein, das traute sie ihm nicht zu. Dafür war er viel zu geldgierig.

»Äh«, machte sie und räusperte sich, »sie trifft sich jetzt sozusagen mit jemandem. Scheint etwas Ernstes zu sein.«

»Aha«, gab er nur zurück und legte die Hand wieder auf das Lenkrad. »Freut mich. Bestell ihr schöne Grüße, falls ihr euch mal hört. Und wie gesagt, verhalt dich unauffällig.«

Sie wartete noch einen kurzen Moment, doch anscheinend erachtete er das Gespräch an dieser Stelle für beendet. Also nickte sie und stieg aus dem Wagen.

Sie spürte den neugierigen Blick ihrer Vermieterin im Nacken, als sie den Schlüssel im Schloss herumdrehte. Die steinalte Frau wohnte in dem winzigen Häuschen nebenan, und sosehr Alexandra sie auch mochte und gern mal für ein Pläuschchen am Zaun stehen blieb, heute tat sie stur so, als würde sie sie nicht bemerken. Sollte doch das ganze Dorf hinter ihrem Rücken wilde Theorien aufstellen, sie würde sich nicht damit befassen.

Als sie die Tür hinter sich ins Schloss zog, fiel ihr Blick auf die walnusshölzerne Kommode an der Wand neben dem Eingang. Sie stutzte. Sie war sich sicher, die Schubladen geschlossen zu haben. Mit einer beiläufigen Bewegung schob sie alle drei wieder in ihre Position und kippte den Lichtschalter. Als die große Deckenleuchte den fensterlosen Raum erhellte, offenbarte sich ihr ein unerwartetes Bild, und ihre Augen weiteten sich. Das war doch nicht möglich! Schränke und Schubladen standen allesamt offen, der gesamte Inhalt lag kreuz und quer über den Boden verstreut. Sie betrat das Wohnzimmer. Die Stühle waren umgefallen, und es sah aus, als hätte jemand jeden einzelnen Zettel auf dem langen Esstisch umgedreht und dann auf den Boden geworfen. Sie spürte, wie erneut Wut in ihr hochstieg. Sie griff zum Handy und wählte eine Nummer. Denen würde sie ordentlich die Meinung sagen. Selbst mit richterlicher Anordnung durfte die Polizei mit ihrem Besitz ganz sicher nicht so umspringen.

»Questura di Gorizia, come le posso essere utile?«, meldete sich eine Frauenstimme am anderen Ende der Leitung.

Alexandra setzte an, etwas zu sagen, als ihr Blick auf die Hintertür fiel. Sie ließ das Handy sinken und ging auf den Eingang zu.

»Pronto? Pronto!«, quäkte die Stimme aus dem Lautsprecher.

Eine der kleinen quadratischen Glasscheiben, die in das dunkle Holz im Ton der Kommode eingefasst waren, war zersprungen. Es knirschte unter ihren Füßen.

»Scusi«, stammelte sie, »äh … ich … bei mir wurde eingebrochen. Könnten Sie …« Alexandra stockte und holte tief Luft. Ein Polizist war das Letzte, was sie gerade sehen wollte. Doch sie hatte keine Wahl. »Könnten Sie bitte jemanden vorbeischicken?«

»Natürlich, Signora. Nennen Sie mir bitte nur Ihren Namen und Ihre Adresse, und wir schicken Ihnen einen Streifenwagen. Und bitte fassen Sie nach Möglichkeit nichts an.«

»Ja, ich … gut, danke«, gab sie erleichtert zurück. »Ich bin in Cormòns. Die Adresse ist Via Patriarchi 65.«

Kurz herrschte Stille am anderen Ende der Leitung.

»Hallo? Sind Sie noch dran?«

»Signora, sind Sie sicher, dass das Ihre Adresse ist?«

»Was? Ja, natürlich bin ich mir sicher. Könnten Sie jemanden herschicken bitte?«

Wieder erhielt sie keine Antwort, stattdessen ertönte eine Melodie. Das konnte doch wohl nicht wahr sein. Ja, sie wusste, dass ihre Adresse seit gestern in aller Munde war. Aber was sollte das nun wieder?

Der Singsang der Warteschleife wurde unterbrochen, und eine tiefe Stimme meldete sich mit den Worten: »Sie wollen mich wohl veräppeln!«

Kommissar Medeot. Sie hätte es sich denken können.

»Hören Sie, Commissario. Bei mir wurde eingebrochen. Ich bin gerade nach Hause gekommen. Es ist alles verwüstet, und die Scheibe –«

»Hat Calligaris Ihnen das eingeredet?«, unterbrach er sie forsch.

»Calligaris?« Was hatte Hartmut denn damit zu tun?

»Entweder ist das seine Masche, oder dieser Schwachsinn ist auf Ihrem Mist gewachsen«, zischte er, »und ich würde Ihnen zu keinem von beiden raten, Frau Hüttenstätter.«

Überdeutlich betonte er ihren Nachnamen. Sie schluckte. Seine Stimme klang nicht so sehr zornig, sondern vielmehr auf subtile Weise bedrohlich.

»Aber ich meine es ernst.«

»Was Sie hier gerade versuchen, ist eine eindeutige Irreführung der Exekutive, noch dazu eines Kommissars! Wenn Sie also nicht wollen, dass Sie auch noch wegen Behinderung angeklagt werden – und glauben Sie mir, ich werde persönlich dafür sorgen, dass das passiert –, überlegen Sie sich Ihre nächsten Worte sehr, sehr gut.«

Einen Moment lang hatte sie keine Ahnung, was sie darauf antworten sollte. Bislang hatte sie geglaubt, dass so etwas wie Gerechtigkeit existierte. Und dass entweder Hartmut sie aus diesem Schlamassel holen würde oder dass die Polizei ihren Fehler erkennen und den wahren Täter fassen würde. Doch nun war sie sich dessen gar nicht mehr sicher. Es war unverkennbar, dass dieser Kommissar ihr etwas anhängen wollte, und sie würde ihm dabei sicher nicht auch noch behilflich sein.

»Ich … es …«, stotterte sie. »Verzeihen Sie, ich habe mich wohl geirrt. Tut mir leid.«

Sie legte sofort auf und blickte sich um. Es herrschte ein einziges Chaos. Wer konnte das gewesen sein? Und noch viel wichtiger: Warum? Warum hier? Warum sie? Und wonach hatte man gesucht? Sie hatte so gut wie keine Wertgegenstände und nicht das kleinste bisschen Bargeld im Haus. Der Laptop war noch da. Mit einem unangenehmen Druck im Magen stieg sie langsam die Treppe in das Obergeschoss hinauf. Dort bot sich ihr ein ähnliches Bild. Nicht dass sie etwas anderes erwartet hätte. Man hatte sogar die Matratze umgedreht.

Ihr Blick fiel auf etwas, das auf dem alten Holzboden lag. Kraftlos ließ sie sich auf die Knie fallen und begann, die Scherben des Bilderrahmens aufzusammeln. In tausend Stücke zerbrochen ließ sich nun kaum noch erahnen, wie schön er gewesen war; ein handgemachtes Erinnerungsstück aus einem Familienurlaub in Griechenland. Sie zog das Foto, auf dem ihre Eltern, sie selbst und ihre Schwester zu sehen waren, unter den Splittern hervor, um es sorgsam zur Seite zu legen. Die Holzdiele knarzte laut unter ihrem Knie. Sie runzelte die Stirn, dann erhellte sich ihr Gesicht. Nun hatte sie immerhin einen Grund, an die Tür der alten Dame zu klopfen. Sie würde einfach sagen, dass eines der Bretter lose war. Bei der Gelegenheit konnte sie das Thema sicher irgendwie auf Elena Fritz-Gardini bringen, ohne die alte Dame gleich mit der Nase darauf zu stoßen, dass sie womöglich für den Mord an ihr belangt werden würde.

Sie hob die Diele an – sie war schwerer als erwartet – und wollte sie gerade wieder einsetzen, als sie in der Lücke etwas aufblitzen sah. Sie beugte sich vor und traute ihren Augen kaum. Unter dem losen Brett befand sich ein kleiner Hohlraum, vielleicht fünf mal fünf Zentimeter groß. Darin lag etwas. Vorsichtig fasste sie in die Öffnung und zog eine Kette heraus, an deren Ende ein goldener Anhänger baumelte. Er hatte die Form eines Herzens.

Sie schreckte zusammen, als die Melodie eines weitgehend unbekannten Classic Rock Songs die Stille durchbrach. Sie fummelte das Handy aus ihrer Hosentasche. Es war Hannes. Mit der üblichen Portion Überschwang erklärte er ihr, dass er gerade seine

Sachen packte und sich am Nachmittag auf den Weg machen wollte.

»Vielleicht schaffe ich es ja diesmal, auf dieser vermaledeiten kurvigen Straße irgendwie mit dem Verkehr mitzuhalten«, scherzte er. »Es ist mir ein Rätsel, wie du das bewerkstelligst.«

Sie musste schmunzeln, als sie sich Hannes am Steuer seines Kleinwagens vorstellte, wie er, vor Nervosität schwitzend, unfreiwillig eine ungeduldige Wagenkolonne anführte. Umständlich hievte sie die Matratze zurück in ihre ursprüngliche Position und ließ sich schwungvoll auf das Bett fallen. Sie drückte sich ein Kissen in den Nacken und ließ die Kette vor ihrem Gesicht hin und her baumeln. Sie war wunderschön, das goldene Herz an der Vorderseite schwungvoll verziert. Womöglich ist das Elenas Halskette, dachte sie. Oder, und diese Theorie gefiel ihr wesentlich besser, das Schmuckstück gehörte der Großmutter ihrer Vermieterin. Die war in dieser Casetta aufgewachsen und seinerzeit in diesem Zimmer gestorben. Alexandra schauderte bei dem bloßen Gedanken daran. Der Boden war alt. Wer weiß, wie viele Jahrzehnte die Kette dort darauf gewartet hatte, dass jemand sie fand, still flehend, endlich wieder getragen zu werden. Ja, das war eine Geschichte, die ihr gefiel. Sie schloss die Augen und stellte sich vor, wie die alte Dame an ihrem Schminktisch saß. Sie trug ein bodenlanges cremefarbenes Nachthemd, das mit feinen seidenen Spitzen besetzt war. Das lange pechschwarze Haar, das sie tagsüber zu einem straffen Chignon hochgesteckt trug, fiel ihr locker über die Schultern. Alexandras Vermieterin kam in ihrer kindlichen Version durch die Tür gelaufen. Den kleinen Teddybären, der seit Jahren nur noch ein Auge hatte, zog sie hinter sich her. Ohne ihn konnte sie nicht einen einzigen Schritt tun.

»Anna, wieso bist du noch nicht im Bett?«, fragte die Großmutter.

Die Kleine schürzte die Lippen und umklammerte das Stofftier. »Du hast mir doch noch nicht vorgelesen«, flüsterte sie und blickte schüchtern zu ihrer Großmutter empor, auf deren Gesicht sich sogleich ein warmes Lächeln ausbreitete. Sorgsam strich sie Anna das Haar aus dem Gesicht.

»Ich bin gleich da, kuschel dich doch schon mal unter deine Decke.«

Während Anna fröhlich aus dem Zimmer hopste, wandte die Großmutter ihren Blick wieder dem Spiegel zu. Sie strich sich das Haar aus dem Nacken, um den Verschluss ihrer Kette zu öffnen. Eines Tages, dachte sie mit einem traurigen Lächeln, während sie das Schmuckstück vorsichtig in die verzierte Schatulle auf dem Schminktisch gleiten ließ, wirst du, liebe Anna, stolze Trägerin dieses Amuletts und die Bewahrerin seines Geheimnisses sein.

VIER

Alexandra schrak hoch. Verwirrt blickte sie sich um. Es war bereits dunkel draußen. War das möglich? Wie lange hatte sie geschlafen? Die Verwüstung in ihrem Schlafzimmer war immer noch vorhanden, das ließ sich selbst im Halbdunkel nicht übersehen. Es wäre zu schön, wäre alles nur ein Traum gewesen. Ihr Blick war verschwommen, sie musste die Augen fest zukneifen, um die Zahlen auf dem kleinen Ziffernblatt des Radioweckers zu erkennen. Es war halb neun. Sie wusste, dass irgendetwas sie geweckt hatte, doch um sie herum war es beinahe totenstill. Das einzige Geräusch war das leise Knarren der Dachgiebel, das die alte Casetta tagtäglich begleitete. Auf einmal drängte ein heftiger Windstoß durch das offene Fenster herein, die Vorhänge bauschten sich wie die Segel eines Schiffes, das sich irgendwo im gewaltigen Ozean seinen Weg durch die Wellen bahnte. Sie fröstelte, obwohl es eigentlich ein lauer Abend war.

Steif löste sie sich von der Matratze. Ihr Nacken gab ein leises Knacken von sich, als sie sich kurz streckte und behäbig zum Fenster schlurfte. Über dem mit Weinreben bepflanzten Hang strahlte der Vollmond hell auf das Land herab und ließ die Reben bedrohlich erscheinen. Die Schatten waren hart und dunkel, sodass einem die Phantasie unheimliche Gestalten vor das innere Auge malte.

Nach einer Weile wandte sie sich von der grau melierten Landschaft ab und schloss das Fenster. Als sie sich gerade wieder aufs Bett setzen wollte, hörte sie es. Dasselbe Geräusch, das sie vorhin geweckt hatte. Regungslos blieb sie stehen und lauschte. Doch da waren nur ihr eigener Atem und das Knarzen der Giebel. Sie sah auf ihr Handy. Eine SMS war eingegangen, während sie schlief. »Verspäte mich. Autounfall. Stehe im Stau. Hannes«. Dahinter ein trauriges Smileygesicht.

Da war es wieder! Es schien tatsächlich aus ihrem Haus zu kommen. Unter normalen Umständen hätte es sie weder erschreckt noch sonderlich gestört, dass es Geräusche gab, die sie noch nicht kannte, die Hütte gab alle möglichen Töne von sich. Doch etwas war seltsam. Nicht nur der Einbruch und die Verwüstung wirkten noch immer auf sie ein. Es war, als hätte sich etwas verändert, als läge ein grauer Schleier über ihrer bekannten Umgebung, der sie zu etwas anderem, Unheimlichem machte. Unsicher blickte sie sich um. Das Bett, eine Kommode, ein Kleiderschrank. Auf dem Boden Kleidung, Bettwäsche, einige persönliche Dinge. Nichts, was man notfalls als Waffe gebrauchen konnte. Ihr Blick fiel auf die metallene Nachttischlampe. Entschlossen packte sie sie, zog den Stecker und hob sie über den Kopf, bereit, der Gefahr die Stirn zu bieten.

Leise zog sie die Zimmertür auf und spähte in das dahinterliegende Vorzimmer. Es war stockdunkel, und nichts regte sich. Sie schüttelte energisch den Kopf, wie um ihre aufsteigende Nervosität als lächerlich abzutun. Blind tastete sie sich durch die totale Schwärze, die linke Hand an der Wand, die rechte die Lampe fest umklammernd. Sie war fast an der Treppe angekommen, als sie Stimmen hörte. Sie schienen aus dem Arbeitszimmer zu kommen, das sich auf der gegenüberliegenden Seite des kleinen Flurs befand. Die Tür war nur angelehnt, und durch den schmalen Spalt sah sie, wie das Licht einer Taschenlampe darin aufblitzte. Starr vor Schreck stand sie da, hielt den Atem an und lauschte. Das Blut rauschte in ihren Ohren. Einbrecher? Schon wieder? Wer wäre denn so dumm, in ein Haus einzubrechen, in das offensichtlich gerade eingebrochen worden war? Sie hörte dumpf eine tiefe Männerstimme auf der anderen Seite der Tür, allem Anschein nach führte die Person ein Telefonat. Es drangen nur Wortfetzen an ihr Ohr, doch sie traute sich nicht, näher an das Arbeitszimmer heranzutreten, dafür war ihre Furcht zu groß. Die Lampe begann in ihren zitternden Händen leise zu klappern. Sie umklammerte sie fester. Dem unbändigen Drang, sie einfach wegzuwerfen und schreiend aus dem Haus zu stürmen, durfte sie auf keinen Fall nachgeben. So schwer es ihr auch fiel, sie atmete einmal tief ein und zwang sich, sich zu beruhigen.

»… collana … No … No stâ rompimi i coions! Cazzo …« Die

nicht gerade vertrauenerweckend klingende Männerstimme begann, ihr Gegenüber am anderen Ende der Leitung mit Schimpfwörtern zu bombardieren, und Alexandra nutzte den Moment, um vorsichtig die alte Holztreppe hinabzusteigen, die bei jedem einzelnen Schritt ein alarmierend lautes Knarzen von sich gab. Auf halbem Weg hielt sie kurz inne und lauschte angestrengt, doch er schien sie nicht bemerkt zu haben.

Am Fuß der Treppe angekommen übermannte sie schließlich die Angst, und sie hechtete auf die Eingangstür zu, die sperrangelweit offen stand. Das Licht des Vollmondes ließ die Umgebung draußen beinahe taghell erscheinen, wenngleich es sie in einen bedrückend unheimlichen Schwarz-Weiß-Ton tauchte. Den Raum im Erdgeschoss erreichte das Mondlicht gerade so weit, dass sie aus den Augenwinkeln einen Schatten wahrnehmen konnte, der sich blitzschnell auf sie zubewegte. Sie wurde fest am Arm gepackt und herumgewirbelt. Vor ihr stand eine schwarz gekleidete Gestalt mit einer Skimaske über dem Kopf, die lediglich die Augen frei ließ, die im fahlen Mondlicht bösartig zu funkeln schienen. In der rechten Hand hielt sie eine Waffe, der Lauf wies in ihre Richtung. Ehe Alexandra begriff, was geschah, holte sie aus und ließ die metallene Nachttischlampe mit all ihrer Kraft auf den Einbrecher hinabsausen. Prompt lockerte die Gestalt ihren Griff und taumelte einen Schritt nach hinten.

Alexandra wusste nicht, woher sie diese Kraft und Schnelligkeit nahm, doch sie riss sich los und sprintete hinaus ins Freie. Ihre anfängliche Furcht war einer ausgewachsenen Panik gewichen, und sie rannte, so schnell sie konnte. Sie wusste nicht einmal, in welche Richtung sie lief, sie wollte einfach nur weg. Tränen liefen über ihr Gesicht. Über ihren Brustkorb legte sich ein beinahe unerträgliches Gefühl der Beklemmung, das ihr mit jeder Bewegung den Atem noch ein bisschen mehr abschnürte. Dennoch rannte sie unbeirrt weiter, bis sie sich schließlich im Zentrum von Cormòns wiederfand. Ein Blick über die Schulter zeigte ihr nichts als eine leere Straße hinter sich, doch auch im warmen Licht der Laternen und in der Gegenwart einiger Menschen, die um diese Uhrzeit noch fröhlich irgendwelchen Beschäftigungen nachgingen und ihr vereinzelt neugierige Blicke zuwarfen, fühlte sie sich nicht sicher. Gleichzeitig spürte sie, dass ihre Kräfte sie verließen, und so ließ sie sich keuchend in einer Nische zu Boden sinken. Der Schmerz in ihrer Brust war mittlerweile so unerträglich, dass ihr jeder einzelne Atemzug unsagbare Qualen bereitete. Stöhnend ließ sie sich zur Seite fallen und klopfte sich auf den Brustkorb.

»Signorina?«, drängte sich auf einmal eine bekannte Stimme in ihr Bewusstsein. Sie blickte auf und sah Luigi, der ein sehr besorgtes Gesicht aufgesetzt hatte.

Mühevoll richtete sie sich wieder auf und holte angestrengt Luft. Er eilte herbei, um ihr auf die Beine zu helfen.

»Mio dio, tutto bene? Che cos'è successo?«

»Ich … es … ich …«, stammelte sie vollkommen durcheinander und schluchzte laut auf.

Und ehe sie sich dagegen zur Wehr setzen konnte, legte er auch schon seine Arme um sie und zog sie fest an seine Brust. Er tätschelte behutsam ihren Kopf, etwas vor sich hin murmelnd, das sie nicht verstand. Doch der Tonfall wirkte beruhigend, und seine Umarmung war auf sonderbare Weise behaglich. Für einen kurzen Moment schloss sie die Augen. Ihr Oberteil war feucht von Tränen und Schweiß, und sie zitterte wie eine Stimmgabel. Als sie die Augen wieder öffnete, sah sie am anderen Ende der langen, geraden Straße verschwommen zwei Gestalten aus der Dunkelheit in das Licht der Straßenlaternen treten. Wild gestikulierend deuteten sie in ihre Richtung.

»Nein«, presste sie mit tränenerstickter Stimme hervor und stieß Luigi abrupt von sich. Panik breitete sich in ihr aus, und sie begann wieder zu rennen. Den verdutzt dreinblickenden Luigi ließ sie einfach stehen. Sie überquerte die Piazza della Libertà, lief vorbei an der Statue von Massimiliano und sprintete weiter in Richtung der großen Hauptstraße, an der das kleine Dorf bereits endete. Sie hatte keine Ahnung, wohin sie flüchten sollte, doch alles in ihr schrie: »Weg, nur weg hier!«

Plötzlich ein wildes Hupen. Ein knallroter Dreitürer deutscher Bauart hielt neben ihr, die Scheiben waren dunkel getönt. Das

Beifahrerfenster wurde heruntergelassen, und ein blonder Wuschelkopf erschien, als der Fahrer sich über die Mittelkonsole in ihre Richtung beugte.

»Mein Gott, Alexandra, du siehst ja aus, als wärst du auf der Flucht!« Hannes grinste von einem Ohr zum anderen, und in seinen Augen blitzte es schelmisch. »Weißt du, die meisten Menschen lassen ihre Jeans zu Hause, wenn sie laufen gehen, und entscheiden sich für Sportkleidung.«

Ohne der für ihn typischen Begrüßung Beachtung zu schenken, riss sie die Tür zur Beifahrerseite auf und kletterte etwas unbeholfen in das Fahrzeug. Die Innenbeleuchtung flammte auf, und mit einem Mal war das Grinsen aus Hannes' Gesicht verschwunden.

»Heilige Scheiße«, entfuhr es ihm, und in seinen sonst so strahlenden Augen machte sich ein Ausdruck der Besorgnis breit. »Was ist denn los?«, begann er.

»Fahr los, schnell!«, unterbrach sie ihn sofort und knallte die Tür zu.

»Kannst du mir bitte erst mal erklären, was –«

»Fahr, fahr, fahr!«

»Okay«, sagte er erschrocken, legte einen Gang ein und lenkte den Wagen zurück auf die Fahrbahn. »Wohin soll ich dich bringen?«, fragte er nach ein paar Sekunden zaghaft. »Krankenhaus? Polizei? … Psychiatrische Klinik?«

»Einfach nur weg«, erwiderte sie mit tränenerstickter Stimme. Nach einer kurzen Pause fügte sie hinzu: »Bitte.«

Hannes drückte das Gaspedal durch. Sie war ihm dankbar. Bloß nicht reden. Bloß nicht fragen. Einfach nur die Augen schließen. Langsam ein- und ausatmen.

Das Brummen des Motors, das Gefühl der Geschwindigkeit, die sie in den Sitz drückte, der langsam wiederkehrende Hauch von Sicherheit ließen ihren Verstand allmählich wieder logisch arbeiten. Sie war zeit ihres Lebens ein furchtloser Mensch gewesen, und auch wenn ihre lebhafte Phantasie sie gelegentlich dazu verführte, ein dämonisches kleines Mädchen unter ihrem Bett oder ein Zombieungetüm am Ende der Kellertreppe zu erwarten, hatte sie dennoch selten reale Angst vor etwas. Nicht so heute Abend. In dem Moment, als sie auf der bloßen Matratze aufgewacht war, noch ehe sie wusste, dass jemand in ihr Haus eingedrungen war, und bevor sie in den Lauf der Pistole geblickt hatte, war eine sonderbare Art der Gewissheit in ihr aufgestiegen und hatte sich ganz tief in ihr festgesetzt. Die Gewissheit, dass etwas geschehen würde. Etwas, das sie fürchten musste. Und zu dieser Voraussicht gesellte sich nun eine Erkenntnis: Was immer es war, das hier und jetzt, in diesem Moment, in ihrem Leben schieflief, sie konnte es nicht aufhalten. Sie wusste nicht, wie. Ihr einziger Trost war die Wärme, das schöne Gefühl, nicht allein zu sein.

Sie öffnete die Augen und sah aus dem Fenster. Weite Felder und vereinzelte Büsche und Bäume zogen an ihnen vorbei.

»Wohin fährst du, zum Teufel?« Sie zwang sich zu einem Lächeln.

»Ich habe absolut keine Ahnung«, gab Hannes händeringend zurück, »aber es wäre durchaus hilfreich, wenn du mir endlich mal erklären könntest, *was* in Gottes Namen passiert ist.« Er legte die Hände wieder auf das Lenkrad und bedachte sie mit einem auffordernden Blick.

Sie zögerte nur kurz, ehe sie ihre Gedanken sammelte und ihm in knappen Worten schilderte, was geschehen war.

Als sie ihren Bericht beendet hatte, herrschte für eine Weile Stille im Wagen. Nur das Brummen des Motors war zu hören.

»Wenn du mich verarschen willst, dann sage ich dir an dieser Stelle, dass ich das ganz und gar nicht komisch finde«, ließ Hannes schließlich verlauten. Die Verwirrung in seiner Stimme war absoluter Fassungslosigkeit gewichen.

»Schön wär's«, entgegnete sie ernst. »Wenn du nicht im richtigen Moment aufgetaucht wärst, Gott weiß, was passiert wäre.«

»Alexandra, du musst sofort zur Polizei gehen und das melden. Die können dich beschützen.«

»Hast du mir nicht zugehört?«, erwiderte sie missmutig. »Dieser Kommissar würde mir wahrscheinlich nicht einmal helfen, wenn ich vor seinen Augen angegriffen werde. Wer weiß, was er mir diesmal unterstellen würde, vielleicht, dass ich mich zugedröhnt und alles nur phantasiert habe. Der will mir etwas anhängen!«

»Jetzt hör aber auf. Du wurdest doch nur verhört. Das ist Routine.«

»Nein. Irgendetwas geht hier vor, nur hab ich keine Ahnung, was. Und weißt du was?« Sie fummelte nervös an der Tasche ihrer Jeans und zog die Kette mit dem goldenen Anhänger hervor. »Es kann wohl kaum ein Zufall sein, dass irgendwer das ganze Haus auf den Kopf stellt, ohne etwas mitzunehmen, und ich dann das hier finde.« Sie ließ die Kette auf Augenhöhe vor Hannes' Gesicht baumeln. Dann fiel ihr etwas ein, und ihre Augen weiteten sich.

»Collana«, rief sie.

»Hä?«

»Collana! Ich ...« Sie war so aufgeregt, dass sie zu stottern begann. »Sie ... ich dachte ... dachte, er würde nur irgendwelche Flüche ausstoßen, aber er sagte collana, Kette!«

»Vielleicht hast du dich aber auch verhört. Jedes zweite italienische Schimpfwort beginnt doch mit co oder ca.«

»Ja schon, aber –«

»Und du hast selbst gesagt, dass du in dem Moment nicht klar denken konntest. Vielleicht willst du einfach nur, dass er das gesagt hat.«

Sie schluckte und starrte das Schmuckstück an, als wartete sie darauf, dass es ihr irgendeine Art von Zeichen gab. So schnell, wie sie gekommen war, war ihre Aufregung wieder verflogen und machte einem Anflug von Verzweiflung Platz.

»Ich weiß es nicht«, murmelte sie, »aber es muss doch so sein, oder? Das waren bestimmt dieselben Typen, sie müssen es gewesen sein. Sie haben beim ersten Mal nicht gefunden, wonach sie gesucht haben, also sind sie noch mal wiedergekommen.«

»Schatz, bitte nimm mir das nicht übel«, er legte behutsam die Hand auf ihren Unterarm, ohne den Blick von der Straße abzuwenden, »aber es wäre nicht das erste Mal, dass du dir etwas zusammenspinnst, wo überhaupt kein Zusammenhang besteht.«

»Ach ja? Und wie erklärst du dir dann die tote Frau? Die rein zufällig meine Vormieterin war? Und dass in mein Haus eingebrochen wurde? Nur wenige Tage später?«

»Erst mal, wir sind hier in Italien. Da ist so etwas doch gang und gäbe.«

»Jetzt hör aber auf.«

»Und zweitens nenne ich das schlicht eine Verkettung von Zufällen. Nicht mehr und nicht weniger.« Er hob abwehrend die Hand, als sie wütend zu einer Antwort ansetzen wollte. »Ich weiß, das, was dir passiert ist, ist übel. Aber ich würde nicht mehr daraus machen, als tatsächlich dran ist. Die Polizei hat versucht, in kürzester Zeit einen Verdächtigen zu präsentieren. Dabei sind sie übers Ziel hinausgeschossen, und es hat halt dich getroffen. Aber in ein paar Tagen hat sich das sicher geklärt. Die sind doch nicht dämlich. Und wenn du den Einbruch meldest, werden sie dir helfen. Das eine hat mit dem anderen nichts zu tun.«

Wütend presste Alexandra die Lippen aufeinander und wandte den Blick ab. Er lag falsch. Sie wusste es einfach. Sie wusste, dass mehr dahintersteckte. Der Einbrecher hatte ganz sicher von einer Kette gesprochen. Sie rief sich die Wortfetzen in Erinnerung und kam zu demselben Ergebnis. Nein, es konnte einfach nicht anders sein. Und auch was Medeot anging, war sie sich sicher. Hannes konnte es nicht verstehen. Er war nicht dabei gewesen. Er hatte die Entschlossenheit in den Augen des Kommissars nicht gesehen, als er sie des Mordes an ihrer Vormieterin beschuldigte, und nicht die Verächtlichkeit in seiner Stimme gehört, als er ihren Telefonanruf als Witz abtat. Er war nicht dabei gewesen, als sie nach bangen Stunden in der Vollzugsanstalt unter den Augen des Kommissars freigelassen wurde und keinerlei Anzeichen einer Meinungsänderung an ihm entdecken konnte. Er verstand nicht, dass sie der Polizei in diesem Fall nicht trauen konnte, dass sie selbst dahinterkommen musste, was hier vorging.

Es wunderte sie im Grunde nicht, dass er ihr nicht glaubte. Für Hannes gab es nur Schwarz oder Weiß. Dass das Leben, oder zumindest das Gesetz, manchmal aus unzähligen Graustufen bestand und das System auch mal versagte, konnte oder wollte er einfach nicht akzeptieren. Doch sie nahm es ihm nicht übel.

Zumindest heute nicht mehr. Es gab mehr Polizisten in seinem Verwandtenkreis, als sie in ihrem ganzen Leben kennengelernt hatte, und sie kannte so einige. Was das betraf, war es vollkommen sinnlos, sein Weltbild neu formen zu wollen, das hatte sie mittlerweile verstanden.

Ein Wegweiser tauchte aus der Dunkelheit auf: »Grado – Grau – 15 km«. Da fiel es ihr mit einem Mal wie Schuppen von den Augen. Wieso hatte sie nicht gleich daran gedacht?

»Und wenn ich es dir beweise?« Sie drehte sich zurück in seine Richtung und verschränkte die Arme vor der Brust.

»Was meinst du?«

»Wenn ich dir beweise, dass es zwischen den Vorkommnissen der letzten Tage und dieser Kette einen Zusammenhang gibt. Glaubst du mir dann?«

Er schüttelte stumm den Kopf.

»Wenn ich falschliege, fahren wir sofort zurück, und ich gehe zur Polizei.«

Er schaute sie prüfend an. »Versprochen?«

»Versprochen.«

»Okay«, stimmte er zu, »wohin soll es also gehen?«

»Nach Grado«, antwortete sie. »Es ist an der Zeit, einen alten Bekannten zu besuchen.«

Sie lehnte sich in ihrem Sitz zurück und schloss die Augen, während sie an den Tag vor zweieinhalb Jahren zurückdachte, an dem sie Angelo kennengelernt hatte.

FÜNF

Es war einer jener kühlen Abende Mitte Oktober, an dem einem die Tatsache schmerzlich bewusst wurde, dass der Sommer sich nun endgültig seinem Ende zuneigte, um einer langen, von Nebel und beißender Kälte geprägten Unendlichkeit zu weichen. Normalerweise von Touristenmassen heimgesucht, wirkte das beschauliche Grado um diese Jahreszeit beinahe ein wenig trostlos. Nur vereinzelt kreuzte man noch den Weg von Urlaubern, die in den Herbstwochen den lokalen Thermen einen Besuch abstatteten oder die Lagune mit dem Fahrrad erkundeten. Keiner dieser Gründe hatte Alexandra in das adriatische Fischerdorf gelockt.

Sie fröstelte, als ein kalter Windstoß die Promenade erfasste und die trockenen Palmenzweige rascheln ließ. Schnell zog sie den Kragen ihres dünnen Pullovers höher und wandte sich von der untergehenden Sonne ab, die das gekräuselte Wasser in ein warmes Orange tauchte. Sie ließ die Souvenirstände und Restaurants mit deutschsprachigen Speisetafeln hinter sich. Noch einmal fummelte sie den kleinen Zettel aus ihrer Hosentasche, auf dem sie sich die Adresse notiert hatte.

Sie war schon oft in Grado gewesen, doch der Teil der Stadt, in den ihr Treffen sie nun führte, war ihr gänzlich fremd, was nicht gerade förderlich war, ihre Nervosität zu mildern. Als sie in der schmalen Gasse angelangt war, verlangsamten sich ihre Schritte. »Bar«, stand in summenden roten Leuchtzeichen über dem Eingang zu dem etwas zweifelhaft wirkenden Etablissement, in das sie unter normalen Umständen keinen Fuß gesetzt hätte. Und auch jetzt, die Dunkelheit war endgültig über Grado hereingebrochen, fühlte sie sich auf dem Gehweg auf der gegenüberliegenden Seite gerade nahe genug.

Mit staubtrockener Kehle betrachtete sie die geschlossene Eingangstür. Worauf hatte sie sich da bloß eingelassen? Der Versuch, ihre Zunge zu befeuchten, indem sie sie wie wild an den

Innenseiten ihrer Wangen rieb, blieb fruchtlos. Nervös tapste sie von einem Fuß auf den anderen.

»Ist doch nur ein Kunstfälscher«, hatte ihre Schwester gesagt und abgewinkt. »Es ist ja nicht so, als würdest du einem Serienmörder oder Mafioso gegenübertreten. Jetzt mach dich nicht lächerlich.« Das kam von einer Person, die mit einer beeindruckenden Leichtigkeit durchs Leben ging, ihr Markenzeichen ein Schulterzucken und ein viel gehörtes »Na und?«. Trotzdem hatte sie nichts davon abgehalten, alles im Leben zu erreichen, was sie wollte. Alexandra hingegen hatte lange Zeit nicht einmal gewusst, was das war. Wer die beiden gleichzeitig kennenlernte, dachte meist nicht im Traum daran, dass zwei so unterschiedliche Frauen auch nur im Entferntesten verwandt sein könnten, so groß war der Kontrast.

Dennoch hatte sich der berufliche Erfolg auch bei ihr eingestellt. Ihre Brust war von Stolz geschwellt gewesen, als sie ihrer Schwester von dem bevorstehenden Treffen berichtete – und davon, wie schwierig es gewesen war, es überhaupt zustande zu bringen, wie einzigartig die Gelegenheit und wie groß der Nutzen für die Recherche für ihr nächstes Buch. Als sie nun aber auf die flackernde Leuchtreklame blickte, verfluchte sie sich selbst. Wie viele nette Polizeibeamte hatte sie bereits kennengelernt, von denen ihr ausnahmslos jeder gern mit Rat und Tat zur Seite gestanden hätte? Und doch hatte sie sich dazu entschlossen, sich dieser neuen, völlig anderen Seite zuzuwenden.

Mach dich nicht lächerlich. Janas Worte hallten in ihren Ohren wider. Sie atmete tief ein, setzte sich ruckartig in Bewegung und näherte sich widerwillig der flackernden Leuchtreklame. Mach dich nicht lächerlich, dachte sie, als sie die schwere Holztür aufschob. Schummriges Licht kam ihr entgegen. Zu ihrer Linken eine lange Theke, aus dem gleichen dunklen Holz gefertigt wie die zahlreichen, von fast mannshohen Lehnen umrahmten Sitzgelegenheiten im Rest des Raumes. Leise drang ein ihr bekanntes Lied an ihr Ohr. »Uh-uh, that smell«, tönte es aus der alten vergilbten Jukebox in der Ecke des Gastraumes. Ronnie Van Zant hatte recht. Es roch muffig und nach kaltem Rauch, so als wäre der letzte Abend vor der Einführung des landesweiten Rauchverbots gerade einmal zwei Tage her. Ihr Blick wanderte weiter. Hinter der langen Theke stand ein Mann, völlig regungslos. Ein Hüne. Das Gesicht zerfurcht, der Kopf haarlos, die Augen tiefschwarz. Die einseitige Beleuchtung verlieh seinem rissigen Antlitz etwas noch Unheimlicheres. Ohne auch nur zu blinzeln, sah er ihr entgegen und rieb dabei ein Bierglas trocken.

»Ciao«, grüßte sie kleinlaut und hob kurz die Hand. Nicht die kleinste Bewegung in seinem Gesicht zeigte ihr, dass er sie gehört hatte. Seine Augen taxierten sie und schienen ihren Körper durchbohren zu wollen, um sich an ihrer Seele zu vergreifen. Sie versuchte zu schlucken. Ging ihre rege Phantasie wieder einmal mit ihr durch? Mutig wandte sie ihren Blick ab und sah in die Runde. Über die meisten der hohen Holzlehnen konnte sie nicht hinwegsehen, doch es waren wohl nur wenige Tische besetzt. Abgesehen von dem furchteinflößenden Kellner nahm niemand der Anwesenden Notiz von ihr.

»Sie gehört zu mir«, hörte sie eine Stimme in der hintersten Ecke des Raumes sagen. Jemand erhob sich. Ihr Blick suchte den Ursprung der Stimme, doch das Halbdunkel gab nicht mehr preis als einen Schemen. Männlich, groß.

Mach dich nicht lächerlich, wiederholte sie in Gedanken, doch die Worte wollten keine Wirkung mehr in ihrem Kopf entfalten. Sie wusste nicht, worauf sie sich hier eingelassen hatte. Sie wusste ja nicht einmal, wie ihre Kontaktperson aussah. »Kritisieren Sie ihn niemals und fallen Sie bloß nicht auf seine Masche herein.« Das war alles, was man ihr gesagt hatte. Wie verrückt war sie gewesen? Alles in ihr schrie danach, sich umzudrehen und nach draußen zu laufen, wo es sicher war und die Luft frisch. Doch sosehr ihr Innerstes auch danach verlangte, ihr Äußeres ließ sie keinen Schritt tun. Es war, als hätte der Dämon von Kellner sie von Kopf bis Fuß gelähmt.

Ihre Verabredung trat auf sie zu und entschwand damit der Dunkelheit. Erneut versuchte sie zu schlucken, doch mittlerweile hatte sich das letzte bisschen Speichel aus ihrem Mund verabschiedet. Sie schätzte den Mann, der ihr nun gegenüberstand, auf

Mitte dreißig, wobei es bei Italienern bekanntermaßen schwierig war, das richtige Alter zu erraten. Er war um einiges größer als sie und von schlanker, aber äußerst durchtrainierter Statur. Zumindest glaubte sie, das unter dem maßgeschneiderten dunkelblauen Anzug erkennen zu können. Der stand ihm in Kombination mit der schmalen Krawatte so gut, als wäre er von Giorgio Armani speziell für ihn entworfen worden. Der unangenehme Geruch in der Bar verflüchtigte sich und machte etwas unwiderstehlich Gutem Platz. Sie konnte nicht sagen, was es war. Es roch weder nach Rasierwasser noch nach Parfum, und doch duftete es so unvergleichlich gut, dass sie einfach nur dastand und tief einatmete.

»Sie müssen Alessandra sein«, begann er. Sein italienischer Akzent war unaufdringlich, aber unüberhörbar. »So reizend hatte ich Sie mir gar nicht vorgestellt.«

Er lächelte und zeigte seine makellos weißen Zähne. Der Kontrast zu seinem dunklen Dreitagebart war faszinierend. Das kurze lockige Haar war tiefschwarz und ein wenig durcheinander. Auf den ersten Blick wirkte es, als wäre er gerade aus dem Bett gekrochen, doch bei genauerem Hinsehen war das unmöglich, dafür saß jedes einzelne Haar einfach zu perfekt. Seine azurblauen Augen strahlten so sehr, dass sie sich für einen Moment wünschte, er wäre gerade aus *ihrem* Bett gekrochen.

Sie klappte den Mund zu, blinzelte. Wie lange stand sie schon hier? Noch dazu mit offenem Mund? Schnell fuhr sie sich mit der Hand über die Lippen. Gott sei Dank war ihre Kehle so trocken, dass sie unmöglich sabbern konnte. Langsam war es an der Zeit, dass sie etwas sagte. Vielleicht sollte sie ihm die Hand reichen? Nein, die war viel zu verschwitzt.

»Angelo«, brachte sie gerade so hervor, »freut … freut mich sehr.«

Er nickte freundlich und bedeutete ihr, Platz zu nehmen.

»Was trinken Sie?«, fragte er.

Alkohol!, schrie alles in ihr.

»Ein Glas Wein wäre ganz nett, denke ich«, entgegnete sie wie beiläufig.

Er gab dem Barkeeper ein Zeichen.

»Dante hat den besten Wein in ganz Friaul. Er baut ihn selbst an. Diese Bar ist so etwas wie ein kleiner Geheimtipp hier in Grado.«

Sie hob eine Augenbraue und blickte sich um. Dantes Inferno, dachte sie.

»Na ja, gut. Es könnte auch daran liegen, dass sich selten jemand hierherverirrt«, fügte er grinsend hinzu. Ihr Gesichtsausdruck war ihm offenbar nicht entgangen. Sie erwiderte nervös sein Lächeln. Verdammt. Sie wollte nicht noch einmal sekundenlang dasitzen, ohne etwas zu sagen, doch sie fand partout keine Worte.

Angelo Cherubini, dachte sie. Noch nie war ein Name treffender gewesen. Dieser Mann glich tatsächlich einem Engel. Als hätte Gott einen umwerfend gut aussehenden Adonis auf die Erde entsandt, dessen Lächeln jede Frau – und sicherlich auch einige Männer – dahinschmelzen ließ wie einen Eiswürfel in einem warmen Glas Aperol. Sie musste innerlich lachen beim Gedanken an die Absurdität dieses Einfalls. Beinahe hätte sie vergessen, *wen* sie eigentlich vor sich hatte. Einen Lügner, einen Betrüger und einen Dieb. In einem Dutzend Ermittlungen von London bis Athen war er stets der Verdächtige Nummer eins gewesen. Sein Name war so ziemlich jeder Abteilung für Wirtschaftskriminalität in Europa ein Begriff. Unzählige Arbeitsstunden waren damit verbracht worden, akribisch Beweise zu sammeln und Zusammenhänge herzustellen, nur um am Ende jedes Mal wieder feststellen zu müssen, dass man nichts gegen ihn in der Hand hatte. Er war ein Geist. Jeder kannte ihn, und doch lebte er völlig ungestört und ohne Sorge, tauschte seine Decknamen öfter als so mancher sein Bettlaken. War das Glück oder Können? Schwer zu sagen. Jedenfalls hatte es bis vor Kurzem angehalten.

In der Stimme des Europolagenten, mit dem sie sich getroffen hatte, hatte ein Hauch von Bewunderung mitgeschwungen, als er von ihm sprach. Sicherlich gab es wenige Menschen auf der Welt, die so viel über Cherubini wussten wie er. Über Jahre hatte er alles in sich aufgesaugt, was es über Angelo zu finden gab, sein Verhalten, seine Psyche studiert. Dieser Gedanke beruhigte sie zumindest ein bisschen. Unmöglich anzunehmen, dass er das

Risiko eingegangen wäre, sie hierherzuschicken, wenn Angelo eine Gefahr darstellte.

Der unheimliche Dante baute sich vor ihrem Tisch auf, ein übergroßes Tablett auf seiner wuchtigen Hand balancierend, darauf zwei einsam wirkende Weingläser. Sein Blick schien sie zu durchdringen. Wortlos stellte er die Gläser ab und verschwand wieder hinter der Theke. Sie kam nicht umhin, seinem Abgang aus den Augenwinkeln zu folgen. Er trat an die Spüle, griff nach einem Küchentuch und einem Bierglas und begann, seelenruhig Zentimeter für Zentimeter abzurubbeln. Dasselbe Bierglas. Immer und immer wieder.

»Ich weiß«, sagte Angelo, der ihrem Blick gefolgt war, und senkte die Stimme zu einem Flüstern, »gruselig, nicht wahr?«

Sie nickte verlegen und spielte unter dem Tisch mit ihren Fingern.

»Ich muss mich wirklich entschuldigen«, fuhr er fort, »wir hätten uns an einem anderen Ort treffen sollen. Ich will ehrlich zu Ihnen sein.« Er beugte sich über den Tisch. Seine Augen funkelten, sogar in dem schummrig gelblichen Licht. »Ich hatte so etwas wie ein schriftstellerisches Klischee erwartet. Sie wissen schon, einen Mann Ende fünfzig mit bleicher Haut und zerzaustem Haar, der sich zum Frühstück einen doppelten Whiskey genehmigt.« Er lachte kurz auf und blickte dann beinahe schuldbewusst drein.

»Sie kennen anscheinend nicht viele Schriftsteller«, sagte Alexandra.

»Nur einen. Und der entspricht meiner Beschreibung haargenau. Sehen Sie? Das zeigt einmal mehr, dass man sich nicht von Vorurteilen leiten lassen sollte.«

Was wollte er damit sagen? Wollte er ihr auf diese wenig subtile Art zu verstehen geben, dass er nicht so war wie andere Kriminelle?

»Verzeihen Sie, falls ich Sie beleidigt habe. Doch anstelle eines schmuddeligen Kerls sitzt mir nun eine atemberaubende Dame gegenüber. Ich weiß nicht einmal, was ich sagen soll.«

Das Lächeln hatte sich in sein Gesicht zurückgeschlichen. Diese Grübchen … Sie riss sich zusammen und blickte auf ihr

Weinglas. Man hatte sie gewarnt, auf seine Spielchen nicht hereinzufallen. Bis vor ein paar Sekunden hatte sie sich keinen Reim darauf machen können.

»Na dann«, erklärte sie schüchtern und hob ihr Glas. »Auf uns, die wir beide durch eine klischeehafte Vorstellung getäuscht wurden.«

Allmählich wurde ihr klar, wie er es schaffte, alles und jeden um den Finger zu wickeln. Es wäre für ihn sicherlich ein Leichtes, einsame wohlhabende Frauen um ihren Schmuck oder ihre Ersparnisse zu bringen, Kuratorinnen zu verführen, Strafzettel zu umgehen. Ein Anflug von Wut keimte in ihr auf. Wut auf sich selbst, Wut darauf, binnen fünf Minuten zu einem sabbernden, dummen Kleinkind geworden zu sein. So toll war er auch wieder nicht. Und so außergewöhnlich, wie der Agent sie angepriesen hatte, waren auch seine Fähigkeiten nicht. Sie hatte sein Spielchen bereits durchschaut. Die Bar, der unheimliche Kellner, die geheuchelte Ehrlichkeit … Es war billig. Und beinahe so, als würde sie wieder ihrem Ex-Freund gegenübersitzen, diesem erbärmlichen Lügner.

Sie kramte ein kleines Notizheft aus ihrer Tasche und blätterte zur ersten leeren Seite.

»Sie sprechen erstaunlich gut Deutsch«, begann sie, ohne den Kopf zu heben, »ich war darauf eingestellt, mich in gebrochenem Italienisch zu unterhalten.«

»Ja, ich sehne mich nach dir. Ich gleite mich verlierend selbst mir aus der Hand, ohne Hoffnung, dass ich das bestreite, was zu mir kommt wie aus deiner Seite, ernst und unbeirrt und unverwandt.«

Sie schluckte. »Rainer Maria Rilke?«

»Einer meiner liebsten Lyriker.«

»Seine Dinglyrik hat ihn eindeutig zu einem der besten Dichter der literarischen Moderne gemacht.«

Das war ein Satz, den sie für ihre Deutschmatura auswendig gelernt hatte. Ein Satz, mit dem ihr Wissen über deutsche Lyriker sowohl begann als auch endete. Rilke war es gewesen, der sie davor bewahrt hatte, in diesem Fach endgültig durchzufallen, und noch heute, fast zwanzig Jahre später, war dieser Satz in ihr

Gedächtnis eingebrannt. Was Dinglyrik war? Sie hatte nicht den Hauch einer Ahnung, doch Angelos beeindruckter Gesichtsausdruck war ihr Sieg genug.

»Ihre Muttersprache ist also Italienisch«, schwenkte sie sofort um.

»Wird das hier eine Recherche, oder wollen Sie mich für die Cosmo interviewen?« Er lächelte wieder, und es war so umwerfend, dass sie seinem Blick nicht standhalten konnte. Wieder suchte sie Schutz in ihrem Notizblock. Hätte er nicht der klischeehafte schmierige Verbrechertyp sein können, der sie auf abstoßende Art anbaggerte und nebenbei seine Bierflasche mit den Zähnen öffnete? Das hätte ihr den Abend um so vieles einfacher gemacht.

»Nein, aber ich finde es wichtig, auch über solche Dinge zu reden. Schließlich will ich die Hintergründe meiner Charaktere verstehen und ihren Handlungen einen Sinn geben.«

So kühl, wie ihr Tonfall war, wollte sie eigentlich gar nicht klingen. Doch es konnte nicht schaden, ihn in die Schranken zu weisen, ehe er begriff, dass sie ihm ohnehin schon verfallen war. Er ließ sich nicht beirren, sondern verzauberte sie weiterhin mit seinem betörenden Lächeln.

»Ich spreche vier Sprachen fließend, und in zwei weiteren kann ich mich ganz gut verständigen. Wenn man so viel reist wie ich, ist es wichtig, sich den Gepflogenheiten des jeweiligen Landes anpassen zu können. Und dazu gehört es nun mal auch, die Sprache zu beherrschen.«

»Ganz so viel reisen Sie jetzt wohl nicht mehr, nehme ich an?«, bohrte sie nach.

»Ich versuche, etwas kürzerzutreten.«

»Wie weit lässt die Fußfessel Sie denn? Kürzertreten, meine ich«, erkundigte sie sich mit unschuldiger Miene.

»Drei Kilometer«, gab er zurück, und sie glaubte, ein kurzes Zucken in seinem Mundwinkel zu erkennen, das aber sofort wieder verschwunden war.

»Sie wissen ja, dass ich mit Ihrem … Berater bei Europol gesprochen habe. Sie helfen den Ermittlern bei der Aufklärung von

Verbrechen und entgehen dafür einer Gefängnisstrafe. Das klingt, als hätten Sie sehr gut verhandelt.«

»Es ist … für beide Seiten besser, ja.« Er richtete sich auf und verschränkte die Hände auf dem Tisch. »Wenn es um Fälschungen geht, bin ich nun mal der Beste. Gemälde, Aktienzertifikate, Diamanten, Sie können sich aussuchen, was Sie wollen. Ich habe sogar einmal eine Flasche Romanée-Conti gefälscht, die für hunderttausend Euro versteigert wurde. Und eines meiner Gemälde hängt immer noch in den Uffizien. Das sollten Sie aber lieber für sich behalten. Also glauben Sie mir, ich kann einiges beitragen, und wenn ich für die nicht von so großem Wert wäre, hätte ich eine Vereinbarung wie diese nicht im Traum bekommen. Meine Verhaftung ist jetzt knapp zwei Jahre her. In dieser Zeit habe ich über fünfzig Fälle gelöst, an denen jeder einzelne meiner neuen Freunde allein gescheitert wäre.«

Alexandra blickte sich um. Auch wenn in der Kneipe nicht viel los war, schien Angelos Ego auf einmal den kompletten Raum zu füllen.

Nun war er es, der in sein Weinglas starrte, doch es gelang ihr nicht, seinen Blick zu deuten.

»Zwei Jahre habe ich noch vor mir«, erklärte er, »dann bin ich ein freier Mann.«

Ein merkwürdiges Gefühl keimte in ihr auf. Es war so etwas wie … Mitleid? Sie hatte das Gefühl, ihn irgendwie trösten zu müssen.

»Ach, die Zeit vergeht sicher wie im Flug. Außerdem ist Grado nicht gerade die Hölle auf Erden.«

»Natürlich. Und es ist meine Heimat.« Wehmut schwang in seiner Stimme mit. »Trotzdem können sich zwei Jahre an einem Fleck wie eine Ewigkeit anfühlen.«

»Und was dann?«

»Was meinen Sie, was dann?«

»Was geschieht nach den zwei Jahren?«

»Ich weiß nicht.« Er zuckte mit den Schultern, und sein Blick wanderte durch den Raum. »Vielleicht mache ich meinen Abschluss an der Accademia di Belle Arti nach.«

»Wenn Sie sagen nachmachen, meinen Sie, Sie haben schon mal studiert?«

»Vor langer Zeit, ja.«

»Kunstgeschichte?«

»Ist das wirklich so offensichtlich?«

»Vielleicht ein wenig. Aber offenbar haben Sie es irgendwann aufgegeben. Wohl nicht praktisch genug, was?«

Er zögerte. »Das ist eine Art, es auszudrücken, ja.«

»Na ja, sollte das mit dem Abschluss diesmal wieder nicht klappen, verkaufen Sie doch gefälschte Taschen an Touristen am Strand von Grado.«

Er lächelte, aber in seinen Augen lag etwas Trauriges. Alexandra wurde wie magisch davon angezogen. Sie hasste sich dafür, doch sie entwickelte wirklich Mitgefühl für ihn. Die Stimme des Europolagenten in ihrem Kopf war verstummt. Wieso um alles in der Welt war sie verstummt?

»Was würden Sie tun?«, fragte er.

»Was meinen Sie?«

»Wenn Sie in meiner Lage wären, was würden Sie nach den vier Jahren tun?«

Ein nachdenkliches Brummen von sich gebend starrte sie auf den Tisch. Es gab nichts nachzudenken. Die Antwort auf diese Frage hatte sie bereits vor langer Zeit gefunden, dem Drang jedoch niemals nachgegeben. Stets gab es etwas, das sie hielt, das sie an ihrem Leben, an ihrem Umfeld festhalten ließ. Kleinigkeiten, Gesten, unbedachte Worte, Erinnerungen, Gerüche, Geschmäcker und Bräuche. Stets gab es etwas, das den Wunsch zurück in seinen Käfig drängte.

»Ich würde komplett neu anfangen. Alles hinter mir lassen. Jeden, den ich gekannt habe, jeden Ort, mit dem ich Erinnerungen verbinde. Jedes Kleidungsstück, jedes Buch, jedes noch so kleine Detail. Ich würde alle Brücken abbrechen und ein neues Leben aufbauen. Im Zentralatlantik. Auf Kap Verde. Ich würde mir von meinen Ersparnissen ein kleines Haus auf einem Hügel kaufen, der direkt auf das offene Meer zeigt. Das Wohnzimmer würde ich hellgelb streichen. Und ich würde ein kleines Café in der Stadt eröffnen, von dessen Einkünften ich mein Leben lang bescheiden, aber glücklich leben kann. Und ich würde natürlich Portugiesisch lernen.«

»Das … ist sehr detailliert«, sagte Angelo etwas perplex, »aber es gefällt mir.«

»Jeder Mensch hat doch einen Plan B. Aber wir schweifen ab. Ich bin mir sicher, Sie werden Ihren Weg gehen.« Sie legte eine kurze Pause ein, um ihn zu mustern. Ob er wohl auch so erfolgreich gewesen wäre, wenn er nicht so unverschämt gut aussehen würde? »Wie kam es eigentlich dazu, dass Sie verhaftet wurden?«

»Das hat Ihnen mein ›Betreuer‹, wie Sie ihn nannten, doch sicher schon erklärt.«

»Nein, angeblich ist die Akte unter Verschluss. Ich weiß gar nichts darüber.«

»Ach ja?« Er wirkte ehrlich überrascht und ein wenig erleichtert. »Dann geht es Sie wohl einen Dreck an. Und es ist sicher nicht wichtig für Ihren Roman. Sonst erfinden Sie eben einfach etwas. Das ist schließlich Ihr Job, verdammt noch mal.«

Sie zuckte zusammen, als sie das wütende Funkeln in seinen Augen bemerkte. Es dauerte nur den Bruchteil einer Sekunde, dann hatte er sich wieder unter Kontrolle. Ehe sie etwas entgegnen konnte, griff er nach ihrer Hand. Seine Haut war genauso weich, wie sie es erwartet hatte. »Tut mir leid«, murmelte er und fuhr sich mit der freien Hand durch das Haar, »was ich damit meinte, ist, wenn die Akte unter Verschluss ist, dann sicher aus gutem Grund.«

Sie zwang sich zu einem Lächeln. »Na, dann erzählen Sie mir eben was über die Fälschung von Währungszertifikaten«, schlug sie vor und rückte den Notizblock zurecht.

SECHS

»Medeot!«, rief Battesimo durch die offene Tür aus dem Konferenzraum und wedelte auffordernd mit der Hand. »Komm schon, gesell dich zu uns.«

Eigentlich wollte Medeot nichts lieber, als sich in sein Büro zu verkriechen und die Tür hinter sich zu schließen. Doch der Weg dorthin führte unglücklicherweise an dem zur Einsatzzentrale der Patavini umfunktionierten Zimmer vorbei.

»Wir diskutieren gerade ein paar Details des Fritz-Gardini-Falles. Kaffee?«

Medeot winkte dankend ab und lehnte sich mit verschränkten Armen auf die Tischkante. »Gibt es denn Neuigkeiten?«

»Nichts Bahnbrechendes. Wir wissen immer noch nicht, wann sie verschwunden ist. Und glauben Sie mir, Medeot, wir haben das ganze verdammte Dorf befragt. Keiner hat was gesehen.«

»Vielleicht wurde sie ja auch außerhalb von Cormòns entführt«, schlug Medeot vor. »Irgendwo muss sie nach ihrem Auszug schließlich gewohnt haben.«

»Sie wurde aber nirgendwo gesehen, auch nicht an der Universität. Mag ja sein, dass sie den Mietvertrag gekündigt hat, dennoch ist nicht ausgeschlossen, dass sie das Haus nie verlassen hat. Vielleicht hat die Hüttenstätter sie dort gefangen gehalten.«

Medeot schnaubte skeptisch.

»Bitte sag mir nicht, du hältst sie für unschuldig«, entgegnete Battesimo.

»Ich weiß nicht, irgendetwas stört mich an der Sache. Das Ganze ergibt nicht so viel Sinn, wie ich zuerst dachte. Denkst du nicht, wir sollten die Entführung und den Autounfall vielleicht getrennt voneinander behandeln?«

»Zwei Täter?«

»Möglicherweise war der Autounfall genau das, ein Unfall. Unser Opfer konnte seinen Entführern entkommen und ist auf die Straße gelaufen, wo gerade Alexandra Hüttenstätter unterwegs war. Die konnte dann natürlich so schnell nicht mehr bremsen.«

Battesimo machte ein überraschtes Gesicht. »Ist dir am Bericht über den Unfallort nichts aufgefallen?«

»Nein, was denn?«

»Es gab keine Bremsspuren.«

Das war ihm in der Tat entgangen, auch wenn er sich nicht erklären konnte, wieso.

»Dieses hinterhältige Biest hat nicht mal versucht, anzuhalten. Sie hat sie mit voller Absicht über den Haufen gefahren. Das ist vorsätzlicher Mord.«

Medeot versuchte, sich seine Überraschung nicht anmerken zu lassen. So viel also zu seiner Theorie. »Wir wissen doch nicht einmal, ob es sich bei den Spuren an der Stoßstange wirklich um die DNA von Elena Fritz-Gardini handelt. Und wir können auch nicht mit Sicherheit sagen, dass Hüttenstätter den Wagen fuhr.«

»Natürlich war sie es. Denkst du denn, dass das alles ein Zufall ist?« Ohne eine Antwort von Medeot abzuwarten, wandte sich Battesimo zu der großen Pinnwand um, auf der alle relevanten Spuren übersichtlich angeordnet waren.

Medeot wusste gar nicht mehr, was er noch glauben sollte. Battesimos Argumentation machte durchaus Sinn. Dennoch konnte er sich nicht ausmalen, welches Motiv Alexandra Hüttenstätter wohl haben mochte, eine so kaltblütige Tat zu begehen.

SIEBEN

Das Dunkel der einsamen Landstraße war dem warmen Licht der Straßenlaternen gewichen, die sich über die etwas breitere Hauptstraße beugten, die gesäumt war von unzähligen Restaurants und Hotels. Schweigend hatten sie die letzten fünfzehn Kilometer hinter sich gebracht. Ein Schweigen, das für Alexandra einer Wohltat gleichkam und lediglich von ein paar Richtungskommandos an jedem größeren Kreisverkehr unterbrochen worden war. Davon allerdings gab es viele. Sie hatte noch keinen Versuch unternommen, herauszufinden, ob es auf ihren Wunsch nach Ruhe zurückzuführen war, dass Hannes stumm blieb, oder auf einen Groll, den er gegen sie hegte.

»Da vorn links und dann gleich scharf rechts«, befahl sie und deutete auf eine unscheinbare Seitengasse.

Es war eine Reise ins sprichwörtliche Blaue, ein Strohhalm, an den sie sich klammerte. Die Chancen standen schlecht. Sie wusste nicht, ob er noch in Grado wohnte, ob er in Italien war, ob er überhaupt noch lebte. Doch darüber würde sie erst nachdenken, wenn sich der Strohhalm als Fehlschlag entpuppte.

Hannes lenkte den Wagen in eine schmale Parklücke an der Straßenseite. »Da willst du rein?«, versicherte er sich und musterte skeptisch die von der rötlichen Leuchtreklame erhellte Tür.

Kommentarlos stieg sie aus dem Wagen und drückte die Eingangstür auf. Diesmal wusste sie, was sie erwartete.

»Ciao, Dante«, rief sie dem Barkeeper zu und winkte übertrieben. Sie marschierte geradewegs auf den Tresen zu. »Sto cercando Angelo?«

Als er versuchte, sie mit seinem Blick zu durchdringen, erhielt er von ihr im Gegenzug einen bitterbösen Augenaufschlag. Sie war seit jenem Abend noch ein paarmal hier gewesen. Der Wein war wirklich ausgezeichnet, und man konnte sich an diesen Ort zurückziehen, wann immer man sich nach Ungestörtheit sehnte. Vielleicht hatte sie auch ein wenig darauf gehofft, Angelo über den Weg zu laufen. Obwohl Dante noch nie ein Wort mit ihr gesprochen hatte, glaubte sie mittlerweile fast nicht mehr daran, dass er der Wächter zu dem Höllentor war, das ihre rege Phantasie in einem Hinterzimmer vermutete. Fast. Er grunzte und deutete mit einem Kopfnicken auf eine Sitzgelegenheit in der hintersten Ecke des Gastraumes. Alexandras Herz machte einen Satz. Konnte es tatsächlich sein? Bekam sie endlich auch mal ein Quäntchen Glück ab? Sie hastete auf die Sitzecke zu und lugte über die hohe Holzlehne. Da saß er. Ein eng geschnittener schwarzer Anzug, eine schmale helle Krawatte, dazu ein perfekt sitzender schwarzer Hut. Er war so vertieft in das dicke Buch in seinen Händen, dass er sie gar nicht bemerkte.

»Angelo?«, fragte sie zaghaft.

Er hob den Kopf und sah in ihre Richtung. Das Buch verschwand unter dem Tisch, und sein Gesicht erhellte sich. Sein Dreitagebart war verschwunden, was die kleinen Grübchen in seinen Wangen noch deutlicher zum Vorschein brachte.

»Alessandra«, rief er, sprang auf und drückte ihr einen Kuss links und einen Kuss rechts auf die Wange. »Was für eine Überraschung, dich zu sehen! Du siehst … toll aus.«

»Du auch«, entgegnete sie schmunzelnd, »toller Hut.« Was für ein Schmeichler er doch war. Sie sah aus wie der wandelnde Tod. Sie und Dante hätten ein gutes Paar abgegeben.

»Oh, und du hast deinen Freund mitgebracht?«, fügte er deutlich kühler hinzu, als er Hannes erblickte, der sich skeptisch umsah. Dennoch streckte er ihm umgehend die Hand zur Begrüßung hin.

»*Ein* Freund«, korrigierte sie, »Hannes.«

»Setzt euch doch bitte.« Er deutete auf die hölzerne Bank, die den Tisch umrundete. »Du hast also doch beschlossen, Dantes Bar weiterzuempfehlen?«, fragte er, nachdem sie alle Platz genommen hatten und der unheimliche Glatzkopf kommentarlos eine Runde Wein serviert hatte.

»Ich trinke eigentlich keinen … Alkohol.« Hannes hatte sich beim Reden zu Dante umgedreht, doch der war bereits wieder verschwunden. Er beugte sich nach vorn und flüsterte: »Bilde ich mir das ein, oder ist das ein und dasselbe Bierglas, das er da immer wieder abtrocknet?«

Alexandra kicherte. »Ich glaube mittlerweile, das ist eine Art der Meditation oder so.«

»Ja, oder er ist einfach nur irre und will uns alle umbringen.«

Sie winkte belustigt ab. »Du kommst drüber weg, glaub mir.« Dann wandte sie sich an Angelo. »Ich bin so froh, dich hier anzutreffen. Ich hätte nicht gewusst, wo ich sonst nach dir suchen soll.«

»Ihr seid nicht auf Urlaub hier?« Er zog überrascht die Augenbrauen zusammen.

»Nein, wir wollten zu dir.«

»Alessandra, hör zu, ich fühle mich geschmeichelt«, er unterband ihre Antwort, indem er die Hand hob und weiterredete, »aber – und bitte versteh das nicht falsch – ich halte das für keine gute Idee.«

»Aber du weißt doch gar nicht –«

»Doch, tue ich. Du willst deinem Freund –«

»Er ist nicht mein Freund.«

»Du willst Hannes die Person zeigen, die als Vorlage für einen deiner Charaktere gedient hat. Das ehrt mich sehr, aber ich versuche, mit der Vergangenheit abzuschließen. Und so leid es mir tut, da gehört auch das Buch dazu. Wenn ich deine Faszination auch nachvollziehen kann.« Er bedachte sie mit einem vielsagenden Blick.

Alexandra ärgerte sich über Angelos selbstverliebten Tonfall. Er stellte sie ja quasi als Groupie hin. Es drängte sie, seinen Irrtum aufzuklären.

»Was genau meint er damit?«, fragte Hannes. »Mit welcher Vergangenheit?«

»Ach, nichts«, beschwichtigte sie ihn, »er hat mir bei einer meiner Buchrecherchen geholfen.« Sie sah Angelo auffordernd an.

»Richtig«, erwiderte dieser sofort, »aber ich bin nicht mehr in meiner alten Branche tätig. Und leider ist es schmerzvoll, daran erinnert zu werden.«

»In welcher Branche warst du denn tätig, wenn ich fragen darf?«

»Kunst. Die Kunst war sozusagen meine große Liebe.«

»Ach so.« Hannes nickte. »Tut mir leid für dich.«

Angelo schien zu verstehen, dass er falschgelegen hatte, er betrachtete sie unauffällig von der Seite.

»Warum ich … warum wir hier sind«, begann Alexandra und stockte. »Oh Mann, ich weiß gar nicht, wo ich anfangen soll.«

»Wir müssten eigentlich überhaupt nicht hier sein«, nörgelte Hannes und begutachtete sein Weinglas, ohne es anzurühren.

Sie ignorierte ihn. »Ich brauche deine Hilfe. Ich weiß nicht, an wen ich mich sonst wenden soll.« Sie zögerte kurz. »Jemand will mir etwas antun. Und ich bin sicher, dass es etwas mit einer Kette zu tun hat, die ich gefunden habe. Aber ich weiß nicht –«

»Was?«, fiel ihr Angelo ins Wort. »*Was* will dir jemand antun?«

»Ich glaube, man will mich umbringen.«

»Blödsinn«, murrte Hannes.

Angelo blickte von ihm zu ihr. »Sag mal, was soll das? Ist das ein Witz? Ich finde das nämlich nicht besonders komisch«, grollte er. Abwehrend verschränkte er die Arme vor der Brust und bedeutete ihr mit einem Kopfnicken, zu antworten. »Was ist hier los?«, wiederholte er, als keiner von ihnen Anstalten machte, etwas zu erwidern.

Alexandra presste die Lippen aufeinander und starrte auf ihre Beine. Es kostete sie einiges an Überwindung, doch sie würde den Teufel tun und jetzt in Tränen ausbrechen.

»Bei Alexandra wurde heute Abend eingebrochen«, ergriff Hannes das Wort, »und sie hat in ihrem Haus zufällig einen Anhänger gefunden. Sie glaubt jetzt, dass es da einen mysteriösen Zusammenhang gibt. Und nachdem du ein Experte in Sachen Kunst bist, sind wir anscheinend hier, um dich zurate zu ziehen. Danach fahren wir sofort zur Polizei.«

»Aber –«

»Nein, Alexandra. Das war unsere Abmachung. Du hast es versprochen. Also halt dich daran.«

Sie warf Angelo einen verzweifelten, beinahe flehenden Blick zu. Wenigstens er würde doch verstehen, dass mehr dahintersteckte.

»Hört zu«, griff er denn auch tatsächlich ein und ergänzte nach einem Seitenblick auf Alexandra, »ich weiß nicht, was da bei euch vorgefallen ist, aber es ist spät. Ihr seht müde aus. Ich halte es für das Beste, wenn ihr die heutige Nacht bei mir verbringt. Ich sehe mir diese Kette an, es kann euch nichts passieren, und morgen früh könnt ihr dann immer noch zur Polizei gehen.«

Seine Stimme war sonderbar beruhigend, und sogar Hannes schien seinen Vorschlag ernsthaft in Erwägung zu ziehen.

»Hannes«, meinte Alexandra leise, als er nicht sofort antwortete, »Angelo hat recht. Willst du wirklich mitten in der Nacht nach Cormòns zurück? Das kann genauso gut bis morgen warten.«

***

Mit einem kurzen »Ping« gab ihnen der Lift zu verstehen, dass sie im obersten Stockwerk des Mehrparteienhauses angekommen waren. Penthouse. Nichts anderes hatte sie erwartet. Angelo schloss die Wohnungstür auf. Was sie dahinter erblickte, deckte sich jedoch nicht einmal annähernd mit ihrer Vorstellung. Sie standen in einem enorm großen Wohnzimmer, in welches das Häuschen in Cormòns samt Garten locker hineingepasst hätte. Die Einrichtung war modern und äußerst geschmackvoll. An den Wänden hingen einige Gemälde, von deren Echtheit sie unmittelbar überzeugt war. Abgerundet wurde das beeindruckende Ambiente von einer Glasfront, die sich über die komplette Südseite des Raumes zog und die, soweit Alexandra das in der Dunkelheit beurteilen konnte, direkt auf das offene Meer gerichtet war.

»Meine Fresse«, platzte Hannes heraus und musterte die Wohnung mit offenem Mund. Diesen Ausdruck hatte sie von ihm seit gut zehn Jahren nicht mehr gehört. Ein gequälter Schmerzensschrei entfuhr ihm, als sie ihn dafür hart in die Rippen boxte.

»Benimm dich«, zischte sie.

»Ihr könnt gern beide im Gästezimmer schlafen«, bot Angelo

höflich an und deutete auf den Flur zu seiner Rechten, »das Bett ist frisch bezogen. Oder einer von euch kann die Couch nehmen.«

»Couch!«, rief Alexandra sofort. Sollte Hannes es sich im Gästebett gemütlich machen. Sie und Hannes zusammen in einem Bett, das wäre keine gute Idee. Sie hatte im Moment andere Dinge im Kopf und keine Lust, ihn ausgerechnet jetzt zu ermutigen, sich falsche Hoffnungen zu machen. Sie wusste, dass da etwas war. Sie wusste es, seit sie die Erleichterung in seinem Gesicht gesehen hatte, nachdem die Beziehung zu ihrem letzten Freund in die Brüche gegangen war. Doch Alexandra hatte nicht vor, das Thema jemals auf den Tisch zu bringen. Dafür hatte sie Hannes zu gern, und ihre Freundschaft war ihr viel zu wichtig. Abgesehen davon konnte sie heute Nacht ohnehin kaum an Schlaf denken.

Angelo maß Hannes mit einem Blick, den sie nicht einzuordnen vermochte, und ließ sich kommentarlos auf das überdimensional große Sofa sinken.

»Also«, meinte er und klatschte in die Hände, »dann zeig mal.«

Sie setzte sich neben ihn und fummelte den Anhänger aus ihrer Hosentasche. Er war wunderschön, und sie war sich nach wie vor sicher, dass es sich dabei nicht um billigen Modeschmuck handelte. Die kunstvolle Verzierung an der Vorderseite war perfekt in ihrer Ausführung und verlieh dem eher grob wirkenden herzförmigen Amulett eine unvergleichliche Zartheit und Eleganz. Die Rückseite war leer, keine Gravur, kein Hinweis, der auf eine Besitzerin schließen ließ. Gespannt beobachtete sie, wie Angelo den Anhänger in seinen Händen drehte.

»Es ist ein Medaillon«, stellte er schließlich fest. Es klang verwundert. »Sieh doch.« Er deutete auf eine kleine Erhebung an der Seite. Dort war ein Verschluss angebracht, so winzig, dass er ihr gar nicht aufgefallen war.

»Wie wäre es, wenn du es aufmachst?«, kommandierte Hannes ungeduldig und verschränkte die Arme vor der Brust. »Genialer Kunstkenner«, murmelte er. »Wirft einen Blick auf einen Verschluss und stellt fest, dass man ihn öffnen kann.«

Alexandra ärgerte sich über Hannes' Unhöflichkeit. Was war nur los mit ihm? Das war doch sonst gar nicht seine Art.

»Niemand zwingt dich hierzubleiben«, zischte sie.

Hannes ließ ein missmutiges Grunzen hören. »Mit dem da«, er deutete mit seinen verschränkten Armen auf Angelo, »lass ich dich sicher nicht allein. Das könnte dir so passen.«

Langsam begann sie zu verstehen. Hannes war eifersüchtig. Er dachte doch nicht wirklich, dass zwischen ihrem Gastgeber und ihr etwas laufen könnte?

Angelo ignorierte die Bemerkung, er hatte sich wieder dem Medaillon zugewandt. »Es lässt sich nicht öffnen. Aber der geniale Kunstkenner kann dir sagen, dass es aus der Mitte des 18. Jahrhunderts stammt. Und er weiß sogar, wem es mal gehört hat.«

Alexandra saß auf einen Schlag aufrecht an der vorderen Kante der Couch.

»Ich kenne jemanden in Venedig. Dieser Mann«, er warf einen Seitenblick auf Hannes, »ist ein *wahrer* Kunstkenner. Ich habe einmal ein Stück wie dieses bei ihm gesehen. Es gehörte zu einer ganzen Reihe von Anhängern, die ein gewisser Aufreißer an seine Geliebten verteilt hat.«

Alexandras Schultern sanken nach unten. »Ist das alles?« Es fiel ihr schwer, ihre Enttäuschung zu verbergen.

»Sozusagen. Ich meine, es wäre durchaus reizvoll, eines dieser Stücke zu besitzen …«

»Na, das hättest du wohl gern.« Hannes stand auf und nahm ihm die Kette aus der Hand.

Angelo sah verwundert von seinen leeren Händen zu Alexandra, dann grinste er und hob die Hände. »Hey, ganz entspannt. Ich wollte damit eigentlich nur sagen, dass es sicherlich viele Menschen gibt, die diese Kette wertschätzen würden. Aber das ist kein Grund, bei jemandem einzubrechen, geschweige denn jemandem etwas anzutun.«

»Das ist alles?«

»Das ist alles. Es tut mir leid, ich würde euch gern weiterhelfen, aber ich denke ehrlich gesagt nicht, dass es da einen Zusammenhang gibt.«

»Na, siehst du«, sagte Hannes und lehnte sich für einen Moment beruhigend zu Alexandra herüber, »da hast du's. Du besitzt einfach zu viel Phantasie.«

»Andererseits«, fügte Angelo mit Nachdruck hinzu, »wenn ich mit Alessandra so gut befreundet wäre, würde ich es vielleicht etwas ernster nehmen, wenn sie mir panisch erzählt, dass ihr jemand etwas antun will.« Er klopfte Hannes auf die Schulter. »Nur so ein kleiner Hinweis von Mann zu Mann.«

Sie schauderte, als sie die eiskalten Blicke bemerkte, die die beiden Männer einander zuwarfen. Irgendetwas passierte hier, und was immer es war, es gefiel ihr ganz und gar nicht.

»Morgen früh«, sagte Hannes an Alexandra gewandt, »werden wir zur Polizei gehen, und dann ist das Thema erledigt. Bis dahin sollten wir eine Runde schlafen.« Sein Ton erlaubte keine Einwände. Er stand auf, warf ihr das Schmuckstück zu und schloss die Tür zum Gästezimmer hinter sich.

Alexandra legte die Kette an und lehnte sich erschöpft auf der überdimensionalen Couch zurück. Sie war unbeschreiblich weich, es war beinahe so, als würde sie auf einer Wolke schweben.

»Also dann, gute Nacht«, meinte Angelo, während er sein Sakko achtlos über eine Stuhllehne warf.

»Nein, warte.« Sie hielt ihn am Arm zurück. Er setzte sich erneut und blickte sie erwartungsvoll an. »Danke«, sagte sie kaum hörbar, »danke, dass du uns einfach so aufnimmst. Das hättest du nicht tun müssen.«

»Schon gut. Dein Freund meinte vorhin –«

»Er ist nicht mein Freund.«

»Ich weiß. Dein Freund meinte vorhin, ihr fahrt zurück nach Cormòns?«

»Ja. Ich wohne seit Kurzem dort. Nicht auf Dauer, aber ich hatte vor, zumindest ein paar Monate zu bleiben. Weißt du, mein neues Buch wird –«

»Alessandra«, unterbrach er sie ernst, »bitte sag mir, dass das, was in den Zeitungen steht, nichts mit dir zu tun hat.«

»Was meinst du?«

»Einmal in zwanzig Jahren geschieht in Cormòns ein Mord.

Kurz darauf stehst du vor meiner Tür. Nachdem ich dich gut zwei Jahre lang nicht gesehen habe. Und du bist offensichtlich auf der Flucht. Vor etwas oder vor jemandem, ich weiß es nicht.« Er hielt ihren Blick fest, als sie sich eigentlich abwenden wollte. »Ich nehme an, dein Freund – Hannes – kennt nicht die ganze Geschichte. Habe ich recht?«

»Er kennt sie schon, aber ich bin nicht ins Detail gegangen. Er hätte mich sonst niemals hergebracht, sondern versucht, das mit dem Commissario zu klären.«

Der Druck auf ihre Augen kehrte prompt zurück, Tränen begannen in ihr hochzusteigen. Tapfer schluckte sie sie hinunter.

»Was ist passiert? Hast du irgendetwas damit zu tun?«

Es vergingen ein paar Sekunden, in denen sie gegen den aufsteigenden Weinkrampf ankämpfte. Letztlich entstieg sie dem Duell siegreich. Sie wandte sich Angelo zu und blickte ihm in die Augen. Darin lag kein Vorwurf, sondern unbelastete Offenheit. Es fühlte sich sonderbar an, doch intuitiv wusste sie, dass Angelo, auch wenn sie sich kaum kannten, einer der wenigen, wahrscheinlich sogar der einzige Mensch auf der Welt war, der ihr ohne Einschränkung glauben würde.

***

Behutsam trat er auf sie zu. Das Strahlen seiner Augen erhellte den Raum. Seine Haut war noch feucht und glänzte im schwachen Morgenlicht, das durch die weißen Vorhänge fiel. Das Handtuch, das er locker um seine Hüften gewickelt hatte, löste sich mit jedem Schritt, den er auf sie zumachte, ein wenig mehr. Dann stand er vor ihr, umfasste ihr Gesicht mit beiden Händen und küsste sie. Warmer Atem auf ihrer Haut. Der unglaubliche Geschmack seiner Lippen. Sie lächelte und schlug die Augen auf. Doch das Gesicht war nun ein anderes. Die stechenden braunen Augen von Commissario Medeot musterten sie eisig. »Lebenslänglich«, zischte er und gab ihr einen heftigen Schlag gegen den Brustkorb, der sie nach hinten auf die Pritsche fallen ließ. Mit einem lauten Krachen ließ er das Gitter einrasten. »Lebenslänglich«, wiederholte er und begann lauthals zu lachen. Eine Hand griff von hinten nach ihr. Dann eine zweite. Eine dritte. Überall waren Hände, die an ihr herumrissen, ihren nackten Körper abtasteten, sie festhielten. Vergeblich versuchte sie, ihre Scham zu bedecken. Sie wollte schreien, doch es ging nicht. Unwiederbringlich wurde sie nach hinten in die Dunkelheit der Zelle gezogen und zu Boden geworfen. Medeot stand mit verschränkten Armen hinter dem Gitter und wollte gar nicht mehr aufhören zu lachen.

Alexandra schrak hoch und schlug sich die Hand vor den Mund. Hatte sie geschrien? Es war stockdunkel um sie herum und beinahe totenstill. Mit einem Schlag war die Erinnerung an die letzten Tage wieder da; an Schlaf war nicht mehr zu denken.

Benommen stand sie auf und bewegte sich tastend durch den Raum, bis sie eine Wand erreichte und schließlich einen Lichtschalter unter ihren Fingern fühlte. Geräuschlos flackerte warmes Licht in dem geräumigen Schlafzimmer auf. Immer noch steckte sie in der Jeans und dem Shirt, die sie am Abend getragen hatte. Sie fühlte sich wie gerädert. Ihr ganzer Körper schrie nach Schlaf, doch ihr Geist war wach und dachte nicht daran, ihr auch nur noch eine Minute erholsamer Ruhe zu gönnen.

Als sie hinaus ins Wohnzimmer trat, sah sie, dass Angelo auf dem Sofa vor dem Fernsehapparat saß. Ein schlechtes Gewissen keimte in ihr auf. Nicht genug, dass sie ihn ohne Vorwarnung überfallen hatten, sie hatte offenbar auch noch sein Schlafzimmer in Beschlag genommen.

»Ich kann nicht schlafen«, nuschelte sie und setzte sich neben ihn. Wortlos legte er seinen Arm um sie und drückte ihr einen Kuss auf die Stirn. Es fühlte sich wahnsinnig gut an, sich einfach nur an ihn zu schmiegen. Sie hatte recht behalten. Er hatte sie verstanden. Und ihr geglaubt. Er hatte sie nicht für verrückt erklärt. Sie beschloss, die Vertrautheit zu genießen, die zwischen ihnen entstanden war, und die warnenden Stimmen in ihrem Kopf einfach auszuschalten. Schließlich wusste sie genug über sein ehemaliges Gewerbe, um auf der Hut zu sein.

Sie ließ den Kopf auf seine Schulter sinken. »Wieso bist du nicht auf Kap Verde?«, wisperte sie.

Angelo ergriff ihre Hand, die sie vorsichtig auf seiner Brust abgelegt hatte. »Das mit dem Neuanfang war nicht so einfach. Ich … ich hatte es mir leichter vorgestellt. Das liegt wohl in der Natur des Menschen. Ist man gefangen, will man nur weg. Erst wenn man die Freiheit hat, zu gehen, wohin man möchte, merkt man, dass man eigentlich nur der Situation entfliehen wollte, nicht aber dem Ort.«

»Du hast keine Ahnung, wie gut ich das verstehe. Glaub mir.«

Der Fernsehapparat lief stumm vor sich hin. Die flimmernden Bilder verschwommen vor Alexandras Augen, ehe sie überhaupt realisierte, welches Programm gerade lief. Der betörende Duft, den sie an jenem Abend in Dantes Inferno zum ersten Mal wahrgenommen hatte, strömte in ihre Nase. Sie war ihm so nah, wie sie es sich nie hätte träumen lassen, und fühlte sich dabei so sicher, wie sie es sich nie hätte vorstellen können.

»Etwas Gutes hat es doch schon mal, dass ich geblieben bin«, fügte er leise hinzu. »Sonst hätte ich dich wohl niemals wiedergesehen.«

Alexandra musste unwillkürlich lächeln. »Wohl wahr«, bekräftigte sie.

Ihr Blick fiel auf etwas, das unter einem der Sofakissen hervorlugte. Es kam ihr seltsam bekannt vor. Als sie erkannte, was es war, verwandelte sich ihr Lächeln in ein breites Grinsen.

»Sag mal«, bemerkte sie scheinbar arglos, »was hast du da bei Dante eigentlich gelesen, dass du es so schnell verstecken musstest?«

»Ach, das war nichts Besonderes. Nur eine Abhandlung über –«

»Ich bitte dich.« Sie hob den Kopf und blickte ihn herausfordernd an. »Ich erkenne doch wohl mein eigenes Cover. Du wolltest wissen, was ich über dich geschrieben habe.«

»Ich hatte mich bloß gefragt, ob deine Figur mir überhaupt gerecht wird«, gab er zurück. Täuschte sie sich, oder hatten seine Wangen einen roten Schimmer bekommen?

»Wie weit bist du?«

»Weit genug.« Er lachte.

Die Szene schob sich vor ihr inneres Auge. John McAlister, der geniale Kunstfälscher, der sich nackt über die Detektivin beugte. Sein muskulöser Oberkörper, braun gebrannt, seine starken Arme, die sich neben ihr abstützten. Die ausdefinierten Bauchmuskeln, von der Nässe des Regens glänzend, das schwarze Haar in Strähnen über seinen azurblauen Augen … Abrupt richtete sie sich auf und rückte ein Stück von ihm ab. Sie spürte, wie die Schamesröte sich über ihren Hals und ihr Gesicht ausbreitete.

»Ist das jetzt dein Ernst?« Er begann zu lachen. »Deine Bücher sind eine Mischung aus roher Gewalt und Sex, und *das* ist dir peinlich?«

»Du … ich …«, stotterte sie.

»Ja, ich habe sie alle gelesen. Schließlich hatte ich viel Zeit.«

»McAlister ist eine fiktive Figur, das ist dir schon klar, oder?«, gab sie schmollend zurück.

»Sicher.«

»Ich meine es ernst! Dich brauchte ich lediglich für das, was er tut, um es richtig und glaubhaft rüberzubringen. Alles andere ist reine Erfindung.«

»Natürlich.«

»Lass das!« Sie war mittlerweile tiefrot angelaufen.

»Was denn, ich mache doch gar nichts«, entgegnete er belustigt.

»Außerdem trinkt er am liebsten Pinot. Du hasst Pinot.«

In dem Moment, als die Worte ihren Mund verließen, wurde ihr klar, wie lächerlich sie sich gerade anhörte.

Er lachte laut auf. »Na, *das* ändert natürlich alles.«

Sie wäre am liebsten im Boden versunken.

»Weißt du, du hast natürlich recht. Schließlich sehe ich nackt weit besser aus als McAlister«, meinte er ernst. »Ich kann es dir gern beweisen.« Er machte Anstalten, sein Hemd aufzuknöpfen.

»Untersteh dich!«, rief sie fassungslos. Was war er doch nur für ein narzisstisches Kind! Brauchte sein Ego solche Aktionen?

»Ach, jetzt guck nicht so beleidigt«, erwiderte er rasch und strahlte sie an, »ich will dich doch nur ein wenig aufheitern. Du bist viel hübscher, wenn du lächelst.«

Sie beschloss, die Peinlichkeiten zu beenden und das Thema

zu wechseln. »Sag mal«, begann sie zögernd, »ich weiß, ich … ich will nicht schon wieder damit anfangen, aber … wäre es nicht möglich, dass sich hinter der ganzen Geschichte vielleicht doch mehr verbirgt, als wir ahnen? Ich meine, könnte es nicht sein, dass uns dieser Venezianer etwas über das Amulett sagen kann, das –«

»Das ich übersehen habe, willst du sagen.«

»Das du im Moment nicht siehst, meine ich.«

»Schon klar«, brummte er.

»Tut mir leid.«

»Ich kann dir ja die Adresse geben.«

»Nein, das …« Sie druckste so sehr herum, dass sie sich schon richtig dumm vorkam. »Ich … ich hatte gehofft, du würdest mitkommen.«

Er musterte sie skeptisch. »Ich bin mir sicher, dass du das auch allein schaffst«, sagte er dann, doch sie war sich sicher, dass ihm eigentlich etwas völlig anderes auf der Zunge lag.

»Eben nicht. Hannes wird mich nicht begleiten, fürchte ich. Und du weißt so viel über solche Dinge. Mein Italienisch wird dafür außerdem kaum ausreichen. Und … und …« Sie verstummte. Mehr wollte ihr dazu partout nicht einfallen.

Er erwiderte nichts, doch das musste er auch gar nicht. Sein Blick sagte alles. Angelo tat ihr bereits einen großen Gefallen, indem er sie bei sich aufgenommen hatte, ohne viele Fragen zu stellen. Mehr durfte sie eigentlich nicht verlangen, und doch …

»Sagtest du nicht, die Kette sei einiges wert?«

»Sagte ich.«

»Was wäre, wenn ich sie dir gebe?«

Er hob die Augenbrauen. »Wie meinst du das?«

»Du begleitest mich nach Venedig, und wenn bei der ganzen Sache nichts weiter herauskommst, kannst du sie haben.«

Er richtete sich auf und schien nachzudenken.

»Ich könnte sie dir aber auch einfach abnehmen, während du schläfst«, gab er kühl zurück und strich mit den Fingern entlang der Kette an ihrem Hals hinab. Eine besitzergreifende Geste, die zugleich etwas Bedrohliches hatte. Unwillkürlich bekam sie eine

Gänsehaut, in den Schauer mischte sich gegen ihren Willen jedoch auch eine wohlige Aufregung.

Es war schwer, Angelo zu durchschauen, aber es erschien ihr wichtig, ihm gleich von Anfang an etwas entgegenzusetzen, damit er gar nicht erst die Oberhand gewann. »Wirst du aber nicht. Ich würde dich sofort verpfeifen, und dann würdest du deinen Deal und diese Wohnung verlieren. Du würdest Dantes Inferno verlieren, und du würdest Grado verlieren. Das ist so ein kleines Stück Gold doch sicher nicht wert.« Sie sprach ganz ruhig und sah ihn dabei herausfordernd an.

»Wow. Du bist vielleicht böse«, stellte er anerkennend fest. »Also gut. Einverstanden.«

Er ließ von ihrem Hals ab und streckte die Hand aus. Als sie sie ergriff, hatte sie sofort ein schlechtes Gewissen gegenüber Hannes. Unsinn, ermahnte sie sich selbst. Es war schließlich nicht ihre Schuld, dass Hannes sich romantische Hoffnungen machte, obwohl sie ihn in dieser Hinsicht nie ermutigt hatte. Sie war ihm keine Rechenschaft schuldig. Erleichtert ließ sie sich zurück in Angelos Arme sinken.

»Ich weiß, ich habe dich das schon einmal gefragt«, setzte sie an, nachdem sie eine Weile versucht hatte, dem zusammenhanglosen Flimmern des Fernsehers zu folgen. »Was ist damals passiert? Wieso wurdest du verhaftet?«

»Gibst du denn niemals auf?«

»Nein.«

»Du schreibst aber keine Fortsetzung, oder?«

»Nein.« Er hatte recht, es ging sie nichts an. Doch sie musste es einfach wissen. »Ich würde nur gern den echten Angelo kennenlernen.«

»Den echten Angelo? Ich sitze neben dir. Wie viel echter kann ich sein?«

»Ich meine nicht den Charmeur, das Kunstgenie oder wie auch immer sie dich nennen. Den Spielchenspieler.« Sie hätte zu gern den Kopf gehoben, um zu sehen, was in seinem Gesicht gerade vorging, doch sie rührte sich nicht. Angelo war so still geworden, dass sie nur noch seinen Herzschlag hören konnte, der unter ihrem Ohr und ihrer Schläfe sanft vibrierte. Schon begann sie, ihre Frage zu bereuen. Er war ihr heute Abend weiter entgegengekommen, als sie es ihm je hätte zumuten wollen.

»Mein Bruder Giacomo, mein jüngerer Bruder«, begann er, »wir sind in einer wohlhabenden Familie aufgewachsen. Unsere Eltern hatten eine Villa in Opicina, das ist ein Vorort in den Hügeln von Triest. Wir hatten damals ein sehr enges Verhältnis zueinander, und ich habe immer mein Bestes gegeben, ihm der große Bruder zu sein, den er verdient hatte. Eines Tages, ich war fast volljährig, waren wir alle auf unserem Boot, die ganze Familie. Wir hatten gerade von der Marina in Sistiana abgelegt, als sich ein Teil des vorderen Segelmastes löste und auf uns herabdonnerte. Giacomo war am Heck des Bootes. Er war wütend, weil unser Vater ihm verboten hatte, auf eine Party zu gehen, die an diesem Abend stattfinden sollte. Ich kann mich noch an den Blick erinnern, den er mir damals zugeworfen hat: Angelo, jetzt sag doch was. ›Giacomo, du wirst nächsten Monat vierzehn. Du bist noch viel zu jung für so etwas. Dort wird Pelinkovac getrunken. Das ist einfach noch nichts für dich.‹ Das habe ich zu ihm gesagt.«

Alexandra ahnte schon, dass dies wohl keine heitere Anekdote aus Angelos Leben werden würde. Sie versuchte angestrengt, sich zu konzentrieren. Sie war ihm so nahe, dass sie die Bewegungen seines Körpers spüren konnte, die Wärme seiner Hand, seinen Herzschlag. Bei jedem einzelnen ihrer Treffen damals hatte sie sich vorgestellt, wie es sich wohl anfühlen würde. Es war unglaublich. Es war so unglaublich, dass sie aufpassen musste, nicht auf einer Wolke davonzuschweben. Wollte sie wirklich den einen, den ersten Moment zerstören, in dem Angelo Cherubini seine Unnahbarkeit beiseiteließ und ihr einen kleinen Einblick in sein wahres Selbst gab? Beinahe widerwillig holte sie Luft. »Ich dachte, du kommst aus Grado?«, hakte sie nach.

Er stutzte. »Richtig«, bestätigte er dann und nickte. »Grado ist sozusagen meine Wahlheimat. Ich … ich habe mich eines Tages entschieden, Triest den Rücken zu kehren. Zu viele schlechte Erinnerungen.«

»Tut mir leid, ich wollte dich nicht unterbrechen.«

Er holte tief Luft. »Na jedenfalls, der Mast hätte mich wahrscheinlich unter sich zermalmt. Doch mein Vater hat sich geistesgegenwärtig über mich geworfen. Es ... es ging alles sehr schnell. Ich habe Giacomo schreien gehört. Dann spürte ich etwas Schweres auf mir. Es drückte so fest auf meine Brust, dass ich nicht mehr atmen konnte. Ich rang nach Luft, doch irgendwann wurde alles um mich herum schwarz.«

Er hielt inne, als sie sich entsetzt die Hand vor den Mund schlug. »Oh mein Gott«, flüsterte sie, »war es ...?«

»Es war mein Vater, der auf mir lag. Er hatte mir das Leben gerettet. Und seines dabei verloren.«

»Das tut mir so leid.« Sie wusste nicht, was sie sonst sagen sollte.

»Schon gut«, entgegnete er. »Ich meine ... es war nicht leicht, das zu verarbeiten, und ich will nicht behaupten, dass ich nicht mehr darüber nachdenke, was passiert wäre, wenn er nicht ... und ich nicht ...« Er verstummte für einen Moment. »Ich will dir nicht meine ganze Lebensgeschichte erzählen. Dafür bräuchten wir wahrscheinlich ein Jahr ... auf Kap Verde.«

»Was ist dann passiert?«

»An diesem Tag fing die ganze Geschichte an. Meine Mutter hat den Verlust verkraftet, irgendwann zumindest. Sie hat wieder geheiratet. Einen Slowenen. Und ist mit ihm nach Slowenien gezogen, ich weiß nicht einmal, wohin. Giacomo dagegen hat angefangen, Drogen zu nehmen. Er gab mir die Schuld, dass Vater tot war. Er hat ohne ihn die Orientierung verloren und schließlich sein gesamtes Erbe dafür verwendet, sich mit weiß Gott was die Erinnerung an diesen Tag aus dem Kopf zu hämmern. Ich habe alles versucht, glaub mir. Alles Menschenmögliche. Aber er hat mich gehasst. Mehr als alles andere auf der Welt.«

Sie spürte, wie schwer ihm jedes einzelne Wort fiel. Wieso hatte sie nicht einfach den Mund halten können? Wieso musste sie immer wieder Fragen stellen, deren Antworten sie nicht hören wollte? Sie tastete nach seiner Hand und drückte sie fest. Sie traute sich nicht, ihren Kopf von seiner Schulter zu heben. Sie wollte nicht, dass er die Tränen sah, die ihren Blick verschleierten.

Sanft erwiderte er ihren Händedruck und fuhr fort: »Es war

vergebens. Ich wollte jemandem helfen, der sich nicht helfen lassen wollte oder konnte. Trotzdem habe ich nicht aufgegeben. Ich habe es versucht und versucht. Bis ich selbst fast daran zugrunde gegangen wäre. Da habe ich realisiert, dass es an der Zeit war, mein eigenes Leben zu leben. Jahre sind vergangen, in denen ich immer seltener an ihn dachte. Ich war sogar der Meinung, er wäre inzwischen an einer Überdosis gestorben. Bis sich unsere Wege ein letztes Mal kreuzten. Die Akte war versiegelt. Erinnerst du dich?«

Sie nickte.

»Sie war deshalb versiegelt, weil ein Polizist involviert war. Ein verdeckter Ermittler in der Drogenszene. Mehr weiß ich nicht über ihn. Außer dass er an diesem Tag getötet wurde. Von einem … sie nannten ihn einen beschissenen Junkie. Es war reiner Zufall, dass ich in der Nacht in dieser Lagerhalle war. Ich war bei einem … ich hatte dort etwas zu erledigen. Auf der anderen Seite des Areals. Ich war gerade im Begriff, die Halle wieder zu verlassen, als ich vorn am Tor diese bekannte Stimme hörte. Da konnte ich nicht anders. Ich musste mich vergewissern, dass alles in Ordnung war. Doch als ich hinkam, war es schon geschehen. Er hielt immer noch die Waffe in der Hand, mit der er den Polizisten erschossen hatte. Ich wollte ihm helfen. Ich wollte ihn dort wegschaffen. Doch er schrie und schlug um sich. Er hatte offenbar nie damit aufgehört, mich zu hassen. Die Polizei war dann unglaublich schnell da. Mein Partner brüllte mich an, endlich zu verschwinden. Doch ich konnte nicht gehen. Ich konnte mich nicht bewegen. Ich konnte ihn nicht im Stich lassen. Er … er war doch mein Bruder. Ich hatte nie aufgehört, ihn zu lieben. Ich … also, langer Rede kurzer Sinn … sie haben ihn erschossen. Vor meinen Augen. Und ich wurde verhaftet. Wie sich nach der Durchsuchung der Lagerhalle herausstellte, auf frischer Tat ertappt.«

Sie spürte, wie Angelos Shirt immer feuchter wurde. Es dauerte etwas, bis sie realisierte, dass es ihre Tränen waren, die es durchnässten.

»Tut … tut mir so leid«, murmelte sie und schniefte. Was

sollte sie auch anderes sagen? Wie verhielt man sich in so einer Situation? Hilflosigkeit war gelinde gesagt ein Hilfsausdruck für das, was sie gerade empfand.

»Kannst du … könntest du bitte aufhören zu weinen?« Er war von einer Millisekunde auf die andere wieder der Alte. »Wie heißt das alte Sprichwort? Stelle keine Fragen …«

»… auf die du die Antwort nicht hören willst?«, mutmaßte sie schluchzend.

»Genau. Und jetzt sieh mich an.« Er zog vorsichtig ihren Kopf in seine Richtung und wischte sanft die Tränen aus ihrem Gesicht. »Ich habe die letzten vier Jahre damit verbracht, den Abend, an dem mein Bruder starb, in Gedanken immer und immer wieder durchzugehen. Und habe damit abgeschlossen. Ich würde lügen, wenn ich behauptete, dass es leicht war. Das war es mit Sicherheit nicht. Aber es gehört nun der Vergangenheit an. Und überhaupt«, fügte er empört hinzu, »wieso muss ich jetzt *dich* trösten? Sollte es nicht eigentlich umgekehrt sein?«

Zerknirscht erwiderte sie sein Lächeln. Sein Gesicht war nur noch wenige Zentimeter von dem ihren entfernt. In den Ausdruck seiner strahlenden Augen hatte sich etwas Trauriges geschlichen. Etwas, das ihn so verletzlich und menschlich wirken ließ, dass sie sogleich jedes schlechte Wort, das sie über ihn gedacht hatte, bereute. Sie kam nicht umhin, ihn zu mustern. Seine Grübchen, die kleine Narbe auf seiner Wange. Sie fragte sich, woher er die wohl hatte. Seine weichen Lippen …

Zögernd rückte sie noch ein Stück näher an ihn heran. Eine Stimme in ihrem Hinterkopf versuchte sie zu warnen, ermahnte sie, es nicht zu tun. Doch Alexandra ignorierte sie. Sanft drückte sie ihre Lippen auf seine, die nur darauf zu warten schienen, dass sie den entscheidenden Schritt wagte. Es fühlte sich an, als würde ihr der Boden unter den Füßen weggerissen und als ließe man sie stattdessen auf einer flauschigen Wolke schweben. Nach unendlich langen Sekunden ließ sie von ihm ab und öffnete die Augen.

Er räusperte sich und strahlte sie an. »Also, du verstehst es wirklich, jemanden zu trösten.«

Entrüstet gab sie ihm einen Klaps auf die Brust und senkte den Kopf. Sie murmelte etwas, das sich nun gar nicht mehr tröstlich anhörte.

»Vielleicht sollte ich dir öfter so etwas erzählen«, sinnierte er und drückte ihr einen sanften Kuss auf die Stirn, ehe er seine Arme um sie legte und sie die Augen schloss.

ACHT

Das ohrenbetäubende Klingeln seines Handys zerriss die Stille in Medeots Schlafzimmer. Widerwillig drehte er sich in seinem Bett um und blinzelte auf das helle Display. Wer immer es war, der am anderen Ende der Leitung versuchte, sein Interesse zu wecken, er wollte nicht aufgeben.

»Pronto«, grunzte er, und Bearzot ließ einen Wortschwall auf ihn los, von dem nicht ein einziges Wort verständlich in Medeots Ohr ankam. Hastig wies er ihn an, langsamer zu sprechen, was der junge Polizist – nachdem er einmal tief ein- und wieder ausgeatmet hatte – auch tat. »Bin in zehn Minuten da«, erwiderte Medeot und legte auf.

Exakt neun Minuten und vierzig Sekunden später schlüpfte er unter dem rot-weißen Absperrband hindurch und betrat das Haus. Bearzot war sofort zur Stelle und winkte ihn durch bis zu Battesimo ins Wohnzimmer. Der gesamte Raum war ein einziges Chaos. Es glich einem Hindernislauf, sich im Inneren des Hauses fortzubewegen. Beinahe glaubte er, er befände sich in einem dieser Messie-Häuser, über die er vor Kurzem einen Bericht im Fernsehen gesehen hatte. Doch das war es nicht, was er hier vor sich hatte, das wusste er. Die Art und Weise, wie jede einzelne Schublade umgedreht und ausgeleert worden war, ließ keine Zweifel offen. Und ihm wurde langsam, aber sicher klar, dass er einen Fehler gemacht hatte.

»Was haben wir?«

»Ein Mann, mittleres Alter. Sieht nach stumpfer Gewalteinwirkung aus. Die Tatwaffe liegt da drüben.« Battesimo deutete auf eine Nachttischlampe aus Metall, die neben einem umgekippten Stuhl auf dem Boden lag.

»Commissario, wie schön, Sie zu sehen«, hörte Medeot eine bekannte Stimme sagen. Er wandte sich um und entdeckte Di Maria, der am Treppenabsatz neben der Leiche hockte und unpassend gut gelaunt grinste. Er musste sich zusammenreißen, um beim Anblick des Rechtsmediziners nicht die Augen zu verdrehen.

»Können Sie uns schon etwas erzählen?« Sonst verschwenden Sie nicht meine Zeit, setzte er in Gedanken nach.

Di Maria beugte sich wieder über den toten Körper, der mitten in der Unordnung zwischen der Treppe und der Sitzecke lag. »Das Opfer ist weiß, männlich, etwa vierzig Jahre alt. Vielleicht etwas älter. Er hat eine Gefängnistätowierung am rechten Oberarm, war also wohl eher keiner von der sauberen Sorte. Die Todesursache ist stumpfe Gewalteinwirkung, wie Ihr Kollege ganz richtig vermutet hat. Der Schlag hat seinen Schädel quasi gespalten. Aufgrund der Temperatur würde ich sagen, er ist seit vielleicht zwei, maximal drei Stunden tot.«

»Sonst nichts?«, fragte Battesimo.

»Ich fürchte nicht, Commissario, zumindest nichts, was mir auf die Schnelle ersichtlich ist. Ist der Erkennungsdienst mit der Spurensicherung fertig? Dann packe ich den Schönen gleich mal ein.«

Bearzot bestätigte das, und Battesimo gab Di Maria grünes Licht. Der drehte sich um und bedeutete einem Polizisten, ihm den bereitgelegten schwarzen Leichensack zu reichen.

»Battesimo«, sagte Medeot und nahm den Kollegen beiseite. »Wieso musste ich aus dem Bett geklingelt werden, wenn du bereits vor Ort bist? Es hätte doch gereicht, wenn sich einer von uns die Nacht um die Ohren schlägt.«

»Als ich davon hörte, musste ich es mir einfach selbst ansehen. Außerdem wollte ich dein Gesicht sehen. Na, immer noch am Zweifeln?«

Medeot würdigte ihn keiner Antwort. Er wusste, worauf der Beamte aus Padua anspielte, doch Battesimo irrte sich. Medeot zweifelte jetzt mehr als je zuvor an der Richtigkeit ihrer – und seiner eigenen – Überlegungen.

»Schon gut, Medeot«, spottete Battesimo, der seinen Gesichtsausdruck völlig falsch deutete. »Sie müssen es nicht laut sagen. Ich weiß auch so, dass ich recht hab.«

Ehe Medeot zu einer bissigen Bemerkung ansetzen konnte, begann Battesimos Handy zu klingeln, und er würgte den Kommissar mit erhobenem Zeigefinger kurzerhand ab. »Das ist die Forensik«, erklärte er, »das kann nur ein gutes Zeichen sein. Pronto?«

Gespannt verfolgte Medeot, wie das Gespräch die vertikale Falte auf Battesimos Stirn immer tiefer werden ließ.

»Na? Was sagen sie?«, wollte Medeot wissen, als Battesimo aufgelegt hatte.

»Die DNA-Ergebnisse liegen jetzt vor.«

»Und? Was hat die Analyse ergeben?« Battesimos Grimasse konnte einfach nichts Gutes verheißen.

»Die DNA auf der Stoßstange stammt von Alexandra Hüttenstätter.«

»Wie bitte?« Medeot glaubte, sich verhört zu haben.

»Ja. Und zwar nur von ihr. Sie haben es zweimal geprüft.«

Medeot war nun vollends verwirrt. Das hieß, sie standen wieder am Anfang.

Battesimo wandte sich um und trat durch das Chaos ins Freie. Ihm war offenbar jede Lust auf Konversation vergangen. Medeot folgte ihm nach draußen.

»Signora Cornucci«, raunte ihm Bearzot beim Hinausgehen ins Ohr und deutete auf eine alte Dame, die am Gartentor stand und mit verschränkten Armen die Arbeit der Polizei beobachtete. »Sie hat die Leiche gefunden. Ihr gehört das Haus.«

Medeot trat auf sie zu. »Ich muss Ihnen ein paar Fragen stellen«, begann er ohne Umschweife, als er ihr zur Begrüßung die Hand reichte. Die Alte schüttelte wie wild den Kopf.

»Ich wusste, dass etwas nicht stimmte«, krähte sie und hob den Zeigefinger, »ich habe es von Anfang an gewusst. Aber keiner wollte auf mich hören.«

»Signora Cornucci«, er zückte sein Notizheft, »Sie haben uns angerufen. Erzählen Sie mir doch bitte kurz, was genau passiert ist.«

»Da gibt es nicht viel zu erzählen. Als Vermieterin muss ich natürlich achtgeben, dass alles in Ordnung ist. Zu meinen Aufgaben gehört unter anderem die Gartenpflege.«

»Sie sind also rübergegangen, um sich um die Pflanzen zu kümmern. Wann war das?«

»Ja, ja. Das war so gegen halb zwölf, vielleicht Mitternacht.«

»Etwas spät für Gartenarbeit, finden Sie nicht?«

»Nein. Ich wollte nur nach dem Rechten sehen. Wie Sie bestimmt schon gehört haben, haben wir in Cormòns immer wieder Probleme mit Wildschweinen. Wenn man da nicht aufpasst, zertrampeln sie einem über Nacht den ganzen Garten und fressen alles bis auf die Wurzeln ab. Bei der Gelegenheit wollte ich auch sehen, ob im Haus alles in Ordnung ist.«

»Ist das so, ja?«

»Ganz recht«, bekräftigte sie und blickte ihn grimmig an.

So nannte man das also heutzutage. Zu seiner Zeit hätte man es noch als Spionieren bezeichnet.

»Machen Sie das bei all Ihren Mietern so?«

»Mich kümmern? Mich sorgen? Ja, natürlich.«

Wohl eher neuen Stoff für das nächste Kaffeekränzchen sammeln, dachte er.

»Sie haben den Toten durch die Seitentür gesehen, nehme ich an.«

»Ja. Der Mond schien durch das Glas, und das Licht fiel auf seine Beine. Da musste ich natürlich sofort handeln. Ich dachte, man könnte ihm vielleicht noch helfen, aber … na ja, Sie sehen ja selbst.«

Sie wies auf Di Maria, der pfeifend eine Bahre an ihnen vorbeirollte, darauf der geschlossene Leichensack.

»Haben Sie irgendjemanden gesehen oder etwas Ungewöhnliches gehört?«

Sie verneinte.

»Gut, dann war es das auch schon. Danke.« Er ließ das Notizbuch wieder in die Innentasche seines Sakkos gleiten und winkte Bearzot herbei. Der beugte sich nah an sein Ohr.

»Sie wissen, wessen Haus das ist, Commissario?«, flüsterte er.

Medeot verzog missmutig die Lippen. Natürlich wusste er das. Und es ärgerte ihn. Ohne Zweifel war das, was sie hier vorgefunden hatten, seiner Verantwortung zuzuschreiben. Er hatte einen großen Fehler gemacht. Einen der größten, die ein Kommissar machen konnte, nämlich, sich zu schnell und zu früh festzulegen. Hätte er Alexandra Hüttenstätter geglaubt, hätte er zumindest diesen Mord verhindern können.

»Mein Gott, wie lang kann so was denn dauern?« Battesimo stand am Absperrband und fauchte Longo, seinen Kollegen aus Padua, an: »Wozu haben wir dieses Programm, wenn wir dann doch wieder genauso lange auf die Fingerabdrücke warten müssen, wie wenn die Forensik das macht?«

»Keine Sorge, Chef, es wird jeden Moment so weit sein«, beteuerte Longo, um ihn zu beruhigen. Medeot musste sich beherrschen, nicht blöde zu grinsen. Er hielt ohnehin nichts von Ermittlungsmethoden, bei denen man sich völlig auf die Technik verlassen musste.

Das Ergebnis wurde angezeigt, und Longo reichte Battesimo das Smartphone. Dessen Augen verengten sich, als er auf das Display sah.

»Als hätt ich es geahnt«, schimpfte er und ließ das Handy sinken. »Longo!«, befahl er. »Informieren Sie die Dienststelle. Ich will eine Großfahndung. Sofort!«

NEUN

Weich und warm waren die Sonnenstrahlen, die sie sanft an der Nasenspitze kitzelten. Langsam, aber sicher kam das Erwachen. Es war unbeschreiblich. Minimal, alltäglich und doch von so großer Bedeutung. Dieses Gefühl, die paar Sekunden, in denen man nichts als Glückseligkeit verspürte, ehe einen das Bewusstsein wieder zurück in die Realität zwang. Noch immer lag sie auf dem Sofa, beinahe so, wie sie in Angelos Armen eingeschlafen war, jedoch allein. Gähnend rappelte sie sich hoch und schlenderte zur verglasten Südseite des Apartments. Sie hatte sich nicht getäuscht. Das tiefblaue Wasser des Golfs von Venedig strahlte ihr entgegen. Sie öffnete die Terrassentür und trat hinaus. Auf dem von Palmen und Oleandern gesäumten Balkon wehte ein lauer Wind, und obwohl es erst Vormittag war, hatte die nach Salzwasser riechende Luft Grados bereits eine angenehme Wärme. Da war er, der Frühsommer, den sie so sehnsüchtig erwartet hatte.

»Guten Morgen«, ertönte Angelos Stimme hinter ihr. Sie fuhr herum. Er hatte wieder sein umwerfendes Lächeln aufgesetzt; dazu trug er ein Paar dunkler Jeans und ein einfaches T-Shirt. Unter seinem leicht gebräunten, muskulösen Arm klemmte eine Tageszeitung, in den Händen hielt er umständlich drei Becher Kaffee.

»Schläft Hannes noch?«, fragte sie mit Blick auf den dritten Becher.

»Nein, er ist schon auf«, brummte Hannes schlaftrunken und trat hinter Angelo ins Freie. »Danke«, sagte er emotionslos und nahm ihm zwei Becher ab. »Die trinken wir unterwegs.«

Angespannte Stille breitete sich aus. Um der unangenehmen Situation zu entfliehen, zog Alexandra ihr Handy hervor und sah auf das Display. Sie hatte das Telefon am Abend zuvor aus Gewohnheit auf lautlos gestellt, und die Anzeige listete mehrere verpasste Anrufe auf. Einige davon von einer italienischen Nummer, die sie nicht kannte, ein paar weitere von Hartmut. Es gab nur zwei mögliche Gründe, denen sie diese Anrufe verdanken konnte, und sie hoffte inständig, dass er gute Nachrichten für sie hatte. In diesem Moment begann das Handy zu vibrieren, und das gestriegelte Antlitz von Hartmut Calligaris tauchte auf dem Display auf.

»Guten Morgen, Hartmut«, summte sie in das Telefon, doch ehe sie zu der Frage nach seinem Befinden ansetzen konnte, schnitt er ihr schon das Wort ab.

»Bist du völlig übergeschnappt, zum Teufel?«, brüllte er so laut, dass sie das Handy erschrocken von ihrem Ohr riss. »Du hattest schon immer einen Vogel, aber das … *das* … das übertrifft wirklich alles! Was ist bloß in dich gefahren? Wieso tust du dir das an? Nein, wieso tust du *mir* das an? Ich gehe nichts ahnend ans Telefon, völlig unvorbereitet, und muss gestehen, dass ich keine Ahnung habe, was meine Klientin treibt. Was soll das? Du willst dir anscheinend nicht nur deine Zukunft völlig verbauen. Mein guter Ruf steht hier genauso auf dem Spiel!« Er musste kurz mit dem Geschrei aufhören, um einzuatmen.

»Hartmut, ich weiß, ich hätte nicht einfach so wegfahren dürfen. Du hast mir klipp und klar gesagt, ich soll zu Hause bleiben, und ich habe nicht auf dich gehört. Das tut mir leid.« Sie hatte den beruhigendsten Tonfall angeschlagen, den sie in ihrem Repertoire auf die Schnelle finden konnte. »Ich … wir sind quasi schon auf dem Rückweg. Und wir sind ja nicht weit weg …«

»Die Polizei versucht, dich zu erreichen, um dich noch mal zur Vernehmung zu bitten, und was machst du? Du tauchst einfach ab! *Wo* zur Hölle bist du? Und wer ist bei dir, verdammt noch mal?«

Auch wenn sie es nicht sehen konnte und es kaum für möglich gehalten hätte, war Calligaris' Gesicht jetzt mit Sicherheit in ein noch tieferes Rot getaucht als am Tag zuvor. Sie stellte sich vor, wie er wie Rumpelstilzchen in seinem Büro auf und ab hüpfte. War es Karminrot? Ja, das musste es sein. Seine Stimme klang eindeutig nach Karminrot, der herzinfarktnahen Nuance auf der Skala von Calligaris' Ausbrüchen. Sie hatte davon gehört, war aber noch nie selbst Zeuge dieses Phänomens geworden. Bis jetzt.

»Ich bin bei …« Sie drehte sich um. Hannes und Angelo lauschten gespannt. Hannes' Miene wurde von Sekunde zu Sekunde düsterer. Ihren Anstalten, sich in das Gästezimmer zu verziehen, bereitete er mit einem eisernen Blick ein Ende. Das machte ihr deutlich, *wie* ernst er es meinte. Sie räusperte sich. »Ich bin mit Hannes in Grado«, gestand sie kleinlaut.

»Was *zur Hölle* machst du in Grado?«

»Ich wollte … einen Tag ausspannen?«

»Ale, wenn du versuchst, mich zu verarschen, dann … dann …«

»Tu ich nicht. Wirklich nicht! Hör zu. Als du mich gestern zu Hause rausgelassen hast, war mein Haus verwüstet. Und dieser Kommissar, der will mir etwas anhängen. Und dann sind die Typen wiedergekommen, ich hatte Panik! Ich wollte nur weg, aber zur Polizei konnte ich nicht gehen, und deshalb bin ich … Ich wusste nicht, dass du das ›Bleib in Cormòns‹ so wörtlich gemeint hast.«

»Bei dir wurde eingebrochen? Wieso hast du mich nicht angerufen, verdammt noch mal!«

»Ich … ich weiß nicht. Ich war wohl ein bisschen durcheinander. Und ich hatte Angst. Ich *habe* Angst, Hartmut. Die haben mich bemerkt, als ich mich aus dem Haus schleichen wollte, und sind mir in den Ort nachgerannt. Wenn Hannes mich nicht zufällig an der Landstraße aufgelesen und weggebracht hätte … Ich weiß nicht, was dann passiert wäre.«

»Moment mal. Du bist weggelaufen und weißt gar nicht, was letzte Nacht bei dir zu Hause passiert ist?«

»Nein«, gab sie ehrlich verwundert zurück. »Was ist denn passiert?«

»Dein Haus ist ein Tatort.«

»Ein Tatort?« Sie kniff die Augen zusammen. »Ich sagte doch schon, bei mir wurde eingebrochen. Die haben alles durchwühlt.«

»Man hat eine Leiche in deinem Wohnzimmer gefunden.«

»Eine *was*?«

Angelo und Hannes tauschten verständnislose Blicke.

»Was? Was ist los?«, drängte Hannes. »Stell ihn auf Lautsprecher.«

Mit einer abwehrenden Handbewegung drückte sie ihn zur Seite.

»Noch mal, *was*?«

»In deinem Wohnzimmer liegt ein Toter, verdammt noch mal. Erschlagen. Wie es aussieht, mit einer Lampe.«

Alexandra schwieg betroffen.

»Ale?«

»Ich … ja, ich bin noch dran.«

»Auf der Mordwaffe sind deine Fingerabdrücke. *Nur* deine. Ich will, dass du sofort, *auf der Stelle*, herkommst.«

»Ich … ich hatte Angst. Deshalb habe ich die Lampe genommen, als ich mich nach unten schlich. Aber ich habe doch keinen umgebracht. Ich schwöre es dir. Bei meinem Leben!«

Calligaris schwieg einen Moment, ehe er in etwas ruhigerem Tonfall fortfuhr: »Sagt dir der Name Luca Zambon etwas?«

»Luca Zambon?«, wiederholte sie laut und drehte sich überflüssigerweise fragend zu Angelo, der nur verwirrt die Schultern hob. »Nein, sagt mir nichts. Wer soll das sein?«

»Das ist der Name des Toten. Er wurde anhand seiner Fingerabdrücke identifiziert als Luca Zambon, ein Kleinkrimineller. Er hat ein paarmal wegen Diebstahl und kleineren Drogendelikten gesessen. Allerdings nie wirklich lange.«

»Ich kenne ihn nicht«, beteuerte sie.

»Ich würde dir gern glauben.« Sein Ton gefiel ihr ganz und gar nicht. »Aber da ist noch mehr. Die Polizei hat einen Scheck bei ihm gefunden. Mit deinem Namen darauf.«

»Was? Ich … ich verstehe nicht …«

»Zambon hat zwei Tage vor seinem Tod einen Scheck erhalten. Der war von dir ausgestellt und unterschrieben.« Er wurde wieder lauter. »Erklär mir das bitte. Und erklär es mir gut, denn sonst schwöre ich dir, ich –«

»Jetzt halt aber mal die Luft an«, entfuhr es ihr, »du bist mein Anwalt, also verhalte dich gefälligst auch so. Wenn du nicht auf meiner Seite bist, dann frage ich mich, wozu ich dich überhaupt bezahle! Du wirst mir eben einfach glauben müssen, wenn ich dir sage, dass ich keine Erklärung dafür habe. Das ist die Wahrheit.

Vielleicht ist der Scheck gefälscht, oder er hat ihn gestohlen, oder was weiß ich, verdammt noch mal!«

Es konnte unmöglich sein. Sie kannte keinen Luca Zambon, und vor allem hatte sie diesen Mann, der in ihr Haus eingebrochen war, nicht getötet. Sie hatte ihn wahrscheinlich nicht einmal ernsthaft verletzt. Es war schlicht nicht möglich. Er war am Leben gewesen, als sie die Casetta verlassen hatte, da würde sie Hannes' Zuneigung und Freundschaft drauf verwetten. Und sie hatte beide Männer wenig später in der Gasse gesehen. Dessen war sie sich absolut sicher. Außerdem benutzte sie ihr Scheckbuch so gut wie nie, bis auf das eine Mal, als sie –

»Der Unfall!«, rief sie laut und schlug sich mit der flachen Hand auf die Stirn. »Hartmut, wie sieht dieser Zambon aus? Schlank, dunkle Haare, Geheimratsecken? Relativ groß für einen Italiener?«

»Hey«, machte Angelo neben ihr und drückte zum Beweis des Gegenteils den Rücken durch.

»Das trifft es ziemlich genau«, bestätigte Calligaris alarmiert.

»Dann kann ich das mit dem Scheck erklären. Ich hatte diesen Autounfall, und der Typ, dem ich draufgefahren bin, sah irgendwie nach Ärger aus. Also hab ich ihm einen Scheck ausgestellt, um den Schaden zu begleichen. Das ist die ganze Geschichte. Es war ein hellgrüner Peugeot. Ich habe bestimmt niemanden getötet. Du glaubst mir doch, oder?«

»Du musst sofort herkommen, Ale. Sofort.«

Hatte er ihre Frage absichtlich ignoriert? Wieso verstand er nicht, dass man ihr etwas anhängen wollte?

»Pack auf der Stelle deine Sachen und mach dich auf den Weg. Du schadest dir damit nur selbst. Geht das nicht in dein Gehirn?« Seine Stimme bebte. »Ich erwarte dich in einer halben Stunde. Sonst … ich schwöre dir, ich komme dich persönlich abholen. Wo genau bist du?«

Panik stieg in Alexandra auf. Sie nahm das Handy vom Ohr und drückte auf Auflegen. Ihre Finger zitterten ein wenig, als sie den Ausschaltknopf lange gedrückt hielt, dann den Akku aus dem Gerät nahm und beides langsam zurück in ihre Hosentasche gleiten ließ.

Hannes fasste sie sacht am Oberarm und drehte sie zu sich um. Seine Augen blickten besorgt. »Rede«, sagte er ungeduldig.

Sie ging zurück in die Wohnung und ließ sich, noch immer geschockt, auf die Couch sinken. »Einer der Einbrecher liegt tot in meinem Haus, und ich stehe mal wieder unter Mordverdacht«, erklärte sie seelenruhig.

»Schon wieder?«, fragte Hannes perplex.

»Kommt anscheinend öfter vor«, stellte sie fest und zuckte mit den Schultern. Fühlte sich so ein Nervenzusammenbruch an? Etwas in ihr, die Fähigkeit, etwas zu fühlen, Angst, Besorgnis, irgendetwas, hatte sich einfach abgeschaltet. Das, was sie gerade empfand, war eine Mischung aus Ruhe und Gleichgültigkeit. Und sie hatte auf einmal wahnsinnige Lust auf eine Portion Pommes mit Mayonnaise. »Der Punkt ist, dass mir jemand was anhängen will«, fügte sie hinzu, mit einer Bestimmtheit, die hoffentlich keinen Widerspruch zuließ. Sie hatte keine Lust, das Ganze erneut durchzukauen. Hannes hatte einfach eine andere Sicht auf die Dinge.

»Das, oder du hast ihn umgebracht.«

»Was?« Sie sah ihn überrascht an.

Er boxte sie freundschaftlich in die Seite und nahm sie in den Arm. »Hey, warum machst du es dir so schwer? Selbst wenn, dann wäre es doch Notwehr. Du machst es aber nicht besser, indem du abhaust. Was denkst du denn, wie das aussieht? Wir fahren zurück. Los, komm. Ich bringe dich zur Polizei.«

»Ach, Hannes.« Sie seufzte und zog die Kette unter ihrem T-Shirt hervor.

Hannes verdrehte die Augen. »Nicht dein Ernst, oder?«

»Doch, es ist mein Ernst. Ich bin das Ganze letzte Nacht sicher hundertmal durchgegangen, und ich *weiß*, dass der Typ von der Kette gesprochen hat. Ich bin mir tausendprozentig sicher.« Sie holte tief Luft und fuhr mit sanfter Stimme fort: »Hannes, ich weiß, es fällt dir schwer, das zu glauben, aber das System, an das du so sehr glaubst, funktioniert leider nicht immer. Wenn ich jetzt zurückfahre, werde ich nie erfahren, was hier vorgeht. Willst du das? Willst du, dass ich für etwas büßen muss, das ich nicht getan habe? Verstehst du nicht? Ich habe keine Wahl!«

Sie drehte das Amulett zwischen ihren Fingern. »Angelo«, sagte sie auffordernd und richtete den Blick auf ihren Experten für alte Schmuckstücke.

Er zögerte und fixierte die Kette. »Unser Deal steht doch noch, oder?«

»Natürlich.«

»Gut, dann lass uns meinen Wagen nehmen. Wir sollten sofort aufbrechen. Sie haben dich bestimmt schon geortet, da ist es nur noch eine Frage der Zeit, bis sie hier auftauchen.«

»Was, nein! Was habt ihr vor?«, regte Hannes sich auf. »Wo wollt ihr hin?«

»Nach Venedig«, gab sie trotzig zurück und ließ den Anhänger wieder in ihrem Ausschnitt verschwinden.

Hannes sah sie prüfend an, dann nickte er langsam. »Gut. Aber nur«, er deutete mit erhobenem Zeigefinger von Alexandra zu Angelo, »weil ich dich mit ihm sicherlich nicht allein lasse.«

Ihr fiel ein Stein vom Herzen, und sie drückte ihn kurz an sich. »Danke. Du bist ein wahrer Freund.«

Sie wusste seine Loyalität zu schätzen. Wieder einmal wurde ihr klar, dass Hannes, auch wenn er mit ihren Plänen nicht einverstanden war, alles tun würde, um sie zu beschützen.

***

Bereits gegen Mittag kämpften sich die drei erbittert durch die unüberschaubare Menge an Touristen, die sich allem Anschein nach zu Tausenden diesen schönen Maitag ausgesucht hatten, um die berühmte Stadt zu erkunden. Die zweistündige Autofahrt war Alexandra wie eine Ewigkeit vorgekommen. Ein Gespräch hatte sich nicht so recht entwickeln wollen, und langsam meldeten sich Zweifel in ihr. Hannes hatte im Wagen stoisch geschwiegen, und er tat es noch. Er war damit beschäftigt, seine Umgebung zu bestaunen und gleichzeitig den Anschluss nicht zu verlieren. Angelo hatte ihre Hand genommen und zog sie im Zickzack durch das Gewusel, zielstrebig auf die Anlegeplätze des Schifffahrtsservice zu. Er schaffte es, sofort einen Platz auf einem der Vaporetti zu ergattern, ignorierte die erbosten Rufe wartender Touristen und winkte Hannes, der sich schon wieder verloren um die eigene Achse drehte, wild zu. Endlich hatte er es geschafft, sich unter beidseitigem Ellbogeneinsatz zu ihnen durchzukämpfen, und sie quetschten sich auf die letzten freien Sitzplätze.

Alexandra ließ ihren Blick über den mächtigen Kanal schweifen. Dunkel kam die Erinnerung an ihren letzten Besuch in Venedig hoch, den Schulausflug, der bald zwanzig Jahre zurücklag. Damals hatte ihr einziges Interesse den jungen Italienern gegolten und den pompös geschmückten Schaufenstern teurer Boutiquen, in die sie sich nicht einmal im Traum hineingewagt hätte. Die einzige wirkliche Erinnerung an diese Reise aber war der eklige modrige Gestank, der von den Kanälen ausgegangen war.

Hatte sich ihre Wahrnehmung über die Jahre so stark verändert? Oder war diese Stadt eine völlig andere geworden? Hier roch gar nichts mehr übel oder modrig.

Der beigefarbene Linien-Wasserbus bahnte sich seinen Weg vorbei an den unzähligen Booten, die im tiefblauen Wasser des Canal Grande kreuz und quer durcheinanderzufahren schienen. Der Kanal, der sich in einer lang gezogenen S-Kurve durch Venedig schlängelte und die Stadt in zwei Hälften teilte, war an beiden Seiten gesäumt von prächtigen Adelspalästen im Stil der Gotik, der Renaissance und sogar des Barock. Ihr blieb buchstäblich der Mund offen stehen. Diese Kombination verschiedener Epochen auf einem Fleck ließ die Stadt noch imposanter wirken.

Sie hatten die Volta di Canal, die erste lang gezogene Kurve, bereits hinter sich gebracht, da schaffte sie es nur unter großer innerlicher Kraftanstrengung, ihren Blick von der beeindruckenden Umgebung abzuwenden. Hannes ging es ähnlich. Er schien nicht zu wissen, auf welche Seite er zuerst blicken sollte. Sie musste schmunzeln. So kannte sie ihren Hannes.

»Alessandra«, meinte Angelo und rückte näher an sie heran. Er senkte die Stimme. »Du wurdest bis zu dieser Sache letzte Nacht aber nicht gesucht, oder?«

»Gesucht? Nein, glaub ich nicht. Wieso?«

»Ich könnte es verstehen, wenn du deshalb hierherwolltest, aber …«

»Das ist nicht der Grund. Ich weiß, dass das Medaillon der Schlüssel ist.« Sie wandte sich zu ihm und sah ihm direkt in die Augen. »Glaubst du mir etwa nicht?«

In seiner Mimik ließ nichts auch nur ansatzweise darauf schließen, was er wohl dachte. Es war zum Aus-der-Haut-Fahren.

»Nein, das wollte ich damit nicht sagen«, wehrte er ab und lächelte. »Ich finde nur, du solltest ab jetzt etwas vorsichtiger sein.«

Sie sah ihn fragend an.

»Schau jetzt bloß nicht hin«, mahnte er und deutete leicht mit dem Kopf zum Bug des Bootes. Instinktiv wandte sie ihren Kopf in die Richtung. Ehe sie die Bewegung zu Ende ausführen konnte, nahm er ihr Gesicht in seine Hände und zog sie näher an sich heran. »*Nicht* hinsehen, hab ich gesagt«, murmelte er und verzog unwillig die Lippen, »da oben sind Kameras.«

Sie senkte folgsam ihren Blick. »Kein Grund zur Sorge.«

»Hey, hey, hey!«, tönte Hannes hinter ihr. »Keine Annährungsversuche, Mister Casanova!«

Er war wieder in seinem Element. Sie drehte sich zu ihm um, wollte sichergehen, dass er deutlich sah, wie sie die Augen verdrehte. Angelo wandte sich kommentarlos wieder in seinem Sitz nach vorn, die Füße des Mannes ihm gegenüber schienen sein unteilbares Interesse geweckt zu haben. Weiße Socken in braunen Sandalen. Es vergingen Minuten, in denen er anscheinend sowohl Material als auch Qualität und Verarbeitung der Socken und Schuhe eruierte, ehe er seinen Blick wieder hob.

»Hier müssen wir raus«, sagte er und deutete auf die Anlegestelle hinter der Rialtobrücke, auf die der Wasserbus zusteuerte. Als sie von Bord gingen, ergriff er direkt vor Hannes' Augen demonstrativ ihre Hand und zog sie durch die immer größer werdende Menschenmenge, die sich an der Anlegestelle und auf dem Weg in Richtung der berühmten Brücke tummelte. Ein unangenehmes Gefühl breitete sich in Alexandras Magengrube aus. Sie kannte es gut, viel zu gut. Es war dasselbe Gefühl, das sie, wenn sie ihm gefolgt war, schon oft in ihrem Leben zurückgehalten hatte. Schuld. Langsam, aber sicher keimte es in ihr auf. Das schlechte Gewissen. Wie sehr sie es hasste, wenn das passierte. Wie sehr sie sich selbst dafür hasste. Tagtäglich war sie versucht, es jedem Menschen recht zu machen, oft gar nicht einmal bewusst, nein, die Schuldgefühle waren etwas, das tief in ihr verankert war. Sobald das kleinste bisschen Egoismus in ihr aufkeimte, fühlte sie sich schlecht. Und nun hatte sie nicht nur Hannes, sondern auch eine Person, die sie kaum kannte, in etwas hineingezogen, für das sie sich bei Gott kein glückliches Ende ausmalen konnte. Wie sollte sie das mit ihrem Gewissen jemals vereinbaren?

Sie hatten die Menschenmenge hinter sich gelassen, Angelo ließ ihre Hand los. Ohne sich umzudrehen, lotste er sie durch ein Labyrinth aus Gassen, Kanälen, Brücken, Sackgassen. Allein wäre Alexandra hier hoffnungslos verloren gewesen. In Friaul fühlte sie sich sogar in unbekannter Landschaft sicher. Dort war sie umgeben von den vertrauten Bergen, die, auch wenn sie nur in weiter Entfernung kurz aufblitzten, stets ein Mittel zur Orientierung waren. Hier hätte sie nicht mehr als drei Schritte gebraucht, um sich zu verirren. Schweigend stapften sie und Hannes hinter Angelo her. Hin und wieder drehte er sich um, um sich zu vergewissern, niemanden verloren zu haben. Als er sich einmal gerade wieder von ihnen weggedreht hatte, nahm Hannes sie am Arm und zog sie an sich.

»Hältst du das wirklich für eine gute Idee?«, raunte er ihr ins Ohr.

»Fängst du schon wieder an«, gab sie leise zurück, »ich dachte, wir wären jetzt einer Meinung, dass –«

»Das meinte ich nicht«, unterbrach er sie, »ich spreche von ihm.« Er deutete auf Angelo. »Du kennst ihn doch überhaupt nicht. Was weißt du schon über ihn?«

»Ich weiß genug.«

»Ach ja? Und was?«

»Ich … ich weiß, dass er mir helfen kann. Und dass er sich auskennt.«

»Das mag sein. Aber du solltest trotzdem vorsichtig sein. Ich traue ihm nicht.«

»Du traust doch niemandem, den …« Sie biss sich auf die Zunge. Den ich attraktiv finde, hatte sie sagen wollen. »… den du nicht kennst.«

»Und das ist auch gut so. Bitte versteh das nicht falsch, aber manchmal bist du ein wenig …«, er zögerte, »naiv.«

»Ha!« Sie lachte laut auf. Angelo warf einen Blick über seine Schulter. »Ich bin überhaupt nicht naiv«, flüsterte sie, »vielleicht bist du ja etwas paranoid.«

»Ich meine es nur gut.«

Natürlich, das wusste sie, und dafür schätzte sie ihn sehr. Doch er lag falsch. Ihr schlechtes Gewissen war vorerst wieder verflogen. Wenn sie es genau betrachtete, hatte sie niemanden dazu gezwungen, sie zu begleiten. Es stand sowohl Hannes als auch Angelo frei, jederzeit das Weite zu suchen, doch sie ahnte, dass keiner der beiden Anstalten dazu machen würde. Angelo war zurück in seiner Welt, und Hannes würde allen Widrigkeiten zum Trotz den Teufel tun und sie im Stich lassen.

Es war ein schönes Gefühl, sich alldem nicht allein stellen zu müssen. Sie linste zu Hannes, der nun wieder stumm neben ihr herschlenderte, die Hände tief in den Hosentaschen vergraben. Sicherlich waren sie da drin zu Fäusten geballt. Sie musste grinsen. Für Außenstehende war es oft schwierig, ihre Beziehung zu deuten. Sie zankten sich, stritten sich, beschimpften einander manchmal sogar, und doch standen sie sich auf so seltsame Weise nahe, wie man es sonst wohl nur von Geschwistern kannte. So mancher hatte schon aufgegeben, die Dynamik zwischen ihnen verstehen zu wollen.

Vielleicht ist es ganz gut, eine Stimme der Vernunft in unserer sonderbaren »Gang« zu haben, dachte sie. Auch wenn sie ihm für seinen überbordenden Ernst manchmal gern den Kopf abgerissen hätte.

»So.« Angelo riss sie aus ihren Gedanken und deutete nach rechts. »Da wären wir.«

»Qua se parla anca Veneta«, informierte sie das vergilbte Schild an der alten Glastür zu dem Antiquitätengeschäft: Man spricht hier auch Venezianisch.

Eine Klingel ertönte, als Angelo die Tür aufdrückte. Stickige Luft schlug ihnen entgegen, der Geruch von modrigen Möbelstücken und uralten Büchern. Ein vertrauter Duft, beruhigend und von Alexandra heiß geliebt. Sie musste lächeln. Er hatte etwas Magisches an sich, etwas Geheimnisvolles. Die Glasscheiben der Tür, im Laufe der Jahre trüb und fast undurchsichtig geworden, blockierten auch das kleinste bisschen Sonnenlicht. Im ersten Moment empfing sie Dunkelheit. Man konnte kaum die Hand vor Augen erkennen. Nachdem Alexandra sich an das schummrige Licht gewöhnt hatte, sah sie sich um. Der Laden war vollgestopft mit allem möglichen Zeug, das auf den ersten Blick mehr nach Ramsch als nach Antiquitäten aussah. Doch wer war sie, sich ein Urteil über die Schätze zu erlauben, die Angelos Freund hier zusammengetragen hatte? Nicht umsonst war sie auf eine Begleitung angewiesen, die etwas davon verstand.

Es gab so ziemlich alles, was man auf Opas Dachboden finden würde. Hohe Regale waren vollgestellt mit allem, was irgendwie hineinpasste. Selbst das überdimensionale Pult aus Eichenholz, das wohl den Verkaufstresen darstellen sollte, war übersät mit Unmengen an Kleinkram. Alexandra war zwar alles andere als eine Ordnungsfanatikerin, doch sogar sie bekam bei diesem Anblick Lust, einfach mit den Armen über das Pult zu wischen und alles in einem darunter stehenden Mülleimer verschwinden zu lassen. In der Mitte des Raumes führte eine enge Wendeltreppe nach oben. Das Obergeschoss war vermutlich ein Lagerraum für alles, was im Chaos des Erdgeschosses keinen Platz mehr fand.

»Buongiorno«, rief jemand fröhlich hinter einem fast mannshohen Bücherstapel in einer der hintersten Ecken des Raumes hervor. Gemächlich stampfte der Ramschhändler zu ihnen herüber.

Alexandras Mundwinkel verzogen sich zu einem leichten Schmunzeln. Er sah beinahe genau so aus, wie sie ihn sich vorgestellt hatte. Ein wenig erinnerte er sie an den Hobbit Bilbo Beutlin. Gefühlte hundert Jahre alt – ein Eindruck, den wohl in erster Linie seine runzelige, gegerbte Haut vermittelte –, klein gewachsen, etwas gebückt. Sein schlohweißes dichtes Haar zu einer koketten Tolle frisiert, ein perfekt gebügeltes Hemd unter einem Pullunder, an seinem Hals eine große dunkelrote Fliege. Er musterte Angelo abfällig, nickte Hannes zu und wandte sich dann an Alexandra.

»Buongiorno, Signorina, piacere.« Er hauchte ihr einen Kuss auf den Handrücken. »Bezaubernd«, fügte er mit leuchtenden Augen hinzu und schenkte ihr sein breitestes Lächeln. An Angelo gerichtet fragte er: »Chi sono?«

»Verzeihung«, murmelte der und fand wieder in seine Rolle als weltgewandter Gentleman zurück. »Alessandra, das ist Gasparo. Ein ehemaliger Geschäftspartner«, stellte er die beiden höflich einander vor.

»Nicht so ehemalig, wie es mir lieb wäre«, knurrte Gasparo und bedachte Angelo mit einem vielsagenden Blick, den dieser kurzerhand ignorierte.

»Und das sind Alessandra und Hannes, zwei …«, er schien zu überlegen, »gute Bekannte aus unserem schönen Nachbarland in den Alpen.«

»Austria«, ergänzte Alexandra, »non siamo Svizzeri.«

»E lei parla italiano!«, rief Gasparo hocherfreut.

Man hatte immer bessere Karten, wenn man Italienisch sprach, das hatte Alexandra sehr schnell verstanden, als sie nach Italien gekommen war, selbst wenn es nur ein paar Brocken waren. Es war das Bemühen, das belohnt und respektiert wurde, das Interesse.

»È tuo fidanzato lui?«, fragte Gasparo mit einem Blick auf Hannes.

»No, no, dio no«, sie lachte auf. »Solo un amico. Mi piacciono più gli uomini italiani.« Sie zwinkerte dem Alten zu.

»Was? Redet ihr da etwa über mich?«, fragte Hannes.

»Er hat gefragt, ob du mein Freund bist.«

»Ach ja? Und was sollte das Zwinkern?«

»Ich sagte ihm, ich stehe mehr auf Italiener.«

Angelo, der mit verschränkten Armen neben ihr stand, schien

sich ein Grinsen zu verkneifen. Sie musterte ihn unauffällig. Er sah sogar in diesem einfachen T-Shirt unverschämt gut aus. Hätte sie nicht gewusst, wer er war, und wäre ihm eines Abends auf der Straße begegnet, hätte sie sich wahrscheinlich unsterblich in ihn verliebt.

»Also«, sagte Gasparo und zog so ihre Aufmerksamkeit wieder auf sich und den Grund ihres Hierseins. »Macht ihr hier Urlaub? Es ist einer der schönsten Monate, um diese wundervolle Stadt der Liebe zu erkunden.«

»Nicht ganz«, meldete sich Angelo nun doch wieder zu Wort. »Oder sehe ich aus wie ein Fremdenführer für verliebte Paare?« Er blinzelte in ihre Richtung.

Sie ignorierte seine Stichelei, nahm die Kette von ihrem Hals und reichte sie Gasparo. Der Alte griff gezielt in den Haufen auf dem Pult und zog eine zerkratzte Brille hervor, die aussah, als wäre sie ein Überbleibsel aus dem 19. Jahrhundert. Er setzte sie auf und betrachtete das Amulett, das an der Kette von seiner Hand baumelte. Seine Augen weiteten sich, und er drehte den Anhänger fasziniert in seinen Händen.

»Es ist eines von Casanovas Geschenken, oder?«, bohrte Angelo nach, als Gasparo weiterhin schwieg.

»Moment mal«, fuhr Alexandra dazwischen, »Casanova? *Der* Casanova? Wieso erfahre ich das erst jetzt?« Sie wandte sich an Gasparo: »Stimmt das? Hat Angelo recht?«

Minuten vergingen, ehe Gasparo antwortete, Minuten, in denen die drei ihm einfach nur dabei zusahen, wie er das Medaillon studierte und zwischendurch immer mal wieder enttäuschte oder bewundernde Laute von sich gab. Keiner traute sich, das Schweigen zu brechen. Gasparo schien völlig vergessen zu haben, dass sie überhaupt da waren.

»Also? Was ist nun?«, fragte Angelo schließlich vorsichtig.

Der Alte blickte verwundert auf. »Oh, ja, ja«, bestätigte er mit einem eifrigen Kopfnicken und setzte die Brille wieder ab, »ich hatte schon ein paar von denen hier. Wissen Sie, meine Liebe«, er wandte sich an Alexandra, »die landläufige Bezeichnung Casanova geht zurück auf –«

»Giacomo Casanova, den Meister der Verführung. Ich weiß. Ein verkanntes Genie, das Großes hätte erreichen können, hätte er sich nur nicht von seinem Penis leiten lassen. Er hatte Hunderte Frauen, von Spanien bis Russland. Aber aus Liebe hat er sich nichts gemacht. Nicht einmal in seinem Alterswohnsitz, als er schon ruhiger geworden war und nicht mehr so viele Frauen um den Finger wickeln konnte, hat ihn eine feste Partnerschaft interessiert. Da glaub ich kaum, dass er den dummen Frauen, die auf ihn hereingefallen sind, auch noch Geschenke gemacht hat.«

Sowohl Gasparo als auch Angelo blickten sie beinahe fassungslos an.

»Was denn?«, grummelte sie. »Ist doch wahr.«

»Beeindruckend, wie viel Sie über Casanova wissen.«

»Ja, woher weißt du das alles?«

»Ich hab seine Memoiren gelesen.«

»Die ganzen?« Gasparo hob erstaunt die schlohweißen Augenbrauen.

»Ja, keine Ahnung. Ich habe mich halt eine Zeit lang damit beschäftigt«, erklärte sie beiläufig und winkte ab. Unnötig, den Umstand zu erwähnen, dass sie Nächte, Wochen, sogar Monate damit zugebracht hatte, alles zu verschlingen, was Casanova jemals zu Papier gebracht hatte. Die leidvolle Geschichte, die sie dazu getrieben hatte, das gebrochene Herz, mit dem sie aus ihrer bisher bedeutsamsten Beziehung entlassen worden war, gehörte nicht zu den Dingen, die sie teilen wollte. Mit niemandem, nicht einmal mit sich selbst. Manche mochten es als Verdrängung bezeichnen, sie jedoch sah es als Stärke, nicht darüber zu lamentieren, sondern die Erinnerung an einem dunklen Ort zu vergraben und nie wieder dorthin zurückzukehren. »Jedenfalls hab ich noch nie gehört, dass er so etwas verschenkt haben soll.«

»Das wundert mich nicht«, erwiderte Gasparo und nickte, »es ist eine Geschichte, die man sich unter Venezianern erzählt. Man sagt, Casanova hätte diese Anhänger an einige seiner Eroberungen verteilt. Fest steht aber nur, dass die Stücke aus der Mitte des 18. Jahrhunderts stammen und von einem Venezianer angefertigt wurden. Die meisten waren praktisch wertlos. Glaubt man jedoch der Legende, ließ diese kleine Geste Casanovas Frauen noch mehr dahinschmelzen. Denn es ist doch so: Selbst wenn er sie am Ende sitzen ließ, keine hat je ein schlechtes Wort über ihn verloren. Ich mag mich damit ein wenig aus dem Fenster lehnen, aber ich bin der Überzeugung, dass die Anhänger nicht ganz unschuldig daran waren.«

Vielleicht war er aber auch einfach nur gut bestückt, dachte Alexandra.

Gasparo hielt inne und musterte Angelo, der Hannes etwas ins Ohr raunte.

»Einer muss ja übersetzen«, erklärte Alexandra, die seinem Blick gefolgt war. »Also, für mich sieht dieser Anhänger nicht aus, als wäre er wertlos. Was meinen Sie?« Sie hoffte inständig, er würde ihre Meinung teilen. Andernfalls würde sich der Strohhalm, an den sie sich die ganze Zeit geklammert hatte, schlussendlich doch in Luft auflösen. Und dann? Dann würde sie fallen. Vermutlich sehr tief.

»Meine Liebe«, Gasparo hob den Zeigefinger, und sie meinte, in seinen Augen etwas aufblitzen zu sehen, »dieser spezielle Anhänger hier sieht auf den ersten Blick nicht viel anders aus als all die übrigen, und doch …« Er fuhr mit seinen runzeligen Fingern über die Vorderseite.

Ungeduldig trat Alexandra von einem Fuß auf den anderen. Wenn es eine künstlerische Pause sein sollte, dann dauerte sie ihr entschieden zu lange.

»Ich will gar nicht erst wissen, wo ihr das Ding herhabt, aber dieser Anhänger unterscheidet sich um Welten von denen, die ich bisher zu Gesicht bekommen habe. Er ist einfach viel … schöner. Allein die schwungvolle Verzierung ist in einer Perfektion ausgearbeitet, die nur schwer zu erreichen ist. Ich denke«, er wog das Amulett in seiner Hand, »er dürfte durchaus einiges wert sein. Und möglicherweise erst recht das, was sich darin befindet.«

»Genug, um dafür zu töten?«, entfuhr es ihr.

»Zu töten?« Er setzte umständlich die Brille wieder auf.

»Nur so eine Redensart«, erklärte sie und zwang sich zu einem Lächeln.

»Wohl eher nicht. Aber heutzutage kann man sich dessen ohnehin nicht mehr sicher sein«, sagte er. »Das wirklich Interessante ist aber das hier.« Er deutete auf den kleinen vergoldeten Verschluss an der Seite.

Alexandra, Angelo und Hannes beugten sich beinahe synchron über den Tresen.

»Das ist eine Art Falle. Irgendwo am inneren Rand des Medaillons befindet sich wahrscheinlich ein kleines Behältnis mit einer Flüssigkeit. Sollte jemand den Verschluss gewaltsam öffnen, würde die Flüssigkeit freigesetzt und der Inhalt zerstört. Ich gehe davon aus, dass es sich um eine Substanz handelt, die entweder Papier oder Tinte in kürzester Zeit auflösen kann.«

Alexandra blickte erstaunt zu Angelo. Der reagierte wie gewohnt mit einem Lächeln.

»Robert Langdon lässt grüßen«, witzelte er und zwinkerte ihr zu.

»Vielleicht ist da ein Diamant drin«, mischte sich Hannes ein.

»Das wäre unlogisch. Was immer es ist, es muss etwas sein, das an sich keinen Wert hat, das andere aber auf keinen Fall haben dürfen. Denn wenn du einen wertvollen Diamanten hättest, würdest du bestimmt nicht wollen, dass er zerstört wird.«

»Vielleicht bin ich der Ansicht, bevor ihn jemand anders bekommt, soll er lieber einfach für immer verschwinden.«

»Das glaube ich nicht. Und selbst wenn du recht hättest, löst er sich dann einfach auf? Wie soll das gehen?«

»Mit Kaliumnitrat. Oder geschmolzenem Natron.«

»Backpulver?« Sie kicherte albern. »Dann lege ich meinen Schmuck jetzt lieber ab, bevor ich mich an den nächsten Kuchen wage.«

»Ich habe Chemie studiert, falls du dich erinnern kannst.«

»Oh, ich erinnere mich gut an das eine Semester, in dem du die Chemie der weiblichen Studenten studiert hast«, stänkerte Alexandra. »Die einzige Lösung, mit der du dich dabei je befasst hast, war Alkohol.«

Er streckte ihr die Zunge heraus.

»Könntet ihr euch bitte zusammenreißen?«, fuhr Angelo dazwischen. »Ich komme mir vor wie im Kindergarten.«

Schnell streckte sie Hannes ebenfalls die Zunge heraus. Er schnitt eine lustige Grimasse und trat vom Tresen zurück.

»Ist ja nicht auszuhalten«, murmelte Angelo.

»Jedenfalls«, fuhr Gasparo auf Italienisch fort, »gibt es nur eine Möglichkeit, den Mechanismus zu umgehen. Man muss das Schloss mit dem dazu passenden Schlüssel entriegeln.« Auffordernd streckte er die Hand aus.

»Ich … wir haben keinen Schlüssel.«

»Schade«, sagte der Alte bedauernd, »ich hätte zu gern gewusst, was sich darin verbirgt. Ich nehme an, das Medaillon wurde dazu verwendet, unbemerkt Nachrichten zu übermitteln. Vielleicht im Krieg oder im Gefängnis.«

»Kannst du das Schloss nicht irgendwie umgehen?«, fragte Angelo.

»Kein Dietrich ist so winzig, dass man es knacken könnte, ohne den Mechanismus auszulösen. Leider.«

»Dann ist das jetzt also keines von Casanovas angeblichen Stücken?«, fragte Alexandra.

»Doch, natürlich«, erwiderte er überzeugt. »Wissen Sie, es gibt eine Legende, die besagt, dass Casanova nach seinem jahrzehntelangen Müßiggang schlussendlich doch die wahre Liebe gefunden hätte.«

»Ja, ich weiß. Francesca Bruschetti«, sagte Alexandra.

»Ja und nein. Er hat Francesca geliebt, das ist wahr. Doch die Frau, die ich meine, Signorina, taucht in keinem Ihrer Bücher oder Briefwechsel oder irgendwelchen Seiten aus dem Internet auf. Der Legende nach gab es nach Francesca noch eine weitere Frau in Casanovas Leben, die die wahre Liebe seines Lebens gewesen sein soll. Die Frau, für die sich all die Jahre voller Qualen endlich gelohnt hatten. Die Frau, die seinem Dasein einen Sinn gab.«

»Klingt ja überaus romantisch«, spottete sie.

Gasparo blickte sie über den Rand seiner Brille hinweg prüfend an. »Hören Sie niemals auf, an die wahre Liebe zu glauben, meine Liebe«, mahnte er.

»Aber ich habe doch gar nicht –«

»Ich erkenne Bitterkeit, wenn ich sie sehe. Hören Sie auf einen alten Mann, Signorina. Die Zeit wird kommen.«

Er schenkte ihr ein aufmunterndes Lächeln, auf das sie nur mit einem verwirrten Kopfschütteln antworten konnte.

»Es muss etwa zu der Zeit gewesen sein, als er zurück nach Triest gereist ist«, fuhr er fort. »Seine Aufzeichnungen enden zu diesem Zeitpunkt abrupt, er verschwand quasi komplett von der Bildfläche. Man erzählt sich, die Frau sei bettelarm gewesen. Casanova, der viele Jahre über seine Verhältnisse gelebt und sein ganzes Vermögen mehr oder weniger verschleudert hatte, soll ihr versprochen haben, alles Menschenmögliche zu geben, um ihr ein besseres Leben zu ermöglichen. Er hat ihr geschworen, sie mit Reichtum zu überhäufen.«

Er hielt inne und wartete, bis Angelo seine Worte für Hannes übersetzt hatte.

»Könnte die Legende mit den Anhängern nicht durch genau dieses Stück entstanden sein?«, fragte Alexandra. »Vielleicht hat sogar die Frau selbst sie begründet.«

»Das wäre durchaus möglich«, erwiderte Gasparo.

»Was wissen Sie noch darüber?«

»Das ist alles, was ich euch dazu sagen kann. Ich weiß nicht, ob es euch auf irgendeine Art weiterhilft.«

Alexandra sah ihn nur ratlos an. Im Grunde war sie genauso schlau wie vorher. Sie hörte, wie Hannes laut Luft durch seine Nase einsog, und wusste, was er jetzt sagen würde. Er würde sie an ihr Versprechen erinnern, daran, dass sie mit ihm zur Polizei hatte gehen wollen, sollte sich der Anhänger als Sackgasse erweisen. Er würde anmerken, dass er seinen Teil der Abmachung schweigend erfüllt hatte, woraufhin sie laut schnauben und das Wort »schweigend« sarkastisch wiederholen würde. Dann würden sie anfangen zu streiten, und sie würde sich fragen, wieso sie ihn überhaupt mitgenommen hatte. Doch nichts dergleichen geschah.

»Vielleicht ist es ja eine Schatzkarte«, überlegte er.

Verwirrt wandte sie sich in seine Richtung, doch sein Gesichtsausdruck war ernst.

»Denkt doch mal logisch«, fügte er hinzu, »würdet ihr euch so viel Mühe geben, diesen Mechanismus und die Falle zu konstruieren, wenn ihr nicht etwas wahnsinnig Wichtiges zu verstecken hättet?« Er blickte von Alexandra zu Angelo, und in seinen Augen flackerte es.

»Meinst du das ernst?«, fragte sie vorsichtig.

»Ja, natürlich.« Er wirkte nun aufgeregt. »Das macht doch Sinn, oder? Wenn diese Typen wirklich nach dem Amulett gesucht haben, dann –«

»Ach, auf einmal macht es Sinn?«

»Ja, ich gebe zu, irgendwie –«

Das Ende seines Satzes ging in einem erstickten Grummeln unter, als sie sich ihm viel zu fest um den Hals warf. Sie wollte es gar nicht, doch ehe sie darüber nachdenken konnte, war es schon geschehen.

»Danke«, flüsterte sie erleichtert, als sie von ihm abließ, und drückte ihm einen Kuss auf die Wange, woraufhin er prompt rosarot anlief. »Wir müssen nach Triest«, stellte sie fest und drehte sich zu Angelo um.

»Du meinst, wir machen uns auf die Suche nach dem Schlüssel?«

»Genau das meine ich.«

»Und wo sollen wir da anfangen? Willst du Flyer verteilen oder was?«

»Du bist dort aufgewachsen, du kennst dich dort aus. Du wirst doch sicher jemanden kennen, der jemanden kennt.«

Es war ein Krampf, eine Mühsal, sich die Verzweiflung nicht anmerken zu lassen. Nichts, absolut nichts hatte sie in der Hand, sie versuchte lediglich, einer Illusion nachzujagen, einer, die sie so lange wie möglich von Cormòns fernhalten sollte. Egal, wo es sie hinführte. Und wenn es Triest war, sollte es ihr recht sein. Hauptsache, weg.

Das Klingeln eines Handys riss sie aus dieser Mischung aus Euphorie und Verzweiflung. Hannes angelte sein Telefon aus der Hosentasche.

»Wäre es nicht an der Zeit, dass auch du mal dein Handy ausschaltest?«, blaffte Angelo ihn an. »Am Ende orten die uns noch.«

»Quatsch, du bist ja paranoid«, erwiderte er. »Woher soll die Polizei wissen, dass ich auch hier bin? Ihr Anwalt ist der Einzige, der davon weiß, und ich bezweifle, dass ausgerechnet er es jemandem gesteckt hat.«

Ohne zu zögern, hob Hannes ab. Alexandra wurde sofort mulmig zumute. Und die Tatsache, dass sein Gesichtsausdruck mit jedem Wort, das sein Gegenüber von sich gab, immer ernster wurde, machte es nicht besser.

»Was ist denn los? Wer ist dran?«, flüsterte sie.

Hannes nahm das Handy vom Ohr und lächelte entschuldigend. »Ist für dich.«

»Hallo?«

Am anderen Ende der Leitung herrschte Stille.

»Hallo?«

»Zehn Mal! Zehn Mal habe ich versucht, dich zu erreichen«, brüllte Hartmut los. »Du legst einfach auf, du meldest dich nicht mehr, und dann haust du einfach ab? Mit einem *verurteilten Schwerverbrecher*? Bist du jetzt völlig durchgedreht?«

»Du kannst auch normal mit mir –«

»Wag es nicht, so mit mir zu sprechen! Nach all dem, was du verbockt hast, will ich kein Wort von dir hören. Du hast dich von Cherubini nach Venedig schleifen lassen? *Spinnst du?*«

»Woher weißt du –«

»Woher ich weiß, dass du in Venedig bist? *Woher ich das weiß?* Eine der Vaporetto-Überwachungskameras hat euch gefilmt.«

Sie konnte hören, wie er dreimal tief ein- und wieder ausatmete, ehe er sich unüberhörbar dazu zwang, einen ruhigeren, mahnenden Tonfall anzuschlagen.

»Alexandra«, begann er, was an sich schon absurd war, denn er hatte sie noch nie bei ihrem vollen Vornamen genannt, »du musst mir jetzt ganz genau zuhören. Ich will einfach einmal vergessen, dass du abgehauen bist, zweimal sogar, und meinen Rat komplett ignoriert hast.« Er machte eine winzige Pause. »Aber bitte, bitte sei nicht so dumm und fall auf Cherubinis Masche herein. Eigentlich sollte ich dir das gar nicht sagen müssen, du weißt doch genug über diesen Typen. Und du bist zu klug, um dich von ihm um den Finger wickeln zu lassen. Lass dich nicht einreihen in die lange Liste von Leuten, von Frauen, die sich von ihm haben täuschen lassen.«

»Nein, tu ich nicht. Für wie dumm hältst du mich?«

»Du bist mit ihm zusammen! Was soll ich denn bitte davon halten?«

»Quatsch. Es geht hierbei doch um etwas völlig anderes. Außerdem …« Sie hielt inne und drehte sich in Angelos Richtung, der wie Hannes gespannt ihrer Seite des Gesprächs lauschte. So ist er doch eigentlich gar nicht, hatte sie sagen wollen. Als ihre Blicke sich trafen, schenkte er ihr ein aufmunterndes Lächeln, das ihre Knie sofort weich werden ließ. Wie gern hätte sie Hartmut jetzt gesagt, dass sie sich des Eindrucks, den sie von Angelo hatte, sicher war. Doch das war sie nicht. Seine Worte gaben ihr zu denken. Sie passte – zumindest seit sie das Medaillon hatte – in Angelos Beuteschema. War das Lächeln, das er ihr in diesem Moment schenkte, nur gespielt? Sie wandte sich von ihm ab. Solange sie ihm in die Augen sah, konnte sie unmöglich einen klaren Gedanken fassen.

»Ale? Ale!«

»Ja, ja, ich bin noch dran. Hör zu, ich bin dir sehr dankbar für die Warnung, aber ich denke, ich kann das ganz gut selbst einschätzen.«

Sie hörte das Prusten, mit dem er all seine Bemühungen zur ruhigen Atmung in den Wind schoss. Mit einem Mal war er wieder auf hundertachtzig.

»Spinnst du? Ich meine … ich meine, *spinnst du völlig*? Du wolltest es zu etwas bringen in deinem Leben. Gratuliere, du hast es geschafft! Du bist auf der Fahndungsliste ganz oben gelandet! Zusammen mit Zambon und Cherubini, diesem Bastard. Eine schöne Gang habt ihr da beisammen. Wenn Medeot und seine ganze Abteilung mir hier auch den letzten Nerv rauben, muss ich zugeben, dass ich ihre Theorie durchaus nachvollziehen kann. Sie denken, ihr hättet Zambon für seine Dienste bezahlt, aber mehr als ein Handlanger kann er ihrer Meinung nach nicht gewesen sein. Ich frage mich, wer wohl der Nächste in der Runde sein wird, der beseitigt wird. Ene, mene, muh, liebe Alexandra. Ene, mene, muh!«

»Warte, stopp mal. Was soll –«

»*Wag es nicht*, ich will deine Ausreden nicht mehr hören! Ich habe alles Menschenmögliche getan, um dich da rauszuholen. Alles! Aber kein Anwalt, der halbwegs bei Verstand ist, übernimmt einen Fall, der von vornherein verloren ist, mit einer Klientin, die sich einfach aus dem Staub macht. Den Schwägerinnenbonus hast du übrigens auch verloren. Bedank dich bei deiner Schwester. Sie war schließlich diejenige, die beschlossen hat, alles wegzuwerfen, was wir uns gemeinsam aufgebaut haben. Kannst ja ihren neuen Freund fragen, ob er dir hilft. Was mich angeht, bist du ab sofort auf dich allein gestellt. Sieh zu, wie du da wieder rauskommst.«

Ein Klacken ging durch die Leitung, gefolgt von einem lang gezogenen Tuten. Stille breitete sich in Gasparos Laden aus. Alexandra stand da wie gelähmt, das Handy noch immer an ihr Ohr gepresst. Hannes' Mund stand weit offen. Sogar ihm hatte es die Sprache verschlagen. Calligaris' Gebrüll war wahrscheinlich noch im Haus nebenan zu hören gewesen. Angelo starrte mit blassem Gesicht auf seine Füße. »Ich denke, jetzt haben wir wohl keine Wahl mehr«, murmelte er.

Wortlos drehte sich Hannes um und ließ sich auf einen antik aussehenden Sessel fallen, der in der Ecke des Raumes stand. Er vergrub das Gesicht in seinen Händen. »Nein, nein, nein«, flüsterte er.

»Es tut mir so leid«, sagte Alexandra tonlos. »Ich wollte nicht, dass du da mit hineingezogen wirst.« Sie spürte, wie sich ein dicker Kloß in ihrem Hals bildete.

»Zu spät«, antwortete er.

»Geh zurück«, flehte sie. »Geh zur Polizei. Sag ihnen, ich hätte dich gezwungen, oder irgendwas, keine Ahnung. Bitte.«

»Nein«, gab er entschlossen zurück, »ich bleibe. Du weißt doch, dass ich dich –«

»Was ist denn da draußen los?«, fragte Angelo auf einmal alarmiert.

Lärm drang in den Laden. Gasparo stapfte gemächlich zur Eingangstür und presste seine Nase an die vergilbte Scheibe.

»Bastardi«, zischte er und schlurfte zurück zu seinem Tresen. »Die Polizei. Scheinen jemanden zu suchen.« Er musterte sie und verschränkte die Arme vor der Brust. »Was habt ihr angestellt?«

Ehe einer von ihnen auch nur einen Gedanken daran verschwenden konnte, was oder wie viel Gasparo erfahren durfte, wurde ihre Aufmerksamkeit auf etwas anderes gelenkt. Eine Gestalt, durch die Scheibe nur vage zu erkennen, bewegte sich auf den Eingang zu.

Alexandra reagierte sofort. Sie packte Hannes und Angelo am Arm und zerrte sie die schmale Wendeltreppe nach oben, wo sie hinter ein paar großen Kisten in Deckung gingen. Keine Sekunde zu früh. Im nächsten Moment ertönte die Klingel, um freudig Kundschaft anzukündigen, und ein junger Polizist betrat den Raum.

»Buongiorno, Signore«, grüßte er und blickte sich etwas misstrauisch um. »Ich werde Sie nicht lange aufhalten«, erklärte er. »Haben Sie eine dieser Personen kürzlich gesehen?«

Er legte drei Fotos auf den Tresen.

»Ja, warten Sie, wo habe ich denn jetzt wieder meine Brille gelassen?«, begann Gasparo, augenscheinlich spontan verwirrt und auf der Suche nach seiner Sehhilfe. »Ach, wissen Sie, die Geschäfte laufen von Tag zu Tag schlechter. Es ist furchtbar, sag ich Ihnen. Einst herrschte noch Leben in dieser Straße, und mein Geschäft war immer voll. Die Leute konnten gar nicht genug bekommen. Heute kommt niemand mehr hierher. Neuerdings geht man lieber auf den Flohmarkt oder zu diesem IKEA. Sehen Sie sich doch nur mal draußen um. Wie viele Kaufleute ihre Läden schon schließen mussten. Bretter vor den Türen, Zu-Verkaufen-Schilder in den Fenstern, die schon so lange dort hängen, dass sie vergilbt sind und man die Schrift kaum noch lesen kann. Wenn sich heute noch jemand hierherverirrt, dann ist es immer ein Tourist. Doch da gibt es nur ›Lookie-lookie‹, niemand denkt auch nur daran, etwas zu kaufen. Wie soll man denn davon leben können?«

»Signore«, unterbrach ihn der Polizist, »es tut mir sehr leid für Sie. Würden Sie nun bitte einen Blick auf diese Fotos werfen?«

Der Griff nach der Brille. Ein flüchtiger Blick auf die Bilder. Auf den ersten beiden waren Alexandra und Angelo zu sehen, es handelte sich um schwarz-weiße Verhaftungsfotos, auf dem dritten, nur mit viel Mühe erkennbar, Hannes, umgeben von Menschen auf einem Boot. Gasparo schüttelte den Kopf.

Ein lautes Poltern ertönte über den Köpfen der beiden, als Alexandra mit dem Ellbogen gegen einen Karton stieß und diesen zu Boden warf. Erschrocken schlug sie die Hand vor den Mund und hielt den Atem an. Angelo bedeutete ihr wütend, sich nicht zu bewegen.

»Ist außer Ihnen noch jemand hier?«, fragte der Polizist und blickte die Treppe hinauf.

»Nein, natürlich nicht«, fauchte Gasparo, »das habe ich Ihnen doch gerade gesagt. Niemand kommt mehr hierher. Die Stadt geht langsam zugrunde. Ist Ihnen eigentlich klar, wie viele Veneziner schon abwandern mussten? Sogar ich musste mein geliebtes Domizil gegen einen hässlichen Wohnblock in Mestre tauschen. Mestre! Ist das zu glauben? Die Stadt vermodert und versinkt, und trotzdem sind die Lebenshaltungskosten enorm. Man zahlt Unsummen für eine Bleibe, die vor Schimmel schon fast zerfällt. Soll man hier seine Kinder großziehen? Es scheint einfach allen egal zu sein, was mit uns und dieser Stadt passiert. Vornweg der Regierung in Rom, die –«

»Signore«, unterbrach ihn der Beamte erneut und hob energisch die Hand, um ihn zum Schweigen zu bringen. »Ich muss mich oben umsehen. Es wäre möglich, dass sich die Flüchtigen dort versteckt halten, ohne dass Sie davon etwas mitbekommen haben. Es dient nur Ihrer eigenen Sicherheit.«

»Nein!«, herrschte Gasparo ihn an und hob drohend den Zeigefinger. »Gar nichts müssen Sie! Erstens ist es da oben viel zu eng, als dass sich irgendjemand zwischen den Waren verstecken könnte. Zweitens war ich gerade oben. Da war niemand. Und drittens ist dieser Bereich privat. Wenn Sie sich umsehen möchten, können Sie das gern tun. Aber dazu würde ich vorher gern eine richterliche Anordnung sehen.«

Der Polizist verdrehte die Augen. Es war unübersehbar, dass er den Nörgeleien des verbitterten Greises gern entgangen wäre. Gebannt starrte er nach oben und lauschte. Seine Hand tastete nach der Beretta an seinem Hosenbund und blieb ruhig am Halfter liegen.

Gasparo dachte jedoch nicht im Traum daran, sich zum Schweigen bringen zu lassen, er fuhr in viel zu lautem Ton fort: »Ihr seid doch alle gleich. Von wegen Freund und Helfer. In Wahrheit steht ihr alle auf der Seite der Regierung in Rom, die uns hart arbeitende Menschen im Norden schon lange im Stich gelassen hat. Dabei sind wir es, nur wir, die Italiens Wirtschaft überhaupt am Leben halten! Die korrupte, von der Mafia unterwanderte Regierung scheffelt brav in ihre eigene Tasche. Ein ehrbarer kleiner Geschäftsmann wie ich, der sein Leben lang hart für jede Lira gearbeitet hat, wird vom Staat abgezockt ohne Ende, und nun bezichtigt ihr mich auch noch eines Verbrechens! Ich soll flüchtige Straftäter verstecken? Ich werde mich offiziell beschweren. An oberster Stelle!«

Der Polizist verdrehte erneut die Augen und wandte sich vom oberen Stockwerk ab, wo die drei angespannt versuchten, nicht den kleinsten Laut von sich zu geben. Alexandra traute sich kaum zu atmen.

»Also, entweder kaufen Sie jetzt etwas, oder Sie verlassen augenblicklich mein Geschäft«, forderte Gasparo zornig und deutete auf die Tür.

»Natürlich, Signore. Sollten Sie doch noch etwas mitbekommen, melden Sie sich bitte.« Er legte eine Visitenkarte auf den Tresen, nahm die Fotos und wandte sich der Eingangstür zu. »Ich wünsche Ihnen noch einen schönen Tag«, fügte er sichtlich genervt, aber höflich hinzu.

Alexandra atmete erleichtert auf, doch Angelo signalisierte ihr, sich nicht zu bewegen. Der Polizist schien seine Meinung nicht zu ändern, also stiegen sie, nachdem das Türklingeln verklungen war, die Wendeltreppe hinab, wo Gasparo mit verschränkten Armen auf sie wartete.

Angelo sah ihn an und seufzte. »Glaub mir, du willst es nicht wissen.«

»Glaube ich dir sofort«, erwiderte Gasparo grimmig, »aber bei dem Wort ›Großfahndung‹ stellen sich mir die Nackenhaare auf. Zieh mich bloß nicht in irgendetwas hinein. Du weißt, dass ich so etwas nicht gebrauchen kann.«

Angelo beugte sich vor und senkte seine Stimme zu einem Flüstern. »Erinnerst du dich an unsere Sache in Mailand?«

Der Alte verzog das Gesicht, zu sauer war der Apfel, in den er gerade gebissen hatte.

»Ich habe dir den Hals gerettet. Du schuldest mir etwas.«

Alexandra wusste nicht, was in Mailand geschehen war. Aber sie hatte im Obergeschoss ein wunderschönes Gemälde gesehen, von dem sie sich ziemlich sicher war, dass es sich um einen Caravaggio handelte. Die Art der Bekanntschaft dieser beiden ließ immer weniger Fragen offen.

Hannes hatte kein Wort mehr von sich gegeben, doch er sah nicht sehr glücklich aus.

Alexandra strich mit den Fingern über ihren Hals. Mit einem Mal wurde ihr heiß und kalt zugleich. Hastig durchforstete sie ihre Hosentaschen.

»Das Medaillon«, keuchte sie, »es ist weg!«

Alle Blicke wandten sich in ihre Richtung.

»Wo ist es, verdammt noch mal?«

Angelo sah sie fragend an, und Hannes verzog das Gesicht zu einem triumphierenden Grinsen.

»Frag doch deinen Schönling da«, sagte er und deutete auf Angelo.

»Ach, Hannes, jetzt lass doch mal die Anschuldigungen sein«, gab sie zurück, »du weißt ja gar nicht, ob –«

»Doch, ich habe gesehen, dass er es eingesteckt hat.« Er zeigte auf Angelos Hosentasche.

Angelos Augen weiteten sich, und er schlug sich mit der flachen Hand gegen die Stirn.

»Stimmt ja«, rief er überrascht. »Du hast recht. Das hab ich in der Aufregung vorhin mitgenommen. Ihr hättet es einfach auf dem Tresen liegen lassen, vor den Augen des Polizisten.«

Er zog die Kette aus seiner Hosentasche und reichte sie Alexandra, die sie Gollum-artig sofort an sich riss.

»Tut mir leid«, fügte er hinzu und hob beschwichtigend die Hände, »ich hab es nur gut gemeint.«

»Ich behalt dich im Auge«, erklärte Hannes, den Zeigefinger immer noch auf ihn gerichtet.

»Na, dann schau mal gut hin«, konterte Angelo gelassen. Er wandte sich Gasparo zu. »Was ist nun?«

»Na gut«, willigte dieser ein, »ich schaffe euch hier weg. Aber das mache ich nur deiner zauberhaften Begleitung zuliebe.« Er tippte mahnend mit einem Finger auf den Tresen. »Und wir beide sind dann quitt. Also komm ja nicht noch einmal auf die Idee, hier wegen einer Gefälligkeit anzutanzen. Ich warne dich.«

Er forderte sie auf, ihm zu folgen, und stapfte gemächlichen Schrittes nach hinten, vorbei an der Wendeltreppe. Mit den Füßen schob er einen Teppich beiseite. Darunter kam eine in den Boden eingelassene Falltür zum Vorschein, deren Existenz bis dahin nicht einmal ansatzweise zu erahnen war. Er ließ Angelo den schweren Holzdeckel öffnen, trottete zu einem der zahlreichen Regale, kramte eine Taschenlampe hervor, drückte sie ihm in die Hand und griff in das oberste Regalbrett.

Alexandra konnte sich ein Schmunzeln nicht verkneifen. Er entzündete tatsächlich eine Petroleumlampe. Jetzt noch eine Zipfelmütze und ein Nachttopf, und sie würde ihr Handy zücken, um diesen Moment für die Ewigkeit festzuhalten.

Unter der Falltür wurde eine in Stein gehauene Treppe sichtbar, die steil in die Dunkelheit hinabführte. Gasparo kletterte ihnen voran die Stufen hinab. Unten angelangt, entfuhr Alexandra ein Laut der Verwunderung. Der Keller war vielleicht zweieinhalb Meter hoch, mit gewaltigen Ausmaßen in der Länge. Das Licht verlor sich zu allen Seiten in der Dunkelheit, ohne auf eine Wand zu stoßen. Die Luft war stickig, und es roch nach Moder und Schlamm. Etwas weiter vorn endete der feste Boden knapp einen halben Meter über einer unheimlich aussehenden Mischung aus Wasser und Schlamm, die sich, soweit das im Licht der Petroleumlampe zu erkennen war, über das ganze Areal auszubreiten schien.

»Und ich dachte, in Venedig gibt es keine Keller«, bemerkte sie und drehte sich staunend einmal um die eigene Achse.

»Sie sind extrem selten«, antwortete Angelo, der soeben als Letzter den Fuß der Treppe erreicht hatte. »Das hier ist allein Gasparos Werk.«

Der Alte gluckste vor Lachen. »Ich habe mir lediglich die architektonischen Besonderheiten dieser Stadt zunutze gemacht.«

»Kann ich ein Foto davon machen?«, fragte Hannes und blickte sich um. Das Handy hielt er bereits in der Hand.

»Nein!«, riefen Angelo und Gasparo im Chor.

»Schon gut, schon gut.« Er hob abwehrend beide Hände und steckte es wieder ein.

»Ich dachte, Sie sprechen kein Deutsch«, sagte Alexandra belustigt.

»Foto habe ich verstanden. Und der Rest steht Ihrem Freund doch ins Gesicht geschrieben.«

»Er ist nicht ihr Freund«, erklärte Angelo und grinste breit.

Gasparo trat auf einen Gittersteg, der von der Treppe weg in die Dunkelheit und über das Wasser führte. Er war so schmal und wackelig, dass Alexandra bei jedem Schritt fürchtete, er könnte einfach zur Seite klappen.

»Ist diese Konstruktion denn überhaupt für vier Personen geeignet?«, fragte Hannes skeptisch, während er ihr vorsichtig folgte. Er stupste sie an, und sie übersetzte.

»Keine Ahnung, ich habe bis jetzt noch nie jemanden hierher mitgebracht. Aber wir werden das sicher gleich zusammen herausfinden.«

»Er sagt Ja«, gab sie an Hannes zurück.

»Das war aber ein sehr langes Ja.«

»Italiener, du weißt schon.«

Sie marschierten vorbei an Pfählen unterschiedlicher Größe, welche die Gebäude über ihnen trugen, erstaunt, dass manche der

Pflöcke überhaupt in der Lage waren, das gewaltige Gewicht der Bauten zu halten. Ängstlich die vereinzelten Blicke zur Decke. Auch wenn Alexandra wusste, dass die Wahrscheinlichkeit eines Einsturzes eines dieser Häuser in genau diesem Moment gegen null strebte, blieb das Gefühl, einem unberechenbaren Risiko ausgesetzt zu sein. Hannes schien es ähnlich zu gehen. Jegliche Farbe war aus seinem Gesicht gewichen.

Doch ihre Sicherheit war nicht die einzige Frage, die ihr gerade durch den Kopf spukte. Warum hatte Gasparo sich die Mühe gemacht, diese kilometerlange Konstruktion zu errichten? Wozu benötigte ein alter Mann wie er so einen Fluchtweg?

»Wohin bringen Sie uns eigentlich?«, fragte sie stattdessen, doch er ignorierte sie.

Zeit verging. Eine Ewigkeit, so fühlte es sich für Alexandra an. Dann noch eine. Eine Ewigkeit reihte sich an die nächste. Absurd. Dann traf das Licht der Petroleumlampe auf einen Widerstand, und das Ende des Gitterstegs war erreicht. Eine Lehmmauer erhob sich vor ihnen, darin verankert eine einfache Metallleiter, die schnurgerade nach oben führte.

»Wir sind bereits da, Signorina«, erwiderte Gasparo nun etwas verspätet und begann, die Lampe ungeschickt am Arm balancierend, Sprosse für Sprosse zu erklimmen. Am oberen Ende der Leiter erkannte Alexandra eine Falltür ähnlich der, durch die sie in diese Vorhölle gekommen waren. Er stemmte sich mit der Schulter dagegen und drückte sie nach oben. Mit einem Mal wirkte er gar nicht mehr so alt und gebrechlich.

Sie erklommen einer nach dem anderen die darüberliegende Kammer, scheinbar unberührt seit Jahren. Die Luft war nicht weniger verbraucht und stickig als im unterirdischen Gewölbe selbst, und auf den halb verrotteten Möbelstücken lag eine dicke Staubschicht. Ein Ort, der aussah, als wäre er Hals über Kopf verlassen worden, unter Zurücklassung von sowohl Hausrat als auch Habseligkeiten. Warmes Sonnenlicht empfing sie auf der anderen Seite der steinernen Mauer. Gierig sog Alexandra die frische Luft ein, ehe sie sich umsah. Sie befanden sich auf einem kleinen Anlegesteg, unter ihnen ein Boot, schlafend im ruhigen

Wasser. Der Steg lag geschützt in einem sehr schmalen Kanal, der auf der linken Seite in einer Hausmauer zu enden schien und auf der rechten nach etwa hundert Metern in eine quer verlaufende, etwas breitere Wasserstraße mündete.

Ungeschickt kletterte Gasparo in das Boot und hielt auf das Heck zu, wo eine aus Holz gezimmerte Kiste stand und eine große Plane gespannt war. Wortlos hob er die Plastikhülle an und machte eine einladende Handbewegung.

Hannes warf Alexandra einen verzweifelten Blick zu, doch er erwiderte nichts, sondern kroch folgsam darunter.

Sie hörte, wie Gasparo den Motor des alten Bootes anließ, laut blubbernd, witterte den Geruch von Benzin, spürte, wie es sich schwankend in Bewegung setzte. Vorsichtig hob sie die Plane einen Spalt an. Gebäude und Menschen zogen an ihnen vorbei, während sich das Boot seinen Weg bahnte, hinaus aus der weltberühmten Stadt. Mit jedem Abbiegen wurden die Kanäle größer und breiter, keiner hatte jedoch auch nur im Entferntesten die Enormität des Canal Grande. In einiger Entfernung erblickte Alexandra eine Reihe von Polizeibooten, die sich drohend auf dem gekräuselten Wasser aufgebaut hatten, bereit, jedem, der es wagen wollte, sie zu passieren, den Weg abzuschneiden. Gasparo hielt geradewegs auf sie zu. Ihr war mulmig zumute. Wie würden die Polizisten wohl reagieren, wenn sie die Plane hoben und darunter die drei Gesuchten fanden, die ihnen schuldbewusst entgegenblickten?

Doch einmal mehr war ihre Sorge völlig unbegründet. Die Polizisten winkten sie kommentarlos durch, und sie hätte schwören können, einer von ihnen verdrehte genervt die Augen, als er Gasparo erblickte.

Irgendwann steuerte der Kahn auf eine Kaimauer zu. Der Motor gurgelte noch einmal, danach verstummte er. Gasparo hob die Abdeckung und befahl ihnen, schnell auszusteigen. Nervös blickte er um sich. Die Sorge erschien Alexandra etwas übertrieben. Sie hatten die Altstadt von Venedig hinter sich gelassen, und sie schätzte, dass sie sich nun irgendwo in der Nähe von Mestre befinden mussten. Entlang der Mauer erstreckte sich ein asphaltierter Parkplatz, vereinzelt standen dort geparkte Autos, doch weit und breit war keine Menschenseele zu sehen. Angelo zwängte sich als Erster aus ihrem Versteck und reichte ihr beide Hände, um ihr beim Aufstehen behilflich zu sein. Sie hatte in einer so unbequemen Lage zusammengekauert dagesessen, dass ihr beide Beine und sogar der Po eingeschlafen waren und sie im ersten Moment tatsächlich nicht von allein hochkam.

Gasparo drängte sie erneut, sich zu beeilen, und ging voraus auf den Parkplatz, wo er die Heckklappe eines nagelneuen weißen Kastenwagens öffnete. Beim Anblick der Ladefläche entfuhr ihr ein lautes Stöhnen. Dort standen, mit Spanngurten festgezurrt, zwei aus Holz gezimmerte Kisten, die das Heck des Wagens fast komplett ausfüllten. Er hob den Deckel von der rechten Kiste und bedeutete ihnen, hineinzusteigen.

»Oh nein, da bekommen mich keine zehn Pferde rein«, murrte Hannes und trat einen Schritt zurück.

»Er nicht«, meinte Gasparo und wackelte mit dem Zeigefinger. »Da drin ist nicht genug Platz für drei.«

Alexandra betrachtete die Kiste. Auf den ersten Blick geräumig, doch ganz und gar nicht dazu geeignet, zwei ausgewachsenen Erwachsenen Platz zu bieten. Zirkusartisten vielleicht, doch zu dieser Sorte gehörten sie und Angelo wohl eher nicht.

»Euch erkennen sie sofort, aber von eurem Freund haben sie kein brauchbares Foto. Er bleibt bei mir.«

Der Alte reichte Hannes eine Sonnenbrille und einen Hut, der mehr als lächerlich aussah, und gestikulierte, er solle auf dem Beifahrersitz Platz nehmen.

»Noch sind wir nicht draußen«, erklärte er dann, »der schwierigste Teil kommt erst noch. Wenn man berücksichtigt, was hier gerade an Polizei unterwegs ist, gibt es sicher überall auf dem Weg Straßensperren. Aber wie es der Zufall will, habe ich vorgesorgt.« Er klopfte auf die zweite, etwas kleinere Kiste auf der Ladefläche. »So. Hopp jetzt, rein mit euch, wir müssen weiter.«

Sie mussten sich eng aneinanderdrücken und sich sogar noch ducken, als er den schweren Holzdeckel wieder aufsetzte. Durch die schmalen Ritzen fiel kaum Licht, und der Sauerstoff in dem beengten Raum schien schon ab dem Moment, in dem er den Deckel schloss, knapp zu sein. Zu allem Übel warf Gasparo Sekunden später noch eine große Decke über die Kiste, sodass sie in kompletter Finsternis ausharren mussten. Ein Glück, dass sie nicht klaustrophobisch veranlagt war, andernfalls hätte sie der bloße Anblick der Kiste wahrscheinlich tausend Tode sterben lassen.

Von nun an herrschte Stille, nur noch das leise Brummen des Motors war zu hören.

Während der gesamten Fahrt wechselten sie kein einziges Wort. Alexandras gesamte Konzentration war darauf gerichtet, den Gedanken an die immer knapper werdenden Luftreserven zu verdrängen. Sie sträubte sich gegen den inneren Impuls, nach Luft zu schnappen, und beförderte ruhig und langsam Sauerstoff in ihre Lunge und wieder hinaus. Sie spürte, wie Angelo sich durch die Dunkelheit tastete, ihre Hand ergriff und sie fest drückte. Wie unglaublich gut es sich anfühlte, wie beruhigend es war, einfach nur seine Nähe zu spüren. Die Wärme seiner Hand, die ihr zuflüsterte, dass alles gut werden würde.

Sie dachte über das nach, was Hartmut gesagt hatte. Sie verstand durchaus, dass er Angelos Rolle in dieser Sache mit Skepsis betrachtete. Aber in diesem Fall hatte er unrecht. Es mochte ja sein, dass Angelo in seiner Vergangenheit Menschen für seine Zwecke eingespannt hatte. Doch gerade war *sie* es, die *ihn* in etwas hineingezogen hatte – nachdem er mit diesem Kapitel seines Lebens endlich hatte abschließen wollen. Sie hatte ihn gebeten, ihr zu helfen – und er hatte sich darauf eingelassen. Es sah so aus, als hätte sich der alte Angelo geändert. Sie erwiderte seinen Händedruck.

Nach etwa zehn Minuten Fahrt, in denen Gasparo das Gaspedal des Lieferwagens gefühlt bis zum Anschlag durchgedrückt hatte, drosselte er das Tempo und blieb schließlich ganz stehen. Alexandra hörte Stimmen. Sie lauschte, doch sie konnte nicht verstehen, worüber gesprochen wurde, das dicke Holz und die Decke dämpften die Geräusche zu sehr.

Die Heckklappe wurde geöffnet, und jemand zog die Decke

zur Seite. Da war Gasparos Stimme, die sich mit einer zweiten Person unterhielt. Sie traute sich gar nicht mehr zu atmen, nicht aus Gründen des akuten Sauerstoffmangels, sondern in Anbetracht der Tatsache, dass sich nur noch eine dünne Holzwand zwischen ihr und einer italienischen Gefängniszelle befand. Der Umstand, dass sie auf so kreative Weise versuchte, der Polizei zu entkommen, würde sicherlich nicht dazu beitragen, dass man ihren Unschuldsbeteuerungen Glauben schenkte. Sie wurde unruhig, und Angelo drückte ihre Hände fester.

Ein Klopfen an der Seite der Box ließ sie zusammenzucken. Das Vaterunser betend schloss sie die Augen. Lächerlich. Seit wann glaubte sie an Gott? Sie hörte, wie der Deckel von der anderen Kiste genommen wurde, das Rascheln von Papier und den dumpfen Klang zweier Tongefäße, die aneinanderschlugen.

»Also, diese hier stammt aus der Zeit um Christi Geburt, der Stil ist angelehnt an den des Andokides-Malers, der bekanntermaßen als Erfinder der rotfigurigen Vasenmalerei gilt. Beachten Sie die wunderschöne Heraklesdarstellung auf der Rückseite«, hörte sie Gasparos Stimme nun sehr deutlich sagen. »Ein perfektes Geschenk für Ihre Frau. Sie ist noch wunderbar erhalten und gehört zu einer ganzen Sammlung verschiedener Amphoren. Mein persönliches Lieblingsstück daraus ist diese bilingue Bauchamphora. Sehen Sie die beeindruckende Malerei des Kretischen Stiers? Wundervoll. So könnten Sie Ihrer Frau jedes Mal ein weiteres Stück schenken, und Sie müssten sich nie wieder Sorgen machen, nichts Passendes parat zu haben.«

Alexandra traute ihren Ohren nicht. Führte der Alte gerade ein Verkaufsgespräch? Oder versuchte er allen Ernstes, einem Polizisten etwas anzudrehen? Sein Gesprächspartner schien sich nicht besonders für sein Angebot begeistern zu können, denn Gasparo fuhr bereits fort: »Ich sehe schon, dass Ihnen Ton nicht so ganz zusagt. Hier in der zweiten Kiste habe ich welche aus chinesischem Porzellan.« Er klopfte bestätigend auf den Deckel, unter dem Alexandra und Angelo sich mucksmäuschenstill an den Händen hielten.

»Nein. Jetzt lassen Sie das, ich will Ihren Kram nicht kaufen«, erwiderte eine militärisch klingende Stimme. »Sie können fahren.«

Alexandra wartete, bis die Heckklappe geschlossen worden war und der Wagen sich wieder in Bewegung setzte, dann lachte sie lauthals los. Sie wusste nicht so richtig, was daran lustig gewesen war, doch sie konnte einfach nicht anders.

»Wir haben es geschafft«, flüsterte sie, und ihre Stimme bebte vor Aufregung.

Kurz darauf hielt der Wagen erneut, Gasparo hob Decke und Deckel zur Seite und blickte grinsend zu ihnen hinab. »Na, hab ich euch zu viel versprochen?«

Sie kletterten von der Ladefläche, und Alexandra konnte nicht anders, als den kleinen alten Mann an sich zu ziehen und ihn fest zu drücken. Als sie wieder von ihm abließ, war sein runzeliges Gesicht rot angelaufen.

»Ich danke Ihnen vielmals!«, beteuerte sie. »Sie sind unglaublich. Danke.«

»Meine Fresse«, schimpfte Hannes erleichtert und kletterte vom Beifahrersitz, »ich hätte fast einen Herzinfarkt bekommen. Typisch. Ihr kuschelt gemütlich in eurem sicheren Versteck, während ich vor den Bullen auf dem Präsentierteller sitze.«

»War doch halb so schlimm, ist schließlich nichts passiert«, gab sie fröhlich zurück und sah sich um. Ein winziger Bahnhof tat sich vor ihnen auf, so klein, dass es nicht einmal ein Gebäude gab, sondern lediglich einen einzigen einsamen Bahnsteig. Sie hatte keine Ahnung, wo sie sich befanden, doch es war ihr auch egal. Sie war erfreut über alles, was nicht nach Kanälen oder Kisten aussah.

Gasparo reichte Angelo die Wagenschlüssel.

»Wenn ihr wirklich nach Triest wollt, nehmt auf keinen Fall die Autobahn. Wenn noch irgendwo kontrolliert wird, dann an den Mautstellen. Fahrt nach Norden über Cividale«, erklärte er. »Carissima Alessandra«, sagte er dann und hauchte ihr auch zum Abschied einen Kuss auf den Handrücken, »ich wünsche Ihnen nur das Beste, und passen Sie gut auf sich und diese zwei Chaoten auf.«

Er wandte sich Angelo zu und blickte ihn erwartungsvoll an. Der griff wortlos in seine Jackentasche, zog ein Bündel Geldscheine daraus hervor und drückte es dem Alten in die Hand. Gasparo ließ es in seiner Hosentasche verschwinden, packte die Kiste mit den Amphoren, drehte sich um und schlurfte, ohne ein weiteres Wort zu sagen, in Richtung Bahnsteig davon.

ZEHN

Medeot drehte den Wasserhahn zu und stellte den letzten Teller auf die Abtropftasse neben der Spüle. Er trocknete seine Hände an einem Geschirrtuch und ließ sich neben seiner Frau auf einen Stuhl am Esstisch sinken.

Für ihre Rückkehr am Nachmittag hatte er extra eine große Gubana gekauft. Es war die Süßspeise, von der er wusste, dass seine Frau sie nie ausschlagen konnte. Er hatte am Bahnhof auf sie und die Kinder gewartet. Hatte schweigend beobachtet, wie die zwei Streithähne sich ohne Pause zankten. Hatte aufmerksam seiner Frau zugehört, die ihm jedes winzige Detail ihrer Reise haarklein berichtete. Hatte sich angehört, wie sie über den unfähigen Kellner schimpfte, den unhöflichen Eisverkäufer und den unverschämten Taxifahrer. Hatte schuldbewusst zur Kenntnis genommen, dass er eine der zig Orchideen, die ihr so lieb und teuer waren, ertränkt hatte.

»Ich hab dir doch gesagt, sie dürfen keine nassen Füße bekommen«, erklärte sie. »Ich hätte Oma bitten sollen, sich weiter darum zu kümmern. Ich wusste, du würdest es vermasseln.«

Alles hatte er sich angehört, schweigend, nickend, ohne ein Widerwort von sich zu geben, und schließlich auch noch den Abwasch erledigt. Was sollte das überhaupt bedeuten, »nasse Füße«? Er konnte nicht umhin, zu lächeln. Endlich war wieder Leben ins Haus eingekehrt. Jetzt fühlte es sich wieder wie ein richtiges Zuhause an.

»Was lachst du denn?«, fragte sie.

Er beugte sich vor und gab ihr einen Kuss auf die Stirn.

»Ich habe euch vermisst.«

»Wir haben dich auch vermisst«, gab sie lächelnd zurück. »Musst du heute noch zurück in die Arbeit?«

»Ja, leider. Der Fall ist ein wenig verzwickt, und der Dirigente sitzt uns im Nacken. Er will schleunigst Ergebnisse sehen. Und wir haben nichts. Rein gar nichts.«

»Geht es um die Frau im Natisone?«

»Woher weißt du das?«

»Das stand doch in allen Zeitungen. Du hast wieder keine gelesen, oder?«

Er schüttelte den Kopf. Woher hätte er dafür bitte die Zeit nehmen sollen?

»Sei froh. Sie stellen euch in kein gutes Licht.«

»Das tun sie doch nie.« Er seufzte. »Ich muss mich langsam auf den Weg machen.«

»Ach, jetzt tu nicht so, als würde dir das nicht gefallen. Endlich mal wieder etwas Spannendes. Wenn du den Täter erst geschnappt hast, werden die Medien dich als Helden feiern. Und ich werde den Zeitungsartikel ausschneiden und einrahmen. Es soll jeder sehen, wie stolz ich auf dich bin.« Sie stand auf, legte von hinten ihre Hand um ihn, küsste ihn.

»Kommst du zurecht?«, fragte er.

»Mit den Kindern, meinst du?« Sie nickte. »Sicher. Solange sie schön in ihren Zimmern bleiben. Wenn ich heute nämlich noch eine einzige sinnlose Diskussion mit ihnen führen muss, dann schwöre ich dir, wird morgen etwas über uns in den Zeitungen stehen.«

Er lachte und drückte ihr zum Abschied einen Kuss auf die Wange.

***

»Na, die Schäfchen alle im Trockenen?«, fragte eine Stimme von der Tür her. Battesimo lehnte im Türrahmen zu Medeots Büro.

Der hatte gerade seine Jacke auf den Garderobenständer geworfen und nahm an seinem Schreibtisch Platz. »Alles erledigt. Was habe ich verpasst?«

»Nicht viel. Wir haben noch jemanden zur Zeugenvernehmung herbestellt. Giuseppe Mauro, laut Akten früher ein regelmäßiger Komplize von Luca Zambon. Vielleicht weiß er ja was. Ein paar von uns gehen jetzt was essen. Kommst du mit?«

»Nein, danke.«

Battesimo schlüpfte in die schwarze Lederjacke, die er lässig über den Arm geworfen hatte. »Du wirst noch mal einen Burn-out bekommen, wenn du rund um die Uhr nichts tust außer arbeiten. Abgesehen davon hast du noch ein Dutzend anderer Fälle. Um dir diesen abzunehmen, sind wir hier. Und er ist doch so gut wie gelöst.«

»So? Ist er das?«

Battesimo schob schmatzend seinen Kaugummi von der einen Wange zur anderen. »Sicher. Es ist nur eine Frage der Zeit, bis die drei irgendwo auftauchen. Über die Grenze kommen sie nicht, und jeder Streifenbeamte von Padua bis Muggia hält nach ihnen Ausschau. So clever scheint das Mädel ja nicht zu sein.«

»Und was ist mit Cherubini? Der Typ lebte doch jahrelang unter dem Radar.«

»Er ist aber nicht allein. Vergiss das nicht. Einer von ihnen wird einen Fehler machen, und dann, zack«, er klatschte in die Hände, »schnappt die Falle zu.«

»Ich weiß nicht. Ich verstehe nicht, welche Rolle er hierbei spielt. Er war bisher nicht der Typ für Entführung und Mord. Was, wenn in Wahrheit jemand völlig anderes dahintersteckt?«

»Was Cherubini angeht, kann ich dir auch keine Erklärung geben. Aber die Frau? Ich bitte dich. Du wirst doch wohl nicht auf ihre Unschuldsmasche hereinfallen? Es war am Ende schon hundert Mal die brave Ehefrau, die ihren Mann erstochen hat, oder wahlweise der vorbildliche Nachbar und Kollege, der Amok gelaufen ist. Genau so eine ist sie auch. Eine erfolgreiche Krimischriftstellerin, die angeblich nur in ihrer Phantasie mordet, dass ich nicht lache. Bei so was gibt es jedes Mal einen Aufschrei. ›Niemals hätten wir das erwartet von einem Menschen, der immer ein vorbildliches Leben geführt hat und keiner Fliege etwas zuleide tun konnte.‹ Bla, bla. Wie oft hast du das schon gehört?«

»Viel zu oft.«

»Eben. Denkst du wirklich, dieses Mal ist es anders?«

»Ich weiß nicht. Ich habe einfach so ein Gefühl. Und nachdem sich das Blut an der Stoßstange als ihr eigenes herausgestellt hat, hat sich das noch verstärkt. Außerdem, was hat sie für ein Motiv?«

»Keine Ahnung, Mann.« Er warf die Hände in die Luft. »Das wird sich schon zeigen, wenn wir sie erst mal im Vernehmungsraum sitzen haben.«

Medeot neigte skeptisch den Kopf.

»Wenn du so scharf drauf bist, kannst du gern die Befragung von diesem Mauro übernehmen. Er ist ohnehin eine Sackgasse, das garantier ich dir. Er und Zambon wurden in letzter Zeit nicht mal mehr zusammen gesehen.«

»Das übernehme ich gern.«

»Gut, dann kann ich mir beim Essen wenigstens Zeit lassen. Er wird in einer Stunde hier sein.«

»Battesimo, kommst du jetzt oder was?«, rief eine Stimme aus der Halle.

Er wandte sich um und signalisierte in Richtung Treppe, dass er so weit war. »Wir haben jedenfalls genug in der Hand, um die Frau auch so für lange Zeit hinter Gitter zu bringen. Dazu brauchen wir kein Motiv. Dem Staatsanwalt reicht die Beweislage allemal, glaub mir. Also tu mir den Gefallen und versteif dich nicht zu sehr darauf. Wir müssen objektiv bleiben.« Er tippte sich mit dem Zeigefinger an die Schläfe, hob die Hand zum Gruß und ging.

Medeot verzog grimmig das Gesicht. Objektiv bleiben? Was wusste dieser Primitivling schon über Objektivität! *Er* war es doch, der so verbohrt war, dass er keine andere Möglichkeit mehr in Betracht zog.

Medeot ging in den Konferenzraum direkt neben seinem Büro, in dem sich die Patavini eingerichtet hatten. Dort trat er vor die Pinnwand, wie er es schon hundert Mal getan hatte, ohne dass der ersehnte Geistesblitz, die Glühbirne über seinem Kopf, aufgetaucht war. Alexandra Hüttenstätter blickte ihm entgegen. Schwarz-weiß das Verhaftungsfoto, nur ein paar Tage alt. In ihren Augen lag etwas, das er als eine Mischung aus Verwirrung und Angst deutete. Sah so jemand aus, der sich der Schuld bewusst war, ein Menschenleben auf dem Gewissen zu haben? Sein Blick wanderte weiter und blieb am Foto von Luca Zambon hängen. Calligaris hatte angegeben, Zambon habe laut Hüttenstätter bei dem angeblichen Auffahrunfall einen hellgrünen Peugeot gefahren. Auf Zambon war aber kein Wagen registriert, das hatte Medeot bereits überprüft. Was Battesimo natürlich zum Anlass nahm, ihre Aussage als versuchte Irreführung abzutun. Medeot genügte das nicht. Polizeiressourcen darauf zu verwenden, nach dem Wagen fahnden zu lassen, würden aber weder Battesimo noch der Dirigente absegnen.

Wenn er Battesimos Theorie glaubte, handelte es sich bei Zambon um Alexandra Hüttenstätters Handlanger, der von ihr mit dem Scheck, den man bei ihm gefunden hatte, bezahlt worden war. Doch wofür? Und was hatte er verbockt, dass sie ihn am Ende beseitigen musste? Zumal er zugeben musste, dass er sich nicht sicher war, ob er der Frau so eine kaltblütige Tat wirklich zutraute. Und wie hatte sie es überhaupt geschafft, ihn zu überwältigen? Sie war eine zierliche Frau, er gut einen Kopf größer als sie. Medeot betrachtete das Foto, das die Überwachungskamera des Vaporetto aufgenommen hatte. Cherubini war anscheinend der Dritte im Bunde, doch welche Rolle spielte die andere Person auf diesem Bild, die doch eindeutig zu den beiden gehörte? Über ihn wussten sie gar nichts. Das Ganze ergab einfach keinen Sinn, egal, wie er es drehte und wendete.

Er griff nach einer der zahlreichen Akten, die sich auf dem Tisch stapelten. Die Ergebnisse der Spurensicherung im Fall Zambon boten wenig Aufschlussreiches. Dennoch erregte die Auflistung der im Haus genommenen Fingerabdrücke seine Aufmerksamkeit. Alexandra Hüttenstätters, Elena Fritz-Gardinis und Signora Cornuccis Namen waren gelistet, dazu sieben Abdrücke, die niemandem zugeordnet werden konnten. Verwirrt drehte er das Blatt um, doch die Rückseite war leer. Luca Zambons Name fehlte. Wie war das möglich? Er zog die Augenbrauen zusammen. Wie hatte er nicht einen einzigen Fingerabdruck hinterlassen können?

»Klopf, klopf«, machte es plötzlich hinter ihm.

Er fuhr herum.

»Habe ich Sie etwa erschreckt?« Di Maria stand, eine Akte in der Hand, in der Tür. Er trug eine graue Jogginghose und grasgrüne Flipflops. »Ich hatte gehofft, Sie hier anzutreffen.«

Medeot ignorierte seinen Aufzug und verkniff sich die bissige Bemerkung, die ihm auf der Zunge lag.

»Wissen Sie, Di Maria«, sagte er stattdessen, »ich frage mich gerade, ob der Erkennungsdienst bei den Fingerabdrücken geschlampt hat.«

»Inwiefern?«

»Zambons Abdrücke stehen nicht drauf. Sie waren ja selbst vor Ort. Hatte er Handschuhe an, und das ist mir entgangen?«

»Nein, er hat keine Handschuhe getragen. Aber wissen Sie«, er reichte Medeot die Akte, die er mitgebracht hatte, »jetzt bin ich mir ganz sicher, dass Sie das hier brennend interessieren wird.«

Medeot schlug den Ordner auf und konnte ein leises Grunzen nicht vermeiden, als er aus den Augenwinkeln sah, wie Di Maria es sich auf dem Konferenztisch bequem machte. »Setzen Sie sich bloß nicht auf die Beweisfotos«, brummte er und las: »Fasern von Baumwolle und synthetischen Polymeren, Lactat und Aminosäuren sowie Harnstoff, flächendeckend auf einem Großteil der Facies, Aussparungen im Bereich der Augenhöhle …«

Er ließ die Akte sinken. Di Maria blickte ihn erwartungsvoll an.

»Was ist das?«

»Ich habe in seinem ganzen Gesicht Stofffasern gefunden, die durch den Schweiß an seiner Haut kleben geblieben sind.«

»Außer an den Augen. Er hat eine Maske getragen?«

»Richtig. Wahrscheinlich eine Skimaske.«

»Und ich nehme an, auch Handschuhe.« Langsam wurde es kompliziert. »Er war also maskiert. Aber wozu? Und wo sind die Sachen hingekommen?«

»Das weiß ich nicht. Bei seiner Leiche wurde nichts dergleichen gefunden.«

»Jemand muss sie ihm abgenommen haben, nachdem er tot war. Das würde auch erklären, wieso wir nirgendwo Fingerabdrücke finden konnten.«

Di Maria nickte. »Ich habe ihn auf Fingerabdrücke untersucht. Leider Fehlanzeige.«

»Das kann doch nicht sein. Irgendwie passt einfach gar nichts zusammen.«

»Wollen Sie meine Meinung hören?«

Medeot stöhnte. Eigentlich lag ihm nichts ferner, doch viel schlimmer konnte Di Maria es kaum machen. Vielleicht war eine makabre Theorie genau das, was in seinem Puzzle fehlte.

»Wenn Sie jemanden umbrächten und wüssten, dass alles auf Sie hindeutet, würden Sie dann nicht sofort klammheimlich verschwinden, ehe man Sie überhaupt in Verdacht hätte?«

»Tja. Dann sagen Sie mir doch mal, wo sie jetzt ist«, maulte Medeot. »Und nun runter vom Tisch!«

ELF

Das tiefblaue Wasser, das vereinzelte Kreischen der Möwen, den salzigen Geruch der Luft, all das hatten sie hinter sich gelassen. Angelo jagte den Lieferwagen über den Asphalt. Beim Blick auf den Tacho wurde Alexandra sofort mulmig zumute, ihr war gar nicht aufgefallen, wie schnell sie unterwegs waren, so ruhig lag der Wagen auf der Straße. Auf den Pflöcken am Gehsteig dösende Krähen rauschten an ihnen vorbei, durch die Bewegung des Wagens mit bloßem Auge kaum erkennbar. Alexandra zwang sich, ihren Blick vom Straßenrand abzuwenden. Sie spürte, wie ihr schwindlig wurde.

»Wenn du noch ein wenig schneller fährst, sind wir gleich im Jahr 1955«, jammerte Hannes von der schmalen Rückbank.

»Kein Problem, ich fahre einfach langsamer. Und unterwegs können wir uns dann ja noch ein paar Sehenswürdigkeiten ansehen oder was trinken gehen.«

»Ist ja gut. Du brauchst dich aber nicht zu wundern, wenn ich mich gleich in deinen Nacken übergebe.«

Sie folgten jetzt einer Landstraße, die, so fand Alexandra, überall vollkommen gleich aussah. Kerzengerade, eng, gesäumt von kahlen Bäumen und gedrungenen Büschen sowie alle paar Kilometer von einem unnötigen Kreisverkehr unterbrochen, von denen Angelo nicht einen einzigen zum Anlass nahm, sein Tempo zu verringern.

»Dann überhol doch, du Vollidiot!«, rief er in den Rückspiegel und gab dem Fahrer des Wagens hinter sich ein Zeichen.

Sie wandte sich in ihrem Sitz um und sah durch die Heckscheibe. Dicht hinter ihnen fuhr ein dunkelblauer Geländewagen. Es schien, als wäre er nur noch ein paar Zentimeter von ihrer Stoßstange entfernt.

»Die Straße ist doch komplett frei. Worauf wartet der?«, murmelte sie irritiert. Sie dachte, sie würde den Fahrstil der Italiener mittlerweile kennen. Aber das hier war ausgesprochen untypisch.

Geschwindigkeitsbegrenzungen, Blinker und Zebrastreifen wurden ohne mit der Wimper zu zucken ignoriert, und es konnte durchaus vorkommen, dass man in einer Kurve mit doppelter Sperrlinie von einem Lkw überholt wurde.

»Keine Ahnung, ist wohl wieder irgend so ein Trottel, der den Führerschein geschenkt bekommen hat«, grummelte Angelo.

Als hätte der Fahrer des Geländewagens ihn gehört, setzte er zum Überholmanöver an.

»Na endlich. Wird ja auch Zeit«, maulte Angelo.

Der SUV war fast auf gleicher Höhe mit dem Kastenwagen, als Alexandra auf einmal einen Ruck verspürte. Angelo verriss fluchend das Lenkrad, und die Reifen holperten über das lose Bankett. Fast wären sie gegen einen der Bäume gefahren. Im letzten Moment schaffte er es, den Wagen zurück auf die Fahrbahn zu lenken. Eine Straßenlaterne sauste an Alexandra vorbei und riss mit einem Knall den Seitenspiegel ab. Sie schrie auf und saß im nächsten Moment aufrecht im Beifahrersitz. Was war gerade passiert? Sie blickte nach links. Der Jeep war langsamer geworden und fuhr auf der Gegenfahrbahn neben ihnen her.

»Was machst du denn?«, rief Hannes ärgerlich von der Rückbank.

Angelo antwortete nicht. Er starrte nach draußen, durch die getönten Scheiben des SUV, doch es war nicht viel dahinter zu erkennen. Er wollte gerade etwas sagen, als der Wagen sie erneut in die Seite rammte. Der Lieferwagen begann zu schlenkern. Angelos Tritt auf die Bremse war so fest, dass sie abrupt nach vorn schnellten. Der Sicherheitsgurt drückte sich schmerzhaft in Alexandras Schulter. Die Lichter auf dem Armaturenbrett blinkten wütend auf, das ESP versuchte zu helfen, doch es nützte nichts. Die Reifen quietschten, Angelo fluchte, und Alexandra wurde in ihrem Sitz brutal gegen die Seitentür geworfen, als das Fahrzeug sich um die eigene Achse drehte. Sie hörte das kreischende Geräusch von Metall auf Metall, als die Karosserie an der Leitplanke entlangschleifte. Zu ihrer Rechten klirrte Glas, dann folgte ein Regen aus feinen Scherben. Schlussendlich herrschte Stille. Ein letztes gurgelndes Brummen aus dem Motorraum, dann war es ruhig. Angelo fummelte nach dem Schlüssel in der Zündung. Energisch drehte er ihn um, doch der Motor wollte sich nicht mehr starten lassen. Er schlug wütend auf das Lenkrad und versuchte es erneut. Nichts. Alexandra erblickte in einiger Entfernung den Geländewagen. Er war stehen geblieben und gerade im Begriff zu wenden.

»Scheiße«, rief Hannes, »der kommt zurück!«

»Fahr, fahr, fahr!«, bettelte sie und drehte sich wieder nach vorn, hoffend, was sie nicht sehen konnte, wäre auch nicht da. »Jetzt mach schon!«

Unbeirrt versuchte Angelo immer wieder, den Motor zum Laufen zu bringen. Sinnlos. Das Fahrzeug gab nichts als bockig blubbernde Geräusche von sich. Der SUV hatte unterdessen sein Wendemanöver beendet und bewegte sich in rasantem Tempo auf sie zu. Sie hatten keine Chance. Sie mussten raus aus diesem Blechsarg! Mit zitternden Fingern versuchte sie, sich aus dem Sicherheitsgurt zu befreien. Es klickte, und sie sprang auf, soweit das im Cockpit des Wagens überhaupt möglich war. Glassplitter rieselten von ihrer Kleidung und verteilten sich überall im Fußraum.

Plötzlich ein lautes Brummen. Der Motor heulte auf. Angelo drückte das Gaspedal bis zum Anschlag durch. Die Vorderreifen drehten durch und begannen auf dem Asphalt zu qualmen, bis sie endlich Halt fanden und sich der Wagen mit einem Hops in Bewegung setzte. In Sekundenschnelle beschleunigte er auf ein unglaubliches Tempo, und sie wurde fest zurück in den Sitz geworfen. Auch wenn es ihr ziemlich überflüssig vorkam, ließ sie den Sicherheitsgurt wieder in den Verschluss gleiten, wo er mit einem Klacken einrastete.

Ohne die Geschwindigkeit zu verringern, schossen sie über die Straße. Am nächsten Kreisverkehr bog er rechts ab. Alexandra wusste nicht, wohin diese Straße führte, doch es war ihr herzlich egal. Solange er nur seinen Fuß nicht vom Gaspedal nahm. Sie drehte sich wieder um. Ihr Verfolger war nicht weit hinter ihnen und schien aufzurücken, ganz egal, wie sehr Angelo den Motor auch forderte. Sie sah, wie das getönte Fahrerfenster hinuntergelassen und ein Arm herausgestreckt wurde.

Was zum Teufel … sie keuchte. »Alle runter«, brüllte sie, »sofort!«, und duckte sich, die Hände schützend über den Kopf gelegt.

»Was …«, machte Angelo verdutzt, dann fiel ein Schuss.

Die Heckscheibe zerbarst mit einem lauten Knall. Ein spitzer Schrei entfuhr Alexandra. Hannes japste nach Luft. Der zweite Schuss ging hinten an die Karosserie. Tränen stiegen ihr in die Augen. War es das gewesen? War dies das Ende? Sie wusste, es gab keinen Ausweg. Sie konnten unmöglich entkommen.

Es war zu früh! Sie wollte doch noch nicht sterben. Nicht jetzt. Und bestimmt nicht so! Sie schluchzte auf.

»Wir sind nicht schnell genug, um sie abzuhängen!«, rief Angelo.

Nein. So würde sie es ganz bestimmt nicht enden lassen. Sie richtete sich auf.

»Bieg da vorn links ab«, befahl sie mit tränenerstickter Stimme und deutete auf eine schmale Seitenstraße. Ihr Ton ließ keine Widerworte zu.

Erneut fiel ein Schuss. Dann ein vierter. Ein fünfter.

Angelo jagte den verbeulten Lieferwagen ungebremst in die Kurve. Der Fahrer des Geländewagens war zu dicht hinter ihnen, er konnte nicht schnell genug reagieren und rauschte an der Abzweigung vorbei. Jetzt musste er wenden, ehe er die Verfolgung wieder aufnehmen konnte, das verschaffte ihnen wertvolle Zeit. Sie bretterten so schnell es ging die immer schmaler werdende Straße entlang. Der Asphalt hörte irgendwann auf und ging in eine Mischung aus Erde und Steinen über. Der Weg wurde kurviger. Er führte vorbei an Hügeln und mannshohen Sträuchern. Die Bäume um sie herum wurden zahlreicher und dichter. Es rumpelte laut, als sie durch ein großes Schlagloch fuhren. Auf einmal spürte Alexandra, dass sie langsamer wurden. Angelo drosch wütend auf das Lenkrad ein. Doch der Motor gab bald nur noch ein lautes Rasseln von sich und verstummte.

»Scheiße noch mal«, fluchte er.

»Wir müssen zu Fuß weiter.« Sie löste ihren Gurt.

»Seid ihr noch heil? Keinem was passiert?«, fragte er und sah sie prüfend an.

»Bin okay«, krächzte sie und nickte. »Hannes?«

Sie drehte sich um. Ihre Augen weiteten sich.

»Hannes?«, brüllte sie panisch. Sie rüttelte am Türgriff, doch die Tür bewegte sich nicht. Krampfhaft schnappte sie nach Luft. Sie konnte nicht atmen. Ihre Kehle war wie zugeschnürt. Sie zog die Beine an die Brust und trat den Rest des nur noch halb vorhandenen Beifahrerfensters nach draußen. Es zerbarst in tausend kleine Scherben. Kopfüber ließ sie sich aus dem Wagen fallen, landete hart auf dem von Glassplittern übersäten Boden, die unzählige kleine Wunden in ihrer Haut hinterließen. Helles Blut rann ihre Arme hinab, doch sie bemerkte es nicht. Sie rappelte sich auf, riss die hintere Seitentür auf und zog Hannes' leblosen Körper aus dem Auto.

»Hannes«, rief sie, »Hannes, sag doch was, bitte!« Sie klopfte mit der flachen Hand auf seine Wange. »Bitte! Hannes! Bitte!« Sie schüttelte ihn. Er fiel nach vorn in ihre Arme.

Die Tränen liefen in Bächen über ihr Gesicht. Sie wollte etwas sagen, doch es kam kein Ton mehr aus ihrer Kehle. Lautlos formten ihre Lippen immer wieder seinen Namen. Sie drückte ihn an sich, so fest sie konnte, während ihr Körper von einem Weinkrampf gebeutelt wurde. Sie wollte brüllen, wollte schreien, wollte … Ihr Blick fiel über seinen Rücken nach unten auf ihre Hände. Sie waren tiefrot von Blut, das in einem unaufhaltsamen Strom aus seinem Körper floss. Sie musste die Blutung stoppen. Sie musste ihn retten. Sie musste *irgendetwas* tun.

Sie hob ihre blutverschmierte Hand in Richtung Angelo, ohne Hannes loszulassen. »Hol den Erste-Hilfe-Kasten! Alarmiere einen Notarzt!«, wollte sie rufen. Nur ein leises Krächzen kam aus ihrer Kehle. »Hilf ihm doch.«

Angelo kniete sich neben sie. Jegliche Farbe war aus seinem Gesicht gewichen.

»Alessandra. Er ist tot. Wir können nichts mehr für ihn tun.« Er legte sanft seinen Arm um sie und wollte sie auf die Beine ziehen.

»Nein«, wimmerte sie, »ich will nicht … ich lasse ihn hier nicht zurück. Wir müssen ihn retten!«

Sie drückte ihren Kopf weinend gegen Hannes' Körper. Nein. Nein. Nein! Sie würde ihn nicht einfach so sterben lassen.

»Alessandra. Du musst ihn loslassen. Wir können ihm nicht helfen.« Er zögerte nicht länger, sondern packte sie unter den Armen und riss sie von ihm weg. Hannes' Oberkörper rutschte wie ein Sack zurück auf den Boden. Er lag reglos auf dem Rücken, die Augen halb geöffnet.

»Nein!«, hauchte sie und schlug wie wild um sich. Angelo packte ihre Hände und drehte sie zu sich um. Sie wimmerte.

»Wir müssen hier weg. Sofort!«

»Aber er ist –«

»Er ist tot, Alessandra. Versteh doch.«

»Er kann nicht tot sein«, flüsterte sie, »nicht hier. Nicht jetzt. Nicht … *so*!«

»Wenn wir hierbleiben, geht es uns gleich genauso! Denkst du, das würde Hannes wollen?«

Sie schluchzte nur.

»Denkst du das?«

»Nein.«

»Dann komm, los!«

Er begann zu rennen und zog sie am Arm hinter sich her. Ein letzter Blick zurück auf den leblosen Körper neben dem Autowrack. Die trockene Erde ringsum war in ein tiefes Rot getaucht.

Sie drangen immer tiefer in den Wald vor. Angelo lief im Zickzack, immer wieder Äste und Zweige zur Seite schlagend, sie stolperte hinter ihm her. Schon nach wenigen Metern hatte sie völlig die Orientierung verloren. Egal, in welche Richtung sie sich wandte, jeder Quadratzentimeter, jeder Busch und jeder Baum sahen einfach gleich aus. Der quälende Schmerz begann sich langsam, aber stetig wieder in ihrer Brust auszubreiten. Diesmal gelang es ihr nicht, ihn zu ignorieren.

»Warte«, presste sie hervor und rang nach Luft.

Er stoppte, wandte sich um. Totenbleich. Angst stand in seinen Augen – und etwas anderes, das sie nicht so recht zu deuten vermochte.

»Ich kann nicht … mehr.« Sie strich sich mit den blutigen

Händen das Haar aus dem Gesicht und schniefte laut. Jede Faser ihres Körpers zitterte, von den Beinen bis in die Spitzen ihrer Finger.

»Wir dürfen jetzt keine Zeit verlieren«, erwiderte er sanft und streckte seine Hand aus. »Komm. Du schaffst das.« Er schenkte ihr ein Lächeln, doch diesmal gelang es ihm nicht, es aufrichtig wirken zu lassen.

Noch tiefer zog er sie in den Wald hinein.

ZWÖLF

»Commissario?« Bearzot lugte durch die offene Tür in Medeots Büro. »Giuseppe Mauro ist jetzt hier. Er sitzt drüben im Vernehmungsraum. Man sagte mir, Sie übernehmen die Befragung?«

»Ja, danke, Bearzot.« Medeot stellte die Kaffeetasse ab.

»Wenn ich Sie wäre, würde ich den Kaffee aber erst mal austrinken. Glauben Sie mir, den werden Sie brauchen, wenn Sie diesem Ekelpaket gegenübertreten wollen.«

Noch ein kurzes Zurechtzupfen des Hemdes, ein Bändigen der Frisur, dann betrat Medeot gemeinsam mit Bearzot den Vernehmungsraum. Als erste Handlung knallte er schweigend die Akte auf den Tisch, wie er es immer tat. Meistens reichte das aus, um sein Gegenüber das erste Mal zusammenzucken zu lassen. Nicht so Mauro. Er blinzelte nicht einmal. Mit verschränkten Armen saß er zurückgelehnt auf dem Metallstuhl und starrte ihn an. Mit seinen dunklen, zerzausten Haaren und dem schlecht rasierten Bart sah er aus wie einer der Verbrecher aus »Eurocops«. Abgesehen von zahlreichen Tätowierungen schmückte ihn ein hübsches blaues Auge.

»Was ist denn mit Ihnen passiert?«, fragte Medeot.

»Hab mit meinem Kätzchen gerauft. Bin dabei die Kellertreppe runtergefallen«, knurrte er. »Ist ein ziemliches Biest.«

»Natürlich. Sie sehen ja auch aus wie der typische Katzenliebhaber. Sie wissen, wieso Sie hier sind?«

»Nein, Commissario. Hab ich jemanden schief angeschaut?«

»Luca Zambon ist ein Freund von Ihnen?«

»Freund würde ich nicht sagen. Ich kenne ihn. Und? Ist das ein Verbrechen?«

»Wann haben Sie ihn das letzte Mal gesehen?«

»Keine Ahnung.«

»Na, dann überlegen Sie mal.«

»Ist lange her«, grunzte er.

»Dann hatten Sie also in der letzten Zeit keinen Kontakt mit ihm. Aber vielleicht haben Sie ja etwas über ihn gehört? In Ihren Kreisen sprechen sich Dinge doch für gewöhnlich schnell herum. Sie können mir bestimmt erzählen, was Ihr Bekannter so getrieben hat?«

»Keine Ahnung. Geht mich nichts an.«

»Wissen Sie etwas über eine Österreicherin?«

»Was zum Beispiel?«

»Das ist es, was ich von Ihnen hören will.«

»Nein. Ich weiß nichts von irgendeiner Österreicherin. Wieso fragen Sie mich das alles?«

Medeot öffnete den Aktendeckel und knallte ihm ein Bild von Zambons Leiche vor die Nase. »So sieht Ihr lieber Freund jetzt aus. Ziemlich tot, wenn Sie mich fragen.«

Mauro rümpfte die Nase. »Wie überaus traurig.«

»Es scheint Sie nicht sonderlich zu überraschen.«

»War doch absehbar, dass so was früher oder später mal passiert.«

»Also wissen Sie, wer ihn ermordet haben könnte?«

»Die Liste ist lang, Commissario«, spottete Mauro. »Er hat sich jeden Tag neue Feinde gemacht.«

»Gehörten Sie auch dazu?«

»Was wollen Sie damit andeuten? Verdächtigen Sie mich etwa?« Ein lauernder Blick.

»Beantworten Sie meine Frage.«

Medeot musste sich bemühen, sich seinen Groll nicht anmerken zu lassen. Entweder war Mauro einfach ein Ekelpaket, wie es im Buche stand, oder er versuchte ihn zu provozieren. Medeots Bauchgefühl sagte ihm, es war Letzteres. Doch auch wenn Mauro tatsächlich auf irgendeine Art und Weise in die ganze Sache verwickelt war, konnte er im Moment nichts tun. Abgesehen von einer ehemaligen Komplizenschaft mit Zambon gab es keine Verbindung zwischen ihm und dem Verbrechen.

»Nein, ich hatte nichts gegen ihn«, antwortete Mauro nun doch betont überheblich. »Er war in Ordnung.«

»Wo waren Sie gestern zwischen neun und elf Uhr abends?«

»Ich war in einer Bar.«

»In welcher Bar?«

»Im Baia. Sie können dort jeden fragen, mindestens ein Dutzend Leute haben mich gesehen.«

»Das werden wir überprüfen.«

»Bin ich verhaftet?«

»Nein, sind Sie nicht.«

»Dann werde ich jetzt gehen. Vielen Dank für das nette Gespräch, Commissario.«

»Sie gehen nirgendwohin«, brauste Medeot auf.

»Und ob. Ich kenne meine Rechte«, gab Mauro ruhig zurück und erhob sich.

Medeot ballte die Hände zu Fäusten. Mauro war einer von der Sorte, die Aggressionen in ihm auslösten. Das Schlimme daran war, dass er tatsächlich gehen durfte, er war freiwillig gekommen und konnte die Vernehmung beenden, wann immer er wollte.

»Seine Katze soll das gewesen sein?«, wiederholte Bearzot, nachdem Mauro seelenruhig davonspaziert war. »Ist das der Spitzname seiner Freundin oder was?«

»Ha!« Medeot lachte auf. »Wohl so etwas in der Art, ja. Überprüfen Sie bitte sofort sein Alibi. Wenn es nämlich nicht stimmt, dann gnade ihm Gott. Ich sag Ihnen, der steckt da bis zum Hals mit drin.«

»Glauben Sie, ja?«

»Ich verwette meinen 1953er Lancia Ardea darauf.«

***

Irgendwann war auch das Licht im letzten Büro erloschen, einzig die Leuchtstoffröhren im Gang des Präsidiums verströmten nach wie vor kalte Helligkeit. Wie jeden Abend führte Medeots Weg den Kommissar gewohnheitsmäßig vor die große Pinnwand.

Battesimo, dieser Einfaltspinsel. Glaubte doch tatsächlich, es wäre so einfach. Kein Hinterfragen, keine Zweifel, kein kritisches Auge, nur die sture Fixierung auf die erstbeste Theorie, die sich ihm präsentierte. Nun gut. Sollten Battesimo und der Rest der

Patavini ihre Ansichten vertreten. Das hieß noch lange nicht, dass er nicht andere Möglichkeiten in Betracht ziehen konnte. Padua hinzuzuziehen war eine Entscheidung, die im Ermessen des Primo Dirigente lag, keine zwingende Vorschrift, und für Medeot die klare Ansage, dass man ihm die Ermittlung allein nicht zugetraut hatte. Ein Grund mehr für ihn, der oberen Riege der Exekutive das Gegenteil zu beweisen. Schon längst hätte er dem Primo Dirigente den Rang ablaufen können. Er könnte derjenige sein, der den ganzen Tag faul auf der Haut lag und sich nur dann zeigte, wenn es galt, jemandem den Marsch zu blasen. Doch er hatte mit Politik nun mal noch nie etwas am Hut gehabt, und er hatte vor, auch in Zukunft tunlichst die Finger von dieser viel zu heißen Flamme zu lassen. Viel zu schnell waren Hände rettungslos verbrannt.

Er wandte sich von der Pinnwand ab, ging zurück in sein Büro und nahm an seinem Schreibtisch Platz, wo er die obersten zwei Akten von einem der vier Stapel nahm, die er aufgebaut hatte, und sie vor sich ausbreitete. Luca Zambon und Giuseppe Mauro. Die Liste der Straftaten der beiden las sich wie das Drehbuch zu einer schlechten Krimiserie. Beide hatten Jugendstrafen wegen Diebstahl und Körperverletzung. Später kam Drogenbesitz dazu. Kaum volljährig, und schon das erste Mal für längere Zeit hinter Gittern. Zu schade, dass sowohl der Kellner der zwielichtigen Bar als auch eine Handvoll Gäste Mauros Alibi bestätigt hatten. Wahrscheinlich allesamt Freunde oder Komplizen; ihre Bestätigung war wenig glaubhaft und doch nicht widerlegbar. Er verglich die Akten. Beide hatten vor längerer Zeit im Gefängnis von Triest eingesessen. Mauro war ein halbes Jahr nach Zambon verurteilt worden, doch sie hatten noch gut sechs Monate zusammen im gleichen Zellenblock verbracht.

So haben sie sich also kennengelernt, dachte er. Die typische Geschichte. Man geht, perfide gesagt, wegen einer Kleinigkeit ins Gefängnis, lernt dort sehr viel dazu und kommt mit einem Komplizen wieder heraus. Es war bewundernswert, wie großartig das Strafverfolgungssystem am Aufbau von Verbrecherkarrieren mitarbeitete. Gut, Mauro und Zambon gehörten nicht unbedingt zu der Sorte, die etwas dazugelernt hatte, zumindest nicht das Wissen, wie man nicht erwischt wurde. Doch die Liste setzte sich ungebrochen fort. Raub, häusliche Gewalt, Widerstand gegen die Staatsgewalt, Verstöße gegen das Waffengesetz, Einbruch und so weiter und so fort. Er schüttelte den Kopf. Unglaublich, dass derzeit trotzdem beide auf freiem Fuß waren. Aber Mord? Er blätterte weiter. Das wäre selbst für die beiden ein starkes Stück.

Schlagartig hielt er inne. Dieser Name. Bitte lass es nicht wahr sein, dachte er.

Sein Zeigefinger ruhte auf einer Stelle in Zambons Akte, während er mit der anderen Hand die Seiten in Mauros Unterlagen noch einmal durchging. Tatsächlich, derselbe Name. Gian-Luigi Vascotto. Er legte seine Brille ab und stützte das Gesicht in die Hände. Von allen Menschen auf der Welt musste ausgerechnet dieser Name auftauchen. Vascotto, der Francesco Schiavone des italienischen Nordens. Sein Spitzname in Polizeikreisen war »Lo Scivoloso«, was wörtlich so viel hieß wie »der Rutschige«. Er war unantastbar, unangreifbar und jedem einzelnen Polizisten in Friaul bekannt. Der Mann lebte in den Bergen über Triest in einem Anwesen, das siebenunddreißig Hektar groß war und besser bewacht als das Hochsicherheitsgefängnis von Tolmezzo. Von dort aus regierte er sein Imperium. Niemand wusste genau, wie weit seine Macht reichte; er agierte geschickt über sicher Dutzende von Unternehmen, von denen nur ein einziges zu ihm zurückführte, eine kleine Kaffeerösterei in Domio, einem der östlichsten Stadtteile von Triest. Man erzählte sich, er hätte Kontakte in den obersten Riegen der Polizei und der Regierung, was auch immer das heißen mochte. Es könnte jedenfalls erklären, warum es ihm gelang, den Hafen von Triest als Umschlagplatz für Heroin im großen Stil zu nutzen. Die Ware wurde von dort aus nach ganz Europa verteilt. Vor einigen Jahren hatte man in Triest einen Auftragsmörder tot aufgefunden. Alles deutete darauf hin, dass er von einem tschechischen Drogenbaron angeheuert worden war, um Vascotto aus dem Weg zu räumen. Schnell verbreitete sich das Gerücht, Vascotto hätte ihn mit seinen bloßen

Händen getötet, um jedem, der auch nur auf die Idee kam, ihn anzurühren, eine unmissverständliche Warnung auszusprechen.

Wenn es nach Medeot ging, waren das alles nur Märchen. Sicher, Vascotto hatte definitiv mehr als nur Dreck am Stecken, doch waren Mythen erst in die Welt gesetzt, wuchsen und verbreiteten sie sich rasend schnell. Vor allem, wenn die Medien dabei ihre Finger im Spiel hatten. Eine Sache allerdings konnte auch er nicht abstreiten: War Gian-Luigi Vascotto in irgendeiner Sache der Hauptverdächtige, konnte man den Fall genauso gut gleich zu den Akten legen. Er lehnte sich zurück, verschränkte die Hände hinter dem Kopf und überlegte, wie wahrscheinlich es war, dass der Mann in seinem Fall mit drinsteckte. Wäre Vascotto wirklich so leichtsinnig, zwei Idioten, die bei jedem Tankstellenüberfall erwischt wurden, als Killer zu engagieren? Oder dienten sie als Bauernopfer, um seine wahren Beweggründe zu verbergen? Was hatte dieser Schweinehund vor?

Es klopfte. Bearzot öffnete vorsichtig die Tür und lugte herein. »Chef? Ich habe hier die Unterlagen, die Sie wollten. Wo soll ich sie abstellen?«

»Immer rein damit.«

Er drückte die Tür mit seiner Schulter auf und trat ein, die Arme bis zum Kinn bepackt mit Ordnern. Stöhnend ließ er sie mit einem lauten Knall auf den Schreibtisch fallen und rieb sich die schmerzenden Finger.

»Wenn Sie mich brauchen …«

»Gehen Sie schon nach Hause, Bearzot. Was machen Sie um diese Zeit denn überhaupt noch hier? Die Akten hätten Sie mir genauso gut auch morgen bringen können. Ihre Freundin wartet doch sicher schon auf Sie.«

»Ginevra hat mich verlassen«, murmelte Bearzot.

»Das tut mir sehr leid.«

»Sie hat Jimmy mitgenommen und ist einfach gegangen.«

»Jimmy?«

»Unser Dalmatiner.«

»Verstehe. Brauchen Sie jemanden zum Reden?«

»Nein«, gab Bearzot zurück und starrte stumm zu Boden.

»Na dann.« Medeot setzte ein aufmunterndes Lächeln auf und deutete auf den freien Stuhl auf der anderen Seite des Schreibtisches. »Wollen Sie Elena Fritz-Gardinis Arbeit oder die Familie? Battesimos Leute haben in ihren Arbeitsunterlagen einige Liebesbriefe gefunden. Sie gingen davon aus, dass sie Teil ihrer Arbeit waren, doch sicher ist das nicht. Sie könnten genauso von einem Ex-Freund stammen. Es geht hauptsächlich um unerwiderte Liebe und …« Er biss sich auf die Zunge. »Nein, besser kein Gefasel über Liebe, das ist im Moment nicht das Richtige für Sie. Sie nehmen die Familie.«

»Die Familie? Ich dachte, die hätten wir abgehakt?«

»Wir wollen nichts übersehen. Deshalb gehen wir alles noch einmal ganz genau durch.«

Alles ist besser als Gian-Luigi Vascotto, fügte er in Gedanken hinzu und griff nach dem ersten von vier Ordnern, die ihre Recherche zum Umfeld des Opfers enthielten.

DREIZEHN

Die Dunkelheit war hereingebrochen. Mühsam schoben sich zwei Gestalten durch die schier unüberwindbare Mauer aus Dornen und Zweigen. Alexandra stolperte, als sich das Dickicht jäh vor ihr auftat und ihre Hände ins Leere griffen. Der Länge nach landete sie auf dem grobkörnigen Kies, der nach ein paar Metern flach in das dunkle Wasser des Natisone abfiel. Ihre Augen hatten sich so sehr an die Dunkelheit gewöhnt, dass ihr das Licht des Mondes unglaublich hell vorkam. Zu ihrer Rechten erhob sich eine gewaltige Brücke aus dem felsigen Grund des Flusses.

»Die Teufelsbrücke«, wisperte sie. »Ist das etwa Cividale?«

Mit dem Kopf deutete sie auf die gegenüberliegende Seite des Flusses, wo sich die Lichter einer Stadt abzeichneten, die aussah, als wäre sie direkt aus dem gewaltigen Fels gehauen worden.

»Tatsächlich«, entgegnete Angelo überrascht, »viel besser hätte ich das wohl kaum hinbekommen können, oder?«

Sie zwang erneut ihre aufsteigenden Tränen hinunter.

»Tut mir leid«, fügte er hinzu und trat an das Ufer.

Wie sehr liebte sie diese Stadt. Das ehemalige Patriarchat, so winzig und doch von so unglaublicher Bedeutung. Ein Ort, der von Geschichte nur so strotzte. Wie sehr hatte sie sich gewünscht, einmal hierher zurückzukehren. Mit Hannes. Er hätte den mittelalterlichen Flohmarkt geliebt. Und nun? Nun war ihr allein der Anblick eine unsagbare Qual.

Sie beugte sich über das glasklare Wasser des Natisone und tauchte die Hände in die Eiseskälte. Das getrocknete Blut löste sich kaum, doch die Frische war eine Wohltat. Sie ließ sich eine Handvoll davon über das Gesicht laufen.

»Und was jetzt?«, fragte sie.

»Wir sollten uns einen Platz zum Schlafen suchen.«

»Du meinst hier?« Sie blickte sich hilflos um.

»Ich hatte eher an eine Pension oder so etwas gedacht.«

»Und die Fahndung?«

»Sie fahnden nicht in den Medien. Noch nicht. Wir suchen uns einfach einen Laden, der die Daten der Gäste noch händisch an die Quästur übermittelt. Da passiert vor morgen Nachmittag erst mal gar nichts.«

»Okay«, entgegnete sie leise, »so etwas ist ja schließlich dein Spezialgebiet.«

Er seufzte.

***

Das langobardische Dorf befand sich bereits in wohlverdienter Nachtruhe, einzig in einer kleinen Pension in der Seitengasse hinter dem Dom brannte noch Licht. Die Tür war verschlossen, doch nach kurzem Klopfen wurden sie eingelassen. Das Zimmer war so winzig, dass das Doppelbett es beinahe ausfüllte. Alexandra kümmerte dieser Umstand wenig. Während sie auf Angelo wartete, ließ sie sich auf den äußersten Rand des Bettes sinken und schaltete ihr Handy ein. Hartmut. Mehrfach hatte er versucht, sie zu erreichen. Sie runzelte die Stirn. Viel klarer hätte seine letzte Ansage doch eigentlich kaum sein können. *Du bist ab sofort auf dich allein gestellt.* Ein kleiner Funke Hoffnung keimte in ihr auf. Vielleicht gab es zur Abwechslung einmal gute Neuigkeiten. Sie räusperte sich und drückte auf Rückruf.

Das erste Klingeln war noch gar nicht zu Ende, als er sich bereits meldete. Mit einem leisen »Gott sei Dank« hob er ab. Sie öffnete den Mund, um etwas zu sagen, doch mehr als ein leises Wimmern brachte sie nicht hervor. Alles, was geschehen war, brach in dem Moment, in dem sie seine Stimme hörte, wie eine Flutwelle über sie herein.

Wie sehr wünschte sie sich zurück nach Hause, in die Arme ihrer Freunde und ihrer Familie. Wie hatte sie nur so dumm sein können zu glauben, dass sie Abstand und Ruhe brauchte, dass sie unbedingt von zu Hause wegwollte, dem Ort, an dem man sie liebte und respektierte, an dem man einander tröstend in die Arme nahm, sich zu Kaffee und Kuchen traf, Erinnerungen und Ereignisse austauschte, an dem man sich geborgen fühlte.

»Du hast … du hast angerufen?«, brachte sie mit viel Mühe hervor und wischte sich die Tränen aus dem Gesicht.

»Ja, ich wollte fragen, wie es dir geht. Ist alles in Ordnung? Weinst du?«

»Nein, nein«, sie räusperte sich, »alles okay. Gibt es denn Neuigkeiten?«

»Ehrlich gesagt, nicht wirklich. Du bist immer noch bei Cherubini, oder?«

»Wie kommst du darauf?«

»Weil man euch in Venedig bisher noch nicht gefunden hat. Also scheint ihr euch ziemlich gut zu verstecken.«

»Wenn du meinst. Sie glauben also immer noch, ich sei es gewesen?«

»Sieht so aus. Aber sie ermitteln mittlerweile auch in andere Richtungen. Wird vielleicht nicht mehr lange dauern, bis du aus dem Schneider bist.«

»Meinst du wirklich?«, fragte sie hoffnungsvoll.

»Ja, ich bin mir sicher. Also, kommst du zurück?«

»Denkst du … denkst du, ich könnte?«

»Ich denke, es wäre das Beste, ja. Hier bist du wenigstens in Sicherheit.«

Sie stutzte. Sollte das wieder eine Anspielung auf Angelos Vergangenheit sein?

»Wie meinst du das?«, fragte sie.

»Ich … die Polizei kann dich beschützen.«

»Angelo wird mir nichts tun«, gab sie grimmig zurück, »akzeptier das endlich.«

»Was? Nein. Ich spreche nicht von … Angelo.«

»Von wem denn sonst bitte?«, fauchte sie. Doch mit einem Mal dämmerte es ihr. »Oh mein Gott. Du steckst da mit drin. Die Polizei weiß doch gar nicht, dass jemand hinter uns her ist. Das können sie gar nicht wissen!«

»Ich weiß nicht, was du damit –«

»Oh doch, das weißt du ganz genau.« Sie war jetzt hellwach und so klar bei Verstand wie schon lange nicht mehr. »Verkauf mich nicht für dumm. Ich habe dich durchschaut. Du willst mich zu dir locken, damit ihr mir die Karte abnehmen und nach dem Schatz suchen könnt! Du warst immer schon gierig, aber dass du so weit gehst, hätte ich nicht gedacht!«

»Ale«, gab er ruhig zurück.

»Spar dir deinen beruhigenden Tonfall. Ich kenne dich, und das bist nicht du. Ich schwöre dir, wenn du meiner Schwester auch nur ein Haar krümmst …«

»Was hat denn deine Schwester damit zu tun?«

»Akzeptier einfach, dass sie jetzt einen anderen hat. Sie liebt dich nicht mehr, verdammt noch mal!«

Nachdem sie den Satz ausgesprochen hatte, der ihr schon seit gestern auf der Zunge lag, legte sie einfach auf. Da war er, der große Knall, auf den sie die letzten siebzehn Monate gewartet hatte. Hartmut ließ sie für seine Zwecke über die Klinge springen. Doch wenn er glaubte, er könnte ihrer Schwester damit wehtun, dann hatte er sich geirrt. So weit würde sie es nicht kommen lassen. Sie würde das Geheimnis lösen und ihren Namen reinwaschen. Und ihr vermaledeiter Ex-Schwager würde mit seinen Komplizen in einer schimmligen Gefängniszelle vermodern.

Sie nickte, wie um ihre eigenen Gedanken zu bestätigen, stand auf und ging ins Badezimmer. Dort schälte sie sich aus den mit Blut und Erde verschmierten Klamotten und drehte die Dusche auf. Das warme Wasser prasselte auf ihren Körper. Sie zuckte zusammen, als es in die zahlreichen Wunden eindrang, die ihren Körper übersäten. Das Wasser zu ihren Füßen färbte sich hellrot.

Wieso hatte nicht sie es sein können, die von der Kugel durchbohrt worden war? Es war ihre Schuld. Ihre, einzig und allein. Ihr ganzes Leben war sie vor Verantwortung geflüchtet, ganz gleich, worum es ging. Es war *ihr* Egoismus, ja *ihre* Bequemlichkeit gewesen, durch die Hannes in die ganze Sache hineingezogen worden war. Was würde als Nächstes passieren? Was, wenn Angelo etwas zustoßen würde? Sie könnte es sich nie verzeihen. Er war ein Krimineller. Das war es, als was man ihn bezeichnete. Das war es, als was sie selbst ihn bezeichnete. Doch was bedeutete das? Was sagte dieses Wort über einen Menschen aus, über sein Wesen, seine Träume, seine Werte? Man nannte sie gerade selbst eine

Kriminelle. Machte sie das zu einem anderen Menschen? Zu einem schlechteren Menschen?

Tränen liefen über ihr Gesicht, vermischten sich mit dem wohlig warmen Wasser.

Sie hatte Hannes auf dem Gewissen. Sie *war* ein schlechter Mensch. Sie würde nicht zulassen, dass Angelo das gleiche Schicksal widerfuhr.

Alexandra drehte den Hahn zu und stieg aus der Duschkabine. Schnell trocknete sie ihr Haar, schlüpfte in den bereitgelegten Bademantel, verließ das Badezimmer und setzte sich auf den Bettrand. Ein paar Augenblicke später wurde ein Schlüssel im Schloss gedreht, und Angelo betrat das Zimmer.

»Was ist los? Wo warst du so lange?«, fragte sie und musterte ihn. Sein Blick war ernst, und er schien zu grübeln.

»Gar nichts«, murmelte er und legte sein Handy zusammen mit einem Blatt Papier auf den Nachttisch. »Ich war an der Rezeption«, fügte er hinzu und setzte sein gewohntes Grinsen wieder auf, »der Nachtportier ist ein komischer Kauz. Richtig schrullig.«

Sie deutete nur kurz ein Nicken an. »Hör zu, ich habe nachgedacht«, meinte sie dann, »ich werde den Schlüssel suchen. Und ich werde meine Unschuld beweisen. Sobald ich weiß, was hinter alldem steckt, werde ich zur Polizei gehen.«

»Gut«, sagte er.

»Es ist meine Schuld, dass Hannes tot ist. Und ich will nicht, dass dir auch noch etwas geschieht. Deshalb werde ich das allein durchziehen.«

Er lachte laut auf. »Ist das dein Ernst?«

»Ja, natürlich ist das mein Ernst.«

Er atmete tief durch und ließ sich neben ihr auf dem Bett nieder. Einen Moment lang fixierte er schweigend die leere Wand, wohl um seine nächsten Worte mit Bedacht zu wählen.

»Das mit Hannes ist nicht deine Schuld«, begann er langsam, »keiner von uns kann etwas dafür. Einzig und allein der, der ihn erschossen hat, ist dafür verantwortlich.«

»Aber –«

»Kein Aber. Dich trifft keine Schuld. Er hätte vorn sitzen

können oder ein wenig weiter rechts, ich hätte einen halben Meter weiter links fahren können, und es wäre vielleicht anders gekommen. Verstehst du, was ich meine?«

»Ja, sicher. Aber ich will dich trotzdem keiner Gefahr aussetzen.«

»Wenn überhaupt, setze ich dich einer Gefahr aus, wenn du allein weitermachst.«

»Was soll das heißen?«

»Ich weiß, was es heißt, auf der Flucht zu sein. Ich weiß, wie man sich bewegt, ohne aufzufallen. Wie man untertaucht.«

Sie wollte widersprechen, doch er schmunzelte nur.

»Du brauchst mich. Und ich lasse mich nicht so leicht umbringen, glaub mir. Das haben schon ein paar Leute versucht, und ich bin immer noch hier.«

»Ein paar?« Sie riss überrascht die Augen auf. Es war beängstigend, wie wenig sie eigentlich über diesen Mann wusste.

»Außerdem verspreche ich dir, dass wir nicht noch einmal in so eine Lage kommen werden.«

»Das kannst du nicht wissen. Wir wissen doch nicht, wozu die noch fähig sind!«

»Doch. Ich weiß es einfach.«

Sie blickte ihn skeptisch an. Wie konnte er davon nur ernsthaft überzeugt sein? Nach allem, was passiert war?

»Wir werden ab jetzt einfach vorsichtiger sein. Vertrau mir«, fügte er hinzu und strich ihr das feuchte Haar aus dem Gesicht.

Wahrscheinlich hatte er recht. Sie konnte der Polizei und diesem Kommissar nicht vertrauen, und selbst Hartmut … Er führte irgendwas im Schilde, wie konnte sie da noch annehmen, dass er auf ihrer Seite war? Die Scheidung zwischen ihm und ihrer Schwester war zwar freundschaftlich gewesen, doch wer garantierte ihr, dass das nicht ein verspäteter Racheplan war, um ihre Familie ins Unglück zu stürzen? War das möglich? Dachte sie das gerade wirklich? Hatten die letzten Tage sie wirklich so paranoid werden lassen? Angelo war der Einzige, der ihr geglaubt hatte, der nicht ein Mal hinterfragt hatte, ob sie die Wahrheit sagte. Das musste doch etwas bedeuten. Sie war froh, dass er bei ihr war.

»Ich verstehe nicht, woher die wussten, wo wir sind.« Alexandra griff nach ihrem Handy und nahm den Akku wieder heraus. »Vielleicht hätte ich das Ding wegwerfen sollen. Die haben uns bestimmt geortet.«

»Das kann nicht sein. Der Akku und die SIM-Karte waren draußen. Sie hätten nicht wissen können, wo wir uns gerade befanden.«

»Und wenn Gasparo –«

»Nein, niemals. Gasparo mag vieles sein, aber ein Verräter ist er nicht. Er hat so etwas wie einen Ehrenkodex. Das ist nicht mehr sehr verbreitet heutzutage.«

»Lebst du denn nach so einem Kodex?«

»Ich lebe nach dem Kodex, mich nicht mehr erwischen zu lassen.«

»Ich dachte, du hättest aufgehört.«

»Womit?«

»Na ja, mit dieser ganzen … Sache. Ich dachte, du wolltest dir ein neues Leben aufbauen. Oder studieren. Hast du denn gar nichts in diesen vier Jahren gelernt?«

»Ich bin tatsächlich an die Uni gegangen. Allerdings habe ich es dort nicht lange ausgehalten. Wohin man auch sah, es wimmelte nur so von reichen, verzogenen jungen Menschen, die für nichts wirkliches Interesse zeigten.«

»So schlimm, ja?«

»Ja. Und auf der anderen Seite gab es die, die die Kunst wirklich liebten und achteten und ihr das komplette Leben verschrieben. Nur um nach ihrem Abschluss auf der Straße zu stehen und zu realisieren, dass es so gut wie keine beruflichen Möglichkeiten in dieser Branche gibt. Sie sitzen auf einem riesigen Schuldenberg und müssen bei McDonald's Burger verkaufen, um sich überhaupt einen Lebensunterhalt zu verdienen.«

»McDonald's? Wirklich?«

»Gut, vielleicht nicht McDonald's. Aber was auch immer es war, es war weit entfernt von dem, was sie sich erträumt hatten.«

»Willkommen im richtigen Leben. Deshalb hast du gleich wieder aufgegeben?«

»Ich bin zu dem Schluss gekommen, dass es mir nichts bringt, vier weitere Jahre meines Lebens zu verschwenden. In einem dunklen Hörsaal, umgeben von Leuten, die das Leben nicht zu schätzen wissen. Das alles für einen Titel, den ich mir dann auf den Briefkopf drucken lassen kann? Nein, danke.«

»Schade.«

»Schade? Ernsthaft?«

»Na ja, ich finde, du würdest einen guten Professor für Kunstgeschichte abgeben.«

Er lachte laut auf. »Wenn du eine meiner Studentinnen wärst, würde ich es mir vielleicht sogar überlegen. Weißt du, ich gehöre nun mal nicht zu der Sorte, die unbedingt einen Titel braucht, um sich gut zu fühlen. Ich war doch schon gut in dem, was ich tat.«

»Also machst du einfach weiter wie bisher?«

»Nein. Ich habe aufgehört, aber nichts Neues begonnen, sondern mich in den wohlverdienten Ruhestand zurückgezogen.«

»Scheiße«, entfuhr es ihr, »dann ist es jetzt also allein meine Schuld, dass du bei der Polizei wieder in aller Munde bist.«

»Ja, ist es. Und dafür muss ich dir danken.«

»Es tut mir so leid!«

»Nein, ich meine das ernst. Danke! Ich wäre beinahe gestorben vor Eintönigkeit und Langeweile. Wärst du nicht aufgetaucht, hätte ich mich wahrscheinlich in den reißenden Wogen des Golfs von Venedig ertränkt.« Er grinste.

»So etwas ist nicht lustig«, erwiderte sie ernst.

»Entschuldige. Ich meinte nur, dass du wieder etwas Abwechslung in mein Leben gebracht hast. Und das finde ich gut. Selbst wenn wir den Schlüssel nicht finden oder wenn sich darin weder ein Geheimnis noch eine Schatzkarte verbirgt …«

»Kannst du das Ding trotzdem behalten, ja.«

»Das meinte ich nicht«, erwiderte er und blickte ihr tief in die Augen. »Ich wollte sagen, dann war es die Reise trotzdem wert. Auch wenn es mir natürlich lieber gewesen wäre, wenn … gewisse Dinge nicht passiert wären. Doch die Vergangenheit lässt sich nicht ändern. Wir müssen … du musst in die Zukunft sehen.

Und mach dir um mich bloß keine Sorgen. Ich komme da schon wieder raus.«

Sie nickte und erwiderte seinen Blick. Sofort durchfuhr ein warmer Schauer ihren Körper.

Als hätte er ihre Gedanken gelesen, strich er mit seiner Hand sanft über ihre Wange.

»Ich wüsste auch gar nicht, was ich ohne dich machen sollte«, flüsterte sie, »wahrscheinlich wäre ich im Gefängnis oder … tot.«

»Siehst du, ich hab doch gesagt, dass du mich brauchst«, gab er zurück und schenkte ihr ein Lächeln, das ihre Knie weich werden ließ.

Sie räusperte sich. »Zeigst du mir jetzt endlich, was du hast?«, fragte sie und griff nach dem Blatt Papier auf dem Nachttisch.

»Natürlich. Der Besitzer hat mir freundlicherweise den uralten Computer an der Rezeption zur Verfügung gestellt. Das Ding läuft noch mit Windows 98. Es hat fast fünf Minuten gedauert, bis er überhaupt hochgefahren war.«

Sie kicherte und überflog den Zettel. Ein Informationsflyer zu einer Ausstellung im Schloss Miramare. Offensichtlich ging es um Liebe. Sie drehte das Blatt um, doch die Rückseite war leer.

»Ist das alles?«

»Ich weiß«, sagte er, »es ist nicht besonders viel. Aber ein Teil der Ausstellung ist Casanova gewidmet. Das ist immerhin besser als nichts. Vielleicht erfahren wir dort irgendetwas.«

Sie nickte, doch auch das letzte bisschen Hoffnung in ihr war verschwunden. Es war im Grunde egal, wo sie suchten. Über diese mysteriöse Frau war nirgendwo etwas nachzulesen. Wohl kaum würden sie ausgerechnet in einem Museum etwas über sie erfahren. Und wenn, wer sagte, dass es sie zum Schlüssel führen würde? Casanovas große Liebe, so es sie gegeben hatte, hatte das Medaillon ja offenbar auch nicht behalten.

»Ich muss dringend unter die Dusche«, sagte Angelo und schnitt eine Grimasse, ehe er sich ins Badezimmer verzog.

Sie blickte wieder auf den Flyer. Es musste eine bessere Möglichkeit geben. Es musste Nachfahren geben; entfernte Verwandte fand man doch immer irgendwo. Jemand, der ihnen sagen konnte, was es mit dem Medaillon auf sich hatte. Woher hatte Gasparo die Information über diese Frau? Verdammt, sie hätte ihn das gleich fragen sollen.

Die Badezimmertür schwang wieder auf, und Angelo stand vor ihr. Um seine Hüften hatte er ein Handtuch geschwungen. Sein Oberkörper war nackt. Eine unangenehme Erinnerung an ihren seltsamen Traum schob sich vor ihr inneres Auge. Nur dass er in Wirklichkeit noch viel besser aussah. Ihr wurde heiß und kalt zugleich, als sie ihn beobachtete, wie er sein dunkles Haar trocken rieb. Mit einem Mal fühlte sich der dicke weiße Bademantel, in den sie gehüllt war, unangenehm auf ihrer Haut an. Sie erhob sich und trat auf ihn zu.

»Weißt du«, begann sie und spielte mit dem Frotteegürtel, »du hattest recht.«

»Womit denn?«

»McAlister wird dir wirklich nicht gerecht«, flüsterte sie.

Er lächelte verlegen.

Sie konnte nicht anders, als ihn anzustarren. Sie wollte seine Lippen spüren, seine Zunge in ihrem Mund, seine Haut an ihrer. Sie hatte es von dem Moment an gewollt, in dem sie ihm zum ersten Mal gegenüberstand. Ohne ihren Blick von ihm abzuwenden, öffnete sie die Schlaufe ihres Bademantels und streifte ihn sich vorsichtig von den Schultern. Er umfasste sanft ihre Taille und zog sie näher an sich heran. Sie schloss die Augen, als er begann, ihren Hals zu küssen. Er duftete so unglaublich gut. Sie ließ ihre Hände über seine Brust und seinen Bauch gleiten. Jeder einzelne seiner Muskeln war so perfekt definiert, dass es schon beinahe lächerlich war. Sie schob das Handtuch von seiner Hüfte. Er lächelte, warf sie rücklings auf das Bett und beugte sich über sie. Sie fühlte sich dem Mann, dem Fremden, dem Kriminellen so nahe, wie sie es sich nie hätte träumen lassen. Und sie genoss es.

VIERZEHN

Tosend brauste das Wasser aus der blank polierten Armatur, während Medeot missmutig das Gesicht musterte, das ihm aus dem großen Spiegel entgegenblickte. Er ließ noch einen weiteren Schwall kaltes Wasser darüberlaufen. Früher hatte ihm eine Nacht in seinem Bürostuhl nichts ausgemacht. Doch langsam musste er sich wohl oder übel eingestehen, dass er alt wurde. Er rieb seine Hände mit den rauen Papierhandtüchern trocken, die allem Anschein nach zu den Sparmaßnahmen des Präsidiums gehörten.

Eine große Tasse dampfend heißen Kaffees in der Hand, ließ er sich hinter seinen Schreibtisch fallen. Dann griff er in die unterste Schublade und holte eine frische Krawatte heraus, eine knallrote. Jedem würde der Unterschied auffallen.

»Guten Morgen, Commissario«, rief Bearzot schon von draußen, »darf ich?«

Medeot bat ihn, einzutreten, und band die Krawatte geschwind zu einem Knoten.

»Haben Sie etwa schon wieder hier geschlafen?«

»Was? Nein, wie kommen Sie denn darauf? Machen Sie sich nicht lächerlich.«

Bearzot deutete auf die Zahnbürste in dem leeren Stiftebecher. Medeot ließ sie in einer der Schubladen verschwinden.

»Sie wollten?«

»Ich wollte Ihnen sagen, dass wir eine Spur haben. Einige Kilometer von der Stelle, an der man Elena Fritz-Gardini in den Fluss geworfen hat, steht eine alte Fischerhütte. Dort fanden sich Spuren von menschlichem Blut.«

»Großartig! Das könnte unser Durchbruch sein. Wurde das Blut schon analysiert?«

»Der Erkennungsdienst braucht noch etwas Zeit, bis sie alles untersucht haben. Die Kollegen sind ziemlich ausgelastet.«

»Weiß Battesimo Bescheid?«

»Die Patavini waren sogar beim Fund dabei. Ich habe angeboten, Ihnen Bericht zu erstatten. Dann müssen Sie sich nicht in aller Herrgottsfrüh mit denen herumschlagen.«

Medeot musste schmunzeln. Manchmal las Bearzot ihm seine Wünsche buchstäblich von den Augen ab.

»Verzeihung. Commissario Medeot?«

Es klopfte am Türrahmen.

»Signor Fritz-Gardini! Schön, dass Sie so kurzfristig vorbeikommen konnten.«

»Kein Problem. Als Ihr Kollege mich vorhin anrief, war ich ohnehin bereits auf dem Weg in die Stadt. Gibt es denn Neuigkeiten, haben Sie Elenas Mörder gefunden?«

»Wir tun, was wir können, um den Verantwortlichen zu identifizieren. Dazu habe ich nur noch ein paar Fragen an Sie.« Medeot sprang auf und eilte um den Schreibtisch herum, um ihm die Hand zu reichen.

»Natürlich. Wenn ich Ihnen dabei helfen kann, den Mord an meiner Schwester aufzuklären, würde ich zu jeder Tages- und Nachtzeit kommen.«

»Ich dachte mir, es wäre vielleicht angenehmer für Sie, sich hier mit mir zu unterhalten als bei Ihnen zu Hause. Vor den Augen Ihrer Eltern. Wie geht es ihnen denn so?«

Er schob ihn bestimmt durch die Tür und bedeutete Bearzot, ihnen in den Vernehmungsraum zu folgen.

»Sie halten sich tapfer. Mutter spricht wieder ein wenig.«

»Gut. Das freut mich«, erwiderte Medeot und öffnete eine Tür auf der anderen Seite des Ganges.

»Ein Verhörzimmer? Aber wieso …«

»Reine Routine.«

Er bat Andrea Fritz-Gardini, ihm gegenüber Platz zu nehmen. Bearzot schloss die Tür und ließ sich auf den dritten Stuhl sinken.

»Mein Kollege, Ispettore Bearzot«, stellte Medeot seinen Schützling vor. »Es macht Ihnen doch nichts aus, wenn er dabei ist?«

Elenas Bruder schüttelte verständnislos den Kopf.

»Aus ihm wird eines Tages bestimmt ein guter Kommissar. Er hat einen Blick für Details, die sonst niemandem auffallen. Zum

Beispiel hat er bemerkt, dass Sie sich ständig an der Innenseite Ihrer Ellbogen kratzen. Und dass Sie für jemanden in Ihrem Alter und mit Ihrer Herkunft sehr schlechte Zähne haben.«

»Entschuldigen Sie bitte? Abgesehen davon, dass es Sie absolut nichts angeht, ist das genetisch bedingt.«

»Verzeihung, ich wollte Ihnen auf keinen Fall zu nahe treten«, erwiderte Medeot und hob abwehrend die Hände. »Etwas wüsste ich allerdings gern. Es gibt da diese kleine private Klinik außerhalb von Udine. Eine Klinik speziell für Menschen mit Problemen … gewisse Substanzen angehend.« Er schlug die Akte auf und tat, als würde er konzentriert lesen. »Vor nicht allzu langer Zeit haben Sie das All-inclusive-Paket in dieser Einrichtung in Anspruch genommen, wenn ich nicht irre.«

»Das dürfen Sie nicht«, brauste Andrea Fritz-Gardini auf, »das fällt unter die ärztliche Schweigepflicht! Wo haben Sie das her?«

»Sie geben also zu, dass Sie ein Drogenproblem hatten?«, fragte Medeot und registrierte aus dem Augenwinkel den erleichterten Blick, den Bearzot ihm zuwarf.

»Ja, gut. In Ordnung. Ich hatte ein paar Schwierigkeiten. Aber ich bin jetzt clean. Ich kann Ihnen gern eine Urinprobe geben.« Elenas Bruder sprang von seinem Stuhl auf. »Jetzt sofort!«

»Herrje, ist ja gut«, lenkte Medeot ein, ehe der Mann noch auf die Idee kam, seine Hose runterzuziehen, um seinen Worten Taten folgen zu lassen. »Bitte setzen Sie sich wieder.«

Er wartete einen Moment, bis Fritz-Gardini der Aufforderung zögernd Folge geleistet hatte. »Soweit ich weiß, ist ein Aufenthalt in dieser Klinik recht kostspielig«, erklärte er dann. »Als ich Sie nach Elenas Problemen gefragt habe, kamen Sie nicht auf die Idee, zu erwähnen, dass sie Ihren Entzug bezahlt hat?«

»Ich … ich … meine Eltern saßen doch daneben! Was hätte ich denn sagen sollen?«

»Die beiden wissen also nichts davon?«, hakte er nach.

»Nein, natürlich nicht. Sie hätten mich wahrscheinlich umgebracht!«

»Woher nahm Ihre Schwester das Geld dafür?«

»Keine Ahnung …«

»Keine Ahnung? Es ist ein fünfstelliger Betrag, verdammt noch mal! Wie können Sie das nicht wissen?«

»Ich weiß es wirklich nicht!«

»Na, dann werden wir wohl am besten Ihre Eltern fragen, woher Ihre Schwester so viel Geld hatte.«

»Nein! Bitte«, flehte er. »Ich … ich … ich erzähle Ihnen etwas, das Ihnen vielleicht helfen könnte. Aber Sie müssen mir versprechen, ihnen nichts zu sagen! Sie sind doch schon am Boden zerstört. Mutter würde … sie würde es nicht verkraften.«

»Erzählen Sie doch mal, und dann sehen wir weiter.«

Andrea starrte wimmernd auf die Tischplatte. Seine Hände zitterten.

»Na, was ist jetzt? Wir haben nicht den ganzen Tag Zeit.«

»Mein … mein Dealer«, begann er leise, »ich meine … mein damaliger Dealer. Er war Elenas Freund. Ich schwöre Ihnen, ich hatte keine Ahnung davon, bis ich sie eines Tages zusammen sah. Ich habe sie angefleht, mit ihm Schluss zu machen, aber ich konnte ihr doch schwer sagen, wieso. Eines Tages hat sie es dann selbst herausgefunden. Drogen waren für sie nie ein Thema, und sie wollte damit auch nichts zu tun haben. Sie hat ihn sofort verlassen. Er war wütend, und das Erste, was er tat, war, ihr zu erzählen, dass ich einer seiner Kunden war. Wir hatten einen Riesenstreit, doch kurz darauf hat sie mich in diese Klinik gebracht. Sie konnte nun einmal einfach nicht aus ihrer Haut. Sie war ein viel zu guter Mensch in einer Welt voller Hass und Intrigen. Ich … ich war wochenlang ohne Kontakt zur Außenwelt. Ich hatte keine Ahnung, was vorging. Als ich rauskam, habe ich erfahren, dass er sie gestalkt hat. Er hat ihr ständig Liebesbriefe und Blumen geschickt, wirklich jeden Tag, und er hat sie überallhin verfolgt. Einmal war sie mit einem anderen Mann essen, und am nächsten Tag hatte der Typ blutigen Brechdurchfall. Elena war sich sicher, dass er dahintersteckte. Ich sage Ihnen, dieser Typ war völlig irre.«

»Was dann?«

»Irgendwann hat es aufgehört.«

»Einfach so?«

»Einfach so.«

»War sie deswegen bei der Polizei?«

»Natürlich! Doch die meinten, ohne Beweise könnten sie nichts tun.«

»Hatte sie das Geld von ihm?«

»Ich weiß es nicht. Möglich wäre es.« Er senkte den Blick. »Sie denken doch nicht, dass er sie umgebracht hat, oder?«

»Sie hätten uns von Anfang an die Wahrheit sagen müssen. Ich hätte gute Lust, Sie wegen Behinderung der Justiz anzuklagen.«

»Tun Sie, was Sie wollen. Aber bitte halten Sie meine Eltern da raus. Sie werden es ihnen nicht erzählen, oder? Ich flehe Sie an!«

»Nein«, brummte Medeot, »vorerst nicht. Wie heißt der Typ?«

»Michele. Michele Borraccia.«

FÜNFZEHN

Die Sonne stand bereits hoch am Himmel und erwärmte die gewaltigen Felsen am Rande der Bahngleise. Hinter ihnen, nur durch die Felszwischenräume zu erkennen, lag der tiefblaue Ozean, auf dem sich ein enormes Kreuzfahrtschiff gerade seinen Weg in Richtung Horizont bahnte. In welch atemberaubende Gegenden es seine Gäste wohl entführen mochte? Beinahe ausgestorben war die schmale Küstenstraße, die sich zwischen den karg bewachsenen Hügeln und dem offenen Meer hindurchschlängelte. Der nächste hohe Felsen schob sich in Alexandras Blickfeld, und sie wandte sich vom Fenster des Zuges ab. Angelo, auf dem Sitz ihr gegenüber lümmelnd, gähnte laut. Sie konnte es ihm nicht verübeln, auch sie selbst fühlte sich wie gerädert. Sie hätten die wenigen Stunden, die ihnen in der letzten Nacht geblieben waren, wohl besser zum Schlafen genutzt.

Ein Knacken drang aus den Lautsprechern, eine Stimme auf Tonband kündigte die Station Miramare an. Sie erhoben und streckten sich und stiegen aus. Einen kurzen Fußmarsch später tauchte unter ihnen in einiger Entfernung die Silhouette des Castello di Miramare auf, noch strahlender und eindrucksvoller als sonst. Majestätisch thronte das schneeweiße Schloss über dem Meer. An seinem Fuß versank die Klippe im Wasser der blauen Bucht Grignano, selbst aus der Entfernung konnte sie die Gischt erkennen, die meterhoch aufspritzte, jedes Mal, wenn eine Welle auf den gigantischen Felsen traf. Schon seit Alexandra denken konnte, hatte der Bau mit den weißen Türmen sie in seinen Bann gezogen.

Sie hatte sich als Kind immer vorgestellt, wie es wohl wäre, dort zu leben. Endlose Erkundungstouren und Abenteuer an der Klippe, die Suche nach Krebsen und Langusten, die ein neues Zuhause in dem riesigen Aquarium in ihrem Turmzimmer fanden. Ein besseres Zuhause, denn bei ihr würden sie es gut haben. Keine Raubtiere, die sie jagten, genügend Futter und Unterhaltung, den ganzen Tag. Zwei Diener hätte sie, beide als Clowns verkleidet. Einen, der ihr immer die Kruste vom Schwarzbrot schneiden würde. Sie mochte es gar nicht, wenn der harte Rand ihren Gaumen wund rieb. Und einen, der ihre Puppen sortieren würde, jeden Abend bevor sie schlafen ging, entweder alphabetisch oder nach ihrer Haarfarbe, das wusste sie noch nicht genau. Doch sie würde viele Puppen haben, das stand fest. Jeden Abend, wenn sie Bianca, ihre alte Puppe mit den zerzausten Haaren, deren rechtes Auge immer offen blieb, wenn man sie hinlegte, neben sich an den Esstisch gesetzt und von ihrem Marmeladenbrot abgebissen hatte, hatte sie an das weiße Märchenschloss gedacht.

Hinter Angelo stapfte sie den kleinen ausgetretenen Pfad entlang, der sich inmitten der Felsen zum Castello hinabschlängelte. Ein abruptes Anhalten, ein staunender Blick, als sie auf den mit Kies ausgestreuten Hof traten, der sich vor dem Eingang des Gebäudes erstreckte. Der Anblick war einfach atemberaubend. Die unvergleichliche Mischung aus dem im Stil des romantischen Historismus erbauten Domizil und dem italienischen Garten hatte etwas Königliches an sich.

Widerwillig wandte sie sich von der betörenden Schönheit ab und folgte Angelo in das Innere des Schlosses. Die Herrschaftsräume, in denen sie sich immer mit ihren Clownbutlern gesehen hatte, waren nicht weniger beeindruckend als die Fassade. Zu gern hätte sie sich noch einmal Maximilians Thronsaal angesehen oder den imposanten Novara-Saal, der der Offiziersmesse jenes Schiffes nachempfunden war, auf dem Maximilian Seeoffizier gewesen war. Doch Angelo zwang sie, sich in Erinnerung zu rufen, wieso sie hier waren. Er bedeutete ihr, sich der gerade beginnenden Führung anzuschließen, und sie folgten der kleinen Gruppe in die Ausstellungsräume eines der berühmtesten Museen Norditaliens.

Gelangweilt trat Alexandra von einem Bein auf das andere, während die monotone Stimme der Museumsführerin ihre Müdigkeit immer stärker wachsen ließ. Ohne Punkt und Komma reihte sie eine Liebesgeschichte an die nächste, der Triestiner Dialekt so ausgeprägt, dass Alexandra sich schwertat, dem Erzählfluss überhaupt zu folgen. Ein weit aufmerksamerer Zuhörer war da Angelo, offenbar interessiert an jedem Wort, das über die schmalen Lippen der älteren Dame kam. Sie waren fast so schmal wie die Lippen von Alexandras Vermieterin. Man sagte immer, vor Menschen mit dünnen Lippen solle man sich in Acht nehmen. Sie hatte gedacht, auf Signora Cornucci, die uralte eingeborene Friulanerin mit der großen Brille und dem weitverbreiteten unterschwelligen Hass auf die slowenische Bevölkerung, die sich immer so freute, wenn sie sie sah, würde das nicht zutreffen. Doch anscheinend hatte sie sich geirrt. Sie war es gewesen, die ihr die Polizei auf den Hals gehetzt hatte, wenn auch möglicherweise ohne böse Absicht. Sie hatte ihre Neugier nicht im Zaum halten können. Wie oft war sie wohl schon von ihr durch das Fenster beobachtet worden, während sie am Esstisch saß und arbeitete, wenn sie kochte oder, Gott bewahre, gerade aus der Dusche kam?

Was in dem Örtchen wohl gerade vor sich ging? War man bereits wieder zur Normalität zurückgekehrt? Und wie ging es Hartmut? Sie schluckte. Ob man Hannes wohl schon gefunden hatte? Oder lag er noch immer dort auf dem Waldboden, zurückgelassen von der Person, die ihn überhaupt erst in diese Lage gebracht hatte?

Angelo stupste sie in die Taille. Erschrocken fuhr sie aus ihren Gedanken hoch.

»Das war eine Stunde meiner Lebenszeit, die ich nie mehr zurückbekomme«, witzelte er.

»Ist es so weit?«

»Ja, der nächste Raum ist Casanova gewidmet«, erklärte er. »Alles in Ordnung?«

»Nein«, gab sie nur zurück und ging weiter.

»Giacomo Girolamo Casanova«, begann die Museumsführerin stolz, »nato in 1725, è stato un avventuriero, scrittore, poeta, alchimista, diplomatico, filosofo e agente segreto italiano. Il suo nome, Casanova, è diventato il sinonimo di seduttore …«

Es folgte eine monotone Zusammenfassung seines Lebens, die klang, als würde sie wortwörtlich aus Wikipedia stammen.

Alexandra stöhnte verdrossen. Es war reine Zeitverschwendung, wie sie es prophezeit hatte.

»Psst«, machte sie, um Angelos Aufmerksamkeit zu erregen.

»Was ist?«, flüsterte er und trat an sie heran.

»Frag sie, ob sie was von seiner großen Liebe weiß, bevor sie noch fünf Stunden vor sich hin labert.«

Er lächelte und hob artig die Hand. »Scusi, Signora.«

»Ah, wie schön. Wir haben eine Frage. Bitte, bitte.«

Er stellte seine Frage, und sie nickte begeistert. Ein paar Köpfe drehten sich nach ihnen um. Nicht wenige Blicke blieben kritisch an seiner dreckigen und zerknitterten Kleidung hängen. Verunsichert versteckte Alexandra den Großteil ihres Oberteils unter ihren Armen. Sie hatten Zeit, sich stundenlang diesen Schwachsinn anzuhören, aber zehn Minuten in einem Bekleidungsgeschäft waren zu viel gewesen. Wenn das Angelos einziger Beitrag zum Thema »nicht auffallen« war, waren sie schon so gut wie erledigt.

»Allora«, setzte die Museumsführerin an, und ein neuerlicher Wortschwall ergoss sich über die Gruppe. Unzählige Frauennamen, Dutzende Orte, alles in Sekundenschnelle abgespult, ohne auch nur einmal sichtbar Luft zu holen. Jede noch so winzige Kleinigkeit schien sie plötzlich anbringen zu wollen.

Alexandra fasste sich an den Kopf. Der stechende Schmerz in ihrer Schläfe stieg proportional zum Tempo der quäkenden Stimme der alten Dame.

Angelo trat ein paar Schritte zur Seite und begann, den Inhalt der Schaukästen zu studieren.

Auf einmal sog er laut Luft durch die Nase ein. Mit übertriebenem Handwedeln forderte er sie auf, zu ihm zu kommen. Ihr Puls beschleunigte sich.

»Was ist? Was hast du gefunden?«, flüsterte sie aufgeregt.

»Gar nichts«, gab er zu und zog sie an sich, »ich wollte nur einen Moment mit dir allein sein. Schließlich sind wir hier doch umgeben von Liebe, da sollten wir uns nicht langweilen.« Er dehnte das i in Liebe so lange aus, dass es sich richtig sarkastisch anhörte.

»Du Schuft«, gab sie schmollend zurück, »ich hatte schon fast wieder Hoffnung.«

Sie sah verstohlen in Richtung der Gruppe, doch die Museumsführerin war nach wie vor in ihren Vortrag vertieft, den sie ihren Zuhörern mit Händen und Füßen näherzubringen versuchte.

Sie küsste ihn.

»Die gestrige Nacht«, eröffnete er ihr, als sie ihre Lippen wieder von seinen löste, »war unbeschreiblich.«

»Ja«, flüsterte sie, »das finde ich auch.«

Er blickte tief in ihre Augen. Sie musste sich Mühe geben, nicht in den seinen zu verschwinden, die sie so stark in ihren Bann zogen, dass sie alles rund um sich herum vergaß.

»Was willst du tun, wenn es nicht klappt?«, fragte er.

»Zweifelst du?«

»Nein. Ich meine nur, falls wir den Schlüssel nicht finden und es nicht schaffen, deinen Namen reinzuwaschen … nur falls … Was wirst du tun?«

»Kap Verde«, gab sie leise zurück, »weißt du doch.« Sie küsste ihn noch einmal, und er schloss seine Arme fest um sie.

Lautes Murmeln ertönte. Der alte Holzboden knarrte unter den Füßen der Besucher, die auf einmal alle im Begriff waren, sich auf den Weg nach draußen zu machen. Angelo löste sich hastig aus ihrer Umarmung.

»Scusi«, rief er der alten Dame zu, die im Türrahmen wartete, bis auch der Letzte den Bereich verlassen hatte. »Wenn es Ihnen nichts ausmacht, würden wir Ihnen gern noch ein paar Fragen stellen. Ich danke Ihnen vielmals für diesen wundervollen und überaus aufschlussreichen Vortrag. Wie Sie sehen, haben Sie es geschafft, richtige Leidenschaft in uns zu entfachen.« Demonstrativ griff er nach Alexandras Hand und zog sie näher an sich heran.

Die Dame lächelte, bedankte sich und gab ihnen zu verstehen, was für ein nettes Paar sie doch waren.

»Wobei kann ich Ihnen denn noch behilflich sein?«, wollte sie wissen.

»Haben Sie schon einmal etwas von einer ganz besonderen Frau in Casanovas Leben gehört? Jemand, den er über alles geliebt haben soll?«

»Natürlich. Seine große Liebe war Francesca Bru–«

»Bruschetti. Ich weiß. Verzeihung. Nein, ich spreche von jemand anderem. Es gab noch eine andere Frau.«

Sie klappte den Mund wieder zu und sah etwas verwirrt aus.

»Es muss jemand sein, den er erst getroffen hat, als er hierher nach Triest zurückkehrte.«

»Ich fürchte, da muss ich Sie leider enttäuschen. In seinen Aufzeichnungen gibt es keine Anhaltspunkte –«

»Ja, das weiß ich«, unterbrach er sie erneut, »aber es geht eben genau um das, was *nicht* in seinen Memoiren steht. Vielleicht haben Sie einmal etwas in dieser Art gehört?«

»Nein, tut mir leid. Da gibt es nichts.«

»Wer ist denn verantwortlich für diesen Teil der Ausstellung? Es gibt doch sicher jemanden, der das alles zusammengestellt hat und –«

»Das bin ich, Signore. Ich kann mich nur wiederholen. Es ist mir in diesem Zusammenhang nichts bekannt. Casanova war, als er nach Triest zurückkehrte, an seinem Tiefpunkt angekommen. Er hatte versucht, eine Zeitschrift zu gründen, dann, der Direktor eines Theaters zu sein. Doch er war mit allem, was er anpackte, kläglich gescheitert. Nach Triest kehrte er nur deshalb zurück, weil er aus Venedig erneut verbannt worden war. Bedenken Sie doch, wie ausgeprägt sein Ego war und wie groß seine Liebe zu sich selbst. Er begann damals, sich seiner selbst zu schämen. Was noch dazukam, war, dass ihm sogar die Frauen nicht mehr in derselben Weise zu Füßen lagen wie einst. Aus diesen Gründen hat er seine Memoiren nicht mehr weitergeführt.«

Sie lächelte und nahm Alexandra und Angelo liebevoll an den Händen. »Sie beide geben so ein wundervolles Paar ab. Ich finde es toll, dass es junge Menschen gibt, die sich die Liebe in der Literatur und Geschichte so zu Herzen nehmen wie Sie zwei. Doch meine Lieben, es gibt unglaublich viele Beispiele für wahre Liebe in den Gemäuern dieses Museums. Versteifen Sie sich nicht zu sehr auf Casanova. Nehmen Sie sich lieber der Geschichten von Hero und Leander, Pyramus und Thisbe oder Romeo und Julia an.«

»Wie recht Sie doch haben«, pflichtete er ihr bei, und auch Alexandra nickte. »Wir danken Ihnen trotzdem vielmals für Ihre Geduld.«

Sie nickte höflich, drehte sich um und verließ den Saal. Angelo folgte ihr, doch Alexandra schaffte es im ersten Moment nicht, sich vom Fleck zu rühren. Zu groß war die Enttäuschung, die mit einem Mal über sie hereinbrach. Sie lockerte ihre Schultern, als könnte sie das bedrückende Gefühl dadurch abschütteln. Als sie ebenfalls gerade durch den Türrahmen treten wollte, fiel ihr Blick auf einen der Schaukästen. Brutal riss sie Angelo am Arm zurück in den Raum. Er stolperte und hätte sich beinahe der Länge nach hingelegt.

»Pass doch auf! Was soll –«

»Sieh doch«, flüsterte sie erregt und deutete auf den gläsernen Kubus, in dem ein einzelnes silbernes Schmuckstück lag. Sie trat an das Glas heran. Darin lag, auf ein dunkelrotes Samttuch gebettet, ein Bettelarmband. Es hatte ein wenig Ähnlichkeit mit jenen, die heutzutage gern getragen wurden. Auf der schmalen Metallplakette davor stand: »Settecento, Origine Trieste«, 18. Jahrhundert, Herkunft Triest. Zwischen den verschiedenen silbernen Anhängern baumelte etwas, das auf den ersten Blick kaum auffiel, obwohl es so gar nicht zum Rest passen wollte. Es war ein kleiner goldener Schlüssel. Sie blickten einander an.

»Das kann kein Zufall sein, oder?«, flüsterte sie.

»Kommen Sie nun bitte?«, ertönte die Stimme der Museumsführerin aus dem Flur.

»Was sollen wir jetzt tun?«, drängte Alexandra hektisch, »wir müssen irgendwie an das Ding herankommen.«

»Das weiß ich doch auch nicht.«

»Wir können sie schlecht fragen, ob sie es uns kurz ausleiht.«

»Signori?« Die schmallippige Dame stand wieder in der Tür und blickte auffordernd zu ihnen herüber.

»Verzeihung. Wir waren nur so fasziniert von diesem wunderschönen Armband. Sie haben es während Ihrer Führung gar nicht erwähnt. Oder irre ich mich?«

»Nein, das ist richtig. In diesem Bereich befinden sich einige der Schmuckstücke, die im Besitz von Casanovas Geliebten waren. Sie sehen hübsch aus, doch besonders viel gibt es darüber nicht zu sagen. Es sind wertlose Imitate, so wie auch die vergoldeten Herzanhänger, die wir hier drüben aufbewahren.«

»Casanovas Anhänger, meinen Sie?«

»Wir wissen leider nicht, woher die Damen sie hatten. Auffällig ist aber, dass sie in der zweiten Hälfte des 18. Jahrhunderts auf einmal in ganz Europa aufgetaucht sind. Die drei Stücke, die wir hier haben, sind aus Spanien, Frankreich und Russland. Allerdings war Casanova nur einer von vielen seiner Zeit, die in Europa herumkamen. Es wäre also etwas weit hergeholt, sie ihm zuzuordnen. Aber möglich ist alles.«

Alexandra tastete unbewusst nach dem Medaillon, das sie unter ihrem Oberteil versteckt trug. Es war genau so, wie Gasparo es gesagt hatte. Die Medaillons im Schaukasten und ihres glichen einander, und doch waren sie völlig unterschiedlich. Nur konnte sie nicht in Worte fassen, was es war, das diesen Unterschied ausmachte. Als wäre es nicht das Aussehen, sondern etwas anderes, nicht Greifbares.

Angelo wandte sich wieder dem Armband zu.

»Woher stammt es?«

»Nun, es war ein Geschenk an das Schlossmuseum. Der Spender wollte, dass es seinen Platz am richtigen Ort findet, nämlich in seiner Heimat.«

»Sagen Sie, dieser Spender –«

»Ist sehr auf seine Anonymität bedacht. So wie viele unserer Spender.«

»Natürlich. Das ist absolut verständlich«, pflichtete er ihr bei. »Wir haben uns selbst schon überlegt, Ihrem Museum beziehungsweise dem Schloss eine Spende zukommen zu lassen. In Form einer finanziellen Aufwendung, versteht sich. Ich kann mir vorstellen, dass es nicht einfach ist, dieses Anwesen in seiner ganzen Schönheit zu erhalten.«

»Es ist ein Kampf«, bestätigte sie.

»Sagen Sie, bestünde die Möglichkeit, diese Stücke in einem etwas«, er schien seine Worte mit Bedacht zu wählen, »weniger offiziellen Rahmen zu besichtigen?«

Die Dame zog die Augenbrauen zusammen und musterte ihn von Kopf bis Fuß. Sie rümpfte die Nase, als ihr Blick auf seine verdreckten Jeans fiel, zog die Schultern gerade und hob stolz den Kopf. »Tut mir leid, aber das ist unmöglich.«

»Wir würden –«

»Ich denke, ich habe mich klar ausgedrückt«, unterbrach sie ihn scharf. »Es handelt sich dabei um eine ausdrückliche Weisung des Direktors sowie unserer Kuratorin, und sie betrifft sowohl die Schmuckstücke, die Sie hier sehen, als auch alle anderen Ausstellungsstücke. Ich kann und werde Ihrem Wunsch also keinesfalls nachkommen. Wir legen allergrößten Wert darauf, dass unsere Leihgaben und Spenden mit größter Sorgfalt behandelt werden und wir den Wünschen unserer Spender ohne Ausnahme entsprechen.«

»Wäre es denn möglich, mit dem Direktor zu sprechen? Ich bin mir sicher, dass wir da eine Lösung –«

»Der Direktor«, fuhr sie ihn zornig an, »ist mein Mann. Und die Verantwortung für diese Ausstellung obliegt mir. Habe ich mich jetzt verständlich genug geäußert? Ich kann verstehen, dass Sie Ihre Freundin beeindrucken wollen. Aber wo kämen wir denn hin, wenn ich anfangen würde, wahllos Schaukästen zu öffnen und jeden dahergelaufenen Touristen mit unseren Ausstellungsstücken spielen zu lassen. Ich bitte Sie. Das ist ein Museum und kein Flohmarkt.«

Erstaunlich, wie sich eine so freundliche kleine Dame unversehens aufplustern konnte wie eine unter Stress stehende ausgewachsene Pute.

»So hat mein Freund das natürlich nicht gemeint«, versuchte Alexandra einzulenken, »es tut uns sehr leid. Wir wollten Ihnen auf keinen Fall zu nahe treten.«

»Folgen Sie mir bitte hinaus. Die Führung ist inzwischen beendet«, gab sie zurück und machte auf dem Absatz kehrt.

Angelo warf ihr einen beinahe verzweifelten Blick zu, doch Alexandra verzog nur die Mundwinkel und folgte dem Truthahn hinaus auf den Gang.

»Musstest du denn gleich aufgeben?«, fragte er, nachdem sie wieder auf dem knirschenden Kies vor dem Schlosseingang standen.

»Du hast sie in ihrer Ehre beleidigt! Und du wolltest sie übergehen. Glaub mir, diesen Zug hättest du nicht mehr bremsen können.«

»Wenn wir nicht aussehen würden wie zwei Landstreicher, die sich gerade mit einem Rudel Wölfe um eine Dose Bohnen geprügelt haben, wäre das mit Sicherheit anders gelaufen.«

»Wenn du einfach die Klappe gehalten hättest, wahrscheinlich auch.«

»Und was tun wir jetzt?«

»Lass uns gehen. Irgendwohin, wo wir nicht wie auf dem Präsentierteller stehen.«

Sie hakte sich bei ihm unter und marschierte schnurstracks auf einen mit Rosen bewachsenen Torbogen zu, der den Eingang zur großen englischen Parkanlage bildete.

»Wir sollten aussehen wie ein verliebtes Paar«, stellte sie fest. »Die Alte beobachtet uns. Das spüre ich.«

»Schön langsam wirst du paranoid.«

»Quatsch. Wie kannst du das alles so locker nehmen? Hast du vergessen, dass wir gesucht werden? Beihilfe zum Mord, Behinderung der Justiz, Verstecken einer flüchtigen Person und sicher noch einiges mehr. Reicht dir das nicht, um zumindest ein bisschen nervös zu sein?«

»Diebstahl …«

»Was?«

»Kaugummi?«, fragte er und hielt ihr eine Packung Airwaves hin.

»Hast du die gerade im Souvenirladen geklaut? Du nimmst das hier nicht ein bisschen ernst, oder?«

»Doch, natürlich«, gab er zurück und schob sich eines der weißen Dragees in den Mund, »aber bei allem, was du gerade aufgezählt hast, macht das doch auch keinen Unterschied mehr.

Abgesehen davon haben wir den Schlüssel gefunden. Wir haben ihn tatsächlich gefunden! Das ist unglaublich! Freu dich doch mal ein bisschen.«

»Gesehen haben wir ihn. Nur *haben* wir ihn nicht.«

Wie konnte er nur so unfassbar gelassen sein, während sie jede einzelne Sekunde um ihr Leben fürchtete! Jedes Rascheln in der Hecke, jedes Gurren der Tauben ließ sie zusammenzucken, und er stand nur da und kaute lächelnd seinen Kaugummi.

»Außerdem, denkst du echt, wir haben unsere Verfolger einfach abgehängt? Sie sind uns sicher immer noch dicht auf den Fersen, da wette ich drauf. Ganz zu schweigen von der Polizei.«

»Gut, ich gebe zu, dass die Polizei ein Problem sein könnte. Aber diese Typen scheinen nicht gerade die Hellsten zu sein.«

»Man kann nie vorsichtig genug sein. Und ich halte es auch nicht für besonders klug, dass wir uns zwischen den vielen Menschen hier vor dem Schloss aufhalten.«

»Okay, wenn du dich dann sicherer fühlst«, meinte er lächelnd und legte seinen Arm um sie. »Ein verliebtes Pärchen zu spielen, wird uns beiden garantiert nicht schwerfallen.«

Wenn er nur wüsste, wie recht er damit hat, dachte sie, und ein wohlig warmes Gefühl breitete sich in ihrem Bauch aus, als sie ihn von der Seite verstohlen ansah. Er bemerkte ihren Blick und drückte ihr einen Kuss auf die Stirn. Sofort wurde ihr heiß und kalt zugleich.

»Trotzdem glaube ich kaum, dass ausgerechnet hier irgendjemand nach uns suchen würde«, fügte er hinzu. »Zwei flüchtige Personen, die am helllichten Tag in ein Museum gehen und sich eine Ausstellung über Liebe ansehen? Ich bitte dich. Wer sollte uns hier finden?«

Er strahlte über das ganze Gesicht, doch ihre Miene blieb ernst. Jemand, der weiß, wonach wir suchen, dachte sie.

***

Auf der gegenüberliegenden Seite des italienischen Gartens lehnte ein dunkelhaariger Mann an der Fassade. Seine Augen funkelten in seinem von Bartstoppeln überschatteten Gesicht, als er den beiden hinterherblickte, wie sie Arm in Arm durch das bewachsene Tor in den Park verschwanden. Er nahm einen letzten Zug von seiner Zigarette und warf den Stummel achtlos zu den anderen vor seinen Füßen. Dann zückte er ein Handy und wählte eine Nummer. Nervös pulte er an einem der tiefen Kratzer an seinem Hals, bis dieser erneut zu bluten begann. Es dauerte eine kleine Ewigkeit, bis die Person am anderen Ende abhob.

»Sì, sono io«, nuschelte er und wischte den blutigen Daumen an seiner Jacke ab. »Castello di Miramare«, meinte er dann und ergänzte nach einer kurzen Pause zischend: »Was glaubst du denn? Ich genieße die Aussicht.«

Er verzog die Lippen und setzte einen Gesichtsausdruck auf wie ein geprügelter Hund.

»Verzeihung«, sagte er gleich darauf kleinlaut, »ich bin nur etwas –« Er wurde unterbrochen. »In Ordnung.«

Die Person am anderen Ende der Leitung schien eine Zeit lang auf ihn einzureden.

»Sì … sì … aber«, machte er zwischendurch, doch sein Gegenüber ließ ihn nicht zu Wort kommen. »Okay … sì, va ben«, willigte er schließlich ein.

Er legte auf, steckte sich die nächste Zigarette an und schlurfte seelenruhig in die Alexandra und Angelo entgegengesetzte Richtung davon.

***

Trostlos und vernachlässigt lag die einst so wundervolle Parkanlage da. Ein Anflug von Trauer regte sich in Alexandras Herz, zu schmerzlich war der Anblick der wild wuchernden Pflanzen und der veralgten Wasserwege. Der Garten war berühmt für seine unglaubliche Artenvielfalt, die Maximilian seinerzeit aus der ganzen Welt an dieses Fleckchen bringen ließ. Umso größer war ihr Bedauern, als sie feststellen musste, dass davon nicht viel übrig geblieben war. Das Gelände war Eigentum des Staates, von ihm stammte die Weigerung, Unsummen in die notwendige

Neubepflanzung zu stecken. Triest war mittlerweile einer der vergessenen Flecken Italiens, zu dezentral die Lage, zu unwichtig der einst am meisten frequentierte Hafen Mitteleuropas.

Sie wanderten vorbei an wucherndem Unkraut und gekippten Biotopen. Die vielen seltenen, empfindlichen Pflänzchen ließ man sterben, sehr zum Bedauern vieler Gäste, einschließlich Alexandra, und nicht zuletzt der Stadt selbst. Die Leute sollten eher dafür etwas spenden statt für dieses lächerliche Museum, dachte sie. Und genau das würde sie auch tun. Sobald sie diese Farce hinter sich hatte, würde sie sich für die Erneuerung des Parks einsetzen, bis er in altem Glanz erstrahlte. »Alexandra-Garten« würde er von da an heißen. Den Nachnamen würde sie den Italienern ersparen, es war ja doch niemand in der Lage, ihn auszusprechen.

Sie ließen sich auf einer Parkbank unter einer gigantischen Zypresse nieder.

»Sag mir bitte, dass du einen Plan hast«, sagte sie flehend, doch Angelo hob nur die Schultern.

»Was erwartest du denn jetzt von mir? Ich hatte so etwas wie einen Plan, doch der ging in die Hose, wie du gesehen hast.«

»Denkst du, wir haben eine Chance, wenn wir direkt zur Kuratorin gehen?«

»Wohl kaum. Die weiß mittlerweile sicherlich über uns Bescheid.«

»Ich dachte immer, du könntest das besser.«

»Was?« Seine Miene verfinsterte sich schlagartig.

Sie verzog schmollend die Lippen. »Leute um den Finger wickeln. Noch dazu eine Frau.«

»Pass gut auf, was du sagst«, mahnte er und funkelte sie an. »Ich hätte es schon noch geschafft. *Du* warst doch diejenige, die sofort klein beigegeben hat.«

»Ach, jetzt bin ich daran schuld?«

»Na ja, ist doch wahr. Abgesehen davon bin ich aus der Übung.«

»Ich glaube eher, dein Ruf besteht aus nichts weiter als den Übertreibungen der Leute und deiner eigenen Angeberei. Und die Geschichte mit deinem Gemälde in den Uffizien glaube ich dir schon gar nicht.«

Sichtlich verwirrt sah er sie an. Ein missmutiges Zucken legte sich in seine Mundwinkel, doch ehe er damit beginnen konnte, sich zu rechtfertigen, redete sie weiter.

»Du weißt, es gibt jetzt nur noch eine Möglichkeit, an den Schlüssel zu kommen.«

»Bitte sag es nicht.«

»Ach, stimmt ja. Wahrscheinlich sind die Geschichten über deine legendären Einbrüche auch nur halb so wahr, wie du es gern hättest.«

Kurze Pause. Sie musterte ihn. Angelo schien nur noch einen weiteren Vorwurf von einer Explosion entfernt zu sein.

»Schade«, fügte sie sodann in leicht neckendem Tonfall hinzu, »ich hätte wissen müssen, dass das zu viel für dich ist.«

Es dauerte Sekunden, in denen er sie nur grimmig anstarrte, nicht sicher, ob sie es tatsächlich ernst meinte, bis er reagierte.

»Na gut«, zischte er mit mühsam verhaltenem Ärger, »wir müssen auf jeden Fall warten, bis es dunkel ist und niemand mehr hier ist. Es gibt eine einfache Alarmanlage und einen Nachtwächter, die beide nicht schwer zu umgehen sein dürften. Nur den Kameras werden wir nicht aus dem Weg gehen können. Abschalten können wir sie nicht, und um sie zu manipulieren, fehlt uns sowohl die Zeit als auch das Equipment.«

Sie nickte, so ernst sie konnte. Sein armes Ego.

»Einen Museumseinbruch plant man nicht einfach mal so in fünf Minuten.«

»Es sei denn, man ist ein Meister seines Fachs, richtig?«

Sie drehte ihren Kopf in die andere Richtung und tat, als würde sie eine Taube beobachten, die dort am Boden saß und gurrend mit dem Kopf wackelte. Sie konnte sich das Grinsen einfach nicht mehr verkneifen. Jeder Mensch war manipulierbar, und es war bei Gott nicht so, als hätte ausgerechnet Angelo dieses Spiel erfunden.

SECHZEHN

Kopfschüttelnd beugte sich Medeot an seinem Schreibtisch nach vorn und stützte das Gesicht in seine Hände. Anfangs war alles so klar gewesen, so eindeutig. Wie hatte dieser Fall sich nur zu einem so verzwickten entwickeln können? Erst Elena Fritz-Gardinis überstürzter Auszug, gefolgt vom sofortigen Einzug von Alexandra Hüttenstätter, die schon seit ihrer Ankunft hartnäckig versucht hatte, das hübsche Häuschen für sich zu bekommen. Eigenartig, aber kaum Grund genug, jemanden zu töten. Dazu ein angeblich geläuterter Kunstdieb, der tote Zambon, sein schmieriger Kumpan Mauro, Andrea Fritz-Gardinis Drogenvergangenheit, der eifersüchtige Ex-Freund und schließlich sogar Gian-Luigi Vascotto. Jeder von ihnen könnte es gewesen sein, er war sich sogar sicher, dass es zwischen allem eine Verbindung gab. Eine, die er nur noch nicht greifen konnte. Doch was war es? Was übersah er?

Matt erhob er sich von seinem Schreibtisch, als vor seinem Büro ein lautes Murren durch die Halle ging. Neugierig warf er einen Blick nach draußen. Ein uniformierter Polizist trat rasch zur Seite, um drei Männern Platz zu machen, die gerade das Präsidium betraten. Wie auf Kommando verstummten sämtliche Gespräche im Raum, das Klackern der Tastaturen und das Rascheln von Papier, und alle Blicke gingen in dieselbe Richtung. In die von Gian-Luigi Vascotto. Mit starrer Miene schritt er durch den Raum, schräg links und rechts hinter sich zwei Muskelprotze in schwarzen Anzügen, die ihm mit unbewegten Mienen folgten. Ihr Anblick und die Kälte in ihren Gesichtern hätten gereicht, um jeden, der ihnen im Weg stand, augenblicklich einen kleinen Schritt zurückweichen zu lassen. Und doch war es nicht ihre Anwesenheit, sondern die des gut einen Kopf kleineren Vascotto, die das Präsidium für einen Moment in absoluter Stille und Anspannung verharren ließ.

Medeot traute seinen Augen kaum. Vascottos Blick traf seinen, er nickte kurz und kam schnurstracks auf ihn zu.

»Commissario Medeot?«

»Der bin ich.«

Er reichte ihm die Hand, an deren kleinem Finger ein dicker silberner Ring saß. Sein Händedruck war fest und bestimmt. Der Mann war nicht groß, dennoch besaß er die unnachahmliche Fähigkeit, sich durch sein bloßes Auftreten Größe und Respekt zu verschaffen.

»Ich weiß, Ihr Terminkalender ist randvoll, doch ich bin mir sicher, Sie können ein paar Minuten Ihrer Zeit entbehren.«

Es war weder eine Bitte noch eine Frage, es war eine Feststellung. Medeot verzog keine Miene. »Bitte nehmen Sie doch Platz«, sagte er und deutete in sein Büro, um Vascotto den Vortritt zu lassen. »Was verschafft mir dieses … Vergnügen?«

Nachdem Vascotto seine Begleiter angewiesen hatte, vor der Tür zu warten, setzte er sich auf den Besucherstuhl, schob die dicke Krawatte seines beigefarbenen Zweireihers zurecht und sah sich um.

»Mir ist zu Ohren gekommen«, begann er dann, »dass mein Name auf diesem Kommissariat derzeit in aller Munde ist. Wie komme ich zu dieser zweifelhaften Ehre?«

Medeot verschränkte die Hände auf dem Schreibtisch und fixierte Vascotto. Betont lange zögerte er die Antwort hinaus, in seinem Kopf ratterte es, ehe er sagte: »Wer erzählt denn so etwas?«

Die beinahe schwarzen Augen des Gangsterbosses wollten ihn durchbohren, ihn dazu zwingen, den Blick abzuwenden und zu reden anzufangen, doch er blieb standhaft. Dieser Kampf würde über den weiteren Verlauf ihres Gesprächs entscheiden, und er wollte ihn auf keinen Fall verlieren.

»Ein Vögelchen hat es mir gezwitschert. Und ich dachte mir, nun ja, ehe Sie Ihre Zeit verschwenden, indem Sie sich wilden Spekulationen hingeben, komme ich doch lieber selbst vorbei, um etwaige … Vorwürfe aus der Welt zu schaffen.«

»Und welche Vorwürfe sollen das sein?«

»Commissario, jetzt lassen Sie das, wir sind schließlich unter uns. Ich möchte mich doch nur mit Ihnen unterhalten.«

»Gut«, gab Medeot kalt zurück, »reden wir.«

»Na also.« Vascotto setzte ein emotionsloses Lächeln auf.

»Wo waren Sie in der Nacht von Montag auf Dienstag?«

»Zu Hause. Ich habe geschlafen. Meine Frau kann das bestätigen sowie etwa eine Handvoll meiner Angestellten. Warten Sie, geht es hier etwa um den Mord an diesem Mädchen?«

Medeot zog es vor, nichts darauf zu erwidern. Was sollte dieser Auftritt? Warum war der Mann hier?

»Das heißt dann wohl ja«, stellte Vascotto fest. »Ich habe in der Zeitung davon gelesen. Armes Ding. Gibt es denn schon Verdächtige? Abgesehen von mir natürlich, aber was das angeht, sind Sie an der falschen Adresse.« Er lachte laut auf. »Doch das wissen Sie bereits, nicht wahr?«

»Das mag ja sein, aber wo wir von Verdächtigen sprechen, wie wäre es mit Luca Zambon oder Giuseppe Mauro? Na, klingelt da was bei Ihnen?«

»Ja. Ja, in der Tat. Ich kenne die beiden.« Er erhob sich ächzend. »Der Ischias«, erklärte er. »Wenn man das einmal hat, kommt es immer wieder. Ein ekelhafter Schmerz. Bohrend und allgegenwärtig.« Er streckte sich und begann, in Medeots Büro auf und ab zu gehen. »Also die beiden, ja? Ich wusste gar nicht, dass … na ja, ich dachte, sie wären im Gefängnis oder tot, irgendwo verscharrt. Sind ja nicht die hellsten Kerzen auf der Torte.«

»Sie stehen nicht mehr in Kontakt?«

»Schon lange nicht mehr. Aber offensichtlich haben Sie ja noch andere Verdächtige. Alexandra –«

»Wie kommen Sie auf diesen Namen?«, entfuhr es Medeot.

»Ich bitte Sie.« Er verzog die Lippen und deutete in Richtung des Konferenzraums. »Wenn Sie nicht abschließen, kann ich doch nichts dafür.«

»Was zum …« Medeot fuhr von seinem Sessel hoch, hastete nach draußen und knallte die Tür zum Besprechungszimmer zu. Heiß stieg die Wut seinen Hals empor. Jeder, der dort vorbeigegangen war, hatte die riesige Pinnwand begutachten können.

»Ach, ich bitte Sie, Commissario. Sie tun ja gerade so, als wäre das alles streng geheim.«

Vascotto ließ sich mit schmerzverzerrtem Gesicht wieder auf den Stuhl sinken, Medeot tat es ihm gleich.

»Ich werde Ihnen die Stellungnahmen meiner Frau und meiner Angestellten faxen. Und dann nehmen Sie mich bitte schleunigst von Ihrer Wand der Schande. Das ist doch lächerlich.«

»Ach, das finden Sie lächerlich?«, brauste Medeot auf. »Und wenn ich Ihnen sage, dass Giuseppe Mauro zugegeben hat, dass er für Sie arbeitet? Was Sie vor allen anderen verdächtig macht, einen Mord in Auftrag gegeben zu haben? Wie finden Sie das?«

»Höchst amüsant. Und ja, durchaus ein wenig lächerlich.«

»Ach ja?« Er war kurz davor, rot anzulaufen. »Ich weiß, dass Sie da mit drinstecken, und diesmal kommen Sie nicht davon, das garantiere ich Ihnen.«

»Commissario«, Vascotto schüttelte betrübt den Kopf, »Sie sollten vielleicht in Zukunft eine andere Strategie in Betracht ziehen. Das Bluffen liegt Ihnen nämlich ganz und gar nicht.« Betont langsam erhob er sich und öffnete die Bürotür.

»Wir sind hier noch nicht fertig!«

»Und ob wir das sind, Commissario. Ich wollte Ihnen entgegenkommen, doch Sie können es offenbar nicht unterlassen, mir irgendetwas zu unterstellen. Das war mit Sicherheit das letzte Mal, dass ich meine kostbare Zeit dafür geopfert habe, Sie hier zu besuchen. Au revoir, Commissaire!«

Mit diesen Worten wandte er sich endgültig von Medeot ab und schritt gemächlich durch die Halle nach draußen. Sofort hefteten sich die Bodyguards wieder an seine Fersen und verschwanden mit ihm durch die gläserne Eingangstür.

Während Medeot ihm noch grimmig hinterherblickte, gesellte sich Bearzot an seine Seite.

»War das wirklich und wahrhaftig Lo Scivoloso?«, flüsterte er aufgeregt. Die Fassungslosigkeit in seiner Stimme war nicht zu überhören.

»Ach, jetzt nennen Sie ihn doch nicht so«, brummte Medeot und riss wütend die Tür zum Konferenzraum wieder auf. Mit Schwung krachte sie an die Wand. »Er hat es gesehen«, stellte er fest und verschränkte die Hände vor der Brust.

»Er hat *was* gesehen?«

»Na, das alles hier.«

»Na und?«

»Na und? Na und!«

»Commissario, beruhigen Sie sich. Da ist doch gar nichts drauf, was ihm irgendwie von Nutzen sein könnte. Sehen Sie! Bilder von Elena Fritz-Gardini, Bilder von den Verdächtigen. Kein Täterwissen, keine Hinweise oder sonst irgendetwas Wichtiges.«

Er hatte recht. Da war wirklich nichts.

»Aber was wollte er dann hier?«

»Ja, unglaublich, nicht wahr? Ich hätte nie gedacht, dass ich ihn einmal leibhaftig sehen würde! Ich kenne nur die Geschichten.«

»Laufen Sie ihm doch nach und bitten Sie ihn um ein Autogramm«, murrte Medeot.

»Verzeihung, Commissario. So hatte ich das nicht gemeint. Ich dachte nur … wieso in Gottes Namen taucht er hier auf?«

»Das frage ich mich auch.« Medeot fuhr sich mit der Hand durch das immer grauer werdende Haar. »Was bezweckt er damit?«

»Vielleicht haben Sie recht, und er wollte tatsächlich sehen, wie weit wir mit den Ermittlungen sind. Ob wir etwas gegen ihn in der Hand haben.«

»Möglich. Aber … ich weiß nicht. Dafür hat er einfach die falschen Fragen gestellt. Irgendetwas stimmt nicht.«

»Entschuldigung, die falschen Fragen?«

»Vascotto ist schlau. Ein gerissener Hund. Er hätte gewusst, wie er das Gespräch lenken muss, um zu erfahren, was wir gegen ihn in der Hand haben. Doch das hat er nicht getan.«

»Was könnte er denn sonst gewollt haben?«

»Ich weiß es nicht. Ich weiß es wirklich nicht. Aber das kann alles kein Zufall mehr sein. Wir haben einen Ex-Junkie und einen Drogendealer im Umfeld des Opfers und nun einen Drogenbaron. Da muss es irgendeinen Zusammenhang geben.«

»Wenn es einen gibt, werden wir ihn finden.«

Medeot nickte. »Holen Sie den Wagen. Jetzt statten wir diesem Michele Borraccia einen Besuch ab, den er so schnell nicht mehr vergisst.«

SIEBZEHN

Im Schutz der Dunkelheit liefen zwei Gestalten, schwarz gekleidet, durch die dichten Lorbeerbüsche auf das Schloss zu und umrundeten das Gebäude. Sie kletterten über die felsige Böschung auf der gegenüberliegenden Seite nach unten. Dort, am Fuß des Gemäuers, erwartete sie eine unscheinbare Tür.

Alexandra zog die schwarze Maske nach oben über ihre Stirn und sog laut Luft ein. »Unter diesem Ding kann man ja kaum atmen.«

»Bist du verrückt?«, flüsterte Angelo. »Setz sie sofort wieder auf!« Er zog sie kurzerhand wieder nach unten. »Oder willst du, dass man dein Gesicht nachher in Großaufnahme auf dem Überwachungsband sieht?«

»An der Kasse in dem Laden, in dem wir die Dinger gekauft haben, hat dich die Sicherheitskamera auch nicht interessiert«, maulte sie. »Was macht das schon für einen Unterschied?«

»Sie zu kaufen ist noch lange kein Verbrechen. In ein Museum einzubrechen schon«, erklärte er. »Hör zu, angenommen, du schaffst es, zu beweisen, dass du niemanden ermordet hast. Wovon ich natürlich ausgehe. Willst du dann wirklich für so einen blöden Einbruch belangt werden, der nur Mittel zum Zweck ist?«

»Hast ja recht«, gab sie zu.

Er ging in die Hocke, klemmte die Taschenlampe zwischen die Zähne und zog ein Pickset aus der Hosentasche. Es war ihrer Aufmerksamkeit gänzlich entgangen, dass er so etwas irgendwo besorgt hätte. Trug er es etwa schon die ganze Zeit mit sich herum?

»Logisch«, murmelte sie in die Maske, »es läuft ja auch jeder pensionierte Klempner mit einer Auswahl an Rohrzangen durch die Gegend.«

Kommentarlos griff er nach einem Dietrich und machte sich vorsichtig am Schloss zu schaffen. Alexandra, mit Argusaugen hinter ihm wachend, blickte gebannt zurück in die Richtung, aus der sie gekommen waren. Es war ruhig, abgesehen von dem immerwährenden Rauschen des Meeres. Bislang schien niemand ihre Anwesenheit bemerkt zu haben.

»Bist du sicher, dass diese Tür nicht alarmgesichert ist?«, fragte sie nervös.

»Tschiemlisch«, brabbelte er und nahm die Lampe aus dem Mund, »aber das werden wir gleich herausfinden.«

Er drückte die Klinke nach unten, die Tür schwang lautlos auf. Alexandra zuckte intuitiv zusammen und wollte sich schon die Hände an die Ohren halten, doch nichts geschah. Was hatte sie denn auch erwartet? Lautes Sirenengeheul, ein Dutzend Suchscheinwerfer, zähnefletschende Schäferhunde?

Angelo bedeutete ihr einzutreten und ließ die Tür danach vorsichtig wieder ins Schloss fallen. Ein niedriges Gewölbe, das vor langer Zeit wohl ein Keller gewesen war, nun aber als Lagerraum genutzt wurde, lag vor ihnen im Taschenlampenlicht. An beiden Seiten stapelten sich Getränkekisten mit vollen und leeren Limonaden- und Bierflaschen. Zwischen den Paletten war gerade genug Platz, um unter einem niedrigen Durchgang in einen weiteren Raum zu gelangen.

»Jetzt wird es spannend«, flüsterte er ihr zu und richtete den Lichtkegel auf einen mannshohen metallenen Schrank an der gegenüberliegenden Wand. Geduckt trat er durch den in Stein gehauenen Bogen und ging auf den Sicherungskasten zu.

»Was kann ich tun?«, fragte Alexandra. Sie kam sich dämlich vor, einfach nur so herumzustehen und sich den Dreck unter den Fingernägeln wegzuputzen, während er die ganze Arbeit machte.

»Gar nichts«, entgegnete er und fummelte konzentriert am Schloss des Metallkastens herum.

Sie hörte ihn leise fluchen, bis nach einer ganzen Weile endlich die Tür aufsprang. Sofort galt seine Aufmerksamkeit den vielen Drähten und Sicherungen, die scheinbar wirr aneinandergereiht waren.

»Jetzt kannst du etwas tun. Halt dich bereit. Wenn ich ›los‹ sage, haben wir, ich schätze mal, eine Minute, maximal.«

»Dann was?«

»Dann geht der Alarm los.«

Sie schluckte.

»Los!«, rief er gedämpft und marschierte schnellen Schrittes zu der Seite des Raumes, wo ihnen der Ausgang von einem Eisengitter versperrt wurde. Mit beiden Händen packte er zwei der Gitterstäbe und schob sie einfach zur Seite, worauf das Gitter leise ratternd in der Wand verschwand.

Staunend beobachtete sie ihn. Sie hatte nicht die leiseste Ahnung, was er am Schaltkasten gemacht hatte, doch sie war gänzlich beeindruckt.

»Worauf wartest du?«

Sie erwachte aus ihrer Starre, sprintete ihm hinterher. Angelo schob das Gitter zurück in seine ursprüngliche Position, wandte sich der Wand zu und hielt den Lichtkegel auf die Mauer. Ein kleines Kästchen war dort eingelassen, auf dem ein Ziffernblock zu sehen war.

»Das Puder«, forderte er und streckte die Hand aus.

Gespannt reichte sie ihm die schwarze Dose, die sie am Nachmittag in der Parfümerie gekauft hatten. Vorsichtig tupfte er etwas von dem Inhalt auf die Tasten.

»Unglaublich«, entfuhr es ihr, »kannst du so an den Code kommen? Dass das tatsächlich so einfach ist.«

»Ist es nicht«, entgegnete er und sah nervös auf die Uhr. »Vier-sieben-neun-eins. Die neun zuerst, der Abdruck ist am stärksten. Das ist der Vorteil verschwitzter Hände. Dann eins.«

Er überlegte.

»Mist, verdammter.«

»Was jetzt?«

»In ein paar Sekunden geht der Alarm los. Sag: vier oder sieben zuerst?«

»Woher soll ich das wissen?«

»Rate«, befahl er ihr ungeduldig.

»Ich soll *raten*?«

»Wir fliegen auf, wenn das hier nicht klappt. Also sollten wir es wenigstens versuchen. Vier oder sieben?«

»Scheiße verdammt, ich weiß es nicht. Vier!«, rief sie und legte nervös die Hände vor Nase und Mund.

Angelo tippte neun-eins-sieben-vier und drückte die Eingabetaste. Leise rastete das Gitter im Inneren der Wand ein, und ein grünes Lämpchen leuchtete neben dem Eingabefeld auf. Erleichtert stieß er die Luft aus.

»Gerade noch mal Glück gehabt«, keuchte er und wandte sich der steinernen Wendeltreppe zu, die hinauf in das Schloss führte. »Kommst du?«, flüsterte er, als sie keine Anstalten machte, sich vom Fleck zu rühren.

»Du hast die Sieben genommen«, stellte sie vorwurfsvoll fest.

»Was?«

»Ich sagte vier. Du hast aber die Sieben genommen. Warum?«

»Weil ich mir bei all dem Pech, das du hast, sicher war, dass du dich für die falsche Zahl entscheiden würdest«, spottete er. »Ach, komm. Du hast letztlich trotzdem die richtige Wahl getroffen. Und uns beiden den Hintern gerettet.«

Leise gingen sie die Stufen hinauf. Oben angekommen, blieb Alexandra stehen, während Angelo vorsichtig in die große Eingangshalle linste. Hinter dem Kartenschalter, an dem tagsüber eine freundliche Empfangsdame saß, lümmelte ein dicklicher Nachtwächter. Gelangweilt glotzte er in den winzigen Fernsehapparat, den er vor sich aufgestellt hatte. Angelo schlich zurück in den Schatten des Mauervorsprungs, hinter dem die Treppe in die Tiefe führte.

»Der Nachtwächter sitzt am Kartenschalter. Von dort aus sieht er die komplette Eingangshalle«, flüsterte er Alexandra kaum hörbar ins Ohr. »Wir müssen wohl noch ein paar Minuten warten.«

»Woher willst du wissen, ob er in nächster Zeit überhaupt eine Runde macht?«, flüsterte sie noch leiser zurück.

»Ich weiß es einfach. Und wehe, du unterstellst mir jetzt noch ein einziges Mal, ich wäre nicht gut in dem, was ich tue.«

»Noch habe ich kein Armband an meinem Handgelenk.«

Mucksmäuschenstill verharrten die beiden in der Dunkelheit. Alexandra rieb die schweißnassen Hände an ihrer Hose ab. In den langen dunklen Sachen war es unerträglich heiß. Daran hatte Angelo wohl nicht gedacht, als er sie in den nächstbesten Laden gezogen und ihr wahllos das erste langärmelige Oberteil in die Hand gedrückt hatte. Der Verkäufer, ein junger Mann mit einem ausgeprägten Sinn für Mode und übertriebene Gesten, war sichtlich gekränkt gewesen, als die beiden seinen Rat nicht annehmen wollten, dem Outfit mit farblichen Akzenten »ein wenig Schwung zu verleihen«. Wild gestikulierend hatte er auf sein eigenes Outfit gedeutet. So etwas würde man diesen Frühling tragen. »Power clashing« nannte er das. In ihren Augen schrie der Mix aus karierter knallroter Hose und gepunktetem Hemd eher nach Altkleidersammlung als nach Laufsteg. Murrend hatte er den übertrieben hohen Preis in die Kasse getippt und sie fast schon ein wenig unfreundlich verabschiedet.

»Mach dich bereit«, flüsterte Angelo ihr ins Ohr und drückte sie noch enger an die Wand. Das Schwarz ihrer Kleidung verschmolz beinahe mit der Dunkelheit der Nische. Dann hörten sie die schlurfenden Schritte des Nachtwächters. Direkt neben ihnen. Alexandra hielt die Luft an vor Angst, er könnte ihren Atem hören. Doch der Nachtwächter wandte sich ohne Umschweife nach links in Richtung der großen Privatsäle. Kaum war er verschwunden, lösten sie sich aus ihrem Versteck und durchquerten die Empfangshalle, auf deren gegenüberliegender Seite sich der Treppenaufgang zu Casanovas Ausstellungsraum befand. Leise drang die hitzige Diskussion der nächtlichen Talkshow-Wiederholung aus dem Fernsehapparat. Oben wollte Alexandra auf den Raum zu ihrer Rechten zuhalten, doch Angelo zog sie nach links und schubste sie in einen anderen Raum, einen winzigen. Ein staubiger Wischmopp kam ihr entgegen, drückte sich in ihr Gesicht. Erschrocken fuhr sie zusammen. Angelo legte mahnend den Zeigefinger über seine Lippen und lehnte die Tür leicht an. »Er kommt sicher gleich hier vorbei. Wir sollten warten«, flüsterte er.

Drei Sekunden später bereute sie, nicht noch auf die Toilette gegangen zu sein. Unerträglich war mit einem Mal der Druck in ihrer Blase, doch sie zwang sich, den Drang zu ignorieren. Sie konnte schlecht mit zusammengekniffenen Beinen nach draußen humpeln und den Nachtwächter höflich nach der nächsten Toilette fragen. Stattdessen schob sie die Maske etwas nach oben, um besser atmen zu können, und lugte durch den schmalen Spalt in den spärlich erhellten Korridor. In regelmäßigen Abständen verströmten kleine Wandleuchten gerade so viel Licht, dass der Flur nicht völlig im Dunkeln lag.

Die Rückkehr der schlurfenden Schritte ließ nicht lange auf sich warten. Nervenzerreißend gemächlich spazierte der Nachtwächter an ihrem Versteck vorbei, dann verhallten seine Schritte auf dem teilweise mit Teppich bedeckten Holzboden der Ausstellungsräume. Alexandra versuchte angestrengt lauschend, den Weg, den der Wächter eingeschlagen hatte, nachzuvollziehen. Doch da war nur Angelos Atem, der ruhig und gleichmäßig einen warmen Hauch auf ihre Schultern legte. Es war ihr ein Rätsel, wie er in dieser Situation so gelassen bleiben konnte. Ihr Herz pochte bis zum Hals.

Wieder hörte sie das Geräusch schwerer Schuhe auf dem Boden, im Kanon mit Angelos Atemzügen. Der Rundgang des Nachwächters fand auf der gegenüberliegenden Seite der Ausstellungsräume sein Ende, er steuerte wieder auf die breite Treppe zu. Während die Schritte verklangen, wartete sie auf ein Zeichen von Angelo, doch er lauschte weiter angestrengt, das Ohr fest an das Holz der Tür gepresst. Erneut verspürte sie einen ungeheuren Druck in ihrer Blase. Ungeduldig trat sie von einem Fuß auf den anderen. Worauf wartete er so lange?

Endlich löste er sich von der Tür und schob sie vorsichtig auf. Er bedeutete ihr, die Maske wieder aufzusetzen und ihm zu folgen. Auf Zehenspitzen hasteten sie über den blank polierten Marmorboden und wandten sich nach rechts durch die offene Tür in den Saal, der den Abschluss der Ausstellung bildete. Der von Teppich bedeckte Holzboden gab ein leises Knarzen von sich, als Angelo als Erster den Fuß daraufsetzte. Schnell zog sie ihn zur Seite, vorsichtig die Wand entlang zum ersten Schaukasten zu ihrer Linken. Der Lichtkegel der Taschenlampe tanzte für einen Moment willkürlich durch den Raum, ehe er sein Ziel fand. Das Bettelarmband, königlich auf dem Bett aus Samt, glitzerte im Lichtschein. Er reichte ihr die Taschenlampe und ging in die Hocke. Sorgsam begann er, den Sockel des gläsernen Schaukastens abzusuchen. Endlich. Endlich würde sie erfahren, was hier vor sich ging, das Versteckspiel würde ein Ende haben. Sie warf einen ängstlichen Blick über ihre Schulter. Der spärlich erhellte Türrahmen war leer, und auch im Gang dahinter blieb alles ruhig. Sie wandte sich wieder um und wollte gerade die Hand nach dem Schaukasten ausstrecken, als Angelo sie grob am Arm zur Seite riss.

»Aua, was zur –«, entfuhr es ihr.

Schnell legte er seine Hand über ihren Mund und deutete mit einem Kopfnicken auf das rote Lämpchen in der Ecke links über der Tür.

»Leuchte hier etwas näher ran«, flüsterte er, und sie lenkte den Lichtstrahl auf eine Stelle an der Seite des Schaukastens zwischen dem Glas und dem hölzernen Sockel. Sie benötigte beide Hände, um das Zittern der Lampe in ihren Händen zu unterdrücken. Vorsichtig zog Angelo einen dünnen Strang Drähte unter dem dunklen Holz hervor. Einen Moment lang wirkte es so, als wäre er nicht sicher, welchem er sich widmen sollte, dann nahm er eine winzige Zange aus seiner Tasche und durchtrennte zielsicher eines der Kabel. Sie hielt den Atem an, doch nichts geschah. Sie gab sich größte Mühe, ruhig hinter ihm stehen zu bleiben und ihm dabei zuzusehen, wie er jede seiner Handbewegungen überaus sorgsam ausführte. Innerlich jauchzte sie auf, als er sich aufrichtete und langsam den gläsernen Deckel abhob. Das Armband war zum Greifen nahe. Ungeduldig zappelte sie hinter ihm auf und ab, während er das Glas leise auf dem Teppichboden absetzte und danach griff.

Auf einmal gaben die alten Holzdielen ein lautes Knarren von sich. Es klickte. Erschrocken wirbelte sie herum. Der Lauf einer Waffe.

»Nehmen Sie sofort die Hände hoch, und wehe, Sie machen auch nur eine falsche Bewegung«, sagte der Nachtwächter betont langsam und mit fester Stimme. Er stand in nicht einmal zwei Meter Entfernung vor ihnen, äußerlich ruhig. Doch in seinem Blick war ein Flackern, das Alexandra als blanke Wut deutete.

Sie stand da wie festgewachsen. Aus den Augenwinkeln sah sie, dass Angelo das Bettelarmband kaum merklich in seine Hosentasche gleiten ließ. Dann nahm er artig die Hände in die Höhe.

»Na los! Sie auch!«, herrschte der Nachtwächter sie an und fuchtelte mit der Pistole in ihre Richtung.

Langsam hob sie ihre Arme, den Blick fest erwidernd. Angestrengt suchte sie nach einem Ausweg. Sie war nicht durch halb Friaul geflüchtet und hatte ihren besten Freund verloren, um sich hier und jetzt von einem Möchtegern-Gesetzeshüter festnehmen zu lassen. Doch es schien keinen Ausweg zu geben. Der Anblick der Waffe ließ sie erschaudern. Seit wann war es einfachen Nachtwächtern überhaupt erlaubt, eine Waffe zu tragen?

Sein Blick löste sich von ihr und wandte sich Angelo zu, der noch immer regungslos die Hände über dem Kopf erhoben hatte. Das war ihre Chance. Sie wusste nicht, woher sie den Mut und die Kraft nahm, doch sie zögerte nicht einen Augenblick, holte mit der Taschenlampe aus und donnerte sie mit voller Wucht gegen den Arm des Nachtwächters. Er stöhnte laut auf und ließ erschrocken die Waffe fallen. Angelo erwachte aus seiner Starre. Er hechtete auf den Mann zu und verpasste ihm einen gezielten Faustschlag ins Gesicht, der den Nachtwächter zwei Schritte nach hinten taumeln ließ. Doch der dickliche Mann war robuster, als es den Anschein hatte. Sofort setzte er zu einem Gegenschlag an, der Angelo von den Füßen riss. Alexandra holte ein weiteres Mal mit der Taschenlampe aus, doch diesmal war er darauf vorbereitet und fing ihren Schlag spielend leicht mit der Hand ab. Ein stechender Schmerz durchfuhr ihren Arm, als er ihn nach hinten auf ihren Rücken drehte, bis sie die Lampe fallen ließ. Dann stieß er sie hart von sich, sodass sie gegen einen der gläsernen Schaukästen taumelte und zu Boden ging. Warmes Blut sickerte aus einer Wunde an ihrer Schläfe in die Maske. Kurz wurde ihr schwarz vor Augen.

Dann sah sie, dass Angelo schon wieder auf den Beinen war. Er setzte zu einem erneuten Schlag an, der den Nachtwächter um Haaresbreite verfehlte. Er grunzte nur und versetzte ihm mit beiden Händen einen Stoß vor die Brust. Auf dem Teppichboden neben den beiden lag die Waffe, nicht einmal zwei Meter von

Alexandra entfernt. Ihr Schädel pochte, doch sie ignorierte den Schmerz. Der Ausdruck in den Augen des Nachtwächters war inzwischen von Wut zu so etwas wie Mordlust übergegangen. Welchem Irren waren sie da in die Hände gefallen? Er beugte sich über Angelo, der nach Luft ringend am Boden lag, und streckte seine massige Hand nach dessen Kehle aus.

»Nicht mit mir«, keuchte Angelo und versetzte ihm mit voller Wucht einen Schlag zwischen die Beine. Wimmernd fasste der Nachtwächter sich in den Schritt und sackte zusammen. Sofort trat Angelo noch einmal nach und rollte sich dann in beinahe derselben Bewegung zur Seite. Gerade noch rechtzeitig, denn im nächsten Moment krachte der massige Körper wenige Zentimeter neben ihm bewusstlos auf den Boden. Angelo hielt sich die schmerzende Brust und suchte ihren Blick. »Ist alles in Ordnung? Bist du verletzt?«

Reglos saß sie am Boden vor der Pistole. Ihr Arm schmerzte, Tränen schossen in ihre Augen und tränkten die schon von Blut nasse Skimaske. Sie wollte sie sich einfach nur noch vom Kopf reißen.

»Alessandra?« Angelo krabbelte zu ihr und musterte sie von oben bis unten.

»Ich …« Mehr brachte sie nicht heraus, ihre restlichen Worte gingen in lautem Schluchzen unter. Sie schluckte. »Bist … bist du okay?«, fragte sie besorgt.

Er nickte kaum merklich und unter Schmerzen.

»Wir müssen schleunigst weg hier«, sagte sie und richtete sich auf.

Angelo hob abwehrend die Hand, er bedeutete ihr, still zu sein. »Scheiße«, murmelte er. »Hörst du das?«

Gespannt lauschte sie. Sie hörte das Rauschen des Blutes in ihrem Kopf, die Möwen, die Wellen, die sich an der Klippe brachen … und Polizeisirenen. Kaum hörbar und mit den nächtlichen Geräuschen der Umgebung fast verschmelzend, doch unaufhaltsam näher kommend.

Panisch sprang sie auf. Mit einem Mal waren ihre Schmerzen wie weggeblasen, das Adrenalin, das durch ihren Körper strömte, nahm überhand. Sie zog Angelo auf die Beine. Sie hatten keine andere Wahl, als auf der Stelle zu verschwinden. Sie steckte die Pistole in den Hosenbund, zog den langen schwarzen Pullover darüber, packte ihn an der Hand. So schnell er konnte, rannten sie den spärlich beleuchteten Gang entlang und die Treppe hinab.

»Wo willst du hin? Wir laufen ihnen doch direkt in die Arme!«

Durch die Scheiben der überdimensionalen Eingangstür war bereits das blau flackernde Licht der Polizeiwagen zu erkennen.

»Vertrau mir«, forderte sie und wandte ihren Blick vom Eingang ab.

Sie zog ihn durch einen schmalen dunklen Flur und hielt auf eine alte Tür aus dunklem Holz zu. Kurz schickte sie ein Stoßgebet in den Himmel, dann drückte sie die Klinke nach unten. Die Tür schwang langsam nach innen auf. Dahinter herrschte fast völlige Dunkelheit. Sie knipste die Taschenlampe an.

Angelo sah sich in dem großen, prunkvoll eingerichteten Saal um. »Dieser Raum hat nur eine Tür. Wir sitzen in der Falle!«

Alexandra winkte ab und zog die Tür ins Schloss. »Maximilian hat hier einen Geheimgang einbauen lassen«, erklärte sie aufgeregt, »er führt angeblich hinunter zu den Klippen. Wir müssen ihn nur finden.«

Angelo drehte sich um und warf einen skeptischen Blick auf die unverschlossene Tür. »Hilf mir zuerst, die Tür zu verbarrikadieren«, kommandierte er und deutete auf eines der Möbelstücke an der Wand. Die große Kommode neben dem Eingang wog gefühlte zehn Tonnen, stellte sie fest, als sie das Ding mit vereinten Kräften zu verrücken versuchten. Ächzend setzte es sich schließlich in Bewegung und ließ sich widerwillig Zentimeter für Zentimeter bis vor den Eingang schieben.

»Gut. Und jetzt beweg einfach alles, was du siehst. Es muss irgendwo einen Mechanismus geben.« Sie stürmte auf ein großes Bücherregal zu, zog wahllos ein Buch nach dem anderen heraus. Jahre war es her, dass sie die Privatsäle im Rahmen einer Führung besichtigt hatte, und doch sah sie den alten Museumsführer noch genau vor sich, wie er in der Mitte des imposanten Raumes gestanden und begeistert von der Geschichte und den Geheimnissen des Saales erzählt hatte. Dummerweise konnte sie sich nicht mehr daran erinnern, wo sich der geheime Ausgang befand. Hatte er es überhaupt erwähnt? Sie wusste es nicht mehr.

Dekorationsartikel sausten von den Kommoden, Bilder von den Wänden und Bücher aus den Regalen. Einen Moment lang tat ihr die Verwüstung richtig leid. Vielleicht würde sie zusätzlich zum Alexandra-Park noch einen Alexandra-Saal spendieren müssen.

Geräusche drangen durch die schwere Holztür, Schritte und Männerstimmen, die wirr durcheinanderriefen. Jemand rüttelte am Türgriff. Mit einem Mal rutschte ihr das Herz in die Hose.

»Aprite la porta«, befahl eine tiefe Stimme von draußen, öffnen Sie! »Subito«, sofort!

Das Rütteln wurde energischer. Dann verstummte es.

»Das ist nicht gut.« Sie hechtete quer durch den Raum, drehte panisch an allem, was sich auf der anderen Seite irgendwie bewegen ließ, wendete sogar Sofakissen, doch nichts geschah. Es war doch nicht möglich, dass sie diesen Zugang nicht fanden. Er musste hier irgendwo sein.

»Due … uno … via!«, rief die militärisch klingende Stimme. Im nächsten Moment ertönte ein ohrenbetäubendes Krachen. Das Holz der Tür jammerte herzzerreißend, als etwas mit voller Wucht gegen sie donnerte. Doch sie hielt stand. Alexandra ließ vor Schreck beinahe die Taschenlampe fallen. Panik trat in Angelos Augen. Er humpelte auf den großen Kamin und das Kaminbesteck zu.

»Klar, komm mit einem Schürhaken zur Schießerei«, ätzte Alexandra. »Als könnten Kugeln dir nichts anhaben.«

»*Ich* habe uns nicht in diese Sackgasse gelotst. Und kampflos ergebe ich mich sicher nicht, da müssen sie mich schon erschießen.«

Er griff nach einem der Schürhaken. Der eiserne Stiel klappte unter dem Druck seiner Bewegung nach vorn und rastete ein. Verdutzt ließ er ihn los. Die Steinmauer an der Rückseite des Kamins war lautlos zur Seite gewichen, dahinter lag völlige Schwärze. Alexandra schickte ein Dankesgebet in den Himmel und lief zu ihm hinüber.

Die Tür knirschte gefährlich laut, als sie erneut von einem heftigen Schlag getroffen wurde. Ein großer Riss bildete sich über die ganze Längsseite.

»Schnell! Wir dürfen keine Zeit mehr verlieren«, rief sie und kroch voran in das knapp einen Meter hohe Loch. Sie wartete, bis er ihr gefolgt war, und drückte dann den hölzernen Hebel, der seitlich in die Steinmauer eingelassen war, kräftig nach unten. Genauso lautlos, wie sie aufgegangen war, glitt die Wand wieder vor den Kamin. Durch den letzten Spalt sah sie noch, wie die robuste Eingangstür mit einem lauten Krachen zerbarst, als der Rammbock sie ein drittes Mal traf. Dann herrschte Stille.

Das Licht der Taschenlampe war jetzt ein wenig blasser geworden. Sie wollte gar nicht daran denken, dass die Batterien jeden Moment das Ende ihrer Lebensdauer erreicht haben könnten. Sie sah sich um. Ein schmaler Gang, nicht hoch genug, um aufrecht zu stehen, und gerade so breit, dass sie mit den Schultern nicht die Wände berührten. Er war direkt in den Fels gehauen worden, auf dem das Schloss errichtet war, und verlief leicht abschüssig. Sie zögerte nicht länger. Es würde womöglich nur Sekunden dauern, bis die Polizisten den Eingang öffneten. Geduckt tappte sie Schritt für Schritt über den unebenen, rutschigen Felsboden, immer wieder einen besorgten Blick nach hinten werfend. Angelo blieb immer weiter zurück. Gut einen Kopf größer als sie, hätte er auch ohne seine Verletzung schon Schwierigkeiten gehabt, in der Enge voranzukommen. Alles in ihr schrie förmlich danach, so schnell wie möglich nach draußen zu kommen, doch sie wartete geduldig.

Mit jedem weiteren Meter, den sie tiefer in den Fels vordrangen, schwand ihr Zeitgefühl etwas mehr. Sie wusste nicht, ob sie seit fünf oder fünfundzwanzig Minuten unterwegs waren. Der Schacht wurde immer schmaler, und sie mussten mühsam über größer werdende Felsbrocken klettern, die sich aus der Tunnelwand gelöst hatten und als gefährlich kantige Stolpersteine den ohnehin schwer begehbaren Boden säumten. Langsam, aber stetig keimte Angst in ihr auf. Sie wusste nicht, welcher Gedanke furchteinflößender war. Der, dass es auf der anderen Seite vielleicht kein Entkommen gab, oder der, dass sie irgendwann in der Enge einfach stecken bleiben würden. Selbst ohne sich zu bewegen, hatte sie das Gefühl, dass die scharfkantigen Wände immer näher kamen. Mit einem Mal konnte sie nicht mehr richtig atmen. Sie wollte nur noch hinaus ins Freie, frische Luft einatmen, sich aufrichten, die Arme ausstrecken.

In ihren Ohren rauschte es. Sie horchte auf. Das war nicht das Rauschen des Blutes, nein, es war das Rauschen des Ozeans, das aus nicht weiter Ferne zu ihr drang. Das war Musik in ihren Ohren.

»Wir sind gleich draußen«, flüsterte sie aufgeregt. Angelos Antwort war ein Grummeln, das von »Gott sei Dank, ich kann nicht mehr« bis zu »Ein kleiner grüner Zwerg kneift in meinen Po« alles bedeuten konnte. Sie beschloss, es als Aufforderung zu nehmen, weiterzugehen, und krabbelte voran, konzentriert auf den gleichmäßigen Ton der Wellen, der eine willkommene Ablenkung von dem unheimlichen Gefühl der Beklemmung war.

Doch plötzlich war Schluss.

»Wieso bleibst du stehen?«

»Da liegt ein großer Felsbrocken, der den Weg versperrt. Uns bleibt nur ein Spalt.«

Die Öffnung zwischen dem Felsen und der Decke des Tunnels war vielleicht vierzig Zentimeter hoch und gespickt mit scharfen Kanten, die im Schein der Taschenlampe gefährlich glänzten. Der Geruch nach Freiheit, eine Mischung aus frischer Luft und Salzwasser, stieg in ihre Nase, wollte sie verhöhnen. Was blieb ihnen jetzt noch übrig? Es gab kein Zurück. Lange würde es nicht dauern, bis das Monstrum von Nachtwächter wieder zum Leben erwachte und die Beamten mit seiner Kenntnis von der Geheimtür direkt zu ihnen führte. Sie saßen in der Falle. Vorsichtig kletterte sie den Felsen hinauf und sah in den schmalen Durchgang.

»Es ist nicht so schlimm, wie es aussieht«, stellte sie fest, »wir könnten uns hier tatsächlich durchquetschen.«

So optimistisch, wie sie klang, war sie nicht. Es war eng und gefährlich, und sie mochte sich nicht ausmalen, dass einer von ihnen darin stecken bleiben würde. Doch es war ihre einzige Chance. Hinter ihnen wartete nur die Polizei auf sie, bis an die Zähne bewaffnet und ohne Scheu, von ihren Pistolen Gebrauch zu machen. Ihre Hand glitt über die felsige Oberfläche. Sie war nass und rutschig, die Feuchtigkeit, die der Ozean verströmte, hatte sich ihren Weg bis hierher gebahnt. Mit etwas Glück konnten sie bequem zur anderen Seite durchrutschen. Sie nahm die Pistole aus dem Hosenbund, die Taschenlampe zwischen die Zähne und tastete sich langsam vor.

»Bist du verrückt?«, hörte sie Angelo entsetzt fragen.

Vielleicht bin ich das, dachte sie. Vielleicht bin ich das tatsächlich. Sie hatte in den letzten Tagen vieles gedacht und getan, von dem sie nie geglaubt hatte, dass sie dazu imstande wäre. Der Schmerz in ihrem Arm war auf ein erträgliches Maß gesunken, und auch wenn es ihr schwerfiel, sich darauf abzustützen, ignorierte sie es und biss die Zähne zusammen. Dies war der falsche Moment, um wehleidig zu sein. Die Tunneldecke streifte ihren Rücken, der scharfkantige Felsen unter ihr bohrte sich in ihre Unterarme. Das Metall der Taschenlampe hinterließ einen ekligen Geschmack auf ihrer Zunge. Doch all das war nichts, verglichen mit der Beklemmung, der Angst, jeden Moment stecken zu bleiben. Es nahm ihr schier die Luft zum Atmen.

Dann war auf einmal Platz. Der sperrige Felsbrocken fiel hinten steil ab und gab den Tunnel wieder frei, der nun fast mannshohen Ausmaßes war. Ein Ratschen und ein Ruck, der sie zurückhielt. Alexandra fluchte laut. Die Gürtelschlaufe ihrer Hose hatte sich verhakt.

»Alles okay?«, rief Angelo auf der anderen Seite.

Sie senkte den Kopf, ihre Arme baumelten bereits aus dem Loch. Es wäre sicher ein lustiger Anblick gewesen, hätte sie sich nicht in einer Lage befunden, in der es absolut nichts mehr zu lachen gab. Fluchend versuchte sie, sich durch Ruckeln und vorsichtiges Drehen ihrer Hüfte zu befreien. Als es endlich glückte, plumpste sie schwer wie ein Stein zu Boden. Schimpfend richtete sie sich auf und blickte an sich hinab. Es glich einem Wunder, dass sie heil geblieben war. Sie hob die Taschenlampe auf und leuchtete zurück in den schmalen Spalt zwischen Gesteinsbrocken und Tunnelwand.

»Alles okay, bin durch«, rief sie Angelo zu und steckte die Waffe wieder ein. »Sei bitte vorsichtig!«

In seiner Haut wollte sie nicht stecken. Einmal mehr war es ihre Schuld, ihre allein. Wäre sie nicht auf den Nachtwächter losgegangen, wäre die Sache wahrscheinlich anders verlaufen. Ständig rettete er ihr das Leben, und was tat sie? Bei dem bloßen Versuch brachte sie ihn beinahe um.

Ein ganzer Schwall Schimpfwörter kam ihr aus dem Loch entgegen. Der Wortschatz des eloquenten Mannes von Welt kannte offenbar keine Grenzen, weder in die eine Richtung noch in die andere. Es dauerte eine Weile, dann tauchte sein Kopf in der Öffnung auf.

»Verdammt noch mal, das darf doch nicht wahr sein!«

Er versuchte, sich vorwärtszuziehen. Sie packte ihn an den Armen, und mit vereinten Kräften gelang es ihnen, ihn aus dem Tunnel zu befreien.

Übermannt vom überraschenden Gewicht seines Körpers stolperte sie nach hinten, wurde rücklings zu Boden geworfen und unter ihm begraben. Ächzend brachte er ein paar Worte der Entschuldigung hervor, sie stemmte ihre Arme gegen ihn, schob ihn von sich. Fast reglos fiel er zur Seite und blieb einen Moment stöhnend auf dem Rücken liegen. Sie setzte sich auf. Als ihr Blick auf ihre Hände fiel, erstarrte sie. Blut tropfte von ihren Fingern in ein blassrotes Rinnsal auf dem nassen Boden. Erschrocken tastete sie ihren Körper ab, doch da war keine Wunde. Sie sah zu Angelo hinüber. Ihre Augen weiteten sich, ein spitzer Schrei entfuhr ihr. Sie schlug ihre Hand vor den Mund.

»Oh nein!«, rief sie verzweifelt und beugte sich über ihn. Sein schwarzes Oberteil war an mehreren Stellen zerrissen, darunter kamen einige teils sehr tiefe Kratzer zum Vorschein, die stark bluteten. Sie wollte sie genauer untersuchen und hob die Hände, hielt dann aber ein paar Zentimeter über seinem Bauch inne. Sie wollte ihn nicht noch mehr verletzen. Sie wusste nicht, was sie tun sollte. Wild fuchtelte sie mit den Armen, ein aberwitziges und sinnloses Unterfangen, die Blutung durch bloße Windentfachung stillen zu wollen. »Oh mein Gott«, jammerte sie hilflos, »du … du blutest. Du … das sieht übel aus … Scheiße … Ich weiß nicht … was soll ich machen …«

Er richtete sich mühsam auf und sah an sich herab. »Ist nicht so schlimm, wie es aussieht«, presste er hervor.

Er drückte eine Hand flach auf die Wunden, versuchte aufzustehen, ächzte. Sie ergriff seinen Arm und half ihm auf die Beine, schluchzend. Es gelang ihr nicht, den Weinkrampf unter Kontrolle zu bekommen. Sie fand es unglaublich, dass ihr Körper noch in der Lage war, Tränen zur Verfügung zu stellen. Ihr derzeitiger Verschleiß war schließlich enorm.

Angelo hatte es geschafft, seinen Körper in eine Position zu bringen, in der er nicht jede Sekunde umzukippen drohte. Er setzte ein gequältes Lächeln auf und griff nach ihrer Hand.

»Es ist wirklich nicht so schlimm«, sagte er in beruhigendem Tonfall, »ich werde es überleben. Los jetzt, lass uns verschwinden.« Er ließ ihre Hand los und strich ihr sanft über den noch immer von der Skimaske bedeckten Kopf. Sie nickte.

Keine fünfzehn Meter weiter endete der Tunnel am Fuß der Klippe. Die Wellen schlugen nur eine Armlänge weiter unten gegen den Stein. Mühsam kämpften sie sich den steinigen Weg hinauf und gingen hinter der letzten felsigen Erhebung, über der sich der große italienische Garten erstreckte, in Deckung.

»Chi c'è?«, hörten sie eine unsichere Stimme in der Dunkelheit über ihnen fragen. »Uscite subito!«

Wer ist da? Kommen Sie sofort heraus!

Alexandra fühlte, wie ihr Puls langsam, aber sicher ins Unermessliche stieg. Sie drückte sich enger an die Felswand, schloss die Augen und atmete tief ein.

»Lass, ich regle das«, flüsterte sie kaum hörbar, als Angelo sich anspannte. So kalt und nüchtern war ihr Tonfall, dass er sie beinahe vor sich selbst erschaudern ließ. Sie hielt die Augen geschlossen und lauschte konzentriert. Der Kies knirschte unter jedem Schritt, den der Polizeibeamte machte. Er bewegte sich vorsichtig auf sie zu.

»Mostratevi!«, befahl er in ihre Richtung. Zeigen Sie sich!

Sie rührte sich nicht. Der Mann hatte den Kies überquert, seine Schritte hinterließen nun dumpfe Geräusche auf karg mit Gras bewachsenem Untergrund. Sie kamen immer näher. Angelo wurde unruhig. Alexandra umklammerte die Taschenlampe so fest, dass die Knöchel ihrer Finger weiß anliefen. Langsam zählte sie bis drei. Dann öffnete sie die Augen, fuhr, während sie aufsprang, herum und ließ die schwere Lampe in die Richtung schnellen, in der sie ihn vermutete. Der Hieb traf den Polizisten genau in die Kniekehle, sodass er einknickte und zu Boden ging. Verwundert blickte sie zuerst auf die Lampe in ihren Händen, dann auf das Gesicht des Polizisten, das ihr nun auf Augenhöhe entgegenblickte. Er war außergewöhnlich jung und wahrscheinlich noch nicht lange im Polizeidienst. Nichtsdestotrotz wanderte seine Hand sofort zum Halfter an seinem Gürtel. Doch Alexandra war schneller. Ehe ihr Geist verstand, was ihr Gehirn ihrem Körper bereits befohlen hatte, hatte sie die Pistole des Nachtwächters aus ihrem Hosenbund gezogen und richtete sie auf den jungen Polizeibeamten. Ihre Hände zitterten so sehr, dass sie ihn wahrscheinlich selbst aus dieser kurzen Entfernung nicht getroffen hätte, nicht einmal, wenn sie es gewollt hätte. Sie bedeutete ihm, die Hände nach vorn zu strecken, was er auch sogleich tat, ehe sie mit einem Satz den Felsen hinaufhechtete. Die Waffe hielt sie mit beiden Händen fest umklammert.

Und nun? Viel weiter hatte sie nicht gedacht. Ihr Blick wanderte unentschlossen über den vor ihr knienden Polizisten und blieb an seinem Gürtel haften. Sie beugte sich über ihn, nahm ihm die Handschellen ab und befestigte die eine Seite wortlos an seinem rechten Handgelenk. Die andere fixierte sie am Stamm eines Strauches. Für ein paar Minuten würde es reichen, bis dahin waren sie ohnehin über alle Berge.

»Kommst du?«, fragte sie Angelo betont lässig, während sie die Waffe wieder in ihren Hosenbund gleiten ließ. Er hatte sich aufgerichtet und blickte beinahe fassungslos über den Rand des Felsens zuerst auf den Polizeibeamten, dann auf sie und wieder zurück. Der Mund stand ihm sperrangelweit offen. Sie trat an den Rand des Felsens und reichte ihm auffordernd die Hand.

»Was … ich meine … du …«, stotterte er hilflos.

»Du hast mir schon so oft das Leben gerettet, jetzt bin ich mal dran«, gab sie äußerlich gelassen zur Antwort. Ihr Puls dagegen kratzte gerade an der Zweihundertermarke. »Wir haben wahrscheinlich nicht viel Zeit, also beeil dich. Los!«

Im Schutz der Dunkelheit zog sie ihn hastig den felsigen Schleichweg hinauf zur Straße. Auf dem steinigen Untergrund konnte jeder Schritt unversehens zur Todesfalle werden. Rechts von ihnen lag das hell erleuchtete Schloss. Das Polizeiaufgebot, das sich auf dem Kies des italienischen Gartens versammelt hatte, war beängstigend groß. Viel zu groß für einen kleinen Einbruch. Irgendetwas lief hier schief. Waren sie aufgeflogen?

»Diese verdammte Museumsführerin«, fluchte sie, »ich wette, der haben wir die Kavallerie zu verdanken.«

Da drüben standen so viele Beamte, es glich schon beinahe einem kleinen Wunder, dass sie bis dato unentdeckt geblieben waren. Beschrei es nicht, ermahnte sie sich selbst. Doch es war zu spät. Als hätten sie ihre Gedanken gehört, drehten sich etwa ein Dutzend Köpfe in ihre Richtung.

Wieso?, rief sie stumm in den Himmel. Wieso konnte das Universum nicht wenigstens dieses eine Mal auf ihrer Seite stehen? Wer war sie in einem früheren Leben gewesen, dass sie wirklich niemals Glück haben konnte?

»Ich bin Hitler«, murmelte sie emotionslos.

»Du bist was?« Angelo krachte von hinten beinahe in sie hinein, so abrupt war sie stehen geblieben. Sie hörte ihn nicht.

»Ich. Bin. Hitler. Ha!« Hysterisch lachte sie auf. Ihr war, als hätte Gott einen Blick auf Miramare hinabgeworfen und entschieden: Nein, Alessandra, du hattest es bisher viel zu leicht. Bis hierhin und keinen Schritt weiter. Vielleicht hatte er sogar lässig mit den Fingern geschnippt und einen kirchturmgroßen blinkenden Pfeil über ihren Köpfen auftauchen lassen.

»Was machst du denn?« Angelo packte und schüttelte sie, doch sie konnte aus irgendeinem Grund nicht aufhören zu lachen.

»Gott bestraft mich. Er bestraft mich, weil ich Hitler bin«, wisperte sie.

»Hast du … hast du völlig den Verstand verloren? Es ist jetzt nicht der richtige Zeitpunkt für einen Nervenzusammenbruch. Heb dir das noch zehn Minuten auf, ja?« Er klang panisch.

»Du bist so unglaublich hübsch«, hauchte sie tonlos und fasste mit ihren Händen in sein Gesicht. »Ich liebe dich.«

»Du … was?«, stammelte er.

Es wurde laut hinter ihnen. Befehle wurden gebrüllt, und das Einsatzkommando schwärmte aus. Trotz der schweren Montur, die die Männer trugen, waren sie unglaublich flink.

»Oh-oh«, machte Alexandra, »das ist nicht gut.«

»Scheiße.« Angelo packte sie und sprintete mit ihr im Schlepptau weiter den schmalen Pfad hinauf. Ein fahler Mond stand am Himmel, und die Beleuchtung des Schlosses drang schwach bis zu ihnen vor, sodass die Dunkelheit nicht vollkommen war, doch es reichte nicht, um ihnen den Weg ausreichend sichtbar zu machen. Er strauchelte, im letzten Moment gelang es ihm, seinen Sturz abzufangen. Gehetzt blickte er sich um. Er schien sich nicht sicher zu sein, ob die Kavallerie sie schon ausgemacht hatte, aber so oder so waren sie ihnen bereits dichter auf den Fersen, als ihnen lieb sein konnte. Alexandra stolperte halb gehend, halb auf ihn gestützt hinter ihm her. Er war so unglaublich schnell. Eine unsichtbare Kraft schien ihn nach vorn zu treiben und ihn seine Schmerzen vergessen zu lassen. Mit beinahe spielerischer Leichtigkeit überwand er Hindernisse, während sie sich immer noch in einem traumähnlichen Zwiegespräch mit Gott befand. Die Hitze unter ihrer Skimaske war mittlerweile unerträglich. Getränkt mit einer Mischung aus Blut, Tränen und Schweiß klebte sie unangenehm an ihrem Gesicht. Ihre Sicht war eingeschränkt, das Atmen fiel ihr schwer, und sie hätte sich am liebsten die komplette Haut vom Kopf gerissen, so sehr juckte es sie unter der Maske. Sie wollte endlich aus diesem Alptraum aufwachen. Sie wollte ihr langweiliges Leben zurück. Ein Leben, in dem sie sich entscheiden musste, ob sie Arabica- oder Robustabohnen für ihren Kaffee wollte und ob Schlagsahne oder Milchschaum obendrauf sollte. Und sie wollte Hannes zurück.

Weit entfernte Stimmen drangen nur gedämpft zu ihr durch.

Hektik breitete sich unter den Polizisten aus, und mit einem Mal hielt ein Großteil von ihnen auf den versteckten Trampelpfad zu. Alexandra registrierte es kaum.

»Scheiße«, murmelte Angelo zum gefühlt tausendsten Mal in dieser Nacht. Abrupt blieb er stehen und drehte sie zu sich. Er nahm ihr Gesicht in beide Hände und küsste sie innig. »Hör zu«, sagte er eindringlich, als er seine Lippen wieder von ihren löste, »ich liebe dich. Und ich möchte nicht, dass daraus eine dieser tragischen Liebesgeschichten wird, von denen die Alte im Museum gesprochen hat. Doch dazu müssen wir jetzt laufen. So schnell wir können. Verstehst du?«

Eine unsichtbare Blase zerplatzte in ihrem Kopf. Ein Ploppen, wie wenn sich der Druck von verschlagenen Ohren auflöst. Mit einem Mal konnte sie wieder klar denken. Sie nickte, und er ließ sie los.

Die Schritte kamen näher, Stimmen wurden lauter. Sie riefen etwas in ihre Richtung, eine Aufforderung, sich zu ergeben. Nicht im Traum dachte sie daran. Eher noch würde sie sich einfach erschießen lassen. Ein Schwall Adrenalin wurde durch ihren Körper gepumpt, sie sprintete an Angelo vorbei und mit einem letzten verzweifelten Satz auf die Straße, blickte um sich. Die Küstenstraße war verlassen. Nicht ein einziges Auto kreuzte ihren Weg. Da, ein junges Paar in einiger Entfernung, Arm in Arm vor der Klippe am Straßenrand, gedankenverloren auf den Ozean blickend, in Erwartung des sich durch ein zartes Dämmern ankündigenden Sonnenaufgangs. Anscheinend war den beiden entgangen, was unweit von ihnen vor sich ging. Schnellen Schrittes hielt Alexandra auf die Vespa zu, die das Pärchen ein paar Meter weiter am Straßenrand abgestellt hatte. Der Schlüssel steckte. Sie stieg auf und signalisierte Angelo mit einem Kopfnicken, hinter ihr Platz zu nehmen. Als sie den Motor anließ, fuhren die beiden erschrocken herum, doch Alexandra würdigte sie keines Blickes, sondern drehte den Gashebel. Knatternd setzte sich der Motorroller in Bewegung, und sie sah zu, dass sie hier wegkamen, während die beiden wild gestikulierenden Gestalten im Rückspiegel immer kleiner wurden. Die beruhigende Wirkung, die das kalte Metall der Waffe an ihrem Rücken auf sie ausübte, war gewaltig. Noch nie hatte sie sich so sicher gefühlt. Mit vollem Karacho bretterte sie die Küstenstraße entlang in Richtung der Stadt.

»Was tust du, Alessandra? Da schneidet uns die Polizei doch im Entgegenkommen gleich den Weg ab. Dreh um! Wir müssen weg von der Stadt.«

Sie schüttelte stumm den Kopf. Auf der langen, geraden Küstenstraße gab es kein Entkommen, die Vespa fuhr höchstens achtzig. Nein, sie drehte ganz sicher nicht um. Statt sich auf den Präsentierteller zu begeben, vertraute sie auf ihren Vorsprung, und war er auch noch so gering. Nur die verwinkelten Gassen Triests würden ihnen ein sicheres Versteck bieten.

Der Fahrtwind trieb ihr die Tränen in die Augen. Sie riss sich die Maske vom Gesicht. Wahrscheinlich würden sie von nun an ohne Maskierung ohnehin weit weniger auffallen. Ein stechender Schmerz durchfuhr ihre Schläfe, als sie den Stofffetzen abzog, der an ihrer Platzwunde klebte. Erneut bahnte sich das Blut seinen Weg ihre Wangen hinab. Mit einer beiläufigen Bewegung wischte sie es weg. Sie hatte immer gedacht, sie würde zu den Menschen gehören, die kein Blut sehen konnten. Offensichtlich hatte sie sich getäuscht. Es gab vieles, was sie in den letzten Tagen über sich erfahren hatte. Dinge, die sie erschreckten. Dinge, die sie stolz machten. Wenn sie an die Alexandra dachte, die ihr vor einer Woche aus dem Spiegel entgegengeblickt hatte, war sie sich selbst fremd. Doch nicht sie, die hier auf der Vespa um ihr Leben fuhr, sondern die Person, die sie gewesen war, war die Fremde. Nein, dachte sie, als sie sich erneut das Blut aus dem Gesicht wischte. Ich bin endlich die, die ich tief in mir drin immer schon war.

Sie spürte, wie Angelo sich im Sitz hinter ihr unruhig umdrehte. »Wenn es dir nichts ausmacht, könntest du noch ein bisschen Gas geben«, rief er ihr viel zu laut ins Ohr.

Sie sah in den Rückspiegel. Ein gutes Stück hinter ihnen durchbrach Blaulicht die Dämmerung. Gleich mehrere Polizeiwagen rasten mit voller Geschwindigkeit hinter ihnen her. Wieso waren die nur so verdammt schnell?

»Pass auf!«, schrie Angelo.

Alexandra zuckte erschrocken zusammen und richtete ihren Blick wieder nach vorn auf die Straße. Der ihnen entgegenkommende Polizeiwagen machte eine Vollbremsung; die Reifen quietschten, als der Fahrer den Alfa auf ihre Fahrbahn lenkte und ihn quer zur Fahrtrichtung zum Stehen brachte, um ihnen den Weg zu versperren. Sie stieß einen erstickten Schrei aus und verriss den Lenker; zu abrupt für das kleine Gefährt. Der Motorroller schlitterte in Schräglage auf das Einsatzfahrzeug zu, sie konnte sehen, wie der Asphalt immer näher kam. Die Pistole rutschte aus ihrem Hosenbund und krachte irgendwo hinter ihnen auf die Straße. Angelo klammerte sich an sie, um nicht den Halt zu verlieren. So fest sie konnte, warf sie sich nach rechts und versuchte, den Motorroller mit sich zu reißen. Es glich einem kleinen Wunder, doch die Vespa richtete sich tatsächlich wieder auf. Nicht weit, aber weit genug, um schlenkernd weiterzufahren, direkt auf den Alfa zu. Sie konnte in ihrem Rücken spüren, wie Angelo sich in Vorbereitung auf den bevorstehenden Aufprall anspannte, während sie fieberhaft versuchte, die Lenkung wieder unter Kontrolle zu bekommen. Sie schaffte es im allerletzten Moment, die Vespa halbwegs gerade auszurichten; haarscharf sausten sie am Heck des Polizeiwagens vorbei, sie konnte sogar den Luftwiderstand spüren. Sofort drehte sie den Gashebel bis zum Anschlag auf, sodass der kleine Motor laut aufheulte. Aus den Augenwinkeln sah sie, wie der Polizist im Alfa aus dem Wagen sprang und seine Waffe zog. Sie waren keine zweihundert Meter mehr von den rettenden Häuserschluchten entfernt, und doch schienen sie unendlich fern. Sie keuchte und kniff in Panik die Augen zusammen, in der Erwartung, jeden Moment ihrem Schöpfer gegenüberzutreten.

Ein Schuss fiel.

Angelos Hände krallten sich so tief in ihre Taille, dass es wehtat. Der Polizist drückte ein zweites Mal ab. Vom Heck der Vespa her ertönte ein lauter Knall, und sie begann wieder zu schlenkern. Verbissen zwang Alexandra den Motorroller, in der Spur zu bleiben. Das Hinterrad atmete tief aus und begann bei jeder Umdrehung am Boden zu schlabbern. Sie fluchte, doch sie dachte nicht im Traum daran, anzuhalten. So schnell der platte Reifen es zuließ, hielt sie auf die Stadteinfahrt zu und blickte nervös in den Rückspiegel. Der Polizist hatte die Pistole sinken lassen und sprang zurück in seinen Wagen. Auch die restlichen Polizeiautos waren nun fast auf gleicher Höhe mit ihm angekommen.

Alexandra schaffte es gerade noch, den Motorroller an der nächsten Kreuzung in eine Seitenstraße zu lenken, ehe er mit einem letzten Blubbern endgültig den Geist aufgab.

»Schnell, hier entlang«, rief Angelo, der schon abgesprungen war, und rannte die schmale Straße entlang. Sie hetzte ihm hinterher, bis er ein laut quietschendes schmiedeeisernes Tor aufschob und in dem dahinterliegenden Innenhof verschwand. Das Atrium war winzig und vollgestopft mit mannshohen Oleanderbüschen, in der Mitte erhob sich ein ausgewachsener Bananenbaum. Angelo zog sie durch das Blattwerk auf die andere Seite des Gebäudes und hinter einen Mauervorsprung. Er legte den Finger über die Lippen.

»Ich glaube, hier sind wir erst mal sicher«, flüsterte er nach einer Weile, in der er angestrengt den Geräuschen der Stadt gelauscht hatte.

Sie nickte und hob die Kette aus ihrem Ausschnitt. »Bitte sag, dass du den Schlüssel nicht unterwegs verloren hast«, murmelte sie. Das hätte ihnen jetzt gerade noch gefehlt.

Angelo zog das Armband aus seiner Hosentasche und reichte es ihr.

Alexandras Finger zitterten so sehr, dass sie es nicht einmal schaffte, den Schlüssel auch nur in die Nähe des winzigen Schlosses zu bringen. Sie fluchte leise und schüttelte ihre Hände, als würde es helfen, die Nervosität einfach abzustreifen.

»Soll ich dir helfen?«, spottete Angelo.

»Finger weg«, drohte sie scherzhaft, »auf diesen Moment habe ich die ganze Zeit gewartet. Den nimmst du mir nicht weg.«

Als sie kurz davor war, endlich ins Schwarze zu treffen, hallte auf einmal ein lautes Quietschen durch den Innenhof. Erschrocken blickte sie hoch. Da kam jemand. Angelo griff sofort nach dem Armband und schob sie leise noch weiter nach hinten. Sie hörten schwere Schritte auf den Pflastersteinen, Stimmen, die immer näher kamen, und ein leises Klicken, das Alexandra irgendwie fremd und auf seltsame Weise doch bekannt vorkam. Sie musste sich zurückhalten, um sich nicht durch die Blüten nach vorn zu beugen, um einen Blick zu erhaschen.

»Ich bin mir sicher. In dieser Straße konnten sie doch sonst nirgends hin.«

»Du Vollidiot, wieso hast du sie auch aus den Augen verloren? Man kann dich nicht eine Sekunde allein lassen!«

»Keine Sorge, die können ja nicht weit sein.«

»Der Boss bringt uns um. Uns beide! Dabei hast nur *du* das alles hier verbockt.«

»Jetzt komm mal wieder runter.«

Alexandra konnte nicht mehr an sich halten. Vorsichtig schob sie eines der gesichtsgroßen, fleischigen Blätter zur Seite. Die zwei Männer standen direkt am Tor. Sie konnte ihre Gesichter im spärlichen Licht nicht erkennen, doch was sie in den Händen hielten, war etwas, das sie – wenn es nach ihr gegangen wäre – nicht schon so bald wieder hätte sehen müssen.

»Du weißt doch, wozu er fähig ist. Was er mit Mauro gemacht hat. Das Gleiche wird er uns auch antun.« Er deutete mit seiner Pistole zuerst auf sein Gegenüber, dann auf sich selbst.

Alexandra spürte, wie Angelos Atem flacher und schneller wurde und er zu zappeln begann.

»Das kann doch nicht … was sind das für Typen?«, flüsterte er.

»Scht«, machte sie und wedelte energisch mit der Hand. Sie waren nicht um Haaresbreite der Polizei entwischt, nur um jetzt in die Hände dieser zweifelsohne gefährlichen Kerle zu fallen. Sie hielt den Atem an.

»Ich hab doch gesagt, du hast dich geirrt«, knurrte der eine. »Hier ist niemand.«

»Ist ja gut«, fauchte der andere missmutig und sah noch ein letztes Mal durch das Atrium, ehe er auf dem Absatz kehrtmachte.

Die Schritte der beiden Männer waren schon lange verhallt, als Alexandra sich endlich traute, wieder zu atmen.

»Das war verdammt knapp«, sagte sie und atmete erleichtert

auf. Angelo nickte und machte Anstalten, aus dem Schutz der Blätter zu treten.

»Nein.« Sie hielt ihn am Arm zurück. »Wir gehen da jetzt auf keinen Fall wieder raus.«

»Was schlägst du vor? Dass wir warten, bis sie uns am Ende doch aufspüren? Wir müssen hier weg.«

Sie schüttelte den Kopf. Im Moment war dies der sicherste Ort.

»Gib mir den Schlüssel«, befahl sie.

Er reichte ihr kommentarlos das Armband. Sie steckte das kleine goldene Schlüsselchen ins Schloss, ruhiger diesmal, und drehte es vorsichtig nach rechts. Im selben Moment kamen ihr Zweifel. Würde der Schlüssel das Medaillon überhaupt aufsperren? Vielleicht lagen sie falsch, und dies war nur ein gewöhnlicher Bettelarmband-Anhänger. Ein leises Klacken ertönte, und der herzförmige Anhänger sprang auf.

Angelos Aufmerksamkeit lag mit einem Mal komplett auf dem sorgsam gefalteten Blatt, das im Inneren des Amuletts lag. Er nahm es heraus, strich es glatt und begann zu lesen.

»›Sie träumten von Erfüllung und Seligkeiten, vom Glück. Sie suchten zu Lande und zu Wasser, diese Narren. Ich dagegen suche nicht mehr. Du, holde Sgualda, hast mich errettet aus einem Leben, welches nicht mehr das meinige war. Alles, was mir auf der Welt an Traurigem begegnet ist, hat sich durch dich zum Guten gewandt. Mein Schwur an dich soll nicht vergessen, nie gebrochen sein. Was haben Worte, was haben Zahlen noch für eine Bedeutung, wenn ich nicht bei dir sein kann? Du musst diesen Weg ohne mich gehen, doch möge dein Wort stets Liebe und deine Zahl stets Golden sein.‹«

Er ließ den Zettel sinken.

»Ist das alles?«, fragte sie.

Er drehte das Papier um und wieder zurück, hielt es gegen das Licht. Die Beleuchtung im Hof erschien immer blasser, je mehr der Morgen graute.

»Ja, das ist alles.«

»Das kann doch nur ein Scherz sein.«

»Das glaube ich nicht«, erwiderte er überzeugt.

»Das kann nicht alles sein. Das *darf* nicht alles sein! Das ist ein beschissener Liebesbrief!«

Erneut stiegen Tränen in ihre Augen. Alles, was sie durchgestanden, alles, was sie verloren hatte, für *das*?

»Es steckt sicher mehr dahinter«, versuchte er sie zu beruhigen, »Bestimmt hat er eine Botschaft oder so etwas darin versteckt.«

»Das glaubst du doch selbst nicht. Du weißt, was Gasparo gesagt hat. Wie sehr er sie geliebt hat. Das ist seine Botschaft an sie. Das Geständnis seiner Liebe.«

»Das kann nicht sein. Er will uns damit etwas sagen. Wir müssen nur herausfinden, was.«

Sie stöhnte laut auf. Noch nie war sein Optimismus so fehl am Platz gewesen.

»Überleg doch mal, Alessandra«, argumentierte er weiter. »Das Medaillon, der Schlüssel ... Das ist doch viel zu viel Aufwand für einen Liebesbrief.«

»Nicht, wenn die Liebe für dich das wertvollste Gut ist und du ein Leben lang darauf gewartet hast, sie endlich zu finden.«

»Ich denke, wir sollten vielmehr zwischen den Zeilen lesen, als das Ganze zu wörtlich nehmen.«

»Wie kannst du dir da so sicher sein?«

»Es kam schon vor. Oft genug. Im Zweiten Weltkrieg haben US-Zensoren immer wieder vermeintliche Liebesbriefe abgefangen, in denen Geheimcodes versteckt waren.«

»Ich denke, in dem Fall ist das –«

»Dann erinnere dich doch mal an die Geschichte aus zwei Städten. Madame Defarge versteckt ihren Code in einem Strickmuster!«

»Das ist doch etwas völlig anderes.«

»Es ist unauffällig, das ist der Punkt. Wir müssen nur dahinterkommen.«

Er hielt das Blatt erneut in Richtung der schummrigen Innenhofbeleuchtung. Alexandra blieb skeptisch. Wie gern hätte sie geglaubt, dass er recht hatte. Doch selbst wenn es wahr war, hatten sie keine Chance, den Code zu knacken. Nicht in der kurzen Zeit, die ihnen noch blieb. Dazu bräuchten sie einen Spezialisten, jemanden, der zumindest wusste, worauf er achten musste, jemanden wie … Sie hielt überrascht inne und fasste dann in die Tasche ihrer Jeans. Die Visitenkarte, die sie hervorzog, war mittlerweile zerknittert und die Schrift an einigen Stellen verschwommen, doch sie war noch lesbar.

»Cristoforo«, verkündete sie.

»Was?«

»Ich … ich kenne vielleicht jemanden, der uns helfen kann.«

»Wen denn?«

»Er ist Professor für italienische Literatur und Sprachwissenschaft.«

Er hatte ihr gesagt, wenn sie nichts Unrechtes getan hätte, hätte sie auch nichts zu befürchten.

»Zeig mal her«, bat Angelo und betrachtete die Karte. »Cristoforo di Côloret«, las er.

»Richtig. Als Philologie-Professor kennt er sich bestimmt mit so etwas aus. Ich meine, er wohnt sogar hier in Triest.«

Angelo verzog abschätzig die Lippen. »Er kennt sich vielleicht mit italienischer Literatur aus, aber er ist wohl kaum ein Kryptoanalytiker.«

»Was haben wir schon groß zu verlieren? Du willst doch dahinterkommen, oder?«

»Ja, schon, aber …«

»Dann sollten wir nehmen, was wir kriegen können. Einen Versuch ist es allemal wert. Es sei denn, du kennst einen Kryptoanalytiker. Dann wäre es jetzt an der Zeit, mir das zu erzählen.«

»Ich wünschte, es wäre so«, brummte er missmutig.

»Trotzdem scheinst du ein Problem damit zu haben.«

»Ich halte es nur nicht für besonders klug, diesen Professor einzuweihen. Wir müssen vorsichtig sein.«

»Aber Gasparo einzuweihen war kein Problem?«

»Das war etwas völlig anderes. Da wussten wir doch noch nicht, was auf uns zukommen würde. Was willst du tun, wenn dieser Côloret erst zwei und zwei zusammengezählt hat und schnurstracks zur Polizei läuft?«

»Ich lasse es darauf ankommen«, konterte sie.

Er verzog abermals die Lippen.

Sie trat einen Schritt näher an ihn heran und zog ihn an seinem Pullover sanft zu sich. Widerwillig ließ er es mit sich geschehen.

»Ich will das doch auch nicht«, flüsterte sie versöhnlich und vergrub ihre Hände in der billigen Wollmischung, »aber ich habe keinen Schimmer, was ich sonst tun soll. Er ist vielleicht unsere einzige Chance, aus der ganzen Sache wieder rauszukommen. *Meine* einzige Chance. Verstehst du?«

Er versuchte, ihrem Blick auszuweichen, doch sie schob sich noch näher an ihn heran. Er roch immer noch so unbeschreiblich gut. Es war ihr ein Rätsel, wie er das bewerkstelligte nach allem, was sie hinter sich gebracht hatten. Sie musste sich bemühen, seinen Duft nicht hörbar einzusaugen.

Er legte widerstrebend seinen Arm um sie.

»Na gut«, mäkelte er, »aber nur deinetwegen.«

Erleichtert drückte sie ihm einen Kuss auf die Wange.

Angelo zog ergeben sein Handy aus der Hosentasche, tippte die Nummer ein, die auf der Visitenkarte angegeben war, und reichte es ihr. Es vergingen unendlich lange Sekunden, in denen Alexandra hoffend ihre Daumen in den Handflächen vergrub, ehe jemand abhob.

»Cristoforo?«, platzte Alexandra heraus.

Kurz herrschte Stille am anderen Ende der Leitung.

»Ja?«

»Ich … ich weiß nicht, ob Sie sich an mich erinnern, mein Name ist Alexandra. Wir sind uns neulich auf dem Polizeirevier begegnet. Ich war die in den Handschellen.«

»Oh ja, selbstverständlich erinnere ich mich! Ich hätte nicht gedacht, so bald schon von Ihnen zu hören.«

»Ich hatte nicht gedacht, dass ich mich so bald melden würde. Und es tut mir leid, dass ich Sie um diese Uhrzeit störe. Ich hoffe, ich habe Sie nicht geweckt.«

»Ach was, das ist überhaupt kein Problem. Ich freue mich. Was kann ich denn für Sie tun?«

»Es hört sich vielleicht etwas eigenartig an, aber ich würde Sie gern um einen Gefallen bitten.«

»Na, jetzt bin ich aber gespannt«, witzelte er.

»Ich …« Sie zögerte und sah zu Angelo, der nach wie vor nicht besonders glücklich dreinblickte. »Ich bin auf ein Schriftstück gestoßen, zu dem ich gern eine zweite Meinung hätte.«

»Ein Schriftstück? Das klingt ja sehr geheimnisvoll. Dabei bin ich Ihnen natürlich gern behilflich. Wenn Sie wollen, können wir uns jetzt gleich irgendwo treffen. Sind Sie denn in der Nähe?«

»Ich … ja, ich bin tatsächlich in der Nähe«, gab sie erfreut zurück.

Angelo sog laut Luft durch die Nase ein. »Nein!«, flüsterte er und schüttelte energisch den Kopf.

Sie hielt die Hand über das Mikro. »Aber er kann uns helfen«, wisperte sie.

»Das weißt du nicht«, zischte er ärgerlich, »vielleicht bringst du uns damit nur in eine noch beschissenere Lage.«

»Alexandra? Sind Sie noch dran?«, tönte Cristoforos Stimme aus dem Lautsprecher.

»Ja, ich bin noch dran.«

»Wo sind Sie denn? Kann ich Sie irgendwo abholen?«

Angelo fuchtelte mit dem Zeigefinger vor ihrem Gesicht herum. »Hey! Hey!«, machte er, um ihre Aufmerksamkeit auf sich zu lenken. »Hab ich denn gar nicht mehr mitzureden?«

»Hallo?«, rief Cristoforo.

»Überstürz jetzt bloß nichts«, raunte Angelo ihr mahnend zu. »Wir müssen uns das wirklich gut überlegen.«

Sie verdrehte nur die Augen. »Cristoforo? Können Sie kurz dranbleiben? Nur eine Sekunde, ja?«

Sie hielt das Handy an ihre Brust. »Hast du eine bessere Idee?«, flüsterte sie.

»Nein, noch nicht«, gab er zu, »aber uns fällt bestimmt etwas ein.«

Sie lachte auf. »Was könnte uns denn Besseres einfallen? Er ist nicht nur ein Fachmann auf seinem Gebiet, er würde uns wahrscheinlich sogar hier abholen. In unserer misslichen Lage können wir von dieser Art Hilfe doch sonst nur träumen!«

»Du kennst ihn kaum. Willst du etwa einem Wildfremden dein Leben anvertrauen?«

»Du meinst, so wie ich es dir anvertraut habe?«

Er schloss die Augen und atmete tief durch.

»Es ist unsere beste Chance, Angelo. Wir kommen hier sonst nicht weg.«

»Aber sag nachher nicht, ich hätte dich nicht gewarnt«, brummte er, als er die Augen wieder öffnete.

Sie hob das Handy ans Ohr.

»Sind Sie noch da?«

»Sicher. Was ist bei Ihnen los? Sind Sie in Schwierigkeiten? Soll ich die Polizei rufen?«

»Bloß nicht!«, entfuhr es ihr. »Nein, es ist alles in Ordnung, ich könnte nur … ein Taxi brauchen.«

»Ich bin schon unterwegs. Wo sind Sie?«

»Via della Geppa. Hören Sie, ich danke Ihnen vielmals! Sie sind meine Rettung.«

»Er kommt her?«, fragte Angelo, als sie aufgelegt hatte.

Sie nickte. Schweigend standen sie einander gegenüber. Hatte er etwa Angst, Cristoforo würde ihm die Show stehlen? Zuzutrauen wäre es Angelo, und anders konnte sie sich seine Reaktion nicht erklären. Er hätte ihr eigentlich danken sollen, statt sie nun mit Schweigen zu strafen.

»Keine Sorge«, meinte sie leichthin, »wenn er Anstalten macht, die Polizei zu rufen, fesseln wir ihn und werfen ihn in den Kofferraum.«

Angelo deutete ein Lächeln an und trat dann unruhig von einem Bein auf das andere.

Ihr wollte partout kein passendes Gesprächsthema einfallen, und sie hätte es etwas lächerlich gefunden, stattdessen über das Wetter zu philosophieren, also stand sie einfach nur still da und wartete.

Es dauerte nicht lange, da meldete Angelos Handy den Eingang einer SMS.

»Er ist da.« Er steckte das Handy wieder weg, packte sie am Arm und schob sich durch das dichte Blattwerk nach draußen.

Bevor er auf die Straße trat, sah er sich durch das Gitter hindurch vorsichtig um und ging dann schnurstracks auf den Alfa zu.

Alexandra löste sich aus Angelos Griff, ließ sich auf den Beifahrersitz fallen und wartete, bis Angelo hinten Platz genommen hatte. Dann atmete sie erleichtert aus. Sie hatte erwartet, in dem Moment, als sie den Innenhof verließen, erschossen zu werden. Doch alles war ruhig geblieben, keiner ihrer Verfolger schien hier zu sein.

»Danke«, murmelte sie und schlug die Tür zu.

»Ich kam, so schnell ich konnte«, sagte Cristoforo. »Sie hatten gar nicht erwähnt, dass Sie jemanden mitbringen.«

»Tut mir leid.« Sie schenkte ihm ein entschuldigendes Lächeln. »Ich dachte, dann würden Sie vielleicht nicht kommen. Und Sie retten uns damit wirklich das Leben.«

Er drehte sich nach hinten, um seinen unerwarteten Mitfahrer zu begrüßen, und stutzte.

»Moment mal, dich kenne ich doch!«

Alexandra hob fragend die Augenbrauen, während Angelo Cristoforo irritiert von oben bis unten musterte.

»Oh Mann«, meinte er dann, und Erkennen zeichnete sich in seinem Gesicht ab, »*du* bist jetzt Professor? Das ist doch nicht dein Ernst, oder?«

Cristoforo strahlte von einem Ohr zum anderen.

»Ihr kennt euch?«, fragte Alexandra.

»Kann man so sagen«, antwortete Angelo.

»Hättest du nicht gleich auf ihn kommen können? Dann hätten wir uns sicher einiges an Ärger erspart.«

»Damals war er weit entfernt davon, Professor zu sein. Und wenn ich mich recht erinnere, hast du auch anders geheißen. Côloret? Was soll das sein, ein Künstlername?«

»Der Mädchenname meiner Mutter.« Cristoforo winkte ab. »Lange Geschichte. Also, erklärt ihr mir jetzt mal, was hier vor sich geht?«

»Scheiße, los, fahr!«, rief Angelo, ehe Alexandra zu einer Antwort ansetzen konnte, und deutete nach vorn, wo am Ende der schmalen Straße gerade zwei Männer über eine hüfthohe Mauer sprangen und auf sie zurannten. Der eine zog eine Waffe und richtete sie auf das Auto.

Cristoforo keuchte, als er die Pistole erblickte. »Was … was passiert hier? Was …«

»Gib Gas!«

Hastig legte er einen Gang ein und trat das Gaspedal durch. Die Reifen drehten auf den glatten Pflastersteinen quietschend durch. Dann lenkte Cristoforo den Wagen so scharf nach rechts, dass er sich fast im Stand um die eigene Achse drehte. Alexandra musste sich an der Tür festhalten, um der Fliehkraft einigermaßen trotzen zu können. Ohne das Tempo zu reduzieren, bretterte Cristoforo weiter geradeaus und über eine der autofeindlichen Bodenwellen, die Triest seit Kurzem sein Eigentum nannte. Alexandra wurde ruckartig zurück in den harten Ledersitz katapultiert. Die Erinnerung an die letzte Autofahrt mit Hannes drängte sich in ihr Bewusstsein. Sie schnappte nach Luft. Auch wenn sie riskierte, dass sie sich dabei den Kiefer brach oder die Zunge abbiss, beugte sie sich vor, so weit sie konnte, und barg ihren Kopf in den Händen über ihren Knien. Wieder hörte sie in Gedanken den Knall, mit dem die Kugel in den weißen Lieferwagen einschlug.

Mit halsbrecherischer Geschwindigkeit rasten sie die Hauptstraße entlang. Cristoforos Blick wanderte panisch immer wieder zum Rückspiegel. Er schien jedoch ein besserer Autofahrer zu sein, als sein Aussehen vermuten ließ.

»Ich sehe sie nicht mehr«, sagte er irgendwann in einem Tonfall, der um Zustimmung zu bitten schien.

Vorsichtig richtete Alexandra sich auf und sah nach hinten. Die Straße war leer.

»Ich denke, die haben wir abgehängt. Wir müssen raus aus Triest«, bestätigte Angelo. Er ließ den Türgriff los, an dem er sich festgeklammert hatte.

Cristoforo nickte und nahm die Geschwindigkeit etwas zurück.

»Das war viel zu leicht«, sagte Alexandra und spähte sicherheitshalber noch einmal in alle Richtungen.

»So hatte ich mir den Tag heute aber nicht vorgestellt«, murmelte Cristoforo kaum hörbar. Jegliche Farbe war aus seinem Gesicht gewichen.

Angelo lachte laut auf. »Keine Sorge, selbst wenn Usain Bolt uns verfolgen würde, wären wir immer noch schneller.«

»Ach ja?«, protestierte Alexandra alarmiert. »Und was ist dann das da?« Sie deutete durch das Seitenfenster auf einen Wagen, der durch den abschüssigen Park direkt auf sie zuraste.

Ungläubig riss Angelo die Augen auf. »Gib Gas!«, brüllte er viel zu laut in Cristoforos Ohr, sodass dieser erschrak und sich irritiert umsah.

»Sind die wahnsinnig? Was haben die vor?«

Ohne zu bremsen, segelte der dunkelblaue Geländewagen von der steinernen Anhöhe, die den Park von der Straße trennte, und kam mit einem ohrenbetäubenden Knall nur einen Meter hinter ihnen auf dem Asphalt auf. Alexandra entfuhr ein lauter Schrei.

»Nun geben Sie doch endlich Gas«, rief sie panisch, den Blick auf die Heckscheibe gerichtet. Wie durch ein Wunder war der Wagen hinter ihnen in der Spur geblieben und schloss nun gefährlich nahe auf.

Ducken, instruierte sie sich selbst. Sofort kauerte sie sich zusammen und schloss die Augen. Sie wollte gar nicht sehen, was dort draußen vor sich ging. Sie konnte es ja doch nicht ändern. Ihr Leben lag jetzt in den Händen eines Literaturprofessors, den sie seit ungefähr fünf Minuten kannte. Sie konnte nichts tun.

Ein Ruck ging durch das Fahrzeug, und ihr Kinn schlug schmerzhaft gegen ihre Knie.

»Der hat uns gerammt«, rief Cristoforo entsetzt. »Das Auto ist nagelneu!«

Als wäre die Angst um sein Leben nebensächlich, die Angst um seine neue Giulietta hingegen überwältigend, trat er noch einmal fester aufs Gas. Sie spürte, wie sie um eine Kurve schlitterten. Die Reifen quietschten. Dann wurde sie wieder tief in den Sitz gepresst, als er dem Wagen auf gerader Strecke alles abverlangte, was der Motor hergab. Sie widerstand dem Drang, sich aufzurichten.

»Warte, wo fährst du hin?«, rief Angelo. »Du hättest hier rechts gemusst! Du willst doch nicht allen Ernstes weiter der Küstenstraße folgen?«

»Wohin soll ich denn sonst fahren?«, entgegnete Cristoforo arglos. »In den Hügeln schließen sie doch sofort zu uns auf.«

Alexandra schüttelte in ihrem Schoß den Kopf, doch sie schwieg. Es war vorbei, das musste sie sich jetzt eingestehen. Am Schloss Miramare würden sie niemals ungeschoren vorbeifahren können. Nach sorgfältigem Abwägen kam sie jedoch zu dem Schluss, dass es weit besser war, der Polizei in die Hände zu fallen, als diesen Irren mit ihren Kanonen.

»Die halbe Polizei von Triest ist beim Miramare, du Vollidiot! Da kommen wir niemals vorbei«, stänkerte Angelo aufgeregt. »Da, siehst du?« Alexandra wollte lieber nicht wissen, worauf er gerade zeigte. »Die haben die Straße gesperrt. Dreh um, verdammt noch mal!«

»Ich kann nicht umdrehen. Die sind hinter uns, ich kann sie im Rückspiegel sehen.«

Ein letztes Aufbäumen. »Sie verstehen nicht!«, rief Alexandra. »Die Polizei darf uns nicht aufhalten. Dann wäre alles aus!«

»In was haben Sie mich hier nur hineingezogen?«, murmelte Cristoforo verständnislos.

Angelo stöhnte laut auf und wisperte etwas in seine Hände, die er wohl gerade vor lauter Verzweiflung vor dem Gesicht zusammengeschlagen hatte.

»Ich … ich mach das schon«, erklärte Cristoforo laut. Alexandra wusste nicht, ob die Überzeugung in seiner Stimme echt war, doch sein erneuter Tritt auf das Gaspedal war es.

»Willst du da etwa einfach durchbrettern?«, fragte Angelo leicht fassungslos.

Alexandra spürte, wie sich ihre Kehle verengte. Hastig schnappte sie nach Luft und stopfte zwei Finger so tief in die Ohren, dass sie das Hämmern ihres Herzschlags überdeutlich hören konnte. Wie aus weiter Entfernung mischte sich das Quietschen von Reifen darunter, mehrere Erschütterungen gingen durch die Giulietta und rüttelten sie von Kopf bis Fuß durch. Sie fühlte sich wie in einer Achterbahn, in der sie wie wild hin und her gerissen wurde. Doch sie wurden nicht langsamer. Cristoforo stand immer noch wie ein Irrer auf dem Gaspedal. Irgendwann hörte das Rumpeln auf, und sie spürte nur noch das Vibrieren des Motors und die Reifen auf dem Asphalt. Jemand fasste sie an den Handgelenken und zog ihre Hände von den Ohren. Sie blickte auf. Angelo lächelte sie an.

»Ist es … haben wir …«

Er nickte. Ungläubig richtete sie sich auf. Vor ihnen lag die dunkle Küstenstraße. Der Tacho zeigte moderate hundertsechzig Stundenkilometer an. Sie wandte sich um. In einiger Entfernung konnte sie eine kleine Ansammlung von Streifenwagen erkennen, die sich mit blinkenden Blaulichtern quer zur Straße positioniert hatten.

»Wie … wie haben Sie das geschafft?«, fragte sie verwirrt. Cristoforo verzog das Gesicht.

»Mit einer Mischung aus gutem Fahrstil und Überlebensinstinkt, würde ich sagen.« Seine Stimme klang fest, doch seinem Gesicht fehlte noch immer jegliche Farbe.

»Das ist unglaublich. Ich … danke! Sie haben uns gerade das Leben gerettet.«

Sie hatte keine Ahnung, was eigentlich geschehen war, doch es war ihr egal. Sie hatten es geschafft, das war das Einzige, was zählte. Erleichtert lehnte sie sich zurück.

»Ihr … ihr beide … woher kennt ihr euch?«, erkundigte sie sich, als ihr Puls wieder normal war.

»Von der Uni«, meinte Angelo.

»Das stimmt.« Cristoforo grinste breit. »Eine Zeit lang haben wir zusammen studiert. Mein Gott, wie lange das schon her ist. Ich hatte schon früh beschlossen, mein Leben der Forschung zu widmen, und machte Karriere an der Universität. Angelo, nun ja, er hat andere Wege eingeschlagen.« Er blickte in den Rückspiegel. »Ich verstehe bis heute nicht, wieso du deinen Abschluss nie gemacht hast, du wärst inzwischen mit Sicherheit Professor. So eine Art moderner Indiana Jones.«

»Hm«, machte Angelo nur und starrte aus dem Fenster.

»Das habe ich ihm auch schon gesagt«, erklärte Alexandra und gluckste amüsiert. »Was ist passiert? Habt ihr euch aus den Augen verloren?«

»Wir hatten ein paar … Meinungsverschiedenheiten.«

»Wenn du es so nennen willst.« Angelo schien nichts ergänzen zu wollen, er verschränkte die Arme vor der Brust.

»Wo darf ich euch denn absetzen?«, fragte Cristoforo.

»Vor zwei Wochen«, wisperte Alexandra.

»Tut mir leid, den Fluxkompensator habe ich gerade in meinem anderen Wagen«, scherzte er.

»Ehrlich gesagt, keine Ahnung«, antwortete Angelo an ihrer Stelle, »deshalb haben wir dich ja angerufen.«

»Oh, wir brauchen wohl den Rat eines weisen Mannes«, mutmaßte Cristoforo amüsiert.

Angelo wollte etwas erwidern, doch ehe er den Mund öffnen konnte, übernahm Alexandra das Wort.

»Wir brauchen Ihre fachliche Meinung zu etwas.«

»Sehr gern. Wie kann ich helfen?«

»Na ja«, begann sie zögernd. Sie hätten die Zeit, in der sie auf ihn gewartet hatten, nutzen sollen, um sich darüber einig zu werden, wie weit sie Cristoforo überhaupt einweihen wollten. Dafür war es jetzt zu spät. »Wir haben hier diesen Brief«, sie zog das Blatt Papier hervor, »den Casanova geschrieben hat. Und wir glauben, dass sich dahinter vielleicht mehr verbirgt, als es auf den ersten Blick den Anschein hat.«

»Im Sinne von?«

»Ich … ich weiß nicht genau. Einfach irgendetwas, das sich zwischen den Zeilen verbirgt. Verbergen könnte, meine ich.«

»Das ist ein wenig vage. Aber gut, lesen Sie doch mal vor.«

Sie faltete den vergilbten Zettel auseinander und las ihn laut vor.

»Hm«, machte Cristoforo nur, als sie fertig war.

»Sie haben mir doch erzählt, Sie wären Professor für italienische Literatur.«

»Das stimmt, ja.«

»Können Sie denn aus diesen Zeilen irgendetwas herauslesen?«, fragte sie hoffnungsvoll.

»Auf die Schnelle nicht, nein«, gab er zurück. »Tut mir leid.«

»Aber … aber Sie müssen doch …« Sie konnte ihre Enttäuschung nicht mehr verbergen. »Sie waren meine letzte Hoffnung.«

»Es tut mir so leid, ich würde Ihnen wahnsinnig gern helfen.«

Sie nickte. »Könnten Sie mich hier rauslassen, bitte?«

»Spinnst du?«, fuhr Angelo sie an. »Die sind immer noch an uns dran. Willst du, dass sie dich umbringen?«

Sie zuckte mit den Schultern. Entweder das oder sie würde für den Rest ihres Lebens hinter Gitter wandern.

»Soll ich stehen bleiben?« Cristoforo warf Angelo einen fragenden Blick zu.

»Nein! Zur Hölle, du bleibst nicht stehen! Alessandra, du kannst jetzt nicht einfach aufgeben. Du weißt so viel über Casanova. Denkst du wirklich, er hätte sich für einen Liebesbrief diese Mühe gemacht? Du weißt, dass das nicht sein kann. Und ich weiß, dass, *wenn* jemand dahinterkommt, du es bist.« Er drückte ihr den Brief in die Hand. »Ich lasse dich jetzt ganz sicher nicht einfach aussteigen.«

»Wenn ich mich kurz einmischen dürfte«, unterbrach sie ihr Fahrer leise. »Ich glaube Ihnen, Alexandra. Ich glaube Ihnen, dass Sie Elena nicht getötet haben.«

»Bitte was?«, entfuhr es ihr. Woher wusste er davon? Was ging hier vor?

Cristoforo verzog bedauernd das Gesicht. »Ich kannte sie. Ich kannte sie sehr gut. Als ich in den Nachrichten gehört habe, dass sie Sie verdächtigen, wusste ich einfach, dass sie die Falsche suchen.«

»Sie …« Mit einem Mal dämmerte es ihr. »Sie waren gar nicht zufällig auf dem Revier, nicht wahr? Sie waren auch wegen Elena dort.«

»Ja. An dem Tag habe ich erfahren, was ihr passiert ist. Der Commissario hatte mich gebeten zu kommen, weil ich ihr Doktorvater war. Wir haben über Jahre eng zusammengearbeitet. Aber es war mehr als das. Ich … ich war einer der wenigen, die ihr wirklich nahestanden, und ich … ich bin so froh, dass Sie mich angerufen haben. Wenn sie uns vorhin erwischt hätten, wäre die Möglichkeit dahin, dass ihr wahrer Mörder geschnappt wird. Das kann ich nicht zulassen. Ich …«

»Sie liebten sie, nicht wahr?«

Er nickte, und sie spürte, wie er krampfhaft versuchte, keine Träne zu vergießen. Den Blick weiterhin fest auf die Straße gerichtet, holte er tief Luft und räusperte sich. »Ich will euch helfen. Ich will es wirklich, mehr als jeder andere Mensch auf der Welt, das können Sie mir glauben. Aber ich weiß nicht, wie. Der Text klingt wie hundert andere Texte, die Casanova verfasst hat. Es ist sein Stil, es sind seine Worte – mit an Sicherheit grenzender Wahrscheinlichkeit. Es steckt ein Hauch von Überheblichkeit darin, gepaart mit seiner Hingabe an das weibliche Geschlecht. Doch nach viel mehr klingt es wirklich nicht.«

Alexandra starrte wieder auf das gelbliche Blatt Papier. Sgualda. Sie war sich sicher, diesen Namen schon einmal gehört zu haben.

»Da stand doch was von Narren«, meinte Angelo. »Auf wen könnte er damit anspielen?«

»Er meint diejenigen, die für seine Verhaftung und die Inhaftierung in den Bleikammern verantwortlich waren«, vermutete Alexandra.

»Und wer soll das sein?«

»Hauptsächlich Senator Matteo Giovanni Bragadin und der Polizeichef Varutti. Er hat sie in der Geschichte seiner Flucht mehrmals so bezeichnet.«

»Wie kannst du das alles wissen?«, fragte Angelo überrascht, doch sie ignorierte seine Frage.

»Ich denke, diese Anspielung hat er gemacht, um festzuhalten, dass am Ende *er* es war, der gewonnen hat. Er hat Glückseligkeit in der Liebe gefunden, während sie ein von Macht und Geld beherrschtes, verbittertes Leben führten. Doch worauf bezieht sich ›Mein Schwur an dich soll nicht vergessen, nie gebrochen sein‹? Könnte das etwas mit dem zu tun haben, was Gasparo erzählt hat? Er hatte dieser Sgualda doch versprochen, ihr ein besseres Leben zu bieten.«

Sgualda. Das war ein Name, der so ungewöhnlich war, dass man ihn einfach im Gedächtnis behalten musste. Und doch wusste sie nicht, woher sie ihn kannte.

»Er sagt ihr damit, dass er es nicht vergessen hat. Aber er gibt keinen Hinweis darauf, worum es geht oder was es ist. Geschweige denn, wo man es finden würde, das bessere Leben«, gab Angelo zu bedenken.

»Dachtest du etwa, er hätte ihr eine Schatzkarte gezeichnet?«, spottete Cristoforo.

»Ich hatte zumindest etwas in der Art erwartet. Und nicht … so was. Wenn es nichts weiter ist als ein Liebesbrief, warum hat er ihn dann so aufwendig versteckt?«

»Vielleicht war sie verheiratet. Und ihr Mann war so einflussreich, dass er ihn hätte foltern und töten lassen, wenn er von ihrer Affäre erfahren hätte.«

»Sie soll aber arm gewesen sein.«

»Gut, dann war sie eben arm und verheiratet. Selbst dann hätte er ihm aus Rache und Eifersucht etwas antun können.«

Alexandra hörte den beiden kaum noch zu, so konzentriert suchte sie in ihren Erinnerungen nach diesem Namen. Doch je eindringlicher sie es versuchte und je öfter sie ihn in Gedanken aussprach, desto weiter rückte die Erinnerung in den Hintergrund. Für einen Moment war sie sich nicht einmal mehr sicher, ihn vor diesem Abend überhaupt jemals gehört zu haben. Sie verfluchte ihr schlechtes Gedächtnis. Jeder Mensch hatte irgendetwas, das er sich gut merken konnte. Gesichter, Namen, Zahlen, Begebenheiten. Irgendetwas. Doch sie hatte gar nichts. Schon ein Dutzend Mal war sie den verwinkelten Schleichweg von Cormòns nach San Floriano gefahren, um an der slowenischen Grenze billig Zigaretten zu kaufen. Doch auch beim dreizehnten Mal verfuhr sie sich wieder auf dem Rückweg und landete in dem kleinen Örtchen Capriva, das auf der völlig entgegengesetzten Seite lag. Vielleicht sollte sie von nun an täglich das Sudokurätsel in der Tageszeitung lösen, um ihr Gedächtnis auf Trab zu halten. Sonst würde sie mit sechzig dahinvegetieren wie ein … Mit einem Mal dämmerte es ihr.

»Capriva!«, rief sie aufgeregt.

Zwei Köpfe wandten sich ihr verwirrt zu.

»Wir müssen nach Capriva«, verkündete sie stolz.

»Du meinst das Capriva, das nur einen Steinwurf von Cormòns

entfernt ist?«, vergewisserte Angelo sich und zog skeptisch die Augenbrauen hoch.

»Als ob das jetzt noch einen Unterschied machen würde. Man sucht doch mittlerweile überall nach mir.«

»Nach uns.«

»Richtig.« Sie nickte schuldbewusst.

»Und wie kommen Sie jetzt auf Capriva?«

»Ich weiß, wer Sgualda ist.« Sie strahlte die beiden an.

»Willst du uns vielleicht einweihen?«

Aufgeregt senkte sie ihre Stimme. »In Capriva gibt es ein malerisches kleines Schloss, das Castello di Spessa. Es wurde irgendwann vor 1200 erbaut. Heute gehört es einer bekannten Winzerfamilie, die daraus ein Luxusresort gemacht hat. Casanova hat damals eine Zeit lang in dem Schloss gelebt. Der Schlossherr, Luigi Torriani, hatte ihn freundlich aufgenommen. Natürlich wäre Casanova nicht Casanova, wenn er nicht zumindest die Hausangestellte verführt hätte. Sie war Witwe, und Torriani soll selbst scharf auf sie gewesen sein. Als er herausfand, dass sein Hausgast es ihr besorgte, prügelte er sie halb tot. Casanova ging dazwischen und rettete ihr das Leben. Dabei hätte er Torriani fast umgebracht. Und jetzt ratet mal, wie die Frau heißt.«

»Ist das dein Ernst?« Angelo stand vor Staunen der Mund offen. »Casanovas letzte große Liebe wird in keinem Buch erwähnt, und niemand, der sich auskennt, will je etwas von ihr gehört haben, aber kaum stolpern wir über ihren Namen, kannst du ihm eine Geschichte zuordnen? Du bist unglaublich. Wie kannst du das alles wissen?«

»Ich weiß es einfach«, gab sie zurück.

Sie hatte vor Jahren ein paar Nächte in dem Schlosshotel verbracht. Aus purer Langeweile hatte sie die in schlechtem Deutsch geschriebene Broschüre auf ihrem Zimmer gelesen. »Die Geschichte des Castello di Spessa« lautete der Titel. Sie hatte es immer für ein Märchen gehalten, für einen Gag, um Touristen anzulocken. Bis jetzt.

»Es gibt dort einen wunderschönen Schlossgarten«, fuhr sie fort, »an dessen Fertigstellung Casanova maßgeblich beteiligt war.

Das meiste davon hat den Zweiten Weltkrieg überlebt und ist bis heute Teil des Parks. Was immer es ist, das er versteckt hat – und inzwischen bin ich mir sicher, dass tatsächlich etwas versteckt wurde –, es muss dort gewesen sein.«

»Denken Sie etwa, er hat so etwas wie einen Schatz vergraben?«, fragte Cristoforo neugierig.

»Ich weiß nicht, möglich wäre es aber doch, meint ihr nicht?«

»Vielleicht lag Hannes mit seiner Theorie gar nicht so daneben«, murmelte Angelo. Dann lächelte er. »Hatte ich es nicht gesagt? Ich wusste, dir würde etwas einfallen.«

»Was für ein Schatz könnte das wohl sein?«, überlegte Cristoforo.

»Gold oder Diamanten«, schlug Angelo vor.

»Oder der Heilige Gral …«

»Ja, das Geheimnis des ewigen Lebens.«

»Oder der letzte Teil seiner Memoiren«, gab Alexandra dazu.

»Spielverderberin«, maulte Angelo, »Gold wäre mir lieber. Fahrer, auf nach Capriva!«

Cristoforo nickte und trat das Gaspedal durch.

Obwohl sie mit gut hundertzwanzig Sachen über die Landstraße brausten, kam ihr die Fahrt unglaublich lang vor. Stille hatte sich im Wagen ausgebreitet. Angelo lehnte schief auf der Rückbank und schien eingeschlafen zu sein. Für Alexandra war an Schlaf nicht zu denken. Die Müdigkeit vom vergangenen Morgen hatte trotz des erneuten Schlafmangels einer Mischung aus Aufregung und Schmerz Platz gemacht, der von ihren diversen Blessuren ausging und den auch die ruhige Autofahrt nicht mindern wollte.

Die Stimme der Museumsführerin drängte sich in ihre Gedanken. »Es gibt unglaublich viele Beispiele für wahre Liebe in den Gemäuern dieses Museums. Versteifen Sie sich nicht zu sehr auf Casanova. Nehmen Sie sich lieber der Geschichten von Hero und Leander, Pyramus und Thisbe oder Romeo und Julia an«, hatte sie gesagt. Jede dieser Geschichten endete in einer Tragödie. Leander ertrank bei dem Versuch, mit Hero vereint zu sein, woraufhin sie sich in den Tod stürzte. Pyramus brachte sich um, weil er glaubte, Thisbe sei tot. Was sie natürlich nicht war. Was geschah? Sie erstach sich. Dasselbe Spiel bei Romeo und Julia. Die wahre Liebe lief nach anfänglichem Glück stets auf ein Mord-Selbstmord-Szenario hinaus. Die Führerin hatte erklärt, wahre Liebe sei es, den Gedanken an ein Leben ohne den anderen nicht ertragen zu können und es als einzigen Ausweg zu sehen, dem Seelenverwandten in die Abgründe des Todes zu folgen, um dort an seiner Seite zu sein. Früher hätte sie für diese Theorie maximal ein abfälliges Lächeln übrig gehabt, doch auch in dieser Hinsicht hatte sie sich wohl verändert. Zwar fand sie es immer noch ziemlich lächerlich, wenn Menschen auf sie zukamen und ihr erzählten, sie hätten die Person gefunden, für die sie in den Tod gehen würden, nur um zwei Jahre später über den nächsten Partner zu sagen, man hätte nun *wirklich* die Person gefunden, für die es sich lohnen würde. Doch sie konnte heute zumindest anerkennen, dass es möglich war, sich im Angesicht des Todes für den anderen zu opfern. Sie fragte sich, ob wohl jemals jemand bereit wäre, sich für sie in den Tod zu stürzen?

Angelo stieß ein Grunzen aus, das wie ein halb ersticktes Schnarchen klang, und drehte sich auf die andere Seite. Es würde nicht mehr lange dauern, dann hätten sie all das endlich hinter sich. So oder so, es würde enden. Und wenn es gut ausging? Was dann? Würden sie beide ihr altes Leben wieder aufnehmen und so tun, als wäre nichts gewesen? Als wären sie sich nie begegnet? Würden sie sich jemals wiedersehen?

ACHTZEHN

Medeot rümpfte die Nase, als er die Tür des zivilen Dienstwagens zuschlug. Es roch nach einer Mischung aus Urin und Abfällen. Nicht gerade die schönste Gegend, stellte er fest, als er sich umsah. Die schmale Fläche vor dem abgewohnten Bungalow, die als Garten hätte dienen können, bestand aus trockener, zusammengepresster Erde. Vereinzelt wucherten gelbe Grasbüschel aus dem sandigen Boden. Der alte Zaun war rostig, und das Gartentor quietschte jämmerlich, als er es aufzog. Die Streife, die Borraccia am Vortag hatte abholen sollen, war mit leeren Händen zurückgekehrt. Laut der Information eines Nachbarn war Borraccia morgens am ehesten anzutreffen. Vielleicht hatten Medeot und Bearzot nun mehr Glück.

»Seien Sie bloß vorsichtig«, mahnte Bearzot und zog seine Beretta aus dem Halfter.

»Signor Borraccia«, rief Medeot und klopfte energisch an die Eingangstür. Kleine Stücke der weißen Farbe lösten sich bei der Berührung und rieselten zu Boden. »Michele Borraccia, hier ist die Polizei. Öffnen Sie die Tür!«

Er hämmerte lauter. Keine Reaktion. Mit einem Kopfnicken deutete er auf eines der geschlossenen Fenster. Bearzot trat mit gezogener Waffe an die Scheibe und sah hindurch.

»Scheint keiner da zu sein«, meinte er.

»Michele Borraccia! Öffnen Sie die Tür!«, befahl Medeot erneut.

Doch im Inneren des Bungalows blieb es ruhig. Nur etwas entfernt ertönte so etwas wie ein leises Klacken.

»Haben Sie das gehört?«, flüsterte Medeot alarmiert.

Bearzot blickte ihn fragend an.

»Ich bin mir sicher, etwas gehört zu haben. Hinter dem Haus. Los, Sie gehen linksherum, ich nehme die andere Seite.« Er entsicherte seine Waffe.

Vorsichtig spähte er um die Hausecke, trat, den Rücken an

die Wand gepresst, neben eines der Seitenfenster und linste durch den halb offenen Vorhang. Drinnen schob Borraccia gerade möglichst lautlos das Fenster an der Rückseite des Hauses auf und kletterte, einen großen Rucksack in der Hand, nach draußen. Mit einem Satz war Medeot an der rückwärtigen Ecke des Hauses.

»Polizei«, rief er und richtete die Waffe auf Borraccia. »Rucksack fallen lassen und hinlegen. Sofort!«

Erschrocken fuhr Borraccia herum. Er zögerte einen Moment. Dann machte er auf dem Absatz kehrt und hetzte in die entgegengesetzte Richtung davon. Weit kam er nicht, denn im selben Moment trat Bearzot hinter der Hausecke hervor, die Waffe im Anschlag, und deutete mit einem Kopfnicken auf den trockenen Untergrund. Borraccia stieß einen leisen Fluch aus, pfefferte den Rucksack zur Seite und ließ sich mit erhobenen Händen auf die Knie sinken.

»Hände auf den Rücken, und wehe, Sie geben auch nur einen Mucks von sich«, zischte Medeot und zog seine Handschellen vom Gürtel.

»Chef, ich würde sagen, das war ein glatter Volltreffer«, stellte Bearzot zufrieden fest. Er zog einen großen Plastiksack aus dem Rucksack. Darin befanden sich unzählige winzige Briefchen aus Papier. Ganz vorsichtig öffnete er eines davon und pfiff anerkennend.

»Heroin?«, tippte Medeot, als er die Handschellen fest um Borraccias Gelenke schloss.

»Eindeutig.«

»Das gehört mir nicht! Ich hatte keine Ahnung, was in dem Ding drin war. Es gehört einem Freund.«

»Natürlich«, brummte Medeot, »und wenn wir die Spurensicherung durch Ihr Haus schicken, finden wir unter Garantie nicht das kleinste Krümelchen. Sie haben das Zeug schließlich schon so praktisch verpackt bekommen, ist klar.«

»Bin ich verhaftet?«, wollte Borraccia wissen.

»Nein, wir sind hier, um Sie zum Essen auszuführen. Natürlich sind Sie verhaftet.«

Bearzot spulte monoton die obligatorischen Floskeln herunter und bugsierte ihn dann auf die Rückbank des Wagens.

***

»Könnten Sie mir wenigstens die Handschellen abnehmen? Die sind viel zu eng«, murrte Borraccia, als Medeot sich zu ihm in den Verhörraum gesellte. Er hatte die vergangenen zwanzig Minuten damit verbracht, Elena Fritz-Gardinis Ex-Freund durch den großen Spiegel an der Wand zu beobachten, während dieser nervös mit seinen Fingern spielte und sich immer wieder umsah, ob nicht doch endlich jemand den kahlen Raum betrat, um mit ihm zu reden. Er hatte gewartet, während Borraccia sich fluchend darüber beschwerte, dass man seine Menschenrechte verletzte, mehrfach beteuerte, nichts getan zu haben, nach einer Zigarette verlangte und schließlich nur noch stumm auf den Metalltisch starrte. Jetzt war der Zeitpunkt gekommen.

»Ich bin nicht von der Drogenfahndung«, sagte Medeot, als er sich auf den Stuhl auf der anderen Seite des Tisches sinken ließ.

»Sind Sie nicht?«

»Nein. Aber das Zeug, mit dem wir Sie erwischt haben …« Er schüttelte den Kopf. »Mann, Mann, Mann. Da werde auch ich Sie nicht mehr herausholen können.«

»Bitte!« Borraccia saß mit einem Mal aufrecht in seinem Stuhl, die Hände vor sich auf dem Tisch flehend ineinandergelegt. »Bitte helfen Sie mir.«

»Ich dachte, Sie würden das Heroin nur für einen Freund aufbewahren?«

»Das tue ich, das tue ich. Doch ich weiß, wie das hier aussieht. Ich kann Ihnen Informationen liefern. Was wollen Sie?«

»Ich will über Elena sprechen.«

»Über Elena? Meine Ex-Freundin? Die Elena meinen Sie?«

»Ganz genau.«

»Was ist mit ihr?«

Medeot musterte ihn. Wäre ihm Borraccia auf der Straße begegnet, wäre er ihm wahrscheinlich gar nicht aufgefallen. Ein durchschnittlicher, unauffälliger Typ. Er hätte ein Student sein können, ein Mechaniker oder ein Krankenpfleger. Die Verwunderung in seinem Gesicht, als er nach Elena fragte, schien echt zu sein. Kommentarlos legte er ihm ein Foto hin, das Elena nach der Obduktion auf dem Tisch des Gerichtsmediziners zeigte.

Borraccias Augen weiteten sich.

»Was«, flüsterte er kaum hörbar, »was ist passiert?«

»Sie wurde ermordet.«

»Von wem? Wer hat ihr das angetan?«

»Ich dachte, das können Sie mir sagen.«

»Wer, ich?« Er hob seinen Blick von dem Bild und sah Medeot an. Tränen standen in seinen Augen. »Ich weiß nichts darüber. Ich … verdammt, ich wusste doch bis vor einer Sekunde nicht einmal, dass sie tot ist.«

Medeot zögerte einen Moment, dann zog er einen Zettel aus der Akte. Was hatte er schon zu verlieren? »Das ist einer von unzähligen Briefen, die wir in Elenas Unterlagen gefunden haben. Geschrieben von Ihnen. In diesem hier steht, Sie würden daran verzweifeln, dass sie Ihre Liebe nicht erwidert. Sie schreiben, Sie würden sie mit an einen besseren Ort nehmen, an dem Sie für alle Ewigkeit vereint wären.«

»Es ist richtig, dass ich ihr eine Zeit lang viele Briefe geschrieben habe. Das ist meine Art, meinen Gefühlen Ausdruck zu verleihen.«

»Für mich klingt das eher nach einer Morddrohung als nach einem Liebesschwur.«

»Das ist nicht wahr, so hatte ich das nicht gemeint. Moment mal. Sie verdächtigen doch nicht etwa mich? Ich hätte ihr nie im Leben etwas antun können. Ich habe sie geliebt!«

»Verzeihen Sie mir, wenn ich Ihnen die Geschichte des unschuldigen, von Herzschmerz geplagten Ex-Freundes nicht abkaufe. Sie haben sie verfolgt und belästigt. Sie hatte Angst vor Ihnen. Todesangst. Also erzählen Sie mir keinen Schwachsinn, sonst übergebe ich Sie sofort den Kollegen von der Drogenfahndung. Die werden sich sicher wahnsinnig über Ihren Besuch freuen.«

»Nein! Bitte. Tun Sie das nicht. Ich will Ihnen doch helfen. Gut, ich gebe ja zu, ich habe öfters mal vor ihrem Haus geparkt. Ich wollte doch nur sichergehen, dass es ihr gut ging. Sie reagierte nicht auf meine Anrufe und Nachrichten, und wenn ich bei ihr klingelte, tat sie, als wäre sie nicht da. Glauben Sie mir, ich wollte nur nach dem Rechten sehen. Ich hatte nicht vor, ihr etwas anzutun.«

»Und was ist mit dem Geld?«

»Mit welchem Geld?«

»Sie hat sich Geld von Ihnen geborgt. Einen ziemlich hohen Betrag.«

»Nein, das hat sie nicht. Wovon sprechen Sie?«

»Wollen Sie mich für dumm verkaufen? Der Entzug ihres Bruders, von dessen Drogenproblem sie dank Ihnen erfahren hat, wurde von ihr bezahlt. Von dem Geld, das Sie ihr gegeben haben.«

»Ich habe ihr niemals Geld geliehen. Wieso hätte ich das tun sollen? Sie hatte ein Stipendium und hat sich nie über Geldmangel beklagt.«

Medeot hielt den Blick starr auf Borraccia gerichtet, ohne eine Miene zu verziehen. Keinesfalls würde er es sich anmerken lassen, doch er glaubte ihm. Entweder war der Mann ein außergewöhnlich guter Lügner, oder er sagte die Wahrheit. Und er für seinen Teil glaubte eher an Letzteres.

»Na gut. Dann sagen Sie mir, ob Ihnen in letzter Zeit etwas an ihr aufgefallen ist. Hat sie sich irgendwie anders verhalten? Seltsam?«

»Sie meinen, abgesehen davon, dass sie mich von einem Tag auf den nächsten nie mehr wiedersehen wollte, obwohl sie kurz zuvor noch beteuert hatte, wie sehr sie mich liebte?«

»Abgesehen davon, ja. Und abgesehen davon, dass Sie ein Drogendealer und offensichtlich auch ein Stalker sind. Das sagt zumindest Elenas Bruder, und aus den Briefen und Ihrer Aussage schließe ich, dass er damit gar nicht mal so unrecht hat.«

Borraccia runzelte die Stirn und schien zu überlegen.

»Da war tatsächlich etwas«, erklärte er dann. »Als ich eines Abends vor ihrem Zaun parkte, habe ich gesehen, dass sich ein Mann an ihrer Haustür zu schaffen macht. Erst dachte ich an einen Einbruch, aber es sah so aus, als hätte er einen Schlüssel. Da wurde mir klar, dass sie einen neuen Freund haben musste.«

»Einen Freund? Den Aussagen ihrer Freunde und Familie zufolge war Elena Single. Sind Sie sich da sicher?«

»Ja, es schien so.«

»Was ist dann passiert?«

»Nichts, ich … ich weiß nicht. Sie müssen verstehen, Commissario, mein Therapeut hatte mir schon vor einiger Zeit geraten, mich zurückzulehnen und das, was sich meiner Kontrolle entzieht, einfach loszulassen. Ist bloß leider nicht so leicht, wie es sich anhört. Als ich an dem Abend dann aber diesen Mann in ihr Haus gehen sah, da erkannte ich, dass ich sie für immer verloren hatte. Wissen Sie, wenn man einen Menschen wirklich liebt, will man, dass er glücklich ist. Auch wenn man nicht die Person ist, mit der er es wird. Das hat mein Therapeut mir gesagt, und vielleicht habe ich es spät erkannt, aber schlussendlich bin ich seinem Rat gefolgt. Nachdem ihr Freund das Haus wenig später wieder verlassen hatte, bin ich nach Hause gefahren und habe von da an nicht mehr zurückgeblickt. Denn die Vergangenheit ist nur eine Erinnerung, doch die Zukunft ist ein Mysterium, das es wert ist, erkundet zu werden. Und das geht nur, wenn man die Vergangenheit als das akzeptiert, was sie ist. Vergangen.«

»Ja, mag sein, aber noch mal zurück zu dem abendlichen Besucher. Sie sagen, dieser ›Freund‹ hatte einen Schlüssel, betrat das Haus und ging nach ein paar Minuten wieder?«

»Genau. Er wollte wohl zu ihr, sie war aber nicht zu Hause.«

»Könnten Sie den Mann unserem Zeichner beschreiben? Wissen Sie, wie er ausgesehen hat?«

»Ja, ich denke schon. Hören Sie, wegen dieser Drogengeschichte … Werden Sie mir jetzt helfen oder nicht?«

»Das fällt nicht in meinen Zuständigkeitsbereich. Wenn Ihre Aussage uns weiterbringt, werde ich aber ein gutes Wort für Sie einlegen«, brummte Medeot und erhob sich.

***

»Chef? Kann ich Sie einen Moment sprechen?«

Bearzot wartete vor dem Verhörraum. Er trat ungeduldig von einem Fuß auf den anderen.

»Ich wollte Sie da drin nicht unterbrechen.«

»Schießen Sie los.«

»Ginevra ist zurück.«

»Ihre Freundin?«

»Ja. Sie will reden. Würde es Ihnen etwas ausmachen, wenn …«

»Na los, gehen Sie schon. Ich schaffe das hier auch allein«, befahl Medeot und setzte ein aufmunterndes Lächeln auf.

»Danke, haben Sie vielen Dank!«

Er stürmte die Marmortreppe hinunter und war schon halb durch die Tür, als er sich noch einmal umdrehte.

»Battesimo hat versucht, Sie zu erreichen. Es klang wichtig. Sie sollten ihn so schnell wie möglich zurückrufen.«

Dann war er durch die große Eingangstür verschwunden. Medeot nahm sein Handy und wählte Battesimos Nummer. Wie sehr wünschte er sich, Bearzot und Ginevra würden sich versöhnen. Es tat ihm im Herzen weh, seinen Schützling so am Boden zerstört zu sehen.

»Battesimo, was gibt es denn?«

»Endlich rufst du zurück! Halt dich fest. Wir haben noch eine Leiche.«

»Schon wieder?« Er stöhnte gequält. Langsam war es an der Zeit, Di Maria auf seine Kurzwahlliste zu setzen. »Also gut, lass hören.«

»Es ist Giuseppe Mauro. Du weißt schon, der Komplize von Zambon. Ein Kopfschuss aus nächster Nähe.«

»Du machst Witze.«

»Schön wär's.«

»Wo habt ihr ihn gefunden? Ich komme sofort.«

»Musst du nicht, wir haben hier alles unter Kontrolle. Es gibt nicht viel zu tun, abgesehen davon, dass wir mit allen Mitteln versuchen, die Schaulustigen vom Tatort fernzuhalten.«

»Die Schaulustigen? Wo seid ihr denn?«

»Miramare. Direkt vor dem Schloss.«

»Na großartig.«

»Warte, es kommt noch besser. Gestern Nachmittag ging eine Meldung ein, dass zwei abgerissene Gestalten, Obdachlose, wie es schien, bei einer Führung Ärger gemacht hätten. Die Museumsführerin rief an aus Sorge, sie würden die Besucher vertreiben. Eine Streife hat sich der Sache angenommen, aber bis die ankam, hatten sich die beiden schon aus dem Staub gemacht. Der Beamte, der den Vorfall aufnahm, hat sich später an uns gewandt, weil er meinte, die Beschreibung würde auf Alexandra Hüttenstätter und Cherubini zutreffen. Und wie es der Zufall will, wurde in der Nacht in das Schlossmuseum eingebrochen.«

»Nur Stunden nachdem ein Kunstdieb dort gesehen wurde? Na großartig. Was wurde gestohlen?«

»Nichts von Wert. Die Einbrecher wurden vom Nachtwächter überrascht und sind geflüchtet. Der Mann liegt jetzt verletzt im Krankenhaus. Und jetzt kommt's: Kurz darauf wurde kein Geringerer als unser alter Bekannter Giuseppe Mauro tot im Schlossgarten gefunden. Der Todeszeitpunkt überschneidet sich allem Anschein nach mit dem Einbruch. Es hat etwas gedauert, bis wir die Museumsführerin auftreiben konnten, aber inzwischen haben wir die Bestätigung: Es waren Cherubini und die Österreicherin.«

Eine Handvoll Köpfe drehten sich in Medeots Richtung, als er laut fluchend gegen den unschuldigen Gummibaum in der Halle trat. Wie hatte ihn sein Bauchgefühl nur so im Stich lassen können?

»Medeot? Bist du noch dran?«

Er atmete tief ein und aus, ehe er sich das Handy wieder ans Ohr hielt.

»Was ist mit dem Dritten?«

»Wir haben auch sein Foto herumgezeigt, doch niemand hat ihn erkannt. Das Ganze erinnert mich ein wenig an Bonnie und Clyde. Denkst du, sie haben ihn inzwischen beseitigt?«

»Ich weiß gerade gar nicht mehr, was ich denken soll«, gab Medeot zu.

»Wir geben die Fahndung jetzt auch an die Medien raus. Mit

Mauro hat die Sache ziemlich viel Aufmerksamkeit erregt. Wir müssen handeln.«

»Gut. Halt mich auf dem Laufenden.«

»Da wäre noch etwas.«

»Spuck es aus.«

»Ich bin mir nicht sicher, ob es von Bedeutung ist, aber nach unserem prominenten Besuch auf dem Revier denke ich, du solltest es zumindest wissen.«

»Vascotto?«

»Ja. Zwei seiner Leute wären um ein Haar in unsere Straßensperre gekracht. War sauknapp, sag ich dir.«

»Machst du Witze? Was wollten sie? Etwa einfach durchbrettern?«

»Na ja, klingt vielleicht eigenartig, aber es sah so aus, als würden sie jemanden verfolgen.«

»Wen?«

»Das … das wissen wir nicht. Der Wagen …«

»Was war mit dem Wagen?«

»Er ist irgendwie durchgekommen«, gab Battesimo kleinlaut zu. »Ich habe keine Ahnung, wie das passiert ist. Es war eine Sache von wenigen Sekunden. Wir dachten, sie würden direkt in uns hineinrasen, und haben versucht, uns in Sicherheit zu bringen. Und … sie sind dann … irgendwie … über den Gehsteig …«

»Habt ihr wenigstens das Kennzeichen?«, fragte Medeot aufgebracht. Er war wütend, doch gleichzeitig war ihm auch irgendwie nach Grinsen zumute. So kleinlaut hatte er Battesimo noch nie erlebt.

»Nein. Wie gesagt, es ging alles so furchtbar schnell. Es war ein dunkelroter Alfa Giulietta. Relativ neu. Die Fahndung ist schon raus. Ich … ich melde mich, sobald sich etwas ergibt, ja?«

Nachdem Medeot aufgelegt hatte, hastete er zurück in sein Büro und setzte sich an den Computer, um den Bericht des Streifenpolizisten aufzurufen, von dem Battesimo gesprochen hatte. Er konnte sich nach wie vor nicht erklären, welchem logischen Muster die Handlungen von Alexandra Hüttenstätter folgten. Und die Geschichte, die Hartmut Calligaris ihm erzählt hatte, ergab noch weniger Sinn. Er hatte behauptet, sie hätte etwas von einer Kette und einem Schatz gefaselt. Der Anwalt schien selbst an ihrer Zurechenbarkeit zu zweifeln.

Er überflog den Bericht. Die Museumsführerin gab an, die beiden hätten komische Fragen gestellt, zum Museum, zu den ausgestellten Schmuckstücken und zur Ausstellung, die wohl Liebe als Grundthema hatte. Er stutzte. Elena Fritz-Gardini hatte sich in ihrer Arbeit ebenfalls mit diesem Thema beschäftigt. Das konnte unmöglich ein Zufall sein.

Mehr Nennenswertes offenbarte der Bericht nicht. Medeot beschloss, trotz Battesimos Versicherung, er werde nicht gebraucht, einen kurzen Abstecher nach Miramare zu machen. Er musste unbedingt persönlich mit der Museumsführerin sprechen; er wollte ganz genau wissen, was die beiden zu ihr gesagt hatten. Jedes noch so kleine Detail konnte von Bedeutung sein.

Er wollte sich gerade nach Bearzot umsehen, als ihm einfiel, dass der ja gar nicht da war. Kurz überlegte er, ihn anzurufen, entschied sich aber schlussendlich dagegen. Stattdessen wählte er erneut Battesimos Nummer und bat ihn, die Museumsführerin ans Telefon zu holen. Während er darauf wartete, dass Battesimo die Dame fand, klopfte es, und der Polizeizeichner trat ein.

»Commissario, wir sind bereits fertig. Wollen Sie einen Blick darauf werfen?«

Medeot wollte. Er musterte das Werk, das der Zeichner nach Borraccias Vorgaben von dem Mann angefertigt hatte, den dieser vor dem Haus des Opfers gesehen hatte. Seine Augen weiteten sich. Verwirrt starrte er auf das Papier in seinen Fingern, die vor Aufregung zu zittern begannen.

»Das ist doch wohl ein Scherz«, murmelte er.

NEUNZEHN

Cristoforo bog von der Hauptstraße ab und lenkte den Wagen auf einen schmalen Weg, der sich zwischen Weinreben hindurchschlängelte.

Nach einer Weile lichteten sich die Weinfelder und wichen dem Grün eines Golfplatzes. Vor ihnen auf der kleinen Anhöhe streckten sich die orangeroten Ziegel des Schlösschens empor. Ihm zu Füßen die Tavernetta al Castello, früher einmal der Stall des Anwesens. Er fuhr am Restaurantparkplatz vorbei und stellte den Alfa in der Deckung eines großen Gebüsches direkt dahinter ab.

»Dort gibt es einen Weg, der direkt zum Schlosspark hinaufführt«, sagte Alexandra, als sie aus dem Wagen stiegen, und deutete in Richtung Osten hinter die Driving Range.

»Wonach genau suchen wir jetzt eigentlich?«, fragte Cristoforo, als er ihr und Angelo über den künstlich angelegten Pfad folgte, der von perfekt getrimmten Hecken gesäumt war.

»Ich … na ja, das weiß ich auch nicht so genau. Lasst uns … ich weiß nicht, einfach mal eine Runde um das Schloss drehen. Vielleicht sticht uns irgendetwas ins Auge.«

Angelo runzelte skeptisch die Stirn.

»Wenn einer von euch eine bessere Idee hat, würde ich sie sehr gern hören«, forderte sie die beiden auf.

Stille.

Natürlich, was auch sonst.

Was hatten sie erwartet? Dass sie auf alles eine Antwort parat hatte?

»Woran hat Elena eigentlich gearbeitet?«, fragte sie an Cristoforo gewandt.

»Wenn ich Ihnen das jetzt erklären würde, würden wir wahrscheinlich übermorgen noch hier stehen«, scherzte er.

»Denken Sie nicht, dass es etwas mit ihrem Tod zu tun haben könnte?«

»Ich weiß nicht so recht«, gab er zögernd zurück.

»Was ist denn das Thema ihrer Dissertation?«

»Es geht hauptsächlich um die Liebe in der italienischen Literatur.«

Abrupt blieb sie stehen.

»Sie machen Witze, oder?«

»Nein. Wie kommen Sie darauf?«

»Glauben Sie etwa, dass das ein Zufall ist? Das Medaillon, der Brief, Casanova?«

»Sicher. Ich kenne ihre Arbeit in- und auswendig.«

»Und? Kommt Casanova etwa nicht darin vor?«, bohrte sie. Wieso musste sie ihm alles aus der Nase ziehen? Sie dachte, er wäre hier, um zu helfen.

»Doch, natürlich. Aber nicht in diesem Zusammenhang. Nichts deutet darauf hin, dass sie sich mit seiner Liebe zu dieser Sgualda besonders auseinandergesetzt hätte.«

Ratlos zuckte er mit den Schultern und trat hinter ihnen durch den mit Wein behangenen Torbogen in den weitläufigen Schlossgarten. »Allerdings«, fügte er hinzu, »habe ich eine Notiz in ihren Unterlagen gefunden, auf die ich mir keinen Reim machen konnte.«

»Sie haben Zugang zu Elenas Unterlagen?«

»Sie hatte einen Großteil davon bei mir zu Hause und nahm immer nur das mit in die Bibliothek oder ins Büro, woran sie gerade arbeitete.«

»Moment mal. Hat sie etwa bei Ihnen gewohnt?«

»Ja, eine Weile. Wieso überrascht Sie das?«

»Tut es nicht. Das hätten Sie bei der Polizei aber ruhig mal erwähnen können«, brummte sie missmutig. Dann wäre ihr zumindest die Nacht im Gefängnis erspart geblieben.

»Ich verstehe nicht …«

»Ach, vergessen Sie's. Was war das denn für eine Notiz?«

Er zog ein kleines oranges Post-it aus seiner Hosentasche und reichte es ihr. »+1 +22 Minuten«, stand darauf zu lesen und darunter, in der nächsten Zeile, »-3 -3 Minuten«. Außerdem hatte sie klein etwas danebengekritzelt, das wie »Mierro« aussah. Alexandra schnaubte verächtlich. Der Professor war ihnen wahrlich eine große Hilfe.

»Da haben Sie wohl eher die Ergebnisse ihres Lauftrainings gefunden.«

»Aber der Zettel klebte an ihren Aufzeichnungen.«

»Bitte. Sie müssten einmal sehen, was an meinen Aufzeichnungen so alles klebt.«

»Bring doch nächstes Mal ihre Einkaufsliste mit«, witzelte Angelo und grinste. Dann ließ er sich mit schmerzverzerrtem Gesicht auf eine der steinernen Bänke fallen, die in regelmäßigen Abständen am Wegrand aufgestellt waren. Er fasste sich mit beiden Händen an die Brust und beugte sich nach vorn. Alexandra musterte ihn besorgt, trat zu ihm, ließ sich neben ihn auf die harte Sitzfläche sinken. Sie wollte etwas sagen, doch er hob abwehrend die Hand. »Es geht mir blendend«, presste er hervor.

Prüfend blickte sie an ihm hinunter. Zwar bluteten seine Wunden nur noch geringfügig, er hatte jedoch einiges an Blut verloren, und auf seiner blassen Stirn standen große Schweißperlen. Wie auf ein geheimes Zeichen hin meldete sich der pochende Schmerz in ihrer Schläfe zurück. Sie tastete über ihre Stirn. Kein Blut floss mehr über ihr Gesicht, doch der Schmerz breitete sich aus und war kaum zu ertragen. Sie biss die Zähne zusammen, so fest, dass ihr Kiefer zu schmerzen begann.

»Wir haben also gar keinen Anhaltspunkt, wonach zu suchen ist?«, fragte Cristoforo. »Nach einer Statue, einem Baum, einer Höhle?«

»Keinen«, murmelte Angelo und sah zu Alexandra. Seine azurblauen Augen hatten jeden Glanz verloren, und sein dunkles Haar war verklebt von Blut. Er sah einfach schrecklich aus.

»Lasst mich den Brief einmal lesen«, bat Cristoforo.

Sie reichte ihm das Blatt Papier.

»Er schreibt etwas von Worten. Dieser Rundweg hier hat doch verschiedene Stationen, oder?«

»Ja, und an jeder finden Sie eine Statue oder einen Spruch«, bestätigte sie.

»Er erwähnt ausdrücklich das Wort Liebe. Könnte damit eine entsprechende Station gemeint sein?«

»So muss es sein«, pflichtete Angelo ihm bei und erhob sich.

»Geht schon mal vor. Ich komme gleich nach.« Sie zwang sich zu einem Lächeln.

Cristoforo drückte ihr den Brief wieder in die Hand und machte sich mit Angelo auf den Weg.

Während die beiden tiefer in den Park vordrangen, atmete Alexandra tief ein und wieder aus. Die Übelkeit reduzierte sich auf ein einigermaßen erträgliches Niveau, doch das Flimmern vor ihren Augen wollte nicht verschwinden.

Das ist doch gar nicht möglich, dachte sie und blickte auf den Zettel. Der Rundgang zu Ehren Casanovas konnte unmöglich aus seiner Zeit stammen. Torriani hatte ihn am Ende verabscheut. Wieso hätte er ... Nein. Das war absolut unlogisch. Sie blickte in die Richtung, in die die beiden verschwunden waren. Sie waren schon zu weit entfernt, um sie zurückzurufen. Sie verwettete jedoch ihren rechten Arm darauf, dass der Casanova-Rundgang nicht mehr als ein Werbegag der Hoteliersfamilie war. Zum wiederholten Mal begann sie, das Schriftstück zu studieren.

»Was haben Worte, was haben Zahlen noch für eine Bedeutung, wenn ich nicht bei dir sein kann.«

Keine versteckte Botschaft. Nein. Tatsächlich ein Liebesbrief. Unendlich viel Schmerz haftete an den Worten, die er zu Papier gebracht hatte. Er musste sie wirklich geliebt haben. Als hätte es ihn innerlich zerrissen, nicht bei ihr sein zu können. Was sie hier in der Hand hielt, waren die ehrlichen Worte eines Menschen, dem man sie in dieser Form nie zugetraut hätte. Das war zwar schön, doch leider auch schon alles. Es gab keinen logischen Hinweis in dem Text, ganz egal, wie oft sie ihn las. Wenn es nicht gerade ein komplexer Code war, den man methodisch entschlüsseln musste, so war das Papier für sie absolut wertlos.

Ein Code ... Wieso eigentlich nicht?

»Degli appagamenti e di beatitudini fanasticano, della felicità.« – Sie träumten von Erfüllung und Seligkeiten, vom Glück.

Sie kniff die Augen zusammen. »Daedbfdf«, las sie. Nein. Es

ergab keinen Sinn, einfach die Anfangsbuchstaben aneinanderzureihen. Was, wenn wirklich ein komplexer Code dahintersteckte? Sie würden es niemals schaffen, ihn zu knacken. Nicht in hundert Jahren. Es sei denn … Hektisch begann sie, das Papier zu falten. Nein. Sie strich es wieder glatt und bog es in die andere Richtung.

»Was machst du da?«, fragte Angelo und trat von hinten an sie heran.

»Mehr als ihr«, murrte sie ganz in Gedanken und glättete den Zettel wieder. Sie starrte auf die Worte hinab, deren Umrisse leicht zu flimmern begannen. Da fiel es ihr plötzlich wie Schuppen von den Augen.

Konnte es tatsächlich so einfach sein?

»Was?«, fragte Angelo, doch sie wies ihn an, still zu sein.

»L'hanno cercata per terra e mare, sciocchi che sono. Io invece non cerco più.« – Sie suchten zu Lande und zu Wasser, diese Narren. Ich dagegen suche nicht mehr.

Wie hatte sie nur so auf den Inhalt des Textes fixiert sein können, wenn es doch in Wahrheit die Worte und Buchstaben selbst waren, die ihnen eine Geschichte erzählen wollten!

»Herr Professor«, sie wandte sich Cristoforo zu, »in fanasticano fehlt doch ein t, oder? Das kommt von fantasticare.«

»Stimmt.«

»Hat es ohne das t vielleicht eine andere Bedeutung?«

»Nein. Es bedeutet höchstens, dass jemand sehr schlecht in Rechtschreibung ist. Aber sonst nichts«, gab er verwirrt zurück.

Sie konnte ein Grinsen nicht unterdrücken.

»Worauf willst du hinaus?«, fragte Angelo.

Sie sprang auf, griff nach einem abgebrochenen Ast, der neben der Bank auf dem Boden lag, und begann, etwas in die Erde zu kritzeln.

»Was wird das?«

»Psst«, machte sie, »dreiunddreißig, vierunddreißig … a.«

Stolz deutete sie auf das, was sie in den Boden geschrieben hatte.

Angelo und Cristoforo beugten sich in einer synchronen Bewegung darüber.

»Ddegipeea?«, brabbelte Angelo und schaute sie prüfend an. »Es geht dir doch gut, oder?«

Sie verdrehte die Augen. »Sieh doch!« Sie hielt ihm das Papier unter die Nase. »Er schreibt, ihre ›Zahl‹ möge stets ›Golden‹ sein.«

»Und?«

»›Golden‹ ist großgeschrieben. Er wollte dieses Wort hervorheben. Die *Goldene Zahl*. Na, klingelt was? Das ist ein Hinweis auf den Goldenen Schnitt in der Mathematik. Du weißt schon, wenn man eine Strecke so in zwei Teile teilt, dass sich der kleine Teil zum großen so verhält wie der große zum Ganzen. Das und die Tatsache, dass er das t in dem Wort fantasticano weggelassen hat, sagt uns alles, was wir wissen müssen.«

Angelo blickte sie noch immer verständnislos an.

»Zähl doch mal nach. Der fehlende Buchstabe würde eigentlich an der vierunddreißigsten Stelle stehen.« Sie hob den Zettel und wollte anfangen, die Buchstaben abzuzählen.

»Moment«, ging Cristoforo dazwischen, »wollen Sie sagen, er hat die Fibonacci-Folge benutzt, um einen Code zu verstecken?«

Fassungslos blickten er und Angelo einander an. Sie lächelte nur.

»Ganz genau!«

»Du schließt das aus einem großgeschriebenen Anfangsbuchstaben und einem Rechtschreibfehler?«, fragte Angelo beeindruckt, jedoch mit unverhohlener Skepsis.

»Es ist kein Rechtschreibfehler, sondern pure Absicht. Die vierunddreißig ist eine Fibonacci-Zahl, und das Verhältnis zweier aufeinanderfolgender Zahlen der Fibonacci-Folge strebt gegen den Goldenen Schnitt. Entweder wollte er Sgualda mit diesen beiden Hinweisen auf die Fibonacci-Folge stoßen, oder er brauchte, und das ist meine Vermutung, anstelle des t einen anderen Buchstaben für das, was er uns sagen will, und hat es deshalb weggelassen.«

»Und der Code ist ›Ddegipeea‹? Oder ›De gepeadi‹? Was soll das bedeuten?«

»Vielleicht ›da pegide è‹?«, schlug Cristoforo vor.

Sie blickte von einem zum anderen, nicht sicher, ob sie sie

gerade nur veräppeln wollten. Auf eine seltsame Art und Weise genoss sie diesen Moment. Sollte sie die beiden weiter mit der Nase darauf stoßen oder einfach schadenfroh zusehen, wie sie sich zum Affen machten? Ein Professor, der sich in der italienischen Literatur und Sprache auskennen sollte wie nur wenige, und ein verbrecherisches und künstlerisches Genie, das der Meinung war, ohnehin alles besser zu wissen. Trotzdem war sie es, die das Rätsel gelöst hatte. Danke, Elena, dachte sie, ohne dich wäre ich nie darauf gekommen.

»Also, was soll das jetzt heißen?«, fragte Angelo ungeduldig und deutete auf die weiche Erde.

Wortlos kritzelte sie die alphabetische Entsprechung der Buchstaben darunter: »44.579« und »16.551«.

Dann reichte sie ihm das Post-it, auf dem Elena »+1 +22 Minuten« und »-3 -3 Minuten« notiert hatte.

»Es heißt nicht Mierro, sondern Hierro. El Hierro«, fügte sie nur hinzu, »der Ferro-Meridian.«

»Verdammt noch mal«, murmelte er, »sind das etwa Koordinaten?«

»Ja.« Sie nickte grinsend.

»Das … das ist unglaublich«, stammelte er, »du … *du* bist unglaublich!« Er drückte ihr einen Kuss auf den Mund. Dann schüttelte er den Kopf. »Unglaublich«, wiederholte er.

»Elena hatte das Rätsel schon lange vor uns gelöst. Ich weiß nicht, wie sie es geschafft hat, die Abweichungen vom Ferro-Meridian, der zur Zeit Casanovas verwendet wurde, zum heutigen Greenwich-Meridian zu berechnen. Aber sie hat es getan. Und sie auf einen kleinen orangen Zettel geschrieben.«

»Das ist wirklich beeindruckend«, sagte nun auch Cristoforo, der mit offenem Mund neben ihnen gestanden hatte.

»Jetzt müssen wir die Dezimalschreibweise nur noch umrechnen«, fügte sie hinzu, »in Grad, Minuten und Sekunden, um an die richtigen Werte zu kommen.«

»Kein Problem«, meinte Angelo und zog sein Handy aus der vorderen Hosentasche.

Eine heiße Welle schwappte durch Alexandras Körper. »Moment mal«, rief sie alarmiert, »dein Handy … du … ich glaub es einfach nicht!«

Sie gab ihm mit dem dünnen Stock einen Hieb auf den Arm und hielt ihn dann wütend unter seine Nase. Wieso war ihr das nicht schon früher aufgefallen?

»Du hattest das Ding die ganze Zeit an, auch schon heute Morgen in Triest. Was soll denn das? Du hast gesagt, sie würden uns orten!«

Noch einmal gab sie ihm einen Klaps, diesmal so fest sie konnte, doch der Ast war zu dünn, um ihm überhaupt wehzutun.

»Deinetwegen wären wir beinahe draufgegangen«, zischte sie. Sie musste sich bemühen, nicht zu schreien. »Wieso hast du das getan? Jetzt wissen sie doch, wo wir sind!«

»Beruhige dich«, brummte er entspannt, nahm ihr den Stock ab und warf ihn zur Seite. »Ich hatte dein Handy damit gemeint und nicht meines. Ich bezweifle, dass diese Nummer hier auch nur ansatzweise zu mir zurückverfolgbar ist.«

»Ach ja? Bist du dir da sicher?«

»Ja, natürlich. Sei nicht so paranoid. Jetzt geh mal einen Schritt zur Seite.« Er tippte die Zahlenfolge ein. »Das ist irgendwo in Bosnien.«

»Dann rechne jetzt die Minuten dazu«, drängte Cristoforo. In seiner Stimme schwang unüberhörbare Aufregung mit.

»Das wären dann fünfundvierzig Grad, sechsundfünfzig Minuten und vierundvierzig Sekunden Nord …« Konzentriert tippte Angelo auf dem Display herum. Seine Augen wurden plötzlich groß, und in seinen Blick mischte sich … Überraschung. »Ich glaub es nicht.«

»Was? Jetzt sag schon«, flüsterte Alexandra aufgeregt.

»Es zeigt eine Stelle hier in diesem Park an. Tatsächlich. Das hätte ich nie für möglich gehalten.«

Das Handy vor sich in die Luft haltend machte er ein paar Schritte vom Rundweg weg und verschwand hinter einer breiten Hecke aus Kirschlorbeer.

»Na los, worauf wartet ihr?«, rief er hinter dem Busch hervor.

Das ließ Alexandra sich nicht zweimal sagen. Auf wackeligen

Beinen stakste sie hinter ihm her. Das Kribbeln in ihrer Magengrube breitete sich bis nach vorn in ihre Fingerspitzen aus. Im Zickzack schlichen sie durch den bewachsenen Garten. Immer näher an das Schloss heran.

Schließlich blieb Angelo stehen.

»Wir sind da«, stellte er fest.

Da?, fragte sie in Gedanken und sah sich um. Wo ist *da*? Die Stelle hier unterschied sich in keiner Weise vom Rest des Gartens. Sie waren umgeben von Rosen- und Lorbeersträuchern und etwas, dessen gelbe Blüten einen süßlichen Duft verbreiteten. Unweit von ihnen ragte eine uralte Zypresse in den Himmel.

»Ich will euch ja nicht den Spaß verderben«, meinte Cristoforo zögernd, »aber wer sagt eigentlich, dass das, was wir suchen, überhaupt noch da ist?«

»Denken Sie, Sgualda könnte es gefunden haben?«

»Denkbar wäre es, oder?«

»Wieso war der Brief dann noch im Amulett?«

»Als Erinnerung vielleicht. Es ist ja nichtsdestotrotz ein Liebesbrief. So was hebt man doch auf.«

»Aber wie kam Elena zu der Kette?«

»Wenn ich das wüsste«, entgegnete Cristoforo seufzend. »Aber das werden wir wohl nie erfahren.«

»Müsst ihr unbedingt so negativ denken? Ausgerechnet jetzt, wo wir so nah dran sind?«, mischte sich Angelo ein.

»Na ja, an dem, was er sagt, könnte schon etwas dran sein«, beharrte Alexandra. »Denk doch mal nach. Das Bettelarmband im Museum. Es gehörte angeblich einer von Casanovas Geliebten.«

»Ja, und?«

»Das heißt, sie *hatte* den Schlüssel. Da wäre es doch nur naheliegend –«

»Nein. Der Schatz ist noch da. Schluss, aus«, würgte Angelo sie ab und drehte sich hilflos einmal um die eigene Achse. »Vielleicht hätten wir eine Schaufel mitbringen sollen«, stellte er fest.

»Du stellst dir das ein wenig zu einfach vor, mein Lieber. Wir kommen doch nicht hierher, graben einfach ein Loch an der mit einem großen X markierten Stelle und heben eine Schatzkiste mit Golddublonen aus«, spottete Cristoforo.

»Weißt du was, Côloret«, entgegnete Angelo scharf, »es ist vielleicht kein Piratenschatz, aber auch Piraten haben sicher nicht mit jemandem geteilt, der nichts getan hat, außer Blödsinn zu reden. Die hätten eine Runde Plankengehen mit dir gespielt.«

»Ich habe euch schließlich das Leben gerettet! Was, denkst du, wäre passiert, wenn ich nicht gekommen wäre? Die Polizei hätte euch verhaftet oder, und das erscheint mir plausibler, ihr wärt erschossen worden von … wer auch immer das gewesen sein mag. Ich will es gar nicht wissen. Dafür steht mir ein Drittel des Schatzes ohne Zweifel zu. Und deine ewige Dankbarkeit!«

»Niemandem steht hier irgendetwas zu«, brauste Alexandra auf. Sie konnte nicht länger danebenstehen und sich diesen Schwachsinn anhören. Es war, als hätten auf einmal alle vergessen, wieso sie eigentlich hier waren. Sie wollten ihre Unschuld beweisen. Ihr kam ein Gedanke, dessen Wachstum sie schon ein paarmal unterbunden hatte, bewusst oder unbewusst. Jetzt drängte er mit aller Macht an die Oberfläche. Sie ließ sich ernüchtert zu Boden sinken. Es würde nicht vorbei sein. Es würde niemals vorbei sein. Selbst wenn sie fanden, was Casanova so mühsam versteckt hatte, würde es ihr nicht helfen. Weder würde es beweisen, dass sie Elena nicht getötet, noch dass sie mit diesem Zambon nichts zu tun gehabt hatte. Allenfalls würde es der Polizei ein perfektes Motiv liefern, eines, das alles, was ihr vorgeworfen wurde, sinnvoll erklärte. Sie hatte sich mit ihrer Engstirnigkeit nur noch viel tiefer in die Sache hineingeritten. Was hatte sie sich nur dabei gedacht? Sie hätte von Anfang an einfach verschwinden sollen. Klammheimlich das Land verlassen. Sowohl Hartmut als auch der Kommissar hätten durch die Finger geschaut. Und Hannes wäre noch am Leben.

Sie starrte auf den mit Moos bewachsenen Waldboden, zog die Füße an das Kinn. Tränen verschleierten ihren Blick. Sie zupfte einzelne Moosfasern aus der Erde, nur um sie sogleich wieder fallen zu lassen. Es fühlte sich so weich an, fast wie ein Teppich. Sie konnte sich noch erinnern, dass sie mit ihrem Vater als Kind oft in den Wäldern unterwegs gewesen war. Mit einem kleinen Eimer und einem Küchenmesser bewaffnet auf Pilzsuche. Sie konnte Pilze nicht ausstehen, doch sie liebte es, stundenlang durch unwegsames Gelände zu klettern, stets Ausschau haltend nach den kleinen gelben Sprösslingen. Manchmal waren sie an Stellen gekommen, an denen die Nadelbäume und der trockene Waldboden einem Fleck aus üppigen grünen Pflanzen und moosigem Grund wie diesem Platz machten. »Indianerwiesen« hatte sie diese Orte genannt. Sie wusste nicht mehr, warum. Jauchzend hatte sie sich in das Moos fallen lassen und die angenehme Kühle genossen, die es verbreitete. Und diesen Duft. Es roch einfach saftig und auf sonderbare Art *grün*.

Sie zupfte einen weiteren Faden aus dem Boden. War das hier die letzte Indianerwiese, die sie sehen würde, ehe man sie in einem italienischen Gefängnis verrotten ließ? Wie würde das laufen? Würde man sie dort schreiben lassen? Würde es Leute geben, die etwas von einer verurteilten Zweifachmörderin lesen wollten? Ob sie wohl eine Gefängnisfrau haben würde? Ein Leben komplett ohne Männer … ein Leben ohne Angelo … Sie hatte die Schlinge um ihren Hals eigenhändig zugezogen. Der Stuhl, der nun wackelig unter ihren Zehenspitzen stand, würde kippen. Unweigerlich. Sie konnte nur noch dafür sorgen, dass ihr die Schlinge sofort das Genick brach und sie nicht jämmerlich ersticken würde. Ihr Blick wanderte zurück auf das Moos. Sie stutzte, beugte sich nach vorn.

»… nur weil die beiden sich hier kennengelernt haben, muss das noch lange nicht heißen, dass sie hier auch gelebt haben. Das ist doch nur der einzige Ort, von dem wir wissen.«

Die Diskussion der beiden wandelte sich von einem sanften Hintergrundrauschen zu konkreten Worten, die in ihren Gehörgang drangen.

»Ach, und die Koordinaten lotsen uns nur ganz zufällig hierher?«

»Vielleicht hat deine Freundin sich ja verrechnet.« Bei dem Wort Freundin hob Angelo seine Finger zu Gänsefüßchen.

»Wage es nicht, du nichtsnutziger –«

»Hey, seht doch mal«, sagte Alexandra.

»Oder was? Willst du mir etwa drohen?«

»Du wirst schon sehen, was du davon hast, wenn –«

»Leute«, brauste sie auf, »jetzt haltet doch mal die Klappe! Ich habe etwas gefunden.«

Sofort war Ruhe. Beide traten an sie heran.

»Was hast du gefunden?«

Kommentarlos riss sie die weiche Moosdecke zur Seite. Unter dem Gekrabbel einiger schwer beleidigter Käfer kam eine Steinplatte zum Vorschein, die den Durchmesser einer Unterarmlänge und trotz der starken Bewachsung zweifellos erkennbar die Form eines Herzens hatte. In der Mitte prangte ein babyfaustgroßes Loch.

Sie fummelte das Medaillon aus ihrer Hosentasche und warf einen beinahe ehrfürchtigen Blick auf das wunderschöne Schmuckstück zwischen ihren Fingern, ehe sie es vorsichtig in die Öffnung im Stein gleiten ließ. Es passte millimetergenau.

Sie hörte, wie Angelo sich räusperte.

»Und jetzt?«, flüsterte er aufgeregt.

Sie griff zaghaft in die Öffnung und drehte den Anhänger um hundertachtzig Grad. Er rastete hörbar ein. Sowohl Angelo als auch Cristoforo beugten sich weiter vor. Ihnen war die Aufregung deutlich anzusehen.

»Buh!«, rief sie so laut, dass beide zusammenfuhren und Cristoforo rücklings über seine eigenen Beine stolperte. Sie begann lauthals zu lachen und schlug sich die Hand vor den Mund. »Tut mir leid«, presste sie um Fassung bemüht hervor, während Tränen in ihre Augen schossen, »ihr hättet mal eure Gesichter sehen sollen!«

»Sehr lustig«, meckerte Cristoforo und putzte die Erde von seiner Hose.

Breit grinsend wischte sie sich die Tränen aus den Augenwinkeln, ehe sie wieder ernst wurde.

»Und nun?«, fragte Angelo und sah auf die Steintafel hinab.

»Weiter lässt es sich nicht drehen.«

»Aber da ist doch etwas eingerastet. Haben wir irgendetwas übersehen? Vielleicht fehlt uns was.«

»Sag jetzt bitte nicht, dass es zwei von den Dingern gibt und ein paar Meter weiter noch so eine Vorrichtung unter dem Moos liegt.«

Alexandra sah zum Schloss hinüber. Ihnen blieb nicht mehr viel Zeit. Noch war alles ruhig, aber jeden Moment konnte irgendwo eine Tür aufgehen, oder frühe Gäste trafen ein und entdeckten sie. Ihr Blick wanderte über die Mauer. Sie gehörte nicht zu dem Teil, der in das Hotel umgewandelt worden war, und war somit auch nicht renoviert worden. Sie musterte die blassrosa Umfassung. So hatte das Schloss wohl ursprünglich ausgesehen. Es grenzte beinahe an ein Verbrechen, dass die kunstvoll verzierte Außenseite irgendwann einer einfachen Aneinanderreihung oranger Ziegel hatte weichen müssen; die wahre Schönheit des Bauwerks offenbarte sich lediglich an dieser versteckten Stelle, wo sie kaum ein menschliches Auge zu Gesicht bekam. Am Kopfende jedes der Bögen, durch Marmorsäulen voneinander getrennt, thronte ein furchteinflößend aussehender Wasserspeier, der jeden, der zu ihm hinaufblickte, drohend musterte. Sie stutzte. Die Mauer unter einem der Torbögen war schwarz. Nein, sie war nicht schwarz, sie war … Mit einem Satz war sie wieder auf den Beinen und zupfte Angelo am T-Shirt. Sie konnte nicht wegsehen. Sie hatte Angst, wenn sie danach wieder hinsah, wäre die Mauer wieder blassrosa.

»Was ist?«, fragte er.

Mit einem Kopfnicken deutete sie auf das Schloss.

Die Mauer dort war weg. Verschwunden.

»Was zum …«, entfuhr es ihm.

Schnellen Schrittes stapften sie auf die Rückseite des Castello zu. Die Ziegel waren tatsächlich nicht mehr da. An ihrer Stelle klaffte ein eineinhalb Meter hohes Loch. Wie versteinert standen sie davor. Keiner traute sich, ein Wort zu sagen.

»Bilde ich mir das gerade ein«, flüsterte Cristoforo irgendwann und streckte die Hand aus, auf der Suche nach einem unsichtbaren Hindernis.

Angelo nickte nur, schüttelte dann den Kopf und zuckte zugleich mit den Schultern.

Sie trat auf den verborgenen Eingang zu, nahm die Taschenlampe, die noch in ihrer Hosentasche steckte, und richtete den Lichtkegel auf die undurchdringliche Finsternis im Inneren. Ein unangenehm modriger Geruch strömte ihr entgegen, und einen Moment lang musste sie erneut gegen die aufsteigende Übelkeit ankämpfen. Da war eine steinerne Treppe, die nach ein paar Stufen ins feste Erdreich mündete. Schützend hielt sie den Ärmel ihres Pullovers vor Mund und Nase. Die jahrhundertealte, verbrauchte Luft in der verborgenen Kammer ließ sie erahnen, wie lange niemand mehr diesen Raum betreten hatte. Vorsichtig schritt sie das halbe Dutzend Stufen hinab und hielt dann einen Moment lang inne.

»Wo bleibt ihr denn?«, rief sie nach draußen.

Leise diskutierend traten die beiden geduckt durch den Eingang.

»... ich stelle nur fest, dass du dich verändert hast. Das ist alles«, hörte sie Cristoforo sagen.

»Soll ich wie du mein ganzes Leben lang ein Arschloch bleiben?«

»Ich bin überhaupt kein Arschloch. Auf mich kann man sich wenigstens verlassen im Gegensatz zu dir, du –«

»Ich sagte Nein«, zischte Angelo. »Ich hab meine Meinung geändert. Komm damit klar.«

»Das werden wir noch sehen.«

»Könntet ihr *bitte* endlich die Klappe halten?«, fuhr sie die beiden an. »Das ist ja nicht auszuhalten. Was immer ihr vor zwanzig Jahren für einen Streit hattet, ich bin mir sicher, er kann auch noch einen Tag länger ungelöst bleiben.«

Sie wartete, bis die beiden am Absatz der Treppe angekommen waren, und reichte Angelo die Taschenlampe.

»Könntest du vielleicht vorausgehen?«, wisperte sie ängstlich in den Stoff ihres Ärmels. So ziemlich jeder Horrorfilm, den sie in ihrem Leben gesehen hatte, schlich sich gerade in ihre Gedanken und ließ sie erschaudern bei der Vorstellung, was in der Dunkelheit alles auf sie lauern könnte. Sie konnte beinahe hören, wie er die Augen verdrehte, als er an ihr vorbeitrat.

Vor ihnen lag ein lang gezogener Raum, die Decke, nicht mehr als einen halben Meter über ihnen, gewölbeartig geformt. Trotz der geringen Höhe büßte der kerkerähnliche Raum wenig von seiner Imposanz ein. Beeindruckt blickte sie sich um. Bei genauerer Betrachtung schien es sich tatsächlich um einen der ehemaligen Schlosskerker zu handeln. Ein Teil der unterirdischen Räumlichkeiten war von den Besitzern in eine Kellerei verwandelt worden, doch offensichtlich war dieser Teil des Gebäudes bis dato unentdeckt geblieben. Ein unbeschreibliches Gefühl, zu wissen, dass seit Giacomo Casanova niemand mehr diesen Raum betreten hatte.

Angelo murmelte staunend etwas vor sich hin. Er bewegte den Lichtkegel der Taschenlampe vom Gewölbe weg und quer durch den Raum, bis er auf einmal abrupt innehielt. Cristoforo ließ ein Keuchen hören, und sie traute ihren Augen kaum. In der Mitte des Raumes thronte eine aus robustem dunklen Holz gezimmerte Truhe auf einem Steinpodest. Sie war gut einen Meter hoch und mindestens doppelt so breit.

»Ich glaub es nicht«, hauchte sie. »Ist es das, was ich glaube, dass es ist?«

»Eine Schatzkiste?«, gab Angelo lässig zurück.

Sie nickte. In seinen Augen war etwas, das sie nur als eine Mischung aus Siegessicherheit und Gier einzuordnen vermochte. Betont langsam, als wäre er gerade im Begriff, die Bundeslade zu öffnen, bewegte er sich auf die massive Truhe zu, ging davor in die Hocke. Sanft strich er mit den Fingern über den Deckel und wisperte etwas, das sie nicht verstand. Cristoforo trat zu ihm und umrundete die Truhe mit prüfendem Blick.

»Los, mach sie schon auf«, herrschte er ihn an.

An der Vorderseite war ein gusseisernes Schloss angebracht. Angelo musterte es kurz, zog sein Werkzeug hervor und begann mit wenig Vorsicht, ja beinahe schon zu brutal für das ohnehin schon rostig gewordene Schloss, darin herumzustochern. Das leise Klacken des Verschlusses riss auch Alexandra aus ihrer Starre. Sie klappte den Mund zu und trat mit weichen Knien an die beiden heran.

Vorsichtig hob er den Deckel an.

Was im Inneren zum Vorschein kam, deckte sich mit absolut nichts, was Alexandra sich auch nur im Entferntesten vorzustellen gewagt hätte. Schmuck, Goldmünzen, Smaragde, etwas, das auf den ersten Blick aussah wie Platinbarren. Randvoll. Es war unglaublich. Casanova hatte sein Versprechen tatsächlich gehalten. Sie wollte sich gar nicht ausmalen, in welchen Herrschaftsdomizilen er das alles zusammengestohlen hatte. Wirklich und wahrhaftig wahre Liebe musste es für ihn gewesen sein. Zu schade, dass der Schatz es nie in Sgualdas Hände geschafft hatte.

Ein metallisches Klicken riss sie aus ihren Gedanken.

»Hände hoch und keine Bewegung!«, hörte sie eine Stimme hinter sich rufen.

Instinktiv hob sie die Arme und drehte sich in Richtung des Eingangs; auch Angelo fuhr hoch und wirbelte herum. Das Gesicht, das ihr von der obersten Stufe entgegenblickte, hatte sie nur zu gut in Erinnerung. Commissario Medeot hielt seine Beretta mit beiden Händen auf sie gerichtet, und sein grimmiger Blick wirkte so entschlossen, dass sie sich nicht traute, auch nur den kleinsten Mucks von sich zu geben.

»Sie auch, Côloret«, befahl er.

Langsam hob Cristoforo die Hände.

»Legen Sie Ihre Waffen langsam auf den Boden und schieben Sie sie in meine Richtung.«

Sein Tonfall war scharf, und er ließ sie nicht eine Millisekunde aus den Augen, während er vorsichtig Stufe für Stufe in den Kerker hinabstieg.

»Bitte … bitte erschießen Sie uns nicht«, stammelte Alexandra.

»Keine Sorge, Signora Hu… Alexandra. Ihnen geschieht nichts.«

Sein Blick ruhte auf Cristoforo.

»Wie schön, dass Sie alle hier versammelt sind. Das spart uns viel Zeit. Cristoforo di Côloret«, unüberhörbar die Verächtlichkeit, mit der er seinen Namen aussprach, »so schnell sieht man sich wieder. Erzählen Sie doch mal, Professor. Ich würde gern Ihre Version der Geschichte hören.«

»Ich weiß nicht, wovon Sie sprechen«, erwiderte Cristoforo kalt.

»Na gut. Dann mache ich den Anfang. Sie wussten schon lange vor diesen beiden, dass Elena auf der Suche nach dem Schatz war, ist es nicht so? Sie hat Ihnen von dem Anhänger erzählt, hat Ihnen vertraut, sie hat Sie um Rat gebeten. Sie haben versucht, mehr aus ihr herauszubekommen, doch sie wollte Ihnen nicht die ganze Geschichte erzählen. Vielleicht wollte sie die Anerkennung nicht teilen? Oder aber sie hat Sie durchschaut. Was ist dann passiert? Haben Sie sich gestritten?«

Cristoforo fixierte stumm den Lauf von Medeots Waffe.

»Sie haben Mauro und Zambon angeheuert, um sie zu entführen, ihr Angst zu machen, sie zum Reden zu bringen. Zwei dumme Kleinkriminelle, die so ziemlich alles machten, wenn der Preis stimmte. Sie haben sogar ihren Auszug fingiert, damit ihr Verschwinden nicht so bald auffällt. So konnten Sie sich auch gleich alle ihre Sachen unter den Nagel reißen. Sie sind ja nicht dumm. Nicht umsonst sind Sie Professor.« Er schnaufte abfällig. »Sie wussten, dass sie die Kette irgendwo versteckt hatte und dass sie der Schlüssel sein musste. Sie haben in ihrem Büro danach gesucht und bei ihr zu Hause. Doch Sie haben sie nicht gefunden. Und Elena wollte einfach nicht reden. Sie war ein taffes Mädchen. Taff genug sogar, um Ihren Komplizen zu entwischen. Tja, das kommt davon, wenn man den Job nicht selbst erledigt. Ich gehe davon aus, dass sie gar nicht hätte sterben sollen. Jedenfalls nicht, ehe sie Ihnen verraten hatte, was Sie wissen wollten.« Er bedachte Cristoforo mit einem fragenden Blick. »Keine Reaktion? Auch gut. Also, wenn ich raten sollte, würde ich sagen, es war Zambon, der sie überfahren hat. Dann noch ein kleines Handgemenge, und plötzlich war sie tot. Er warf sie in den Natisone und dachte, sie wäre für immer verschwunden. Doch der Fluss führt an dieser Stelle so wenig Wasser, dass sie nur ein paar hundert Meter weiter wieder angeschwemmt wurde. Ich muss sagen, ich kann Sie verstehen. Ich wäre auch wütend, wenn einer meiner Mitarbeiter so einen Schwachsinn fabriziert und ich hinterher doch wieder alles selbst machen muss. Glaubten Sie Signora Uttenstatter eigentlich noch in Gewahrsam, als Sie erneut nach der Kette suchten, oder war Ihnen gar nicht klar, dass die alte Signora Cornucci schon so schnell eine Nachmieterin gefunden hatte? Ach was, antworten Sie nicht, das ist ja im Grunde völlig egal. Ich nehme an, es war Zambon, der Signora Uttenstatter an diesem Abend hat entwischen lassen? Das und die Tatsache, dass Sie ihn für Elenas Tod verantwortlich machten, brachten das Fass schließlich zum Überlaufen. Sie hatten die Nase gestrichen voll. Sie waren so wütend, dass Sie ihm eine Lektion erteilen wollten, nicht wahr? Wie sehr muss es Ihnen doch in die Hände gespielt haben, dass ihre Fingerabdrücke schon auf der Lampe waren. Das war einfach perfekt, oder? Von da an wussten Sie, dass sie das Medaillon bei sich hatte. Ach, wie knapp sie Ihnen doch entwischt war.«

Er hielt kurz inne und seufzte.

»Sie dürfen mich gern korrigieren. Schließlich stelle ich hier nur eine kleine Theorie auf.«

Mit Nachdruck zielte er auf Cristoforo, als dieser Anstalten machte, die Arme sinken zu lassen. Kälte war in seiner Stimme, als er fortfuhr.

»Was allerdings keine Theorie ist, Herr Professor, ist, dass Elenas Ex-Freund Sie beobachtet hat, als Sie vor Wochen das erste Mal in ihr Haus einstiegen.«

»Sie können nichts davon beweisen. Absolut gar nichts«, widersprach Cristoforo.

»Oh, er kann auch sprechen. Ich denke, da irren Sie sich, Herr Professor. In diesem Moment sind meine Kollegen in Ihrer alten Fischerhütte, in der Elena gefangen gehalten wurde. Da sind einige Blutspuren, die zweifellos mit ihrer DNA übereinstimmen werden, und ein ganzer Haufen ihrer Habseligkeiten, die Sie bei ihrem angeblichen Auszug eingepackt haben. Fingerabdrücke von Ihnen sowie die Ihrer zwei Komplizen inklusive. Sehr unvorsichtig, muss ich sagen.«

»Das beweist nicht, dass ich sie umgebracht habe. Ich war vor Monaten mal zum Angeln dort.«

»Ach, jetzt machen Sie sich doch nicht lächerlich. Aber ich bin ja noch nicht fertig. Wissen Sie, ich muss zugeben, dass ich Ihnen so etwas beinahe nicht zugetraut habe. Ich fragte mich, was einen renommierten Wissenschaftler wie Sie wohl dazu getrieben hat. Was war es? Geldgier? So unterbezahlt sind Sie doch wohl nicht. Wollten Sie die Anerkennung? Einen Platz in den Geschichtsbüchern?«

Cristoforo schwieg, doch er maß den Kommissar mit einem wütenden Blick.

»Beinahe wären Sie damit davongekommen. Aber nur beinahe. Wollen Sie denn gar nicht fragen, wie ich Sie gefunden habe? Ich habe ganz einfach Ihr Handy orten lassen. Das ist eine der schönen Seiten des technologischen Fortschritts. So schlau, wie Sie denken, sind Sie wohl doch nicht. Und wissen Sie was? Die Ortung hat uns auch verraten, dass Sie Signora Uttenstatter in der Nacht, als Zambon getötet wurde, einen Besuch abgestattet haben.«

Cristoforo wurde zunehmend bleicher. Medeot verzog zufrieden die Lippen.

»Ich denke, das reicht, um meine schöne Theorie zu bestätigen.«

In der Ferne ertönten leise Polizeisirenen.

Alexandra schluckte. Was war hier gerade passiert? War sie frei? Sie war frei! Sie war offiziell unschuldig! Sie spürte, wie ihre Knie weich wurden. Cristoforo steckte hinter alldem? War er es auch gewesen, der sie von der Straße gedrängt hatte? War er schuld daran, dass Hannes tot war? Dieser Bastard. Sie sollten ihn für den Rest seines Lebens wegsperren, in einen dunklen Kerker wie diesen, in dem er niemals wieder das Tageslicht zu Gesicht bekäme. Sie wollte in diesem Moment einfach nur zu Angelo stürmen und sich in seine Arme werfen. Sie wollte, dass er ihr einen Kuss auf die Stirn gab und ihr sagte, dass jetzt endlich alles gut war.

»Perfektes Timing«, meinte Medeot, als er die Sirenen hörte, »es ist vorbei, Professor. Etwas wäre da allerdings noch.«

Er wandte sich an Angelo.

»Angelo Cherubini«, sagte er abschätzig, »wissen Sie, ich habe doch tatsächlich nachgeschlagen, ob das überhaupt Ihr richtiger

Name ist. Wenn ich es nicht schwarz auf weiß gesehen hätte, hätte ich es nicht geglaubt. Denken Sie nicht, ich hätte Sie vergessen. Sie werden sich mit diesem Stück Abschaum sicher gern eine Zelle in Tolmezzo teilen. Denn das ist der Ort, an den Leute wie Sie schlussendlich kommen.«

Sie warf Angelo einen fragenden Blick zu, doch er schien sie gar nicht zu bemerken. Starr war der Ausdruck, mit dem er Medeot fixierte.

»Wenn wir Côlorets Telefon überprüfen, auf was für Überraschungen werden wir da wohl noch stoßen? Ich gehe jede Wette ein, dass wir auch Anrufe von Ihnen finden werden. Ich nehme an, Sie haben Ihren Freund hier mit den reizenden Herrschaften Zambon und Mauro bekannt gemacht? Es ist ja schließlich nicht das erste Mal, dass Sie beide zusammen etwas gedreht haben.«

»Das ist doch Blödsinn«, brauste Cristoforo auf.

»Machen Sie sich nicht lächerlich, Côloret. Sie sind doch ohnehin schon aufgeflogen. Ihren Namen können Sie ändern, doch Fingerabdrücke lügen nicht. Die Anklage gegen Sie und Cherubini wurde damals vielleicht fallen gelassen, aber Ihre Abdrücke sind trotzdem noch im System. Also sparen Sie sich das Theater. Aber nun erst mal zu Ihnen, Cherubini. Na? Wie hat sich all das denn zugetragen? Waren Sie von Anfang an dabei, oder wurden Sie erst auf halbem Weg gierig?«

»Hören Sie, Commissario«, mischte Alexandra sich ein, »das ist ein großes Missverständnis. Er hat damit nichts zu tun.«

»Signorina, Sie waren nicht die erste Frau, die sich von ihm blenden ließ. Es wird mir eine Ehre sein, ihn hinter Gitter zu bringen. Für eine sehr lange Zeit. Und dieses Mal ohne jede Chance auf einen Deal.«

»Bitte«, rief sie beinahe flehend, »Sie irren sich. So glauben Sie mir doch!«

»Signora Uttenstatter«, entgegnete Medeot sanft, »Sie haben nichts zu befürchten. Ich bin hier, um Ihnen zu helfen. Bitte beruhigen Sie sich.«

Sein Ton war freundlich, und sein Blick hellte sich auf, als er sich für einen kurzen Moment in ihre Richtung wandte. Einen folgenschweren Moment. Angelo zögerte nicht den Bruchteil einer Sekunde. Mit einer schnellen Bewegung fasste er in die Innenseite seiner Jacke und zog eine Pistole hervor. Noch ehe Alexandra sich fragen konnte, woher er sie hatte und wieso sie davon noch nichts mitbekommen hatte, entsicherte er sie und richtete den Lauf auf den Kommissar. Doch er war zu langsam.

Es geschah wie in Zeitlupe. Sie konnte die Kugel sehen, die sich aus dem Lauf der Polizeiwaffe löste und sich mit zielsicherer Genauigkeit in Angelos Hand grub. Er stieß einen teils erschrockenen, teils schmerzerfüllten Schrei aus, ließ die Waffe fallen, sackte zu Boden. Überall war Blut.

Ein qualvoller Schrei hallte durch das unterirdische Gewölbe. Tränen stiegen in Alexandras Augen. Ein ihr unbekanntes Gefühl von Angst breitete sich rasend schnell in ihrem ganzen Körper aus, fraß sich tief in ihren Verstand. Es war nicht die Angst vor dem Gefängnis oder gar die Angst vor dem Tod, die ihr den Atem nahm. All das war gleichgültig. Es war die Angst, Angelo zu verlieren. Sie realisierte, dass sie selbst es war, die schrie.

»Alexandra, beruhigen Sie sich!«

Medeots Stimme hallte weit entfernt in ihren Ohren wider.

»Sie sind jetzt in Sicherheit. Niemand wird Ihnen mehr etwas tun.«

Sie sah einzig und allein Angelo, der zusammengekauert am Boden lag und keuchend seine Hand hielt. Dunkles Blut quoll zwischen seinen Fingern hervor und tropfte auf den staubigen Untergrund.

»Signorina? Hören Sie mich? Können Sie mich verstehen?«

Sie hörte ihn kaum. Ihre Gedanken waren so klar wie nie zuvor. Auch wenn sie sich vor ein paar Minuten nicht sicher gewesen war, was sie von Angelo halten sollte, so wurde eine Sache mit einem Mal Gewissheit. Er war alles, was sie in ihrem Leben brauchte. Er war das, wonach sie all die Jahre so verzweifelt gesucht hatte. Der Horror, ihn nun wegen der Unfähigkeit eines Polizisten zu verlieren, nahm überhand. Sie liebte ihn. Sie würde alles für ihn geben. Wenn es nötig war, dass sie dafür mit ihrem eigenen Leben bezahlte, dann würde sie diesen Preis in Kauf nehmen. Wut keimte in ihr auf. Was bildete dieser Bulle sich eigentlich ein!

Cristoforo stand nach wie vor regungslos mit erhobenen Händen neben der Schatztruhe.

Die Beretta immer noch auf Angelo gerichtet, setzte Medeot sich langsam in Bewegung. Wollte er ihn nun endgültig erschießen? Ehe sie verstand, was sie tat, machte sie einen Hechtsprung in Medeots Richtung und warf sich noch im Schwung ihrer Bewegung auf ihn. Ungläubig wandte sich sein Blick ihr zu, doch sie war zu schnell, als dass er auch nur ansatzweise reagieren konnte. Mit einer schnellen Bewegung schlug sie seinen ausgestreckten Arm, der die Waffe hielt, zur Seite, ehe sie ihn mit sich zu Boden riss. Ein Schuss löste sich, die Kugel bohrte sich mit einem lauten Knall in die Steinmauer. Ächzend schlug der Kommissar unter ihr auf dem sandigen Untergrund auf, sodass der Staub rund um sie herum einen halben Meter hochgewirbelt wurde. Ihr Herz hämmerte in ihrem Brustkorb, als würde es kurz vor der Explosion stehen. Die unheimliche Kraft ließ von ihr ab, und ihre Hände begannen unkontrolliert zu beben. Sie richtete sich auf und betrachtete Medeot. Er rührte sich nicht mehr. Ein winziger Blutfleck prangte an der untersten Treppenstufe direkt neben ihnen. Sie wollte schlucken, doch in ihrem Mund befand sich nicht das geringste bisschen Speichel.

»Das war … ziemlich beeindruckend«, bemerkte Cristoforo und ließ die Arme sinken.

Sie ignorierte ihn.

»Geht es dir gut? Wie schlimm ist es?«, fragte sie Angelo.

»Ist nur ein Kratzer«, erwiderte er und richtete sich auf. Er vergrub die blutende Wunde unter seinem Jackenärmel und klopfte sich den Staub von der Hose. »Danke«, sagte er dann, »du machst es mir wirklich schwer.«

Sie blickte ihn fragend an, doch er drehte sich hastig zu Cristoforo um. »Beeil dich, verdammt noch mal. Wir haben wahrscheinlich nicht einmal mehr fünf Minuten.«

Cristoforo zischelte etwas, zog zwei zusammengefaltete Plastiksäcke unter der Jacke hervor und begann hastig, die Schatztruhe zu leeren.

Alexandra verstand gerade gar nichts mehr.

»Was soll das?«, fragte sie zaghaft. Sie hatte Angst. Angst vor der Antwort.

»Ich hatte dir doch gesagt, du sollst sie gleich loswerden. Jetzt kannst du selbst zusehen, wie du das anstellst«, knurrte Cristoforo.

»Ach ja? Und dann? Wir wären doch niemals bis hierher gekommen.«

»Herrgott, Angelo!« Sie brüllte ihn an und versetzte ihm einen Schubs, der ihn einen Schritt zur Seite taumeln ließ. »Was soll das? Was geht hier vor? Was will er damit sagen?«

Ihre letzten Worte gingen in einem tränenerstickten Schluchzen unter.

»Sie hatten alle recht«, murmelte sie, als er keine Anstalten machte, etwas zu erwidern. Er vergrub die Hände in den Hosentaschen und blickte zu Cristoforo, der den ersten Sack bereits halb voll gepackt hatte. »Ich hätte dir niemals vertrauen dürfen. Seit wann arbeitet ihr schon zusammen? Von wegen alte Studienkollegen. Steckt ihr die ganze Zeit schon unter einer Decke? Diese Typen in meinem Haus … und Hannes … du … du kanntest die! Wie konntest du das nur tun? *Ich* bin doch zu *dir* mit dem Medaillon gekommen. Du wusstest doch gar nicht … Das ist doch nicht möglich …«

Tränen liefen ihr über die Wangen. In ihrem Kopf arbeitete es wie verrückt, und die einzelnen Puzzleteile begannen ein Bild zu formen. Ein Bild, das sie am liebsten sofort wieder in seine Einzelteile zerrissen hätte. Sie wollte einfach nicht, dass es wahr war. Doch ihr Verstand konnte die Wahrheit nicht mehr leugnen.

»Als wir in Cividale angekommen sind, warst du ewig lange weg. Du hast telefoniert. Etwa mit *dem da*? Und dann … diese anderen … wer waren die?«

»Ich weiß es nicht«, gab er trocken zurück.

»Der Kommissar hatte recht, nicht wahr?«, flüsterte sie. »Es war nicht das erste Mal. Ihr habt das schon öfter getan.« Sie starrte zu Boden. Sie wollte ihm nicht in die Augen sehen. Sie wusste,

sie würde dort nichts mehr finden, das ihr Halt geben konnte.
»Wieso?«

»Weder ich noch Cristoforo hätten den Schatz allein gefunden. Es war nun mal die einzige Möglichkeit.«

»Aber ... *ich* habe ihn gefunden!«

»Tja, das wäre uns früher bestimmt nicht passiert. Er hat eindeutig nachgelassen. Sei froh, dass du so viel über Casanova weißt. Sonst würdest du jetzt wahrscheinlich nicht mehr so frisch und munter hier stehen«, scherzte Cristoforo grimmig.

Angelo ignorierte ihn. »Du hättest den Schatz der Polizei übergeben. Das konnte ich nicht zulassen. Bitte entschuldige, aber in dem Fall waren unsere Interessen einfach zu unterschiedlich. Nimm es nicht persönlich.«

»Nicht persönlich? Du wolltest mich loswerden«, krächzte sie mit tränenerstickter Stimme. »Wie hättest du es getan?«

Sie musste sich überwinden, ihn anzusehen. Es stand derselbe Mensch vor ihr wie vor ein paar Minuten, und doch war er jemand völlig anderes.

»Hättest du mich erschossen? Mich im Canal Grande ertränkt? Oder hättest du mich einfach sitzen lassen in dem Glauben, du wärst irgendein blöder Macho?«

Sie spürte, wie erneut warme Tränen ihr Gesicht hinabliefen und ihren salzigen Geschmack in ihren Mundwinkeln ausbreiteten.

Er wich ihrem Blick aus.

»Dann war also alles nur gespielt? War irgendetwas echt? Hat irgendetwas gestimmt von dem, was du mir über dich erzählt hast?«

Er sah sie bedauernd an. »Alessandra, ich hab dich wirklich sehr gern. Aber Geschäft ist nun mal Geschäft, bitte versteh das doch. Du wirst darüber hinwegkommen. Ich bin nun einmal, wie ich bin. Das wusstest du doch.« Er gab ihr einen Kuss auf die Wange.

»Könnt ihr Turteltäubchen jetzt vielleicht mal zum Ende kommen?«, meldete sich Cristoforo wieder zu Wort.

»Was«, sie musste sich Mühe geben, die Worte überhaupt über die Lippen zu bekommen, »habt ihr jetzt mit mir vor?«

Sie wurde keiner Antwort gewürdigt. Schniefend schloss sie die Augen. Was war mit ihr los? Ihr Kopf war wie leer gefegt. Sie sollte Angst haben. Todesangst. Panik. Doch da war nichts. Bis auf ein leises Flehen. Eine Stimme, so leise, dass sie sie selbst kaum wahrnahm. Sie bettelte, einer von ihnen möge dem Ganzen ein Ende bereiten. Den Abzug drücken. Den Stuhl umwerfen. Sie erlösen. Sie an einen besseren Ort schicken. An einen Ort, an dem sie keinen Schmerz und keine Qual mehr ertragen musste. Umgeben von friedlicher Stille.

Cristoforo trat von der Schatztruhe zurück und schlenderte zu Medeot, der immer noch bewusstlos am Fuß der Treppe lag. Was hatte sie ihm nur angetan! Das hatte sie doch nicht gewollt. Dies war ganz und gar nicht das Ende der Geschichte, das sie sich ausgemalt hatte. Jemand musste den Notarzt rufen. Er durfte nicht sterben. Nicht hier und jetzt und nicht *so*. Das hatte er nicht verdient. Ein neuerlicher Tränenschwall schoss aus ihren Augen und bahnte sich seinen Weg über ihr leichenblasses Gesicht. Cristoforo griff nach der Polizeiwaffe, die nur eine Handbreit von Medeot entfernt lag, drückte sie Angelo in die Hand und deutete mit einem Kopfnicken auf Alexandra.

»Was hast du vor?«, hauchte sie tonlos.

»Stell keine Fragen, auf die du die Antwort nicht hören willst. Schon vergessen?«

»Da draußen geht etwas vor«, sagte Cristoforo und zog die Schnüre der zwei Plastiksäcke zu.

Angelo sprang alarmiert die paar Stufen hinauf zum Ausgang und sah um die Ecke.

»Polizei«, rief er und hechtete laut fluchend zurück nach unten. Er warf sich ächzend einen der schweren Säcke über die Schulter. Die Waffe ließ er unter seiner Jacke verschwinden.

»Was soll das?«, knurrte Cristoforo. »Jetzt bring das zu Ende.«

»Nein. Es ist nicht nötig. Lass uns einfach abhauen.«

»Soll das ein Scherz sein? Was bist du nur für ein Feigling! Jetzt sag nicht, du bist verknallt in sie. Dann lass es mich erledigen.«

Er wollte unter Angelos Jacke greifen und die Pistole an sich nehmen, doch Angelo stieß ihn abrupt von sich.

»Wenn du mich noch einmal anfasst, bist du derjenige mit der Kugel im Kopf«, zischte er. »Ich sage, wir hauen ab. Was glaubst du, wie schnell die Bullen hier sind, wenn sie einen Schuss hören?«

Cristoforo machte eine beschwichtigende Handbewegung und verzog missmutig die Lippen. Dann schulterte er den anderen Sack und schritt wortlos die Stufen hinauf. Als Angelo hinter ihm her an Alexandra vorbeiging, blieb er stehen und blickte sie an. Sie setzte an, etwas zu sagen. Sie wollte das Offensichtliche nicht glauben. Sie konnte es nicht glauben. Sie wollte ihm so viele Fragen stellen. Fragen, auf die sie die Antwort einerseits nicht, andererseits aber irgendwie doch hören wollte. Als sich ihre Blicke trafen, funkelten seine azurblauen Augen für einen Moment. Sofort wandte er sich wieder ab, warf mit einer beiläufigen Handbewegung das Medaillon vor ihre Füße und schritt nach draußen, ohne sich noch einmal umzudrehen.

Tränen liefen weiter und weiter über ihr schon nasses Gesicht. Sie öffnete den Mund, wollte schreien, doch nicht der kleinste Laut kam über ihre Lippen. Hilflos sank sie auf die Knie, während Medeot immer noch reglos dalag. Auf allen vieren kroch sie zu ihm und griff nach seiner Hand. Sie sah den Ehering, der eng an seinem im Laufe der Zeit wohl etwas dicker gewordenen Ringfinger saß.

»Es tut mir so leid«, flüsterte sie.

Als würde es irgendetwas nützen, strich sie ihm sanft über das Haar und drehte seinen Kopf weg von der kleinen Blutlache, die sich neben seiner Schläfe auf dem Boden gebildet hatte. Lärm drang von draußen zu ihnen herein, und es dauerte nicht lange, da betrat der erste uniformierte Polizist das unterirdische Gewölbe. Sie nahm ihn nicht wirklich wahr. Es war, als wäre sie nicht mehr da. Als wäre etwas in ihr nicht mehr da. Als wäre sie in einer anderen Welt, in der sie als unbeteiligter Beobachter am Rande des Kerkers in einer unheimlichen Trance das Geschehen verfolgte.

Immer mehr Polizisten kamen die Treppe herunter. Sie hörte Stimmen, Rufe, Hundegebell. Sie sah sich selbst, das Häufchen

Elend, das am erdigen Boden hockte, die Hände voll mit dem Blut des Commissarios. Sie sah ihn, der direkt vor ihr lag. Reglos auf dem staubigen Untergrund. Sie registrierte, wie man sie von ihm wegriss, sie brutal auf die Füße bugsierte. Sie hörte das Klicken der Handschellen, die viel zu eng an ihren Handgelenken befestigt wurden. Umringt von Polizisten wurde sie die Stufen nach oben und ins Freie geschubst. Das Zwitschern der Vögel verbreitete ein Gefühl des Friedens in dem wunderschönen Park. Der Duft von Rosen lag in der Luft.

Zum ersten Mal seit ihrer Ankunft hier realisierte sie die atemberaubende Schönheit der Natur. Die Äste der mannshohen Büsche neigten sich leicht im sanften Wind. Eine einsame Biene flog artig von Blüte zu Blüte, ihr Körbchen war bereits gelb und prall gefüllt. Zu ihrer Linken raschelten die Blätter eines Jasminstrauchs unter der lauen Brise, die durch den Park wehte. Inmitten der unterschiedlichen Grün- und Brauntöne erblickte sie ein Paar azurblauer Augen. Ihr Blau war so schön wie die See um eine karibische Insel. Was hätte sie dafür gegeben, jetzt in einer Hängematte unter Palmen zu liegen. Das Augenpaar warf ihr einen tieftraurigen, entschuldigenden Blick zu. Mit dem nächsten Blinzeln war es verschwunden, nur noch ein Meer aus Blättern blickte ihr entgegen. Ihr Herz gab ihr einen schmerzhaften Stich.

ZWANZIG

»Dienstag. Es ist wieder Dienstag. Der stetig gleiche Dienstag, der sich anscheinend lediglich durch eine Kleinigkeit von den anderen sechs Tagen der Woche abhebt: Es gibt Schokoladenpudding. Ich lasse ihn auf meiner Zunge zergehen. Ich schließe die Augen. Ich stelle mir vor, ich sitze in Wolfgangs Haubenlokal auf der kleinen schattigen Terrasse und lasse die Schokoladenmousse ihren unbeschreiblichen Geschmack in meinem ganzen Mund verbreiten.«

Sie setzte den Stift ab, blickte stirnrunzelnd auf die Worte, die sie auf den Zettel gekritzelt hatte. Blödsinn. Sie zerknüllte das Papier und versenkte es in dem kleinen Mülleimer, der unter dem einfachen Holztisch stand. Dann stand sie auf und trat an das vergitterte Fenster. Die Sonne strahlte hämisch vom Himmel. Sie wusste nicht, was schlimmer war. Die Tatsache, dass sie seit Tagen kein Sonnenlicht mehr auf der Haut gespürt hatte? Oder dass sie verzweifelt auf den Tag wartete, an dem endlich jemand kommen und über ihre Zukunft richten würde? Sie hatte Angst vor diesem Moment. Dem Moment, in dem sie den Gerichtssaal betreten und alles noch einmal durchleben musste. Unruhig begann sie, in der schmalen Zelle auf und ab zu tigern, wie sie es immer tat, wenn sie nicht am Schreibtisch hockte und versuchte, ein paar sinnvolle Worte zu Papier zu bringen. Die Ungewissheit war kaum zu ertragen. Doch sie wusste, worauf sie sich einstellen konnte. Hartmut hatte es ihr lang und breit erklärt. Sie hatte still dagesessen, zugehört und genickt. Diesmal würde sie auf ihn hören, völlig egal, was er verlangte oder worum er sie bat. Nicht allein, dass er von Anfang an recht gehabt hatte und ihr nur helfen wollte, es war auch das Mindeste, was sie tun konnte, nachdem er sich schlussendlich doch bereit erklärt hatte, sie zu vertreten. Schließlich war er alles, was ihr noch geblieben war.

Das Schlimmste war die Einsamkeit. Das Alleinsein. Allein mit sich selbst und ihren Gedanken, die sie nicht ertragen konnte.

Gedanken, die sie in den Wahnsinn trieben. Bilder des reglosen Kommissars. Von Angelos Gesicht. Einem Gesicht, das sie nicht mehr wiedererkannte.

Sie stoppte und trat an die Gitterstäbe heran. Ihr Blick verlor sich irgendwo am weiten Horizont. Sie wartete auf das warme, erleichternde Gefühl der Tränen, die nicht kommen wollten. Wie konnte er nur so kaltblütig sein? Wie konnte irgendjemand auf der Welt so kaltblütig sein? Sie holte aus und schlug so fest sie konnte mit der Faust gegen die kahle Wand. Schmerz durchzuckte ihre Hand. Zwei kleine Blutstropfen liefen über die Knöchel ihrer Finger. Lächelnd ließ sie sich auf das harte Bett fallen und lehnte sich zurück. Der Schmerz war warm, er war real. Und er fühlte sich gut an.

Es klackte, ein Schlüssel wurde in der massiven Zellentür umgedreht. Schnell richtete sie sich auf und wischte die Hand unter dem Kissen ab. Sie spürte, wie sich ein flaues Gefühl in ihrem Magen ausbreitete. War es endlich so weit? Hatte man ihre Verhandlung für heute anberaumt? Die Tür wurde aufgestoßen, und einer der Wärter stand vor ihr.

»Uttenstatter, mitkommen«, brummte er.

Unsicher erhob sie sich, tapste hinter ihm her hinaus auf den kahlen Flur.

»Wo bringen Sie mich denn hin?«, flüsterte sie.

»Mitkommen«, wiederholte er und führte sie den Gang entlang und eine Treppe hinab. Unten schob er eine Tür auf und bedeutete ihr mit einem Kopfnicken einzutreten. Eine uniformierte Frau nahm sie mit einem freundlichen »Hallo« in Empfang. Der Wärter warf die Tür so heftig hinter ihr ins Schloss, dass sie zusammenfuhr.

»Was … was ist hier los?«, stammelte sie. »Keiner sagt mir was.«

»Anziehen«, befahl die Frau und warf ihr eine Plastiktüte zu.

»Aber das sind … das sind meine Sachen«, murmelte sie mit einem Blick in den Beutel.

»Richtig.«

»Ich … so kann ich doch nicht zur Verhandlung gehen. Ich brauche etwas Ordentliches, eine Bluse oder so. Keine Ahnung.«

»Sie gehen nicht zur Verhandlung. Würden Sie sich jetzt bitte umziehen?«

Sie nickte, begann wortlos, den grauen Trainingsanzug abzustreifen, den man ihr bei ihrer Ankunft überreicht hatte, zusammen mit einem Kopfkissen und einem kleinen Stück Seife. Das schwarze Shirt und die Hose in der Plastiktüte waren noch immer verkrustet von ihrem eigenen Blut und stellenweise zerrissen.

»Fertig«, flüsterte sie, »bitte sagen Sie mir jetzt, was hier los ist. Bitte. Ich habe Angst.«

»Sie brauchen keine Angst zu haben, Signora. Der Kommissar wartet draußen auf Sie. Er wird Ihnen alles erklären. Ich wünsche Ihnen alles Gute.«

Der Kommissar? Alles Gute? Was sollte das bedeuten? Alles Gute wofür? Ehe sie den Mund aufmachen konnte, wurde sie nach draußen geschoben. Man lotste sie durch eine vergitterte Tür und in einen weiteren Flur. Sie sah ihn schon von Weitem. Augenblicklich begannen ihre Beine zu zittern. Wackelig stakste sie die letzten Schritte auf ihn zu. Ein dickes weißes Pflaster klebte an seiner Schläfe, doch abgesehen davon sah er genauso aus wie immer. Vielleicht war er ein wenig blasser geworden. Ihr Herz klopfte. Sie spürte, wie ihr Gesicht feucht wurde. Dicke warme Tränen liefen über ihre Wangen hinab. Endlich! Sie schlug sich die Hand vor den Mund und schluchzte laut auf.

»Na, na. Sie müssen deshalb nicht gleich anfangen zu weinen«, sagte Commissario Medeot kopfschüttelnd, als sie vor ihm stehen blieb.

»Sie … Sie …«, stotterte sie, »es geht Ihnen gut! Sie wissen gar nicht, wie sehr … Ich wollte nicht …«

Er musterte sie kritisch, dann machte er eine abwehrende Handbewegung. »Schon gut.«

»Nein. Nein, es ist nicht gut. Ich habe geglaubt, Sie wollten mir etwas anhängen, und Angelo … er … er hat mich manipuliert, ich …«

»Es ist in Ordnung, wirklich.« Er setzte ein aufmunterndes Lächeln auf. Es war das erste Mal überhaupt, dass sie ihn lächeln sah.

»Angesichts der Umstände und bei allem, was Sie durchgemacht haben, hielt ich es für besser, nicht zu erwähnen, dass ich Ihnen diesen«, er deutete auf das Pflaster, »Schönheitsfleck zu verdanken habe.«

Sie nickte dankbar. »Es tut mir so leid«, wiederholte sie.

»Hat man Sie schon informiert?«

Verwirrt sah sie ihn an.

»Sie sind entlassen.«

»Ich bin was?«

»Sie sind frei. Sie können gehen. Ihre Anklage wurde fallen gelassen. Ich darf mich im Namen der Provinz Görz sowie der autonomen Region Friaul-Julisch Venetien offiziell für die Unannehmlichkeiten entschuldigen, die Ihnen entstanden sind. Die Höhe der Entschädigungszahlung richtet sich gemäß –«

Sie japste nach Luft. Noch ehe sie wusste, was sie tat, fiel sie dem Kommissar um den Hals.

»Danke!«, rief sie immer wieder. »Danke! Danke!«

Er lächelte verschmitzt, als er sich aus ihrer Umarmung befreite. »Mir müssen Sie nicht danken.«

»Was ist passiert? Haben Sie die beiden geschnappt?«

»Begleiten Sie mich?«, fragte er und deutete auf den langen Flur. Nachdem sie sich in Bewegung gesetzt hatten, begann er zu erzählen.

»Ich war die letzten paar Tage außer Gefecht. Hätten Sie mich nicht k. o. geschlagen, wären Sie gar nicht erst hier gelandet.«

Beschämt blickte sie zu Boden.

»Wir haben Côloret aufgegriffen, als er im Hafen von Barcelona gerade mit einem Boot ablegen wollte. Interpol hat großartige Arbeit geleistet. Er wird hierher ausgeliefert. Wir haben gelinde gesagt Unmengen an Beweisen, die ihn mit mindestens zwei Morden in Verbindung bringen. Er wird sein restliches Leben hinter Gittern verbringen, ohne jede Chance auf Bewährung.«

Sie nickte. »Gott sei Dank.«

»Einige der Beweise sind allerdings ein Rätsel.«

»Wie meinen Sie das?«

»Nun ja, letzte Woche wurde im Präsidium ein Paket abgegeben. Da war alles drin, was noch fehlte, um diesem Bastard ein für alle Mal den Garaus zu machen. Der Brief, mit dem Elena Fritz-Gardini ihre Wohnung gekündigt hatte, als Datei auf seinem Computer, dazu ein Hinweis, wo wir seine Waffe finden würden. Sie wissen nicht rein zufällig etwas über den anonymen Spender dieser Sammlung?«

»Nein«, gab sie ehrlich zurück, »tut mir leid. Was haben Sie denn mit der … mit der Leiche von Hannes gemacht?«

»Er wurde seiner letzten Ruhe zugeführt. Man hat ihn vor ein paar Tagen eingeäschert. Ich habe veranlasst, es hinauszuzögern, sodass Sie bei der Beisetzung dabei sein können. Es tut mir sehr leid um Ihren Freund. Ich nehme an, Sie werden die Urne bei der Beerdigung tragen?«

Er zog die Visitenkarte eines Bestattungsunternehmens aus der Brusttasche seiner Uniform und reichte sie ihr.

»Ich weiß nicht, ob es Ihnen in irgendeiner Weise ein Trost ist«, fuhr er fort, »aber Sie sind nicht die Erste, bei der er es geschafft hat.«

»Wer?«

»Cherubini. Geben Sie sich bloß keine Schuld dafür. Jeder wäre auf ihn hereingefallen, glauben Sie mir.«

Sie nickte und kämpfte erneut mit den Tränen.

»Ich nehme an, Sie waren es, die durch unsere Straßensperre gebrettert sind?«

Verängstigt sah sie ihn an.

»Keine Sorge, wir wissen, dass auch das auf das Konto von Côloret geht. Aber es würde helfen, wenn Sie es uns bestätigen könnten.«

»Ja, er ist gefahren. Aber jemand war hinter uns her. Man hat versucht, uns umzubringen.«

Sie erwartete, dass Medeot sie ungläubig mustern würde, doch er nickte nur.

»Das waren Vascottos Leute.«

»Verzeihung, Vascotto? Wer ist das nun wieder?«

»Einer der übelsten Gangsterbosse, die ich kenne. Glauben Sie mir, mit dem wollen Sie nichts zu tun haben. Einer von

Côlorets Komplizen, Giuseppe Mauro, stand seit Jahren auf seiner Gehaltsliste und hat anscheinend für beide Seiten gearbeitet. Als Vascotto Wind von dem Schatz bekam, wollte er ihn für sich. Ich nehme an, dass er Mauro beim Schloss Miramare erschießen ließ, weil er Sie aus den Augen verloren hatte.«

»Also waren es seine Leute, die uns verfolgten und umbringen wollten?«

»Es sieht ganz so aus, ja. Sie sind spätestens seit Venedig an Ihnen dran gewesen. Das wissen wir, weil derselbe Mann, der Mauro erschoss, auch Ihrem Freund das Leben nahm. Zumindest wurde in beiden Fällen dieselbe Waffe verwendet. Leider haben wir nicht genug Beweise, um Vascotto dafür dranzukriegen. Selbst wenn wir irgendwann die Waffe und dadurch den Schützen finden, wird er mit ziemlicher Sicherheit wieder mal davonkommen. Aber zumindest haben wir mit Côloret einen üblen Burschen aus dem Verkehr gezogen.«

»Unglaublich«, murmelte sie. »Also bin ich jetzt … kann ich wirklich gehen?«

»Ja, Signora Hu… Hud…«

»Sagen Sie bitte einfach Alexandra.«

»Ja, Alexandra. Sie können gehen. Aber wenn Sie das nächste Mal in so eine Sache hineingeraten …«

»Komme ich gleich zu Ihnen, verlassen Sie sich darauf.« Sie konnte schon wieder ein bisschen lächeln.

»Ehe ich es vergesse«, meinte er und drückte ihr einen Beutel in die Hand, »das sind Ihre restlichen Sachen. Und Ihre Post. Ich wünsche Ihnen alles Gute.«

»Danke, ich Ihnen auch«, gab sie zurück, doch er war schon hinter der nächsten Ecke verschwunden.

Verwundert blickte sie auf das weiße Kuvert in ihrer Hand. Es stand kein Absender darauf, und er war vom Gefängnispersonal nicht geöffnet worden. Hastig riss sie den Klebestreifen ab und zog den Inhalt hervor. »Bitte verzeih mir«, stand in schwarzen Buchstaben auf der Rückseite eines Fotos. Sie drehte es um. Es war das Bild eines Wohnzimmers. Die Wände waren hellgelb gestrichen, und durch die große offene Terrassentür sah man den tiefblauen Ozean. Sie griff nach dem zweiten Blatt, das aus dem Umschlag ragte. Es war ein Flugticket. Erste Klasse. SID. Insel Sal. Kap Verde.

Mit einem lauten Summen wurde das große Eingangstor geöffnet. Achtlos ließ sie die Blätter fallen und trat auf die Öffnung zu, durch die ihr helles Sonnenlicht entgegenstrahlte.

Danksagung und Nachwort

Mein Dank gilt allen voran meiner tollen und manchmal verrückten Familie und meinen Freunden. Sie alle haben mich stets unterstützt und es mir nicht übel genommen, wenn ich wieder einmal in eine andere Welt abtauchte und nicht ansprechbar war.

Ich danke dem gesamten Team des Emons Verlags für die erstklassige Zusammenarbeit sowie Marit Obsen für ihre wertvollen Tipps und ihren Blick für das Detail. Durch sie ist dieses Buch noch einmal ein großes Stück besser geworden.

Ein besonderes Dankeschön geht an die einmalige Ilona Jaeger für ihre Unterstützung, ihr Engagement und ihren Glauben an mein Projekt.

Dank gebührt außerdem der Familie Gasparin, vor allem Anna und Albano, die dazu beigetragen haben, dass meine Zeit in Cormòns stets einen ganz besonderen Platz in meinem Herzen haben wird.

Danke auch an Tonino, ohne den ich viele paradiesische Plätze wahrscheinlich nie kennengelernt hätte.

Mein Dank gilt außerdem Federica, Maurizio, Sergio und Elena.

Ich kann nicht mit Sicherheit behaupten, dass es keine geheimen Kammern im Castello di Spessa gibt. Danke an dieser Stelle an die Schlossherrinnen für die Inspiration.

Dank gebührt auch meinen Erstleserinnen Melanie und Barbara, die es bei Gott nicht einfach hatten.

Zu guter Letzt möchte ich noch erwähnen, dass ich mir in Bezug auf Giacomo Casanovas Liebesleben – zu Gunsten des Abenteuers – ein wenig künstlerische Freiheit erlaubt habe. Sollte ein kundiger Leser also auf Ungereimtheiten stoßen, sind diese allein mir zuzuschreiben.